위키드

WICKED:
The Life and Times of the Wicked Witch of the West
by Gregory Maguire

Inside Illustrations by Douglas Smith

WICKED

엘파바와 글린다

위키드

그레고리 머과이어
송은주 옮김

1

민음사

차례

5권 레인 이야기

6권 오즈마 이야기

남들이 자기를 실제보다 더 사악하다고
생각해 주기를 바란다니, 참으로 이상하기도 하지.

—대니얼 디포, 『마법의 체계』에서

인류 역사에서 소위 '위인'이란 역사적 사건에
이름을 붙여 주는 데 쓰이는 꼬리표에 불과하다.
꼬리표와 마찬가지로 위인들 역시 사건 자체와는
가장 먼 관계를 갖고 있다. 그들의 모든 행동은,
본인들은 그것이 자유의지에 의한 것이라고 생각하겠지만,
역사적 의미에서 보자면 결코 독립적인 자유의지에 의한 것이라고 볼 수 없다.
오히려 그 이전의 역사와 총체적으로 연결되어 있으며,
또한 역사의 영원성의 일부로 이미 예정된 것들이다.

—레프 톨스토이, 『전쟁과 평화』에서

"그러면, 너에게 답을 주겠노라.
너는 보답으로 나를 위해 뭔가를 해 주지 않는 한,
내가 너를 캔자스로 돌려보내 주리라고 기대할 권리는 전혀 없다.
이 나라에서는 누구든지 뭔가를 얻으려면 대가를 치러야 한다.
내 마법의 힘으로 너를 다시 집으로 돌려보내 주기를 바란다면,
먼저 나를 위해 무언가를 해야 한다. 나를 도와주면 나도 너를 돕겠다."
"제가 무슨 일을 하면 되나요?" 도로시가 물었다.
"서쪽나라의 사악한 마녀를 죽여라." 오즈의 마법사가 대답했다.

—프랭크 봄, 『오즈의 마법사』에서

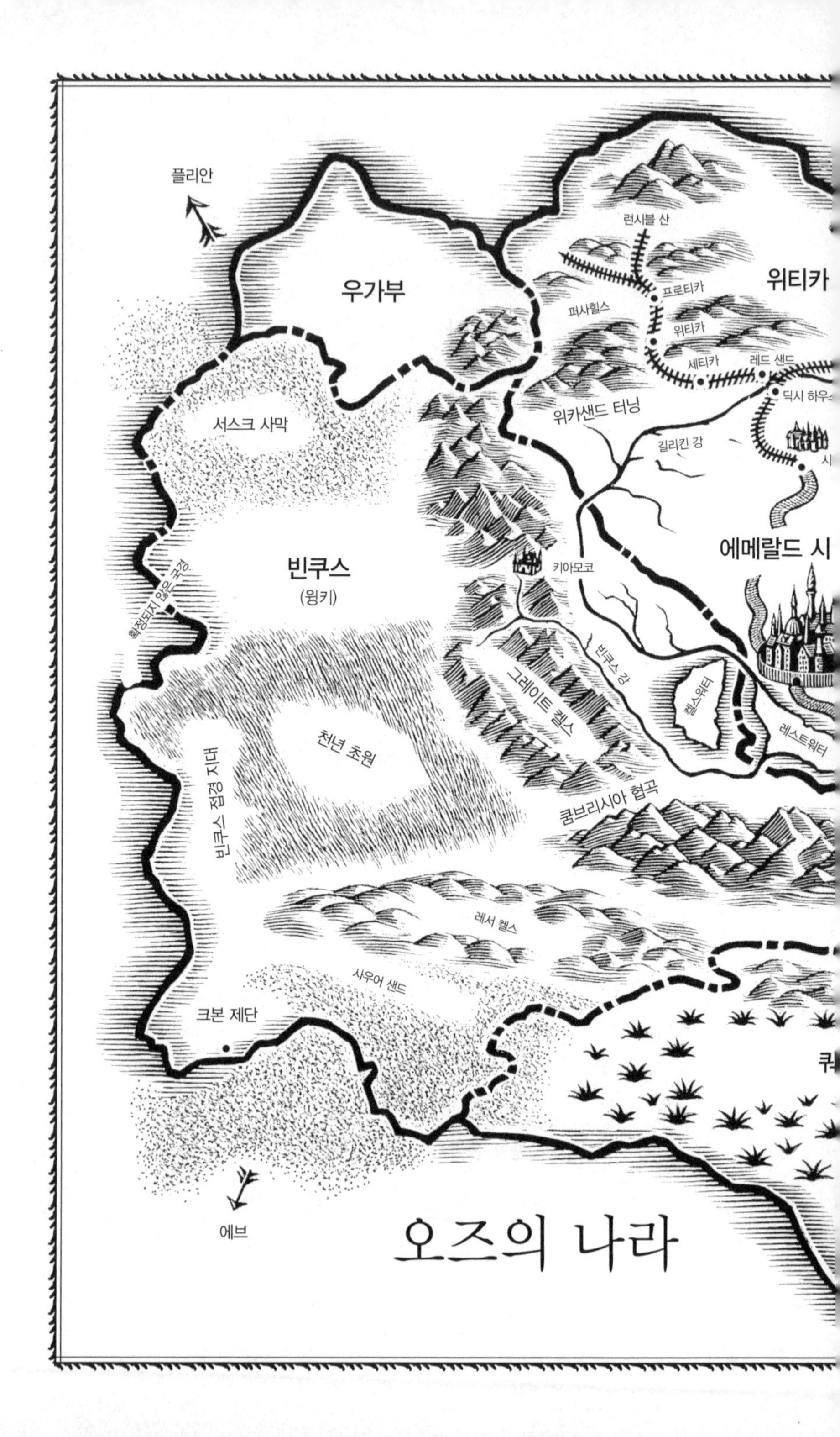

플리안
우가부
런시블 산
위티카
프로티카
퍼사힐스
위티카
세티카
레드 샌드
딕시 하우스
서스크 사막
위카샌드 터닝
길리킨 강
에메랄드 시
빈쿠스
(윙키)
키아모코
확정되지 않은 국경
빈쿠스 강
그레이트 켈스
켈스워터
레스트워터
천년 초원
빈쿠스 점경 지대
쿰브리시아 협곡
레서 켈스
사우어 샌드
크본 제단
에브
오즈의 나라

쿼스
스칼프스
글리쿠스
글리쿠스 운하
어퍼 애플루
파애플루
네스트 팰로스
모스미어
드래곤
컵보드
센터먼치
초지 호수
웬드 팰로스
콘배스킷
콜웬 그라운즈
먼치킨랜드
올드 패스토리아
브라이트 레터스
네스트 하딩스
스리 데드 트리스
브로드 슬로프 타운
러시 마진스
일스워터
스톤스파
엔드
먼치킨 강
웬드 하딩스
린스터
클로스 힐스
쿼이어
오벨스
에메랄드 광산
숲
농지
길리킨 철도
노란 벽돌길
쿼들링 늪지대
산과 골짜기
사막

베티 레빈에게,

그리고 내가 선(善)을 사랑하고 또 두려워할 줄도 알게 해 준

모든 이에게 이 책을 바칩니다.

노란 벽돌길 위에서

마녀는 오즈 위로 2킬로미터 정도 상공에서 바람 앞자락을 타고 균형을 잡았다. 그녀는 마치 땅의 초록색 먼지인 양 폭풍우처럼 몰아치는 바람과 함께 솟구쳐 올라 원을 그리며 날았다. 자줏빛 섞인 흰색의 여름 쌘비구름이 마녀의 주위로 뭉게뭉게 피어올랐다. 발밑으로는 노란 벽돌길이 올 풀린 매듭처럼 구불구불 이어져 있었다. 겨울에 몰아친 폭풍우와 선동자들의 쇠지레로 망가지기는 했어도, 노란 벽돌길은 어김없이 에메랄드 시로 향하고 있었다. 마녀는 길을 따라 터덜터덜 걸어가는 일행을 볼 수 있었다. 그들은 굽은길을 따라가다 도랑이 나오면 피하고 거칠 것 없는 길에서는 깡충깡충 뛰어갔다. 그들은 자기들의 운명을 모르는 듯했다. 그러나 그들을 깨우쳐 주는 것이 마녀의 할 일은 아니었다.

마녀는 빗자루를 난간처럼 이용하여 자기가 키우는 날개 달린 원숭이처럼 하늘에서 내려와 거무스름한 버드나무 맨 꼭대기에 앉았다. 마녀가 노리는 표적들은 나뭇잎이 무성한 나무 아래에서 잠시 발걸음을 멈추고 쉬고 있었다. 마녀는 빗자루를 옆구리에 꼈다. 그녀는 소리를 죽이고 게처럼 조금씩 옆으로 내려가서, 마침내 그들로부터 오륙 미터 위까지 왔다. 나무에 늘어진 넝쿨이 바람에 살랑거렸다. 마녀는 눈과 귀를 모았다.

일행은 모두 넷이었다. 커다란 고양이 비슷한 것이 보였다. 아니, 사자인가? 반짝거리는 나무꾼도 있었다. 양철 나무꾼은 사자의 갈기에서 이를 잡아 주고 있었고, 사자는 기분이 나쁜지 웅얼대며 몸을 꿈틀거렸다. 살아 움직이는 허수아비는 옆에 축 늘어져서 바람결에 민들레 홀씨를 불었다. 늘어진 버드나무 가지에 가려 소녀의 모습은 보이지 않았다.

"사람들 얘기를 듣자 하니, 살아남은 언니는 미치광이라던데. 무서운 마녀라지 뭐야. 정신이 이상하대. 악마가 씌웠다나. 미쳤대. 볼썽사납기도 하지." 사자가 말했다.

양철 나무꾼이 조용히 말을 받았다.

"태어났을 때 바로 거세당했다더군. 남녀추니로 태어났대. 아니면 완전히 남자였을지도 모르고."

"너는 입만 열면 거세 얘기더라." 사자가 말했다.

"들은 대로 옮겼을 뿐이야." 양철 나무꾼도 지지 않았다.

"떠드는 거야 자유지, 뭐." 사자가 가볍게 받아넘겼다.

"내가 듣기로는, 엄마의 사랑을 받지 못했대. 어린 시절 학대를 받았다더라. 피부색을 비관해서 약물에 빠졌대."

"애정 운이 영 없었나 보군. 우리처럼 말이야." 양철 나무꾼이 슬픈 듯이 가슴 한가운데에 손을 올려놓았다.

"여자들이랑 어울리기를 더 좋아한다던데." 허수아비가 몸을 일으켜 앉으며 끼어들었다.

"유부남한테 차였대."

"유부남은 그 여자야."

마녀는 너무 놀라서 하마터면 나뭇가지를 쥔 손을 놓칠 뻔했다. 그녀는 뜬소문은 귓등으로도 듣지 않았다. 그러나 너무 오랜 세월 사람들과 접촉을 끊고 살아온 터라, 이 어중이떠중이들이 거침없이 쏟아 내는 얘기에 경악을 금치 못했다.

"마녀는 폭군이야. 위험스럽기 짝이 없는 독재자라고." 사자가 확신에 찬 어조로 말했다.

양철 나무꾼은 사자의 갈기를 필요 이상으로 세게 잡아당겼다.

"너한테 위험하지 않은 게 어디 있어, 이 겁쟁이야. 그 여자는 윙키라나 뭐라나 하는 사람들의 자치권을 위해 싸우고 있대."

"정체가 뭐든, 마녀는 틀림없이 동생의 죽음을 무척 슬퍼하고 있을 거야."

소녀의 목소리가 들렸다. 그 또래의 아이치고 지나치게 낭랑하고 진지한 목소리였다. 마녀의 피부에 소름이 돋았다.

"지금 동정심을 느낄 때가 아니잖아. 난 도저히 그럴 기분이 나지 않는걸." 양철 나무꾼이 조금은 냉소적인 투로 코웃음을 쳤다.

"하지만 도로시 말이 맞아. 슬픔으로부터 자유로운 사람은 아무도 없어." 허수아비가 말했다.

마녀는 그들이 적선하듯 동정을 베푸는 말에 짜증을 억누르기 힘들었다. 그녀는 나무 둥치를 돌아서 고개를 잔뜩 빼고 여자 아이를 훔쳐보았다. 바람이 불어오자 허수아비가 부르르 떨었다. 양철 나무꾼은 계속 사자의 갈기를 붙잡고 수선을 피우다가 사자 쪽으로 푹 쓰러졌다. 사자는 나무꾼을 부드럽게 받아 주었다.

"지평선에 폭풍우가 몰려오고 있어." 허수아비가 말했다.

멀리서 천둥소리가 울렸다.

"저기 지평선에 마녀가 있다."

양철 나무꾼이 사자를 간질이며 놀렸다. 사자는 잔뜩 겁먹은 얼굴로 허수아비의 몸 위로 올라가 킹킹거렸다. 양철 나무꾼은 그들 둘 위로 엎어졌다.

"얘들아, 저 폭풍우를 피해야 할까?" 소녀가 말했다.

몰아치는 바람이 마침내 나뭇잎들의 장막을 걷어 내어 마녀에게도 소녀의 모습이 보였다. 소녀는 양 다리를 포개고 앉아 양 팔로 무릎을 감싸고 있었다. 우아한 맛이라고는 찾아볼 수 없는 덩치 좋은 시골 소녀였다. 파랗고 하얀 체크무늬 앞치마를 두르고 있었다. 소녀의 무릎 위에서는 조그맣지만 사나워 보이는 개 한 마리가 웅크리고 앉아 깽깽거렸다.

"폭풍우 때문에 놀랐구나. 그런 일을 겪은 후이니 당연하지. 긴장 풀어." 양철 나무꾼이 말했다.

마녀의 손가락이 나무껍질을 파고들었다. 소녀의 억센 팔뚝과 검은 머리카락을 땋아 늘인 정수리만 보았을 뿐, 아직 소녀의 얼굴은 보지 못했다. 소녀의 존재를 진지하게 받아들여야 할까? 아니면 그저 바람에 잘못 날려 온 민들레 씨앗 정도로 가볍게 넘겨도 좋을까? 얼굴을 보면 알 수 있을 것 같았다.

그러나 마녀가 나무 둥치에서 바깥쪽으로 길게 목을 빼는 순간, 소녀도 동시에 얼굴을 반대쪽으로 돌렸다.

"폭풍우가 점점 다가오고 있으니 서둘러야겠어."

바람이 거세지면서 소녀의 목소리도 절박해졌다. 쏟아지려는 눈물을 간신히 참고 겨우 말하는 사람처럼 쉰 목소리였다.

"난 폭풍우를 알아, 폭풍우가 어떻게 덮치는지 안다고!"

"여기에 있는 편이 더 안전할 거야." 양철 나무꾼이 말했다.

"안전할 리가 없잖아. 이 나무는 주변에서 제일 높단 말이야. 번개가 치면 바로 여기로 떨어진다고." 소녀는 개를 꼭 끌어안았다.

"길가 저 위쪽에서 헛간 봤지? 이리 와, 허수아비야. 번개가 떨어지면 넌 눈 깜짝할 사이에 타 버릴 거야! 가자!"

소녀는 일어나서 헐레벌떡 달렸다. 일행도 더럭 겁이 나서 그 뒤를 따랐다. 첫 번째 빗방울이 떨어질 때 마녀의 눈에 들어온 것은 소녀의 얼굴이 아니라 구두였다. 동생의 구두였다. 주위가 어두워지고 있는데도 구두는 반짝거렸다. 노란 다이아몬드, 핏빛의 잔불, 혹은 뾰족뾰족한 별처럼 빛났다.

마녀가 제일 먼저 그 구두를 보았더라면, 소녀나 그 친구들의 말은 하나도 귀에 들어오지 않았을 것이다. 그러나 소녀의 다리는 치마 밑에 가려져 있었다. 이제 마녀는 자기에게 무엇이 필요한지 생각났다. 구두를 손에 넣어야 했다! 이만 하면 참을 만큼 참지 않았나? 이제 그녀가 구두를 가질 자격이 있지 않을까? 할 수만 있다면 하늘에서 소녀를 덮쳐 그 뻰뻰스러운 발에서 구두를 낚아채고 싶었다.

그러나 노란 벽돌길을 따라 더 멀리, 더 빨리 일행을 쫓아 보내는 폭풍우는 빗속을 뚫고 가는 소녀보다, 번개에 맞아 타 버릴지도 모를 허수아비보다 마녀에게 더 큰일이었다. 마녀는 이렇게 뼛속까지 스며드는 지독한 습기에 맞설 재간이 없었다. 검은 버드나무 밖으로 드러난 뿌리 사이에 몸을 숨기는 수밖에. 그곳이라면 물기가 그녀를 위협할 수 없을 테니 폭풍우가 지나갈 때까지 기다려야 했다.

마녀는 다시 모습을 드러낼 것이다. 전에도 늘 그랬다. 오즈의 혹독한 정치적 기류에 쓰러지고 내동댕이쳐지는 바람에, 그녀는 말라비틀어져 뿌리도 내릴 수 없게 된 묘목 꼴이 되어 정처 없이 떠돌았다. 그러나 저주는 그녀가 아니라 오즈의 땅 위에 내렸다. 오즈가 그녀의 삶을 뒤틀어 놓았을지언정 한편으로는 그녀를 강력한 존재로 만들지 않았던가?

일행이 아무리 서둘러 내뺀다 해도 소용없다. 마녀는 기다릴 수 있었다. 그들은 다시 만날 터였다.

먼치킨랜드 사람들

악의 뿌리

흐트러진 침대에서 아내가 말했다.

"아무래도 오늘이 그날 같아요. 아기가 얼마나 내려왔는지 한번 보세요."

"오늘이라고? 성미 고약하고 성가시기가 꼭 당신 같은데."

남편이 아내를 놀렸다. 그는 문간에 서서 바깥 멀리 호수, 들판, 그 너머 숲이 우거진 비탈을 내다보았다. 러시마진스 마을의 굴뚝에서 아침밥을 준비하는 연기가 희미하게 솟아오르고 있었다.

"하필 이럴 때 아기가 나온다니, 타이밍도 참 절묘하군."

아내가 길게 하품했다.

"어쩔 도리가 없어요. 다들 그러던걸요. 당신도 배가 이만해져서 주체할 수 없게 돼 봐요. 더 이상 뱃속에 담고 다닐 수 없게 되면 낳아야지 어쩌겠어요. 애가 나올 때가 되면 무엇으로도 막을 수 없다고요." 아내는 몸을 일으켜 배 너머를 보려고 애썼다.

"내 몸에 인질로 사로잡힌 기분이에요. 아니면 아기의 인질이든가."

"인내력을 좀 발휘해 봐요." 남편은 아내 곁으로 와서 그녀를 일으켜 앉혀 주었다. "영적인 훈련이라고 생각해요. 감각이 구속당하는 셈이지. 도덕적으로 자제할 뿐 아니라 육체적으로도 극기하는 거요."

"자제라고요!" 그녀는 침대 가로 몸을 조금씩 움직이면서 깔깔댔다. "나한테 남은 자아 따위는 없어요. 기생충의 숙주일 뿐이지. 대체 나의 자아가 어디 있단 말이에요? 그 지긋지긋한 낡은 친구를 내가 어디다 뒀을까?"

"내 생각도 좀 해 주구려." 남편의 어조가 변했다.

"프렉스." 그녀는 남편의 말을 가로막았다. "화산이 터지려고 하면 이 세상의 어떤 목사도 그걸 기도로 가라앉힐 수는 없어요."

"그런 말을 들으면 내 동료 목사들이 어떻게 생각하겠소?"

"한자리에 모여서 이렇게 말하겠죠. '프렉스파 형제, 공동체에 해결해야 할 문제가 있는 이런 때에 아내가 첫 아이를 낳도록 허락했단 말이오? 경솔하기도 하지. 이건 권위가 부족하다는 증거요. 당신을 목사 직에서 해임하겠소.'"

그녀는 이제 남편을 놀리고 있었다. 그를 해고할 사람은 아무도 없었다. 제일 가까운 곳에 있는 주교조차도 벽지에 처박힌 일개 유일교 목사한테 신경 쓰기에는 너무 멀리 있었다.

"하여튼 시기가 나빠도 너무 나쁘군."

"시기를 잘못 맞춘 책임의 반은 당신한테 있을 텐데요, 프렉스."

"으레 그렇게 생각하겠지만, 난 잘 모르겠어."

"모르겠다고요?"

그녀는 고개를 한껏 뒤로 젖히고 웃음을 터뜨렸다. 그녀의 귀에서 목젖까지 이어지는 선은 프렉스에게 우아한 은 국자를 연상시켰다. 아침이라 흐트러진 모습에 남산만 한 배를 하고도 그녀는 기품 있고 아름다웠다. 그녀의 머리카락은 햇빛을 받아 젖은 참나무 낙엽처럼 반짝이며 윤이 났다. 그는 아내가 특권을 갖고 태어났다고 비난하면서도 그것을 극복하려고 노력하는 면을 높이 샀다. 어쨌든 그 때문에 아내를 더욱 사랑했다.

"당신이 애아버지가 맞는지 잘 모르겠다는 말인가요?"

그녀는 침대 기둥을 붙잡았다. 프렉스는 아내의 다른 쪽 팔을 꼭 잡고 끌어당겨 몸을 반쯤 일으키게 해 주었다.

"아니면 전반적으로 남자들의 부성에 대해 잘 모르겠다는 건가요?"

그녀는 코끼리같이 거대한 몸집을 일으켰다. 걸어 다니는 섬 같았다. 그녀는 굼벵이 기듯이 천천히 문을 나서면서 이런 생각에 웃음을 터뜨렸다. 남편이 그날의 전투를 위해 옷을 차려입기 시작할 때까지도 뒷간에서 그녀의 웃음소리가 계속해서 들려왔다.

프렉스는 턱수염을 가지런히 빗고 머리에 기름을 발랐다. 머리카락이 얼굴을 가리지 않도록 목덜미께에서 단정히 묶었다. 오늘은 멀리에서도 그의 표정이 잘 보이도록 해야 했다. 그의 말뜻에 애매한 점이 하나라도 있으면 안 되었다. 그는 석탄 가루를 발라 눈썹을 짙게 하고, 핏기 없는 뺨에는 붉은 왁스를 문질렀다. 입술에도 색을 칠했다. 목사도 기왕이면 추남보다는 미남이 회개자 한 명이라도 더 끌어들일 수 있는 법이다.

주방에서는 멜레나가 평소처럼 임신한 몸을 무겁게 땅바닥에 끌고 다니는 것이 아니라, 거대한 풍선이 줄을 바닥에 끌면서 둥실 떠오르듯 부드럽게 움직였다. 한손에는 냄비를 들고, 다른 손에는 달걀 몇 개와 가을 골파 한 줌을 들고 있었다. 멜레나는 잠시 흥얼거리다 말았다. 프렉스에게 들릴까 봐 입을 다물었다.

프렉스는 근엄한 의복 단추를 깃까지 꽉 채우고, 각반 위에 샌들 끈을 매고 옷장 서랍 밑의 비밀 장소에서 스리 데드 트리스(Three Dead Trees) 마을의 동료 목사가 보낸 편지를 꺼냈다. 그는 어깨띠에 갈색 편지지를 숨겼다. 아내가 알면 따라오고 싶어 할까 봐 두려워서 편지를 숨겨 두었던 것이다. 아내는 재미있어 보이면 구경하고 싶어서, 무시무시해 보이면 긴장감을 맛보고 싶어서 따라오려 할지도 몰랐다.

프렉스는 심호흡을 하며 그날의 설교를 위해 숨을 가다듬었다. 그동안 멜레나는 냄비 속에 나무 주걱을 휘저어 계란을 풀었다. 호수 건너편에서 소의 목에 단 방울 소리가 울려 왔다. 그녀의 귀에는 들리지 않았다. 아니면 뭔가 다른 것, 자기 내부에서 들려오는 소리를 듣느라 듣지 못했다. 가락이 없는 소리였다. 꿈결에 들은 음악처럼 화음 때문이라기보다는 여운 때문에 기억에 남는 소리였다. 그녀는 뱃속의 아기가 행복에 겨워 흥얼대는 소리일 거라고 상상했다. 틀림없이 노래하는 아기일 것이다.

안에서 프렉스가 즉흥적으로 설교 연습을 하는 소리가 들려왔다. 그는 자기 주장을 되풀이하며 재삼 자신의 정당성을 점검하고 있었다.

유모가 오래전에 그녀에게 육아실에서 불러 주던 노래 가사가 뭐였더라?

아침에 태어난 아기
뜻밖의 슬픔을 겪네
오후에 태어난 아기
애처롭고 거칠어
저녁에 태어난 아기
슬픔이 비탄으로 끝나네
밤에 태어난 아기
아침과 같다네

그러나 그녀는 이 노래를 그저 우스개로 기억했다. 슬픔은 모든 생명의 피할 수 없는 결말이지만, 사람들은 계속 아기를 낳는다.

멜레나의 마음속에 유모의 목소리가 되살아났다. 아니, 아니에요. 요 예쁜 꼬마 응석받이 아가씨. 사람들은 계속해서 아기를 낳는 게 아니에요. 정말이에요. 아직 어려서 삶이 얼마나 고달픈지 모를 때에만 아기를 낳지. 일단 그 사실을 확실히 알고 나면(우리 여자들은 배우는 속도가 좀 더디거든.) 그때는 혐오감으로 바싹 메말라서 현명하게도 출산을 그만두게 되지요.

하지만 남자들은 그만두지 않잖아. 남자들은 죽을 때까지 씨를 뿌릴 수 있다고. 멜레나가 이의를 제기했다.

아, 여자들은 배우는 게 느리지. 하지만 남자들은 아예 배울 줄을 모른다우. 유모의 말이었다.

"아침 먹어요."

멜레나가 나무 접시에 계란을 담으며 말했다. 그녀의 아들은 보통 남자들처럼 아둔하지 않을 것이다. 아들을 끝없이 이어지는 슬픔에 맞설 수 있도록 강하게 키워야지.

"우리 사회에 위기가 닥쳐왔습니다."

프렉스는 설교 연습을 계속했다. 그는 세속의 쾌락을 비난하는 남자답지 않게 우아하게 먹었다. 그녀는 손가락과 두 개의 포크가 춤추듯 움직이는 광경을 지켜보는 것이 좋았다. 그의 엄격한 금욕주의 밑에 안락한 삶에 대한 동경이 숨어 있을지도 모른다는 의심이 들었다.

"우리 사회에서는 매일매일이 엄청난 위기입니다."

그녀는 남자들의 말투를 흉내 내어 화답했다. 프렉스는 아내의 목소리에 담긴 빈정거림을 알아채지 못했다.

"우리는 갈림길에 서 있소. 우상숭배의 그림자가 어른거리고 있소. 전통적인 가치는 위험에 처했소. 진실은 포위당하고 미덕은 버림받았소."

프렉스는 아내에게 말한다기보다는 다가올 폭력과 마법의 참상을 비난하는 열띤 설교를 연습하고 있었다. 프렉스에게는 절망감에 가까운 어두운 면이 있었다. 그러나 그는 대부분의 남자들과 달리, 절망을 필생의 소명에 이로운 쪽으로 바꿀 수 있었다. 그녀는 힘겹게 장의자에 몸을 부렸다. 머릿속에서 알아들을 수 없는 소리로 온갖 합창이 울려 퍼졌다! 진통을 겪고 출산을 할 때는 누구나 겪는 일일까? 그녀는 오늘 오후에 오기로 한 참견하기 좋아하는 마을 아낙네들에게 물어보고, 자기 상태에 대해 수줍게 불평도 하고 싶었다. 그러나 감히 그럴 엄두가 나지 않았다. 그녀는 아낙네들이 잘난 척한다고 쑥덕거려도 자신만의 품위 있는 억양을 버리고 싶지 않았다. 또 이런 기본적인 문제에 무지한 사람처럼 보이기도 싫었다.

프렉스는 그녀의 침묵을 눈치 챘다.

"내가 오늘 당신을 두고 나간다고 화가 난 것은 아니겠지?"

"화가 났다고요?" 그녀는 별소리를 다 듣겠다는 듯이 눈썹을 치켜세웠다.

"역사는 보잘것없는 개개의 생명들을 나무 의족처럼 의지해 움직여요. 그와 동시에 더 큰 영원한 힘들이 한 점에 모이지. 두 가지 무대에 동시에 설 수는 없소."

"우리 아기는 보잘것없는 생명이 아닐 거예요."

"지금은 입씨름할 때가 아니오. 오늘 나는 성스러운 일에 나서야 하는데, 내 정신을 흐트러뜨리고 싶소? 우리는 러시마진스에서 진짜 악의 존재와 대면할 거요. 그것을 무시한다면 난 떳떳하게 살아갈 수가 없소."

그는 진심이었다. 바로 이런 강렬한 열정 때문에 멜레나가 그에게 반했던 것이다. 하지만 그 때문에 남편을 미워하기도 했다.

"위협이 오고 있다고요? 위협은 언제고 또 닥칠 거예요. 하지만 당신 아들은 딱 한 번 태어나는 거예요. 뱃속에서 양수가 요동치는 것이 신호라면, 오늘이 해산 날일 것 같네요."

"아이야 또 낳을 거잖소."

그녀는 고개를 돌렸다. 그래서 프렉스는 그녀의 얼굴에 떠오른 분노를 보지 못했다.

그러나 멜레나는 그에게 계속 분노를 품고 있지 못했다. 어쩌면 이것이 그녀의 도덕적 약점일지도 모른다. (그녀는 평소에 도덕적 약점에 대해 그리 걱정하지 않았다. 목사를 남편으로 두었으면 충분하지, 아내까지 종교적 열정을 가질 필요는 없지 않을까.) 그녀는 시무룩해져서 침묵에 빠졌다. 프렉스는 식사를 했다.

"악마요. 악마가 오고 있어." 프렉스가 탄식했다.

"우리 아기가 태어날지도 모르는 날에 그런 소리 하지 마요!"

"내 말은 러시마진스에 닥친 유혹 말이오! 내 말뜻 알면서 그래요, 멜레나!"

"어쨌든 그런 소리를 했잖아요! 여기에만 관심을 쏟아 달라는 말은 아니에요, 프렉스. 하지만 조금은 관심을 가져 달라고요!"

그녀가 떨어뜨린 냄비가 오두막 벽에 기대어 세워 놓은 의자 위에서 요란한 소리를 냈다.

"내가 오늘 무엇과 싸워야 하는지 알고나 있소? 어떻게 하면 내가 신도들을 설득하여 우상숭배자들의 혼을 쏙 빼놓는 구경거리로부터 등을 돌리도록 할 수 있을까? 어쩌면 난 오늘 밤 더 영리한 유혹에 패배한 채 귀가할지도 몰라. 당신은 오늘 아기를 낳을 수도 있소. 하지만 난 오직 실패로 막을 내릴지도 모른단 말이오."

그런 말을 하면서도 여전히 그의 모습은 자부심에 넘쳐 보였다. 고결한 도덕적 명분을 위해서라면 그는 패배한다는 사실에조차 만족감을 느꼈다. 이런 일을 어찌 아기를 낳느라 살과 피가 범벅되는 시끄러운 난장판에 비하겠는가?

프렉스가 마침내 떠나려고 일어섰다. 한 줄기 바람이 이제 호수 건너편에서 불어와 부엌에서 피어오르는 연기 기둥을 흐트러뜨렸다. 멜레나는 연기가 나선형으로 좁아지면서 배수구로 빨려 들어가는 물줄기 같다고 생각했다.

"몸조심해요, 내 사랑." 프렉스는 비록 머리부터 발끝까지 근엄한 모습이었지만 이렇게 말했다.

"알았어요." 멜레나는 한숨을 내쉬었다. 아기가 뱃속에서 발로 찼다. 다시 뒷간으로 빨리 가야 했다. "일 잘해요. 당신 생각을 하고 있을게요. 내 등뼈, 내 가슴받이. 죽으면 안 돼요."

"다 이름 없는 신의 뜻이지." 프렉스가 말했다.

"내 뜻이기도 해요." 멜레나가 불경스럽게 내뱉었다.

"당신의 뜻은 그럴 만한 일에만 갖다 붙이시오."

이제 그는 목사이고 그녀는 죄인이었다. 그녀는 이러한 관계가 그리 달갑지 않았다.

"잘 다녀와요."

그녀는 남편이 러시마진스로 가는 길을 따라 걸음을 옮기는 모습이 보이지 않을 때까지 손을 흔들어 준 다음, 악취가 풍기지만 편안한 뒷간으로 갔다.

타임드래곤의 시계

프렉스는 멜레나가 생각한 것보다 더 그녀를 걱정했다. 그는 제일 먼저 눈에 띈 어부의 오두막에 들러 문간에 서서 어부와 이야기를 나누었다. 낮 동안 멜레나 곁에 있어 주고, 필요하다면 밤에도 보살펴 줄 만한 여자가 한두 명쯤 없을까? 그런 친절을 베풀어 준다면 고맙겠다. 프렉스는 감사의 뜻으로 고개를 끄덕이면서, 말은 하지 않았지만 멜레나가 이 지역에서 그다지 호감을 사는 인물은 아니라는 사실을 인정했다.

그런 다음, 일스워터 끝을 따라 러시마진스까지 가던 길을 계속 가기 전에, 나무가 쓰러져 있는 곳에서 잠깐 멈춰 어깨띠에서 편지 두 통을 끄집어냈다.

편지를 보낸 이는 프렉스의 먼 친척뻘 되는 사람으로, 역시 목사였다. 몇 주 전 그는 시간과 귀한 잉크를 들여 이른바 타임드래곤에 대한 묘사를 적어 보냈다. 프렉스는 그날 있을 성스러운 전투에 대비해 마음을 가다듬고자 우상의 시계에 관해 다시 읽어 보았다.

프렉스파 형제, 내가 받은 인상이 희미해지기 전에 서둘러 적네.

타임드래곤의 시계는 마차 위에 올려져 기린처럼 높이 우뚝 서 있다네. 사방에 우묵하게 팬 작은 벽감들과 프로시니엄아치[무대와 객석을 구분하는 그림틀 모양의 건축 구조]가 있고 버팀대도 없이 쓰러질 듯 서 있는 극장이라네. 평평한 지붕 위에는 시계태엽 장치로 만든 용이 있지. 초록색으로 칠한 가죽에 은 발톱을 달았고, 눈에는 루비를 박았어. 엄청나게 많은 구리, 청동, 철 원반이 겹겹이 뒤덮여 피부를 이루었다네. 유연하게 접히는 비늘 밑에는 시계태엽으로 조종되는 갑옷이 있어. 타임드래곤은 받침대 위에서 맴을 돌며 폭이 좁은 가죽 날개를 퍼덕이고(그럴 때마다 풀무 소리가 나지.) 악취 풍기는 오렌지색의 유황 불덩어리를 내뿜는다네.

아래쪽에 있는 수십 개의 출구, 창문, 대문에는 꼭두각시 인형, 마리오네트, 작은 입상들이 있다네. 민간 설화에 나오는 것들이지. 농민과 왕족 모두를 풍자적으로 본뜬 것이야. 동물과 요정, 성인들은 물론이고, 우리 유일교 성인들까지 모욕하고 있단 말일세, 프렉스파 형제! 분노를 참을 수가 없구먼. 그 인형들은 사슬톱니를 타고 움직이네. 빙빙 돌면서 출구로 들어갔다 나왔다 하지. 허리를 굽히고 춤을 추기도 하고 서로 시시덕거린다네.

누가 이 타임드래곤이라는 가짜 신탁, 유일교와 이름 없는 신의 권위에 도전하는 사악한 무리의 선전 도구를 만들었을까? 시계를 다루는 자들은 난쟁이 한 명과 고작해야 모자를 돌려 돈이나 걷을 주변머리밖에 없어 보이는 허리가 잘록한 끄나풀 몇이었다. 난쟁이와 그가 거느린 이 미소년들 말고 이득을 보는 자가 누구일까?

사촌의 두 번째 편지는 시계가 러시마진스 인근으로 향하고 있다고 경고하는 내용이었다. 그 편지에는 더 상세한 이야기가 들어 있었다.

현악기를 뜯는 소리와 딱따기 소리로 쇼가 시작되었다네. 사람들이 환호성을 지르며 몰려들었지. 불을 환하게 밝힌 무대의 창 너머로 꼭두각시 부부가 있는 더블침대가 보였다네. 남편은 잠들었고 아내는 탄식했지. 아내는 조각된 손으로 남편이 너무 왜소하다는 시늉을 하고는 실망스럽다는 몸짓을 했지. 관중은 새된 소리로 왁자하게 웃어 젖혔어. 꼭두각시 아내도 잠자리에 들었다네. 아내가 코를 골기 시작하자, 꼭두각시 남편이 슬그머니 침대 밖으로 나왔어.

바로 이때 위쪽에서 드래곤이 받침대 위에서 돌아서서 군중 가운데 한 사람을 긴 손톱으로 가리켰다네. 틀림없이 비천한 우물 파는 일꾼 그라인이었어. 남편으로서는 좀 부족할지언정 충실한 사람이지. 그러더니 드래곤은 두 개의 손가락을 뻗어 레타라는 이름의 과부와 뻐드렁니가 난 처녀인 그 딸한테만 이리 나오라는 손짓을 했어. 군중은 입을 다물고 그라인과 레타, 얼굴을 붉힌 처녀한테서 슬슬 물러났다네. 마치 그들이 갑자기 고름이라도 질질 흘리고 있다는 듯이 말이야.

드래곤은 다시 앉았지만 다른 아치 위에 날개를 드리웠어. 그 아치에 불이 밝혀지면서 꼭두각시 남편이 밤에 헤매는 모습이 보였네. 머리는 산발하고 얼굴은 상기된 꼭두각시 과부가 안 나오려고 몸부림치는 뻐드렁니가 난 꼭두각시 딸을 질질 끌고 나왔다네. 꼭두각시 과부는 꼭두각시 남편에게 입을 맞추고 가죽 바지를 벗겼네. 그의 몸에는 성기가 앞에 하나, 뒤쪽 등뼈 아래에 또 하나, 두 개가 달려 있었네.

과부는 딸더러 앞쪽의 짧은 물건을 취하게 해 놓고, 자기는 뒤쪽에 더 위협적으로 튀어나온 것을 취했다네. 꼭두각시 셋은 미친 듯이 킬킬대면서 몸을 흔들어 댔다네. 마침내 꼭두각시 과부와 딸이 일을 끝내고, 꼭두각시 남편의 몸에서 내려와 입을 맞추었다네. 그런 다음 그들은 그를 동시에 앞뒤에서 무릎으로 찍었네. 그는 용수철과 경첩으로 이어진 부분들을 흔들거리면서 망가진 몸을 추스르려 애썼네.

관중들은 아우성을 치고 난리 법석이었네. 진짜 우물 파는 일꾼 그라인은 주먹만 한 땀방울을 뚝뚝 흘렸지. 레타는 짐짓 깔깔대고 웃는 척했지만 딸은 이미 수치심을 못 이겨 자취를 감추었다네. 저녁이 다 가기 전, 그라인은 흥분한 이웃들한테 붙들려 정말로 그렇게 기괴하게 생겨 먹었는지 조사를 당했네. 레타는 따돌림을 당했어. 딸은 온데간데없이 종적을 감추었네. 최악의 사태도 예상하고 있네.

적어도 그라인은 목숨은 부지했네. 하지만 이런 잔인한 연극이 우리의 영혼을 얼마나 짓밟았겠는가? 모든 영혼은 인간의 외피에 인질로 잡혀 있는 존재이지만, 이런 모욕을 겪는다면 영혼도 썩어 들어가는 것이 당연하지 않겠는가, 안 그런가?

프렉스가 보기에는 속이 뻔히 들여다보이는 주문이라도 쓸 줄 아는 오즈의 떠돌이 마녀나 횡설수설하는 이빨 빠진 예언자라는 작자들은 모두 웬드하딩스의 오지를 주무대로 삼고 돈벌이를 하고 있는 듯했다. 그는 러시마진스의 주민들이 초라하다는 것을 알고 있었다. 그들의 생활은 고달팠고 별로 희망도 없었다. 가뭄이 오래가면서 전통적인 유일교에 대한 믿음도 서서히 무너졌다. 프렉스는 타임드래곤의 시계가 교묘한 손재간과 마법의 매력을 결합했다는 것을 알았다. 이제 이것과 맞서려면 그의 내면 가장 깊은 곳에 자리한 종교적 신념까지 끌어내야 할 것이다. 그의 신도들이 이른바 오락을 앞세운 믿음 앞에 연약한 존재로 드러나 구경거리와 폭력에 굴복한다면, 그 다음에는 어떻게 할 것인가?

그는 승리할 것이다. 그는 그들의 목사였다. 그들의 이를 뽑아 주고 아기를 묻어 주고 오랜 세월 그들의 부엌 항아리에 축복을 내려 주었다. 그들을 위하여 몸을 낮추었다. 그는 불쌍한 멜레나를 한 번에 몇 주씩 홀로 목사관에 남겨 놓고, 턱수염을 텁수룩하게 기르고 탁발 그릇을 들고 이 마을 저 마을 유랑했다. 그는 그들을 위해 희생했다. 그들이 타임드래곤 따위에 휘둘리다니, 안 될 말이다. 그들은 그에게 은혜를 입었다.

프렉스는 어깨를 쭉 펴고 턱을 당기고 요동치는 뱃속을 누르며 다시 걸음을 옮겼다. 하늘은 모래 바람으로 누르께했다. 바람이 프렉스의 눈길이 닿는 곳 너머 어딘가 산등성이 위의 갈라진 바위틈을 뚫고 지나가는지 떨리는 울부짖음 소리를 내며 언덕 너머로 높이 몰아쳤다.

마녀의 탄생

저녁참이 다되어서야 프렉스는 용기를 내어 쓰러져 가다시피 하는 마을에 들어섰다. 그는 땀에 푹 젖었다. 땅을 뒤꿈치로 차고 움켜쥔 주먹으로 문을 두들기며 거친 목소리로 우렁차게 외쳤다.

"여봐라, 신념이 부족한 자들아! 유혹이 도처에 있을진대, 한데 모여 온 힘을 다하여 애쓸지니라!"

우스꽝스러울 만큼 고어체의 말투였으나 효과가 있었다. 어부들이 뚱한 얼굴로 부두에서 빈 그물을 끌고 나왔다. 자작농들도 왔다. 올해처럼 가뭄이 들면 거의 소출이 없는 척박한 땅을 부치며 근근이 생계를 잇는 이들이었다. 그가 시작도 하기 전에 다들 나쁜 짓이라도 한 듯 켕기는 얼굴들이었다.

그들은 그의 뒤를 따라 배 수선집의 낡아 삐걱이는 계단을 올라갔다. 프렉스는 모두가 한시라도 속히 이 사악한 시계가 당도하기만을 고대하고 있음을 알고 있었다. 소문은 역병처럼 삽시간에 퍼져 나갔다. 그는 기대감에 목마른 그들에게 고함쳤다.

"예쁘다고 잉걸불에 손대는 어린아이처럼 우매한 자들아! 드래곤의 자궁에서 태어난 새끼처럼 불타는 젖꼭지를 기꺼이 빨려고 드느냐!"

이런 케케묵은 성서의 저주가 오늘 밤에는 영 맥을 못 추었다. 그는 지쳤고 상태도 그리 좋지 못했다.

"프렉스파 목사님, 우리가 새로운 유혹이 대관절 어떻게 생겨먹었는지만이라도 볼 기회를 준 다음에 설교를 하면 안 되겠소?" 러시마진스의 시장인 비피가 말했다.

"당신들은 새로운 유혹에 저항할 기개가 없군." 프렉스는 침을 뱉고 말했다.

"목사님이 여러 해 동안 우리들을 훌륭히 이끌어 주지 않았소? 우리가 죄에 맞설 힘이 있다는 것을 보여 줄 이만 한 기회는 다시 없을 거요. 우리는 영적인 시험에 들어 보고 싶소."

어부들은 웃음보를 터뜨리며 야유를 날렸다. 프렉스는 더욱 무서운 얼굴로 노려보았지만, 돌길에 팬 홈에 부딪히는 낯선 바퀴 소리가 들려오자 그들은 모두 고개를 돌리고 침묵에 빠져 들었다. 목사는 말을 시작하기도 전에 그들의 관심 밖으로 밀려나 버렸다.

네 마리 말이 시계를 끌고 그 뒤에서 난쟁이와 젊은 패거리들이 마차를 호위했다. 드래곤이 널찍한 지붕 위를 장식하고 있었다. 그러나 이 괴수의 몰골이라니! 드래곤은 마치 진짜로 생명이 있어서 당장이라도 박차고 뛰어오를 듯한 자세였다. 마차 건물의 외벽은 야단스러운 색으로 장식되었고, 금빛 잎들로 빛났다. 어부들은 시계가 가까이 다가오자 입을 벌린 채 다물지 못했다.

난쟁이가 공연 시각을 알리기도 전에, 젊은이들이 곤봉을 꺼내기도 전에, 프렉스가 경첩 달린 접이식 무대의 계단으로 뛰어올랐다.

"왜 이 물건을 시계라고 부르는가? 단조롭고 눈에 잘 띄지도 않는 시계 문자반은 정신 사나운 세부 장치들에 가려 사라져 버렸다. 더군다나 시계바늘은 움직이지도 않는다. 보아라, 너희들 눈으로 똑똑히 보란 말이다! 자정이 되기 1분 전에 머무른 모습 그대로 그려져 있지 않느냐! 여기 너희 눈에 보이는 것은 전부 기계 장치뿐이니라. 나는 이것의 진상을 다 알고 있다. 너희들은 기계로 만든 곡물밭이 자라고, 달이 찼다가 이지러지고, 화산이 검고 붉은 금속 조각으로 꾸민 부드러운 붉은 천을 토해 내는 모습을 보게 될 것이다. 이렇게 온갖 장난을 치면서도 왜 시계판에 돌아가는 시곗바늘은 달아 놓지 않았단 말인가? 대관절 무슨 이유인가? 묻겠노니, 그렇지, 자네, 고넷, 그리고 스토이, 페리파도. 어찌하여 여기에 진짜 시계가 없단 말인가?"

고넷이고 스토이고 페리파고, 누구 하나 들은 체도 하지 않았다. 다들 기대에 차서 구경하느라 정신이 없었다.

"물론 그 답은 이것이 지상의 시간을 재는 시계가 아니라 영혼의 시간을 재는 시계이기 때문이다. 속죄와 선고의 시간 말이다. 영혼에게는 매 순간이 항상 심판받기 직전이니라…… 심판을 받기 1분 전이란 말이다! 그대가 60초 후에 죽는다면, 우상숭배자들을 위해 예비된 숨 막히는 무저갱 속에서 영겁의 세월을 보내고 싶은가?"

"오늘 밤에는 동네가 지랄맞게 시끌시끌하네."

그늘 속에서 누군가의 말에 구경꾼들이 웃음을 터뜨렸다. 프렉스가 고개를 돌려 보니 그의 머리 위로 작은 문에서 작은 꼭두각시 개가 사납게 짖어 댔다. 프렉스의 머리카락만큼이나 검은 털이 곱슬거렸다. 개는 용수철을 달아 팔짝팔짝 뛰어오르면서 짜증을 돋울 만큼 높은 소리로 짖어 댔다. 웃음소리가 점점 더 커졌다. 저녁 어스름이 깊어 가면서 프렉스는 누가 웃고 있는지도 분간하기 어려웠다. 이제 그들은 프렉스에게 안 보이니 옆으로 비키라고 소리 지르기 시작했다.

그가 움직이려 하지 않자, 사람들은 그를 버티고 섰던 자리에서 거칠게 쫓아냈다. 난쟁이가 시적인 환영 인사를 했다.

"우리네 삶은 의미 없는 움직임입니다. 우리는 생쥐처럼 삶 속으로 굴을 파고 들어가 그 속에서 생쥐처럼 꿈틀거리다가 마지막엔 생쥐처럼 무덤 속으로 몸을 던집니다. 가끔 한 번씩 예언의 목소리에 귀 기울이거나 기적극을 좀 본다고 해서 안 될 게 뭐겠습니까? 우리의 남루하고 비천한 생쥐 같은 삶에는 보잘것없는 형태와 의미가 어울립니다! 자, 여러분, 더 가까이 와서 여러분의 삶에 예언자들이 무슨 얘기를 해 주는지 한번 보십시오! 타임드래곤은 여러분이 여기에 머물 동안 다람쥐 쳇바퀴 돌듯 살아온 진실 이전, 그 너머, 그 속에 있는 것을 본답니다! 여러분에게 무엇을 보여 줄지 지켜봐 주십시오!"

군중이 앞으로 몰려들었다. 달이 떠올라 복수심에 가득 찬 성난 신의 눈빛처럼 빛났다.

"그만둬, 나 좀 가게 해 다오."

프렉스가 외쳤다. 상황은 그가 생각했던 것보다 더 나빴다. 자기 신도들한테 이렇게 거친 대접을 받기는 처음이었다.

시계는 양털 같은 수염과 검은 곱슬머리를 늘어뜨리고 남들 앞에서는 경건한 척하는 남자에 대한 이야기를 풀어놓았다. 그는 소

박함, 청빈, 관대함을 설교하면서도 금과 에메랄드를 넣은 궤를 어느 명문가 여식의 이중 경첩이 달린 가슴속에 숨겨 두고 있었다. 그 악한은 결국 무자비하게 긴 쇠꼬챙이에 찔려 굶주린 자기 신도들에게 '구운 목사 옆구리 살 요리'로 제공되었다.

"이건 너희들의 가장 비열한 본능을 선동하는 짓이다!" 프렉스는 팔짱을 낀 채 분노로 얼굴이 시뻘게져 고래고래 소리 질렀다.

그러나 이제 거의 완전히 깜깜해졌고 누군가 뒤에서 불쑥 튀어나와 그의 입을 막았다. 팔이 그의 목을 감았다. 그는 어떤 막돼먹은 교구민이 이렇게 방약무인한 행동을 하는지 보려고 고개를 틀었으나, 모두 두건으로 얼굴을 가리고 있었다. 그는 사타구니를 걷어차이고 쓰러져 얼굴을 흙 속에 박았다. 누군가 발로 그의 엉덩이 사이를 정통으로 걷어차는 통에 창자가 다 쏟아지는 듯했다. 그러나 군중들은 신기한 볼거리에 정신이 팔려 쳐다보지도 않았다. 그들은 타임드래곤이 펼치는 다른 구경거리에 신나서 어쩔 줄 몰라하며 환호성을 지르고 있었다. 과부의 숄을 둘러쓴 한 동정심 깊은 여인이 그의 팔을 잡고 끌어냈다. 그는 너무 엉망진창이 된 데다가 극심한 통증 때문에 몸을 펴서 누구인지 볼 수도 없었다.

"목사님을 지하 저장실의 삼베 밑에 숨겨드릴게요." 여인이 나지막이 속삭였다. "오늘 밤 저놈들이 쇠스랑을 들고 목사님을 찾아올 거예요. 보나 마나 뻔하지요! 목사님 댁으로 찾으러 가겠지만, 제 저장실까지 들여다보지는 않을 거예요."

"멜레나, 그들이 아내를 찾아낼 텐데……." 그가 겨우 말했다.

"부인도 돌봐 드리죠. 그쯤은 우리 여자들한테 맡기셔도 좋아요!"

목사관에서 멜레나는 의식을 놓지 않으려고 애쓰고 있었다. 두 산파가 그녀의 시야에 보였다 흐려졌다 했다. 한 명은 생선 장수였고, 다른 한 명은 몸을 제대로 쓰지 못하는 노파였다. 그들은 번갈아 그녀의 이마를 짚어 보고, 다리 사이를 들여다보고, 멜레나가 콜웬 그라운즈에서 여기까지 가까스로 가져왔던 몇 안 되는 자질구레한 장신구며 보물들을 힐끔힐끔 훔쳐보았다.

"이 핀로블 잎사귀 반죽 좀 씹어 봐요, 새댁. 자기도 모르는 새 정신이 까무룩해질 거유. 긴장이 풀리고 예쁜 아기가 퐁 하고 튀어나올 거유. 아침이면 만사 형통할 거라니까. 새댁이 제아무리 장미 향수랑 요정의 이슬 냄새를 풍기려 해봐도, 우리처럼 고약한 냄새만 나는구먼. 씹어요, 새댁, 씹으라고." 생선 장수가 말했다.

문 두드리는 소리에 궤 앞에 무릎을 꿇고 앉아 뒤적이던 노파가 화들짝 놀라 고개를 들었다. 노파는 쾅 소리가 나게 뚜껑을 닫고 눈을 감고는 기도하는 척했다.

"들어오슈."

피부가 보드라운 처녀가 상기된 얼굴로 들어왔다.

"오, 누가 여기 있을 줄 알았어요. 임부는 좀 어떤가요?"

"정신이 가물가물해. 아기가 나올 때도 다됐어. 얼추 한 시간만 더 있으면 끝날 거야." 생선 장수가 대답했다.

"저, 경고를 전하라고 해서 왔어요. 술 취한 남자들이 돌아다니고 있어요. 그 마법 타임드래곤의 사주로 프렉스 목사님을 죽이겠다고 찾아다니는 중이래요. 시계가 그렇게 말했어요. 여기로 올 거예요. 부인을 안전한 곳으로 옮겨야 해요. 그런데 옮길 수 있겠어요?"

아니, 옮기지 마, 멜레나는 생각했다. 만일 농부들이 프렉스를 찾아낸다면 그들더러 나를 위해서 그를 단숨에 깨끗이 죽여 달라고 말해 줘. 눈앞이 온통 핏빛으로 물들 정도로 이렇게 지독한 고통은 처음이라고. 내가 이토록 지독한 꼴을 겪게 만들다니 차라리 그를 죽여 줘. 멜레나는 이런 생각에 잠깐 미소를 짓다가 의식을 잃어 버렸다.

"부인은 놔두고 일단 빨리 몸을 피하자고요! 시계가 부인도 죽이라고 그랬어요. 부인이 낳을 작은 용도 함께요. 난 잡히기 싫어." 처녀가 말했다.

"우린 지금껏 나름대로 남부끄럽지 않게 살았어. 그래도 목사님 부인인데 출산 중에 버리고 갈 수는 없어. 시계가 무슨 소리를 했건 난 상관 안 해." 생선 장수가 말했다.

노파가 다시 궤 속에 고개를 처박고 말했다.

"진짜 길리킨산 레이스 가질 사람?"

"아래쪽 밭에 건초 수레가 있으니, 그걸 쓰자고. 자, 내가 갖고 올 테니 좀 도와줘. 거기 할멈, 그 리넨에만 정신 팔지 말고 이 예쁜 분홍빛 이마나 좀 적셔 주구려. 이제 가자." 생선 장수가 말했다.

잠시 후 노파, 생선 장수, 처녀는 인적이 드문 길을 따라 고사리 덤불이 우거진 가을 숲을 헤치고 건초 수레를 밀었다. 거센 바람이 나무 하나 없는 클로스 언덕 앞을 휘파람 소리를 내며 스치고 지나갔다. 담요를 둘러쓴 멜레나는 의식을 잃은 채 고통에 신음만 흘렸다.

술 취한 무리들이 쇠스랑과 횃불을 들고 지나가는 소리가 들리자, 여자들은 겁에 질려 가만히 서서 혀 꼬인 소리로 내뱉는 욕설에 귀를 기울였다. 그런 다음 숨이 턱에 닿도록 서둘러 발길을 재촉하여 마침내 안개 덮인 관목 숲에 다다랐다. 축성을 받지 못한 시체들이 묻히는 묘지 끝자락이었다. 그들은 그 안에서 시계의 희미한 윤곽을 보았다. 난쟁이가 안전하게 보관하느라고 여기에 놓아 둔 것이었다. 난쟁이는 바보가 아니었다. 이 외진 구석이야말로 오늘 밤 흥분에 들뜬 마을 사람들의 눈길이 여간해서는 미치지 않을 곳이었다.

처녀가 가쁜 숨을 누르며 말했다.

"난쟁이와 하수인들도 술집에서 술을 마시고 있던데요. 여기에는 우리를 방해할 사람이 아무도 없어요."

그러자 노파가 말했다.

"요 요망한 것아, 그럼 넌 술집 창문으로 그 남자들을 엿보았다는 게로구나?"

노파는 시계 뒤의 문을 밀어젖혔다. 거기에 기어 들어갈 정도의 공간이 있었다. 희끄무레한 어둠 속에 추가 불길하게 매달려 있었다. 거대한 톱니바퀴는 몰래 침입하는 자가 있으면 누구든 소시지로 만들어 주겠다는 듯이 버티고 서 있었다.

"자, 산모를 이리 데려와." 노파가 말했다.

새벽이 되자 횃불과 안개로 뒤덮였던 밤하늘에 먹구름이 깔리면서 천둥이 울리고 번개가 춤추듯 번쩍였다. 비가 너무 거세게 쏟아져서 빗물이 아니라 진흙 덩어리가 떨어지는 듯할 때도 있었지만, 잠깐 푸른 하늘이 슬쩍 엿보이기도 했다. 산파들은 할 일을 마치고 시계 뒤쪽에서 손과 무릎으로 기어 나왔다. 그들은 물이 흐르는 도랑에 아기를 빠뜨리지 않게 조심했다.

"봐, 무지개가 떴네."

노파가 고개를 까닥이며 말했다. 하늘에 색색의 빛으로 이루어진 엷은 스카프가 걸려 있었다.

그들이 아기의 몸에서 양막과 피를 닦아 내고 본 것은 빛의 장난이었을까? 폭풍우가 지나간 후 잔디는 본래 빛깔로 고동치는 듯했고 장미는 가지 위에서 찬연한 아름다움을 빛냈다. 그러나 이렇게 빛과 대기가 빚어내는 효과를 감안한다 해도, 산파들은 자기들의 눈에 보이는 것을 부인할 수 없었다. 어머니의 체액 아래에서 아기는 괴이하게도 희미한 선녹색의 광채를 내뿜었다.

갓 태어난 아기의 울음소리도 없었다. 그 아기는 입을 벌리고 호흡할 뿐, 기척이 없었다.

"앵앵 울어 봐, 요 마귀 같은 것아. 그게 네가 처음으로 할 일이야." 노파가 말했다. 그러나 아기는 제 할 일을 회피했다.

"꽤나 고집 센 사내애로군. 요것을 없애 버릴까?" 생선 장수가 한숨을 내쉬며 말했다.

"그렇게 심하게 굴지 좀 마, 계집애야." 노파가 말했다.

"하, 다시 봐요. 고추가 달렸잖아요." 눈이 나쁜 처녀가 말했다.

잠시 동안 그들은 벌거벗은 아기를 앞에 놓고 옥신각신했다. 잠시 후 세 번째로 씻겨 보고서야 아기가 여자아이라는 것이 분명해졌다. 아마도 산고를 치르던 중 분비물이 좀 끼었다가 갈라진 틈에 빨리 말라붙은 모양이었다. 수건으로 일단 닦아 내고 보니, 아기는 갸름하고 우아한 머리에 예쁜 팔뚝, 꼬집어 주고 싶도록 조그만 엉덩이, 작은 손톱이 붙은 귀여운 손가락을 지닌 예쁜 아기였다.

피부에 초록색이 도는 것은 아무리 보아도 확실했다. 뺨과 배에는 발그레한 빛이 감돌았고, 꽉 감은 눈꺼풀에는 담갈색이 돌았으며, 언젠가 머리카락이 돋을 형태를 보여 주는 머리통에는 황갈색 줄무늬가 있었다. 그러나 전체적으로는 풀잎 같은 초록색이었다.

"우리가 고생해서 받아 낸 것 좀 봐요. 조그만 초록색 버터 덩어리야. 요걸 죽여 버리지그래요? 세상 사람들이 뭐라고 할지 뻔하잖아요." 처녀가 말했다.

"내가 보기에는 썩은 게야. 똥 냄새가 나잖아." 생선 장수가 엉덩이 사이를 살펴보고 손가락과 발가락을 세면서 말했다.

"그거야 아줌마가 똥 냄새를 맡고 있으니까 그렇죠. 소가 싸 놓은 똥 무더기 속에 웅크리고 앉아서 그런 소리를 하다니."

"구역질 나. 기력도 없고. 색깔 때문인 게야. 요걸 웅덩이에 빠뜨려 죽이자. 아기 엄마는 모를 거라고. 귀한 몸이라 깨어나려면 몇 시간은 걸릴 테니까."

그들은 킬킬대고 웃었다. 팔에 아기를 안고 어르기도 하고, 돌아가며 몸무게와 몸의 균형을 시험해 보기도 했다. 아기를 죽여 없애는 편이 가장 친절한 행동이 아닐까? 문제는 어떤 방법을 쓸 것인가였다.

그때 아기가 하품을 했다. 생선 장수가 무심코 아기에게 젖 대신 빨도록 손가락을 내밀었는데, 아기가 손가락을 두 번째 마디에서 물어뜯었다. 그러자 피가 울컥 흘러나와 아기가 질식할 뻔했다. 손가락은 얼레처럼 아기의 입에서 진흙 속으로 떨어졌다. 여자들이 당황하여 흥분했다. 생선 장수는 아기의 목을 졸랐고, 노파와 처녀가 그 여편네를 말렸다. 진창에서 손가락을 끄집어내어 그것이 떨어져 나온 손마디에 다시 꿰매어 붙여 보려고 앞치마 주머니에 잘 넣었다.

"저건 고추야, 자기한테 저게 없다는 것을 막 알아챈 거지." 처녀가 소리치더니 땅바닥을 구르며 웃어 댔다.

"아, 맨 처음 저 애랑 재미 보려는 멍청한 남자애는 조심해야겠네! 고 여물지도 않은 고추를 기념품으로 잘라 버릴 테니!"

산파들은 시계 속으로 다시 기어 들어가 아기를 어머니의 품에 놓았다. 아기가 또 무엇을 물어뜯을지 몰라 자비를 베풀어 죽여 주려던 생각도 없어졌다.

"다음번에는 젖꼭지를 동강 낼 거야. 그 정도면 저 졸음에 겨운 연약하신 귀부인께서도 재깍 깨어나시겠지." 노파가 재미있어 죽겠다는 듯이 낄낄댔다. "뭐 저런 애가 다 있담. 제 어미의 젖보다 피부터 빨아먹다니!"

그들은 옆에 물병을 놓아 두고 다시 폭우가 쏟아지는 틈을 타 소리를 죽이고 빠져나갔다. 자기들의 아들과 남편과 형제들을 찾아내어, 그들이 살아 있다면 야단치고 때려 줄 것이고, 죽었다면 묻어 줄 것이다.

그림자 속에서 아기는 자기 머리 위로 고른 이가 기름에 번들거리는 시계 톱니바퀴를 올려다보았다.

초록색

멜레나는 며칠이 지나도록 아기를 쳐다보기도 힘들었다. 그녀는 어머니라면 마땅히 해야 하는 대로 아기를 안았다. 모성애가 마음 속 깊은 곳에서부터 샘솟아 가득 차오르기를 기다렸다. 그녀는 울지 않았다. 핀로블 잎을 씹으며 이 재앙을 잠시라도 잊어 보려고 했다.

여자 아기였다. 아무리 보아도 여자 아기였다. 멜레나는 홀로 있을 때는 마음을 바꾸어 생각해 보려고 노력했다. 이 꼬물거리는 불행한 아기는 사내애가 아니었다. 중성도 아니었다. 여자애였다. 아기는 물기를 빼려고 식탁 위에 올려 둔 양배추 같은 꼴로 잠들어 있었다.

겁에 질린 멜레나는 일을 그만둔 유모에게 좀 와 달라고 부탁하는 편지를 써서 콜웬 그라운즈로 부쳤다. 프렉스는 스톤스파 엔드 중간역에서 유모를 맞아 데려오려고 마차를 타고 나갔다. 돌아오는 길에 유모는 프렉스에게 무슨 문제가 생겼느냐고 물었다.

"뭐가 문제냐고요?"

프렉스는 탄식하듯 내뱉고는 이내 깊은 생각에 잠겼다. 유모는 단어를 잘못 골랐다는 것을 깨달았다. 지금 프렉스는 심란하기 짝이 없었다. 그는 악의 본질에 대해 일반적인 얘기를 웅얼거리기 시작했다. 이름 없는 신의 설명할 수 없는 부재 때문에 빈 곳이 생기면, 그곳으로 영적인 독이 들어와 소용돌이를 일으킨다고 했다.

유모가 분통을 터뜨렸다.

"전 아기의 상태가 어떠냐고 물어본 거예요! 내가 듣고 싶은 것은 우주 얘기가 아니라 내가 도와주어야 할 아기 한 명에 대한 것이라고요. 어째서 멜레나 아씨가 어머니 대신 저를 불렀지요? 왜 할아버님께는 편지 한 통 쓰지 않았나요? 할아버지가 트롭 영주님이신데! 아씨가 자기 의무를 그렇게 깡그리 잊어버리다니 어떻게 그럴 수 있우? 아니면 시골 생활이 우리가 생각했던 것보다 더 끔찍한가요?"

"생각했던 것보다 더 나빠요. 유모도 마음의 준비를 해 두는 편이 좋겠구려. 그래야 수선 떨지 않겠지. 아기한테 문제가 있어요."

"문제라고요?" 유모는 여행용 손가방을 쥔 손에 더욱 힘을 주면서 길가의 붉은 잎 진주과일 나무로 눈길을 돌렸다. "프렉스 님, 나한테 다 털어놓으세요."

"계집아이라오." 프렉스가 말했다.

"그거 정말 문제군요." 유모가 놀리듯 말했지만, 프렉스는 늘 그렇듯이 알아채지 못했다. "흠, 가문의 작위가 적어도 한 세대는 더 가겠네. 아기가 사지는 다 멀쩡한가요?"

"그렇소."

"뭐 더 달린 건 없나요?"

"없소."

"젖은 잘 빤답니까?"

"젖을 빨릴 수가 없소. 이가 이상해요, 유모. 상어 이빨 같소."

"젖꼭지 대신 우윳병이나 천 조각에 적신 우유로 큰 애들이 하나 둘도 아닌데 무슨 걱정이우."

"색깔이 이상해요." 프렉스가 말했다.

"색깔이 이상하다니?"

잠시 동안 프렉스는 고개만 저을 뿐 말을 잇지 못했다. 유모는 그를 좋아하지 않았고 앞으로도 좋아할 것 같지 않았지만 상냥하게 말했다.

"프렉스 님, 그렇게 나쁘게만 생각하지 마요. 해결 방법은 항상 있게 마련이니까. 이 유모한테 털어놔 보구려."

프렉스가 마침내 입을 열었다.

"그게 파래요, 유모, 이끼처럼 파랗단 말이오."

"딸이 활기차다는 말이지요. '그것'이 아니라 딸이에요, 하늘의 도움으로 말예요."

"하늘이 도우신 게 아니오." 프렉스는 흐느끼기 시작했다. "하늘에 득될 것도 없소. 유모. 하늘의 뜻이 아니오. 이 일을 어쩌면 좋담!"

"쉿. 최악의 상황이라는 건 없어요. 아씨의 혈관에 나쁜 피 같은 건 손톱만큼도 없다고요. 아기한테 무슨 병이 있든 유모가 잘 돌봐 주면 좋아질 거유. 이 유모를 믿어요."

"난 이름 없는 신을 믿소." 프렉스가 흐느꼈다.

"신과 유모가 늘 엇나가는 건 아니라우." 유모는 이게 불경한 말인 줄은 알지만, 프렉스가 풀이 죽어 있는 터라 놀리고 싶은 마음을 참을 수 없었다. "하지만 걱정 마요. 아씨 가족한테는 내 입도 벙긋 안 할 테니. 그런 일쯤이야 눈 깜박할 새 처리할 수 있지. 누구한테 알리고 자시고 할 것도 없어요. 아기 이름은 지었어요?"

"엘파바."[‡]

"워터폴의 에이엘파바 성인의 이름을 따서 지었군요?"

"그렇소."

"좋은 옛 이름이네. 그럼 '파발라'라는 애칭으로 부르면 되겠군요."

"애칭으로 불러 줄 때까지 살기나 할는지." 프렉스는 차라리 그렇게 되었으면 좋겠다는 투로 말했다.

"흥미로운 마을이네. 아직 웬드 하딩스인가요?"

유모가 화제를 바꾸려고 이렇게 물었다. 그러나 프렉스는 자기 생각에만 빠져서 말들이 길을 벗어나도 모를 지경이었다. 시골은 지저분하고 음침하며 촌뜨기들만 우글거렸다. 유모의 마음속에 제일 좋은 여행복을 꺼내 입지 말걸 그랬다는 후회가 슬슬 밀려들었다. 길가의 좀도둑들이 이렇게 잘 차려입은 노부인이라면 털어먹을 것이 있겠다고 기대할지도 모른다. 그들 짐작이 틀리지 않을 것이다. 유모는 오래전 여주인의 침실에서 슬쩍한 금빛 가터를 자랑스럽게 차고 있었다. 이렇게 세월이 지나 나이는 먹었어도 잘 빠진 유모의 허벅지에서 그 가터가 발견된다면 그 무슨 망신인가! 그러나

‡ 작가는 주인공의 이름을 『오즈의 마법사』의 저자 L. Frank Baum에서 발음을 따와 Elphaba라고 지었다.

유모의 걱정은 쓸데없는 것이었다. 마차는 무사히 목사의 오두막집 뜰에 도착했다.

"먼저 아기를 좀 봅시다. 아기가 어떤지 내가 알아야 아씨한테도 더 편할 테니까."

마침 멜레나는 핀로블 잎 덕분에 의식불명 상태였다. 아기는 바구니에 담겨 식탁 위에서 가늘게 울음소리를 내고 있었다.

유모는 행여 기절해 쓰러지더라도 다치지 않도록 의자를 끌어당겼다.

"프렉스 님, 내가 들여다볼 수 있도록 마룻바닥에 바구니를 놓아 주세요."

프렉스는 유모의 말대로 따른 다음, 말과 마차를 비피에게 돌려주러 나갔다. 비피는 시장 일을 보느라 말과 마차가 거의 필요 없었고, 조금이라도 정치 자금을 벌어 볼 요량으로 그것들을 빌려 주었다.

아기는 리넨에 싸여 있었다. 유모가 들여다보니 아기의 입과 귀를 삼각천으로 싸 놓았다. 코는 상한 버섯 자루처럼 허공으로 솟아 있었고, 눈은 동그랗게 뜨고 있었다.

유모는 더 가까이 몸을 기울였다. 생후 석 주가 되지 않은 듯 보였다. 그러나 유모는 이쪽저쪽으로 돌아 아기 이마의 옆모습을 여러 각도에서 살피며 정신 상태를 판단해 보려 했다. 아기는 눈을 이리저리 굴리며 유모를 좇았다. 아기의 눈은 땅 속을 깊이 뒤집어 팠을 때와 같은 진한 갈색이었고, 작은 별이 점점이 박힌 것처럼 반짝였다. 눈꺼풀이 맞닿는 부드러운 양끝에는 가냘픈 붉은 선이 그물처럼 퍼져 있었다. 마치 보고 이해하려고 너무 애쓴 탓에 실핏줄이

터진 것 같았다.

그리고 피부, 그 피부는 정말로 불길한 초록색이었다. 유모는 생각했다. 보기 흉한 색은 아니야. 사람의 피부색이 아닐 따름이지.

유모는 손을 뻗어 아기의 뺨을 가볍게 쓰다듬었다. 아기는 움찔하더니 등을 활처럼 구부렸다. 아기를 목부터 발까지 꽁꽁 감싸고 있던 강보가 껍질처럼 벗겨졌다. 유모는 이를 악물고 움츠러들지 않겠다고 굳게 다짐했다. 가슴부터 사타구니까지 아기의 몸이 다 드러났다. 가슴팍의 피부도 똑같이 눈에 확 띄는 색깔이었다.

"당신들 두 사람, 아직 아기한테 손도 대 보지 않은 거야?"

유모가 중얼거렸다. 유모는 아기의 솟아오른 가슴에 손바닥을 대고 잘 뵈지도 않는 아기의 젖꼭지를 손가락으로 더듬어 본 다음, 아래쪽으로 손을 훑어 내려 밑의 기관을 살폈다. 아기는 축축한 오물투성이였지만 어디 하나 정상에서 벗어난 데는 없어 보였다. 아기의 피부는 멜레나의 어릴 적 피부처럼 믿을 수 없을 만큼 보드라웠다.

"유모한테 오렴, 요 흉측한 것아."

유모는 몸을 구부려 오물 범벅인 아기를 안아 올렸다.

아기는 손길을 피하려고 이리저리 몸을 뒤챘다. 아기 머리가 바구니의 골풀로 짠 바닥에 부딪혔다.

"엄마 뱃속에서도 춤을 추었나 보구나. 무슨 음악에 맞춰 춤췄는지 궁금한걸? 이 힘 좋은 근육 좀 보게! 안 돼, 나한테서 못 빠져나가. 이리 오렴. 요 꼬마 요물아. 유모는 상관 안 해. 유모는 네가 맘에 든단다."

유모는 나지막이 거짓말을 늘어놓고 있었지만, 프렉스와 달리 세상에는 하느님이 허락하신 거짓말도 있다고 믿었다.

유모는 엘파바를 안아 무릎에 앉혔다. 낮은 목소리로 아기를 어르다가 한 번씩 고개를 돌려 창밖을 내다보며 마음을 진정시키고 토악질이 올라오는 것을 참았다. 유모는 아기를 달래려고 배를 문질러 주었지만 전혀 효과가 없었다.

오후 늦게 유모가 쟁반에 차와 빵을 받쳐 들고 가 보니, 멜레나는 팔꿈치에 턱을 괴고 앉아 있었다.

"여장도 풀었고, 어린것하고도 낯을 익혔어. 이제 아씨도 정신 좀 차려 봐요. 이 유모가 키스해 줄게."

"오, 유모!" 멜레나는 유모에게 기대었다. "와 줘서 고마워. 그 작은 괴물 봤지?"

"사랑스럽기만 하구먼." 유모가 말했다.

"아닌 척 거짓말하지 마. 도와줄 생각이 있다면 솔직해져야 해."

"내가 도움을 주려면, 아씨가 솔직해져야지. 이제 와서 꼬치꼬치 따질 필요는 없겠지만, 내가 사정을 다 알아야겠우, 아씨. 그래야 어떻게 하면 좋을지 결정할 수 있을 테니까."

그들은 차를 홀짝였다. 엘파바가 마침내 잠들자, 잠시나마 콜웬 그라운즈에서 보낸 옛 시절로 되돌아간 듯했다. 그 시절 멜레나는 자기의 마음에 들려고 기를 쓰는 세련된 젊은 신사들과 오후 산책을 마친 후 집에 돌아와 관심 없는 척하는 유모에게 그들의 남자다움을 자랑하곤 했다.

사실 몇 주가 지나면서 유모의 눈에는 아기에 대해 근심스러운 점이 적잖이 눈에 띄었다.

우선, 유모는 아기의 붕대를 풀려고 해보았으나, 아기는 유모의 손을 물어뜯으려고 기를 썼다. 고 예쁘장한 얇은 입술 속의 이는 정말로 소름 끼치게 무시무시했다. 붕대를 풀어 주었다가는 바구니까지 물어뜯어 구멍을 내 버릴 지경이었다. 그리고 자기 어깨도 자꾸 물려고 해서 생살이 벗겨졌다. 마치 자기 목을 조르려는 것처럼 보였다.

"이발사더러 이를 좀 뽑아 달래야 하지 않을까요? 적어도 아기가 참는 법을 배울 때까지는?" 유모가 물었다.

"정신 나갔군. 그랬다가는 아기가 초록색이라는 소문이 온 골짜기에 좍 퍼질걸. 피부 문제를 해결할 때까지는 턱을 싸매어 놓아야 해."

"그런데 대관절 어쩌다 애 피부가 저리 되었을까?"

유모는 궁금해서 한 말이었으나 어리석은 소리였다. 순간 멜레나의 얼굴이 백지장처럼 하얘지고, 프렉스의 얼굴은 붉어졌으며, 아기는 그들을 기쁘게 하기 위해 쓰러져 죽으려는 양 숨을 멈췄다. 유모가 아기를 찰싹 때려 주고서야 아기의 숨이 돌아왔다.

유모는 마당에서 프렉스를 붙잡고 캐물어 보았다. 그는 아기의 출생과 사람들 앞에서 봉변을 당한 충격이 겹쳐서 아직까지 직무에 복귀할 엄두를 내지 못했다. 그저 앉아서 참나무를 깎고 이름 없는 신의 상징을 새겨 기도 묵주를 만들고 있었다. 유모는 엘파바를 안에 누였다. 말이 안 되는 줄 알면서도 아기가 엿들을지 모른다는, 심지어 그 내용을 이해할지도 모른다는 두려움을 느꼈기 때문이다. 유모는 앉아서 저녁거리로 쓸 호박 속을 파냈다.

"프렉스 님, 당신 집안에 초록색 피부를 가진 사람이 있었을 거라고는 생각지 않아요."

유모는 권력가였던 멜레나의 할아버지가 손녀딸이 그 좋은 혼처를 다 마다하고 유일교 목사에게 시집 가겠다고 했을 때 결혼을 허락하기 전에 이런 유전적 소인을 확인했어야 했음을 잘 알면서도 이렇게 말을 꺼냈다.

"우리 집안은 돈도 세상의 권세도 없어요." 프렉스가 이번만은 화를 내지 않고 말했다. "하지만 우리 집안은 6대째 죽 목사 직을 이어 왔소. 멜레나의 집안이 오즈마의 궁정에서 대접받는다면, 우리 집안은 종교계에서 그 못잖게 대접을 받아요. 초록색 피부는 전혀 없습니다. 그런 얘기는 금시초문이오."

유모는 고개를 끄덕이고 이렇게 말했다.

"좋아요. 그냥 한번 물어봤을 뿐이우. 당신이야 순교자들보다 더 흠 없는 분인 줄 다 아는데요."

"하지만 유모, 이런 일이 일어난 게 내 탓이라는 생각이 듭니다. 아기가 태어나던 날 내가 입을 잘못 놀렸소. 악마가 올 거라고 선언했거든요. 난 타임드래곤의 시계를 뜻한 거였소. 하지만 그 말이 악마가 들어오도록 구실을 준 것은 아닌지……."

"아기는 악마가 아니에요!" 유모가 날카롭게 외쳤다. 물론 천사도 아니라고 생각했지만 그 말은 입 밖에 내지 않았다.

"아니면 멜레나 때문에 저주가 내렸을지도 모를 일이오. 멜레나는 내 말을 엉뚱하게 받아들이고 울었거든요. 어쩌면 멜레나가 자기 안에 창을 열어젖혀 떠돌던 악령을 불러들여 아기를 물들인 것인지도 모르지." 프렉스가 좀 더 확신에 넘친 어조로 말을 이었다.

"아씨가 아기를 낳기로 된 바로 그날 있었던 일인가요? 능력도 좋은 악령이구먼. 여신이 프렉스 님을 너무 귀히 여긴 나머지 기형을 불러오는 악령들 중에서도 진짜배기 센 놈을 끌어들였단 말인가요?"

프렉스는 어깨를 으쓱했다. 몇 주 전 같았으면 고개를 끄덕였을 테지만, 러시마진스에서 겪은 비참한 실패의 경험 때문에 그의 확신은 박살 난 상태였다. 그는 자신이 두려워하는 얘기를 감히 입 밖에 꺼낼 수 없었다. 아기의 기형은 그가 쾌락 신앙으로부터 자기 신도들을 보호하지 못한 벌일지도 모른다.

"흠…… 저주로 선이 타격을 입을 수 있다면 악은 무엇으로 뒤집을 수 있을까요?" 유모가 실제적인 질문을 했다.

"액막이지." 프렉스가 말했다.

"당신도 그걸 할 수 있나요?"

"내가 아기를 바꿔 놓는 데 성공한다면 나한테도 능력이 있는 거겠지요."

프렉스는 목표가 생기자 기분이 좀 밝아졌다. 그는 며칠간 단식하고, 기도를 연습하고, 비밀 의식에 필요한 물건들을 모았다.

프렉스가 숲에 나가 있고 엘파바는 낮잠을 자고 있을 때, 유모는 멜레나의 딱딱한 부부 침대 옆에 앉아 있었다.

"프렉스 님은 자기가 악마가 올 거라고 예언한 탓에 아씨 내면의 창문이 열려 마귀가 넘어 들어와 아기를 망쳐 놓은 게 아닌가 한다우." 유모는 서툰 솜씨로 레이스 끝을 코바늘로 뜨고 있었다. 유모는 그런 일에 영 재주가 없지만 반짝이는 상아 코바늘을 놀리기를 좋아했다. "아씨가 또 다른 창문을 열어 두었우?"

평소처럼 핀로블 잎을 씹으며 몽롱한 상태에 빠져 있던 멜레나는 혼란스러운 듯 눈썹을 찌푸렸다.

"프렉스 님 말고 다른 남자랑 잔 적 있우?" 유모가 물었다.

"미쳤어!" 멜레나가 소리 질렀다.

"난 아씨를 잘 알아요. 아씨가 정숙한 아내가 아니라는 말이 아니우. 하지만 남자들이 친정 과수원에서 아씨 주변을 얼쩡거리던 시절에 하루에 한 번 이상 향수 뿌린 속옷을 갈아입곤 했죠. 아씨는 욕정을 주체 못 했고 남몰래 호박씨도 잘 까는 축이었지. 아씨를 경멸하지는 않아요. 하지만 내 앞에서 남자를 밝힌 적도 없는 척 굴지는 말구려."

멜레나는 베개에 얼굴을 묻고 울부짖었다.

"아, 그 시절! 프렉스를 사랑하지 않은 건 아니야! 하지만 바보 천치 같은 시골뜨기 농부들보다 나은 정도인 건 싫어!"

"자, 이제 이 초록색 아기 덕분에 아씨도 그들이랑 같은 수준이 되었구려. 기뻐해야겠네." 유모가 비열하게 말했다.

"유모, 난 프렉스를 사랑해. 하지만 그는 나를 홀로 내버려 둘 때가 너무 많아! 나는 길을 지나가는 땜장이한테서 양철 주전자 하나만 사도 신나 죽을걸! 프렉스보다 덜 경건하고 더 재치 있는 자라면 다 잘해 줄걸!"

"그건 나중 문제고, 나는 과거 일을 묻는 거예요. 최근의 과거 말이우. 아씨가 결혼한 후부터." 유모가 현명하게 말했다.

그러나 멜레나의 얼굴은 넋이 나간 듯 멍했다. 그녀는 고개를 끄덕이고, 어깨를 으쓱하고, 머리를 흔들었다.

"제일 확실한 추측은 요정이지." 유모가 말했다.

"요정하고는 죽었다 깨어나도 그런 짓 안 해!" 멜레나가 새된 목소리로 외쳤다.

"나 같아도 더는 안 하겠우. 저런 초록색을 보면 누구라도 관두겠지. 이 부근에 요정들이 있우?"

"언덕배기쯤에서 나무 요정들이 왁자지껄 떠드는 소리가 들려. 하지만 그게 가능하다면 말이지만, 그들은 러시마진스의 잘난 시민들보다도 더 머저리들인걸. 정말이야, 유모. 난 요정을 제대로 본 적은 없어. 고작 먼발치에서 본 정도지. 생각만 해도 진저리가 쳐지네. 요정들은 가랑잎만 굴러가도 낄낄대잖아? 요정 하나가 참나무에서 떨어져 썩은 순무처럼 골통이 박살 나더라도 신나게 한판 웃고 까맣게 잊어버린다고. 그런 말을 꺼낸 것만도 나한테는 모욕이야."

"이 난국에서 벗어날 길을 찾지 못한다면 그 정도 모욕쯤이야 익숙해지셔야지."

"하여간, 그런 적 없어."

"그럼 다른 누구겠구려. 누군가 얼굴은 번듯하지만 아가씨한테 병균을 옮겨 준 사람 말이우."

멜레나는 깜짝 놀란 표정이었다. 엘파바가 태어난 이후로 자신의 건강에 대해서는 생각해 본 적이 없었다. 그녀도 위험해질 수 있을까?

"진실을 알아야 해요." 유모가 말했다.

"진실이라, 글쎄. 그건 누구도 알 수 없는 거야." 멜레나가 냉담하게 말했다.

"무슨 말을 하려는 거유?"

"유모의 질문에 대한 답은 모르겠다고."

그랬다. 오두막은 세상과 단절된 외딴 곳에 있었고, 당연히 그녀가 다른 사람들과 만나는 일이라고 해 봤자 시골 농부나 어부, 얼간이들과 아주 잠깐씩 마주치는 것이 고작이었다. 그러나 여행자들은 생각보다 언덕과 숲에 더 많이 왔다. 그녀는 프렉스가 설교하러 출타하면 기운 없이 홀로 앉아 있다가 지나가는 행인들에게 간단한 식사를 대접하고 활기 찬 대화를 나누는 것을 낙으로 삼았다.

"그리고 더는 없우?"

그러나 멜레나는 핀로블 잎을 씹으며 지루한 나날을 보냈다고 웅얼거렸다. 해가 지고 있어서인지, 아니면 프렉스가 거기서 그녀에게 얼굴을 찌푸리거나 씩 웃고 있어서인지 잠에서 깨어나 보면, 거의 기억나는 것이 없었다.

"그러니까 아씨 말은 불륜은 저질렀는데 멋진 추억을 즐기는 낙도 누리지 못한단 말이우?" 유모가 황당해했다.

"내가 정말 그랬는지 나도 몰라! 맑은 정신이었다면 자진해서 그런 짓을 하지는 않았을 거야. 하지만 딱 한 번 억양이 웃기는 땜장이가 초록색 유리병에서 뭔가 머리가 핑 도는 술을 한 모금 주었던 기억이 나. 그러고는 다른 세계에 대한 엄청나게 장대한 꿈을 꾸었어. 연기와 유리로 이루어지고 온갖 소리와 색이 난무하는 도시들이었어. 그 꿈을 기억해 내려고 애썼지."

"그렇다면 요정들한테 겁탈당한 것이겠구려. 프렉스가 아씨를 어떻게 돌보아 주고 있는지 할아버님이 알면 좋아서 기절하시겠우."

"그만해!" 멜레나가 외쳤다.

"아, 나도 어째야 할지 모르겠어요!" 유모는 마침내 버럭 화를 냈다. "다들 책임이 없다고만 하니! 아씨가 결혼 서약을 깼는지 어쨌는지도 기억이 안 난다면, 모욕당한 성녀인 척한들 무슨 소용이 있겠우."

"아기를 물에 빠뜨려 죽이고 없었던 일로 할 수도 있잖아."

"어디 한번 해보슈. 저런 것을 받아 줘야 한다니 호수가 안됐네." 유모가 중얼거렸다.

다음으로 유모는 멜레나가 모아 놓은 약초, 눈깔사탕, 뿌리, 브랜디, 잎사귀 따위를 조사했다. 유모는 그다지 기대하지 않았지만 아기의 피부색을 희게 바꿀 약을 만들 수는 없을까 궁리했다. 유모는 옷장 뒤에서 멜레나가 말한 초록색 유리병을 찾아냈다. 불빛이 침침했고 유모의 눈이 좋지 않았지만, 병 앞에 붙은 종이에 기적의 영약이라고 쓰인 글씨를 알아볼 수 있었다.

유모는 병을 고치는 데 타고난 재주가 있었지만, 피부색을 바꾸는 약만은 도무지 찾아낼 수 없었다. 우유에 아기를 목욕시켜 봐도 피부가 희어지지는 않았다. 그러나 아기는 호숫물을 퍼다가 씻기려고 하면 죽어라 반항했다. 겁에 질린 고양이처럼 몸부림을 쳤다. 유모는 계속 우유로 목욕을 시켰다. 수건으로 말끔히 구석구석 닦아내지 않으면 코를 찌르는 시큼한 악취가 남았다.

프렉스는 액막이 의식을 준비했다. 초와 찬송가가 필요했다. 유모는 멀찍이 떨어져서 지켜보았다. 프렉스는 눈을 구슬같이 동그랗게 뜨고 아침 공기가 점점 더 쌀쌀해지는데도 힘을 쏟느라 땀을 뚝뚝 흘렸다. 엘파바는 의식이 진행되는 줄도 모르고 강보에 싸여 양탄자 한가운데에서 잠이 들었다.

아무 일도 일어나지 않았다. 기력을 다 쓰고 탈진하여 쓰러진 프렉스는 드러나지 않은 죄의 증거를 마침내 받아들인다는 듯이 품에 초록색의 딸을 보듬어 안았다. 멜레나의 얼굴이 굳어졌다.

이제 시도해 볼 방법은 딱 한 가지가 남았다. 유모는 콜웬 그라운즈로 돌아가야 할 날에 용기를 내어 그 이야기를 꺼냈다.

"시골식 처방이 안 통한다는 건 확실해졌어요. 신에게 탄원 드려도 소용없었고요. 마법 쪽을 생각해 보는 건 어때요? 동네에 마법으로 아기한테서 초록색 독을 빼낼 수 있는 사람이 없을까요?"

프렉스는 벌떡 일어나 주먹을 휘두르며 유모에게 벽력같은 호통을 쳤다. 유모는 등 없는 걸상에서 뒤로 나가떨어졌다. 멜레나가 비명을 지르며 유모를 잡아당겼다.

"어찌 감히 그런 망발을! 이 집에서! 이 초록색 아이만으로 충분한 모욕이야. 마법은 부도덕한 자들이나 의지하는 도피처요. 말짱 사기가 아니라면 위험한 악이지! 악마와의 계약이라고!" 프렉스가 고래고래 외쳤다.

"아이고, 나 살려! 이 사람아, 불에는 불로 맞서야 한다는 것도 몰라?" 유모가 대꾸했다.

"유모, 그만해." 멜레나가 말렸다.

"힘없는 늙은이를 치겠네. 난 그저 도와주려 했을 뿐인데." 유모가 아파하며 투덜댔다.

다음 날 아침 유모는 여행 가방을 꾸렸다. 유모가 할 수 있는 일도 더 이상 없었고, 아무리 멜레나를 위해서라고 해도 미친 은자와 괴물 같은 아기와 여생을 보내고 싶지도 않았다.

프렉스는 유모를 스톤스파 엔드의 여인숙으로 데려다 주었다. 그곳에 집까지 가는 사두마차가 있었다. 유모는 멜레나가 아직도 아기를 죽일 생각을 하고 있다는 것을 알고 있었지만, 정말 할 수 있을지는 의심스러웠다. 유모는 새삼 도적 떼가 겁나서 풍만한 가슴에 여행 가방을 꼭 끌어안았다. 여행 가방 안에는 금빛 가터(똑같은 상황에서 어쩌다 보니 자기 다리에 매여 있더라고 우기기는 어려울 테지만, 언제라도 그것이 저도 모르게 가방 속에 들어와 있더라고 우길 수는 있었다.)와 상아 코바늘, 그리고 조각 장식이 마음에 들었던 프렉스의 묵주 세 개, 틀림없이 꿈과 정열과 졸음을 팔았을 보따리장수가 남겨 두고 간 예쁜 초록색 유리병도 슬쩍해 넣어 두었다.

유모는 어떻게 생각해야 좋을지 몰랐다. 엘파바는 악마의 씨일까? 반은 인간이고 반은 요정일까? 설교자로서 아빠가 제 구실을 못한 벌일까, 아니면 몸가짐이 헤프고 기억력이 나쁜 엄마에게 내려진 벌일까? 아니면 그저 모양이 괴상한 사과나 다리 다섯 개 달린 송아지처럼 단순한 기형에 불과할까? 유모는 악마와 신앙, 민간전승 따위의 영향으로 자기가 세상을 보는 눈이 흐릿하고 혼란스러운 줄 잘 알고 있었다. 그러나 멜레나와 프렉스 부부가 분명 아이가 아들일 것이라고 믿고 있었다는 사실을 놓치지 않았다. 프렉스는 일곱 번째 아들이었고 그의 아버지 역시 일곱 번째 아들이었으며, 심지어 그는 집안의 7대 목사였다. 어찌 다른 성의 아이가 감히 이토록 상서로운 순서를 따를 수 있겠는가?

유모는 어쩌면 이 초록색 아기 엘파바가 부모를 파멸로 몰아넣기 위해 자기만의 성과 색깔을 고른 것일지도 모른다고 생각했다.

쿼들링의 유리 부는 남자

이듬해 초 한 달 동안 비가 내려서 가뭄이 해갈되었다. 봄은 푸른 우물물처럼 조금씩 차올라 울타리를 뒤덮고, 길섶에 생기를 불어넣고, 오두막 지붕의 담쟁이와 꽃이 어우러진 화환에서 반짝였다. 멜레나는 창백한 피부에 햇살을 느낄 수 있도록 옷을 느슨하게 입고 마당으로 나갔다. 겨울 내내 그 온기가 그리웠다. 이제 한 살 반이 된 엘파바는 문간에 내놓은 의자에 끈으로 묶여서 숟가락으로 아침밥인 생선을 치고 있었다.

"오, 그걸 먹어야지, 짓이기지 말고."

멜레나는 부드럽게 말했다. 아기의 턱에 동여매 놓았던 천을 치운 후부터 엄마와 딸은 서로에게 어느 정도 관심을 갖기 시작했다. 놀라운 일이지만 멜레나는 가끔씩 엘파바가 여느 아이들과 다를 바 없이 사랑스럽기까지 했다.

멜레나가 우아한 친정 저택을 떠난 후로 줄곧 보아 온 풍경은 오로지 이런 것뿐이었다. 다시 눈을 들어 보아도 변함없이 똑같은 풍경뿐이었다. 바람이 쓸고 가는 일스워터, 건너편 멀리 러시마진스의 어두운 벽돌 오두막들과 굴뚝들, 그 너머 쥐 죽은 듯 고요한 언덕. 미쳐 버릴 것만 같았다. 물과 궁핍 외에는 아무것도 없는 곳이었다. 요정들이 마당에서 장난을 치며 날뛴다면 멜레나는 그들한테 뛰어가 같이 어울리든가, 관계를 맺든가, 죽여 버렸을 것이다.

"네 아빠는 사기꾼이야. 겨울 내내 자기 일에만 매달려서 나를 너하고 단둘이만 내버려 두고 밖으로 나돌다니. 아침 먹으렴. 땅에 던져 버리면 더는 없어." 멜레나가 딸에게 말했다.

엘파바는 생선을 집어 땅바닥에 휙 던져 버렸다.

멜레나는 말을 계속했다.

"네 아빠는 순 엉터리야. 목사치고 잠자리 실력은 제법이었고, 그래서 나는 네 아빠의 비밀을 알았지. 신성한 사람들은 속세의 쾌락을 초월해야 한다지만, 네 아빠는 오밤중에 씨름을 즐겼어. 이젠 아주 오래된 옛날 일이지! 우린 아빠가 순 사기꾼인 줄 알고 있다는 말을 아빠한테는 절대 하면 안 돼. 그랬다가는 아빠 가슴이 찢어질 테니까. 아빠가 마음 아파하는 건 원하지 않잖아, 그렇지?" 멜레나는 깔깔거렸다.

엘파바는 웃음기 없는 얼굴에 표정 하나 바뀌지 않았다. 아기는 생선을 가리켰다.

"아침밥이 흙투성이가 되었구나. 벌레들이나 먹겠네." 멜레나가 봄 옷의 옷깃을 좀 더 끌어내리자 분홍색 어깨 천이 돌아가면서 어깨의 맨살이 드러났다. "오늘은 호숫가로 산책하러 가서 물 속에 널 빠뜨려 죽이면 어떨까?"

그러나 엘파바는 절대로 물에 빠져 죽지 않을 것이다. 호수 근처에는 가지도 않을 테니까.

"배를 타고 나가서 확 뒤집어 버리는 것도 괜찮겠지!" 멜레나가 새된 목소리로 외쳤다.

엘파바는 어머니의 이야기에서 약초와 포도주에 취해서 하는 말이 아닌 것을 가려듣는 양 고개를 외로 꼬았다.

해가 구름 뒤에서 얼굴을 내밀었다. 엘파바는 얼굴을 찡그렸다. 멜레나의 옷이 더 아래로 처졌다. 때 묻은 옷깃 주름 사이로 그녀의 가슴이 드러났다.

내 꼴이 이게 뭐람. 멜레나는 젖꼭지를 잘릴까 봐 젖도 줄 수 없는 아기에게 가슴을 내보이며 생각했다. 네스트 하딩스의 장미였고, 또래 중에서도 최고 미인으로 꼽혔던 내가! 이제는 원하지도 않았던 저 골칫덩이 딸애 말고는 벗도 없는 신세가 되다니. 저 애는 딸이라기보다는 차라리 메뚜기에 가까워. 저 말라비틀어진 초록색 허벅지며 굽은 눈썹, 아무거나 쿡쿡 쑤시는 손가락 좀 보라지. 여느 아이들처럼 교육을 받게 되겠지만, 세상의 어떤 즐거움도 누리지 못할 거야. 조금도 즐거운 기색 없이 닥치는 대로 뭐든지 밀고 부수고 물어뜯잖아. 마치 인생의 모든 실망을 다 맛보고 따져 보아야 할 임무라도 있다는 듯이. 절망이야말로 러시마진스가 얼마든지 줄 수 있는 것이지. 이름 없는 신이여, 자비를 베푸소서. 제 딸아이는 소름 끼치는 괴물입니다. 정말 그래요.

"아니면 오늘은 숲으로 산책하러 가서 마지막 남은 겨울 딸기를 따 볼까." 멜레나는 모성애가 없다는 데 죄책감을 느꼈다. "딸기를 파이에 넣는 거야. 파이에 넣을까? 그럴까, 우리 예쁜이?"

엘파바는 아직 말을 하지 못했지만, 고개를 끄덕이고 내려가려고 몸을 꿈틀거렸다. 멜레나는 짝짜꿍 놀이를 시작했지만 엘파바는 본척만척했다. 아기는 칭얼대며 땅바닥을 가리켰다. 자기가 원하는 것을 보여 주려고 길고 우아한 다리를 활처럼 구부렸다. 그런 다음 부엌 뜰과 닭장으로부터 이어져 나온 길 끝의 문을 손짓했다.

문기둥 옆에 한 남자가 배고픈 얼굴로 수줍은 듯 서 있었다. 그의 피부가 석양을 받아 장밋빛으로 빛났다. 가무스름하고 흐릿한 붉은빛이었다. 어깨와 등에 가죽 가방 두 개를 메고 지팡이를 들고 있었다. 얼굴은 위험스러우리만치 잘생겼으나 어딘가 공허해 보였다. 멜레나는 비명을 질렀다가 자제하고 목소리를 낮추었다. 징징대는 아기 말고 다른 사람과 이야기를 나누어 본 지가 너무나 오래되었다.

"맙소사, 깜짝 놀랐잖아요! 뭐, 아침 식사거리를 찾고 있나요?"

멜레나는 오랫동안 마을 사람들과도 접촉 없이 지냈다. 지금 그렇게 낯선 사내의 눈앞에 가슴을 내놓고 있어서는 안 되었다. 그러나 그녀는 옷깃을 여밀 생각조차 하지 않았다.

"부인 문 앞에 낯선 이방인이 갑작스레 나타난 무례를 용서하세요." 그 남자가 말했다.

"괜찮아요. 제가 볼 수 있도록 좀 들어오실래요. 들어오세요, 들어와요!" 멜레나가 조급하게 말했다.

엘파바는 생후 다른 사람을 거의 보지 못했던 터라 한쪽 눈을 손가락으로 가리고 한쪽 눈으로 몰래 엿보았다.

남자가 다가왔다. 그는 몹시 지친 듯 동작이 굼떴다. 발목은 굵고 발은 두툼했으며, 허리와 어깨는 가늘고 목은 다시 굵직했다. 그는 마치 돌림판에서 만들어졌는데 양끝이 너무 후딱 빚어진 사람 같았다. 가방들을 부려 놓는 두 손이 나름의 지각 있는 짐승처럼 보였다. 크고 멋진 손이었다.

"길 잃은 여행자요. 다운힐 코닝스에서 언덕을 넘는 데 꼬박 이틀 밤. 스리 데드 트리스에서 여관 찾으려고요. 쉬고 싶어요."

"길을 잃었군요. 방향을 잘못 들었네요." 멜레나는 그가 횡설수설하는 말에 당황하지 않기로 했다. "걱정 마요. 제가 식사를 차려드릴 테니 얘기나 좀 들려주세요."

그녀는 한때는 금실처럼 귀중하게 여겼던 자신의 머리카락을 쓰다듬었다. 적어도 깨끗하기는 했다.

남자는 제법 근사한 멋쟁이였다. 모자를 벗자 윤기 나는 머리채가 석양을 받아 붉은색으로 반짝이며 흘러내렸다. 그는 셔츠를 벗고 펌프에서 몸을 씻었다. 멜레나는 다시 남자의 허리를 보니 기분이 좋아졌다. (프렉스는 엘파바가 태어난 후 제법 살이 불었다.) 쿼들링 사람들은 다들 이렇게 매력적인 옅은 장밋빛 피부일까? 남자의 이름은 터틀 하트라고 했고 쿼들링의 촌구석인 오벨스에서 온 유리 부는 직공이었다.

멜레나는 그제야 내키지 않는 듯 가슴을 감쌌다. 엘파바는 묶여 있는 의자에서 벗어나려고 심하게 보챘다. 방문객은 움찔하는 기색도 없이 끈을 풀고 엘파바를 공중에 한 번 던졌다가 받았다. 아기는 놀라면서도 좋아서 어쩔 줄 몰라 까르륵거렸다. 터틀 하트는 다시 한번 그 장난을 되풀이했다. 멜레나는 그가 아기랑 놀아 주는 틈을 타서 잽싸게 버려진 생선을 땅에서 집어다가 헹궜다. 그녀는 생선을 계란과 으깬 타르 뿌리와 섞어 요리하면서 엘파바가 갑자기 말문이 확 트이어 엄마를 망신시키지 않기만을 바랐다. 그 아이라면 그러고도 남을 것 같았다.

그러나 엘파바는 남자에게 홀딱 반해서 소란을 피우거나 불평을 할 새가 없었다. 아기는 터틀 하트가 마침내 의자로 가서 자리에 앉아 밥을 먹기 시작했는데도 보채지 않았다. 아기는 털 하나 없는 그의 미끈한 종아리 사이로 기어가서(남자는 각반을 벗어 버렸다.) 만면에 만족스러운 웃음을 띠고 혼자 노랫가락을 웅얼댔다. 멜레나는 저도 모르게 이 두 돌도 채 안 된 계집 아기를 질투하고 있었다. 그녀도 터틀 하트의 다리 사이 땅바닥에 기꺼이 앉고 싶었다.

"쿼들링 사람을 만난 건 처음이에요."

멜레나는 지나칠 만큼 큰소리로, 그리고 지나치게 밝게 말했다. 너무 오랫동안 홀로 외롭게 지낸 탓에 예의를 어떻게 차려야 할지 잊어버렸다.

"우리 집안에서는 절대 쿼들링 사람을 저녁 식사에 부르는 법이 없었거든요. 많지도 않았지만, 제가 아는 한 우리 집안 영지 주변의 농지에 사는 몇 안 되는 이들조차 부르지 않았어요. 쿼들링 사람들은 비열하고 진실을 말할 줄 모른다는 얘기가 있잖아요."

"쿼들링 사람이 만날 거짓말만 하고 다닌다면 이런 비난에 내가 어떻게 답하죠?"

남자는 멜레나에게 미소를 지었고, 그녀는 따듯한 빵 위에 바른 버터처럼 녹아 버렸다.

"당신이 하는 말이라면 뭐든 다 믿을게요."

남자는 멜레나에게 서서히 늪지대 속으로 썩어 무너져 가는 집들이며 달팽이와 검은 풀 수확, 공동 생활을 하며 조상을 숭배하는 관습 등 오벨스 생활에 대해 얘기해 주었다.

"그럼 당신네는 조상들이 당신들과 함께 있다고 믿는단 말이에요? 꼬치꼬치 따지려는 건 아니지만 난 나도 모르는 사이에 종교적인 사람이 되었거든요."

"마님은 조상이 함께한다고 믿으세요?"

멜레나는 그의 강렬한 눈빛에 압도된 데다가 그가 마님이라고 불러 준 데 넋이 빠져 그의 질문에 정신을 집중하기 힘들었다. 그녀는 어깨를 곧게 폈다.

"제 직계 조상님들이야 그리 멀리 계시지 않지요. 제 부모님 말이에요. 그분들은 아직도 생존해 계시니까. 하지만 저한테는 영 흥미 없는 분들이라 돌아가신 것이나 별 다를 바가 없답니다."

"돌아가시면 종종 찾아오죠."

"별로 반갑지 않은데요. 가 버리라죠." 그녀는 쉬잇 하고 쫓는 흉내를 내며 깔깔 웃었다. "귀신 얘기죠? 오지 않는 편이 나을걸요. 두 세계를 통틀어 귀신이야말로 최악이죠. 저승이 있다면 말이지만."

"저승 있어요." 나그네는 확신에 찬 어투로 말했다.

멜레나는 등줄기가 서늘해졌다. 엘파바를 꼭 끌어안았다. 엘파바는 몸부림 치지도 엄마를 마주 안지도 않고, 그저 처음 겪어 보는 이런 접촉에 힘이 빠진 듯이 엄마의 품안에서 뼈 없는 아이처럼 축 늘어졌다.

"당신은 예언자인가요?" 멜레나가 물었다.

"유리 부는 터틀 하트." 그가 말했다. 그게 대답인 것 같았다.

멜레나는 갑자기 예전에 꾸었던 꿈이 떠올랐다. 그녀의 머리로는 도저히 상상해 낼 수 없을 만큼 이국적인 곳이었다.

"목사와 결혼하기는 했어도, 내가 저승을 믿는지는 잘 모르겠어요." 그녀가 시인했다. 어차피 아이가 있으니 상대도 알겠지만, 그래도 유부녀라는 말은 하고 싶지 않았다.

그러나 터틀 하트는 그것으로 이야기를 끝냈다. 그는 접시를 내려놓고(생선은 남겼다.) 가방에서 작은 단지와 대롱, 모래와 소다회, 석회와 그 밖에 광물질들을 담은 자루들을 꺼냈다.

"터틀 하트, 마님의 환대에 감사 표시를 할까요?"

그의 물음에 그녀는 고개를 끄덕였다.

남자는 아궁이에 불을 때고 재료들을 구분하고 섞고, 도구들을 늘어놓고 대롱 끝을 따로 주머니 안에 개켜 놓았던 특별한 헝겊으로 깨끗이 닦았다. 엘파바는 영리해 뵈는 야윈 얼굴 가득 호기심을 담고 초록색 손으로 초록색 발가락을 잡은 채 꼼짝도 않고 앉아 있었다.

멜레나는 종이 만드는 것이나 옷감 짜는 작업이나 나무 베는 일을 한번도 구경해 본 적 없듯이, 유리 부는 것도 이제껏 본 적이 없었다. 그녀에게는 유리 부는 일이 유랑하는 시계에 관한 동네 소문만큼이나 경이로웠다. 남편은 그 시계 때문에 정신적인 충격에 빠져 목사 노릇을 못하고 있었다. 애는 썼지만 아직도 회복을 못한 상태였다.

터틀 하트는 콧노래를 불면서 초록빛이 도는 뜨거운 유리 방울을 불었다. 유리 방울은 공중에서 김을 뿜으며 쉭쉭 소리를 냈다. 그는 그것을 다루는 법을 잘 알고 있었다. 한마디로 유리 마법사였다. 멜레나는 엘파바가 뜨거운 유리에 손을 데지 않도록 아기를 꼭 껴안고 있어야 했다.

유리는 순식간에 마법처럼 형체 없는 반유동체에서 단단하고 차가운 실재로 변했다.

약간 타원으로 된 접시처럼 매끄럽고 불순물이 섞인 원이었다. 터틀 하트가 작업하는 동안 내내, 멜레나는 젊은 시절 에테르 같던 자신이 딱딱한 껍데기로 변해 버렸다는 생각에 잠겼다. 투명하면서 공허하고 깨지기 쉬운 껍데기. 그러나 그녀가 회한에 빠질 틈을 미처 주지 않고 터틀 하트가 그녀의 두 손을 잡아 유리의 매끄러운 표면 가까이 가져갔다. 그러나 손을 대지는 못하게 했다.

"조상들과 이야기해 봐요." 그가 말했다.

그러나 멜레나는 굳이 수고스럽게 저승의 지겨운 노인네들과 교신하고 싶지 않았다. 그의 큰 손이 자기 손을 감싸고 있는 지금은 더더욱 아니었다. 그녀는 닦지 않은 입에서 아침밥 냄새가 날까 봐 코로 숨을 쉬었다. (과일과 포도주를 한 잔, 아니 두 잔 마셨던가?) 차라리 기절하는 편이 낫겠다 싶었다.

"유리를 들여다봐요." 그가 재촉했다.

멜레나의 눈에는 그의 목과 짙은 자줏빛 턱밖에 들어오지 않았다.

그는 기다렸다. 엘파바가 다가와서 침착하게 조그만 손을 그의 무릎 위에 놓고 같이 들여다보았다.

"남편이 멀지 않은 곳에 있군요." 터틀 하트가 말했다. 유리를 통해 예언하는 것일까, 그녀에게 질문하는 것일까? "남편은 마님 찾아온 노부인 데리러 당나귀 타고 여행해요. 조상님이 방문하나요?"

"아마 늙은 유모일 거예요." 멜레나가 대답했다. 그녀는 쑥스러운 생각 없이 그의 불완전한 어법을 따라했다. "정말로 그 속 그런 거 보이나요?"

남자가 고개를 끄덕였다. 엘파바도 덩달아 고개를 끄덕였다. 하지만 무슨 의미일까?

"남편이 언제쯤 여기 도착할까요?" 그녀가 물었다.

"오늘 저녁쯤."

그들은 해가 질 때까지 더 이상 아무 말도 하지 않았다. 그들은 불을 재로 덮은 다음에 엘파바를 다시 의자에 묶어서 렌즈나 거울처럼 실에 매단 식은 유리공 앞에 앉혀 놓았다. 유리가 아기에게 최면을 걸어 잠잠하게 만든 것 같았다. 아기는 무의식중에 손목이나 발가락을 물어뜯으려 하지도 않았다. 그들은 오두막 문을 열어 놓고 어쩌다 한 번씩 침대에서 아기가 잘 있는지 내다보았다. 아기는 내리쬐는 햇빛 속에 있어서 눈의 초점을 모아도 어둑한 집 안을 들여다볼 수 없었겠지만, 들여다보려고도 하지 않았다. 터틀 하트는 참을 수 없을 만큼 아름다웠다. 멜레나는 그의 온몸에 입을 맞추고 구석구석 자신의 손길로 어루만지면서 그가 내뿜는 빛을 덥혔다 식혔다 하며 밝혔다. 그는 그녀의 공허를 채워 주었다.

그들이 몸을 씻고 옷을 입고 저녁을 거의 다 차렸을 때쯤 호숫가로부터 1킬로미터쯤 떨어진 곳에서 당나귀 울음소리가 들렸다. 멜레나의 얼굴이 확 붉어졌다. 터틀 하트는 다시 대롱을 들고 유리를 불었다. 엘파바는 당나귀 울음소리가 들려온 쪽으로 고개를 돌렸다. 아기는 덜 익은 푸른 사과 같은 피부색에 비해 늘 거의 검게 보이는 입술을 꽉 다문 채 실룩이며 이를 갈았다. 아기는 뭔가 생각에 잠긴 듯 아랫입술을 물어뜯고 있었으나 피가 나지는 않았다. 아기는 시행착오를 거듭하면서 어느 정도 이를 다루는 법을 터득했다.

아기는 반짝이는 유리 원반에 손을 대었다. 유리공이 해가 저물기 직전의 푸른 하늘 빛을 반사하더니, 마침내 요술 거울처럼 차가운 은빛 물결만 보여 주었다.

보이는 것과 보이지 않는 것의 지리학

유모는 프렉스가 마차를 맞으러 나온 스톤스파 엔드에서부터 내내 고시랑거렸다. 요통에 신장은 약하지, 평발에다 잇몸도 쑤시고 엉덩이까지 아프다. 프렉스는 제 몸 하나 말고는 안중에도 없느냐고 한마디 해 주고 싶었으나 꾹 참았다. 비록 사람들과 교류하지 않은 지는 좀 되었지만, 예의상 그런 말을 하면 안 된다는 것쯤은 알았다. 유모는 과장된 몸짓으로 자기의 몸을 쓰다듬으며 러시마진스 부근의 오두막집에 도착할 때까지 앉은 자리에서 엉덩이를 떼지 않았다.

멜레나는 짐짓 수줍은 척 프렉스를 맞이하며 중얼거렸다.

"내 가슴받이, 내 소중한 사람."

멜레나는 혹독한 겨울을 보낸 탓에 살이 빠졌고 광대뼈가 더 도드라졌다. 피부는 화가의 붓으로 문지른 듯이 윤이 났지만, 그녀한테는 언제나 육체성이 도드라져 보이는 면이 있었다. 그녀는 평소와 달리 입맞추기를 주저했다. 프렉스는 그늘 속에서 낯선 사람의 존재를 알아차리고서야 그녀가 삼가는 이유를 알아챘다. 인사를 나눈 후 유모와 멜레나는 식탁을 차리느라 부산을 떨었고, 프렉스는 마차를 끌고 오느라 고생한 조랑말에게 귀리를 좀 주었다. 그는 말을 다 먹이고 나서 봄날의 저녁 빛 속에 딸아이와 마주앉았다.

엘파바는 조심스레 아빠의 주변을 왔다 갔다 했다. 프렉스는 주머니를 뒤져 딸아이를 위해 깎아 만든 조그만 장난감을 꺼냈다. 귀여운 부리에 날개를 쳐든 작은 제비였다.

"이것 보렴, 파발라." 프렉스가 속삭였다. (멜레나는 아기를 애칭으로 부르는 것을 싫어했기 때문에 '파발라'는 부녀간의 언어였다. 그것은 세상에 맞서는 아빠와 딸만의 약속, 그와 엘파바의 비밀스러운 유대였다.) "아빠가 숲에서 무얼 찾았는지 보렴. 조그만 단풍나무 새란다."

아기는 손을 뻗어 장난감 새를 집었다. 아기는 새를 부드럽게 만져 보더니 입 속에 새의 머리를 넣었다. 프렉스는 나무가 부서지는 소리가 들려와도 못 들은 척하고 실망을 누르리라 다짐했다. 그러나 엘파바는 깨물지 않았다. 아기는 머리를 빨아 보더니 꺼내서 다시 들여다보았다. 새의 머리가 젖어서 더 생기 있게 보였다.

"마음에 드는가 보구나." 프렉스가 말했다.

아기는 고개를 끄덕이고 날개를 손으로 만져 보기 시작했다. 아기가 딴 데 정신을 파는 틈을 타서 프렉스는 아기를 자기 다리 사이로 끌어당겼다. 그러고는 텁수룩하게 수염이 곱슬거리는 턱을 아기의 머리에 대고 부볐다. 아기한테서 비누와 나무 연기, 그슬린 숯 냄새 등 좋은 냄새가 났다. 그는 눈을 감았다. 집에 오니 좋았다.

프렉스는 그리폰스 헤드의 바람이 불어오는 쪽 비탈에 있는 버려진 양치기의 오두막에서 겨울을 보냈다. 기도와 단식으로 내면의 더 깊은 곳으로 침잠하여 자기 자신을 벗어나 더 멀리까지 가고자 했다. 그러는 편이 더 나았다. 집에 있으면 앞뒤가 꽉 막힌 답답한 일스워터 계곡 사람들이 퍼붓는 경멸의 눈초리가 느껴졌다. 그들은 기형아의 탄생을 타임드래곤이 퍼뜨린 부패한 목사 이야기와 연관 지어 생각했다. 사람들은 이미 나름대로 결론을 내렸다. 그들은 그가 주재하는 예배를 피했다. 그러니 적어도 잠시 동안이라도 은자 비슷한 생활을 한다면 속죄하는 동시에 뭔가 다른 것, 다음 것을 위한 준비도 될 듯싶었다. 하지만 다음엔 뭐가 올까?

이런 삶은 멜레나가 자신과 결혼할 때 기대했던 것이 아님을 알고 있었다. 프렉스는 가문으로 보아 성직자 회의의 대의원은 물론이고 훗날 주교까지도 충분히 올라갈 만했다. 그는 멜레나가 사교계의 귀부인으로서 축제 만찬과 자선 무도회, 교회 다과회를 열며 행복하게 살 것이라고 상상했다. 그러나 지금 그의 눈에는 그녀가 벽난로의 불 앞에 앉아 생선 냄비 속에 마지막 남은 시든 당근을 갈아 넣는 모습이 보였다. 그녀는 춥고 그늘진 호숫가에서 힘겨운 결혼 생활의 동반자로 삶을 허비하고 있었다. 프렉스는 자기가 집을 비워도 그녀가 서운해하지 않는다는 느낌이 가끔씩 들었다. 그래서 그가 돌아와도 그녀가 반가워할 수 있는 것일지도 모른다.

그가 깊은 생각에 잠겨 턱수염으로 엘파바의 목을 간질이고 있는데, 엘파바가 나무 제비의 날개를 뚝 부러뜨렸다. 아기는 날개를 호루라기 빨듯 쪽쪽 빨았다. 아기는 그의 품에서 몸을 비틀어 빠져나와 튀어나온 처마 밑에 단 유리공으로 다가가서 공을 찰싹 쳤다.

"그러지 마라, 깨지겠다!" 아빠가 외쳤다.

"깨지지 않아요." 나그네 쿼들링 사람이 개수대에서 손을 씻다가 나왔다.

"장난감도 이런 꼴로 만들어 버렸소." 프렉스는 망가진 새를 가리키며 말했다.

"아기, 반동강난 물건 좋아해요. 여자 아기는 부서진 조각 더 잘 갖고 놀아요."

프렉스는 완전히 납득이 되지는 않았지만 고개를 끄덕였다. 몇 달 만에 사람의 목소리를 들어 본지라 처음에는 어색했다. 스톤스 파 엔드로 데리러 와 달라는 유모의 청을 전하러 그리폰스 헤드를 올라왔던 여인숙의 소년은 덥수룩한 몰골로 웅얼거리는 프렉스를 틀림없이 미친 사람으로 생각했을 것이다. 프렉스는 일종의 자애로운 인상을 주기 위해 「오지아드」를 일부 인용해야 했다. '푸르름이 도처에 가득한 땅, 끝없는 잎의 땅.' 그에게 떠오른 것은 오직 그것뿐이었다.

"왜 이 아이가 깰 수 없단 말이오?" 프렉스가 물었다.

"깨지지 않게 만들었으니까요."

터틀 하트는 프렉스에게 유순하게 웃어 보였다. 엘파바는 마치 반짝이는 유리가 장난감인 양 그 주위를 왔다 갔다 했다. 유리의 불완전한 표면에 그림자와 빛이 비치고 주변 모습이 반사되어 아기가 유리공을 놀리고 있는 듯이 보였다.

"어디 가는 길이오?"

프렉스가 물은 것과 동시에 터틀 하트가 "어디 출신이세요?" 하고 물었다.

"나는 먼치킨랜드 사람이오." 프렉스가 대답했다.

"먼치킨 사람들은 저나 댁보다 키가 작은 줄 알았습니다."

"농부들은 그렇지요. 하지만 고귀한 가문에서는 키가 큰 사람들과 혼인한다오. 당신은? 쿼들링 출신 같은데."

"그렇습니다."

감고 나서 말리느라 풀어헤친 터틀 하트의 붉은 머리카락에서 후광처럼 빛이 났다. 프렉스는 멜레나가 너그럽게도 행인에게 몸을 씻을 물을 제공해 주는 모습을 보니 기뻤다. 어쩌면 아내도 시골 생활에 적응해 가고 있는지 모른다. 쿼들링은 사회 계층 중에서도 간신히 인간 축에 낄 수 있을 만큼 낮은 지위였기 때문이다.

"하지만 오벨스는 작은 곳. 저는 그곳을 떠난 후에야 언덕 하나 넘고 또 언덕 있고 구불구불한 능선 따라 너른 세상 끝없이 펼쳐져 있는 걸 알았지요. 풍경 흐릿하게 멀리 펼쳐지고 눈이 아파요. 잘 보이지 않아요. 목사님이 아시는 세상 얘기해 주세요."

프렉스는 지팡이를 집어 들었다. 그는 땅 위에 달걀 모양을 하나 그렸다.

"수업 시간에 배운 겁니다. 이 원 안이 오즈요. ×를 그리면……." 그는 타원 위로 가위표를 쳤다. "대략 얘기하자면, 네 조각으로 나눈 파이라고 생각하면 됩니다. 맨 위가 길리킨이오. 도시와 대학과 극장들로 가득하고 문명화된 생활을 누릴 수 있는 곳이라고들 하지요. 산업도 있고." 그는 시계 방향으로 옮겨 갔다. "동쪽이 먼치킨랜드요. 지금 우리가 있는 곳이지. 오즈의 식량 공급지에 해당하는 농경 지역이오. 아래쪽에 산이 많은 남쪽만 제외하고. 웬드 하딩스는 당신이 올라온 구릉 지대이고." 프렉스는 짧고 불규칙한 곡선을 그렸다. "오즈 중심부에서 곧장 남쪽으로 쿼들링이 있소. 황무지예요. 내가 듣기로는 쓸모없는 습지인 데다 벌레들이 들끓고 대기는 뜨겁다더군요."

터틀 하트는 이 말에 어리둥절한 표정이었지만 고개를 끄덕였다.

"그리고 서쪽으로는 윙키라고들 하는 나라가 있지. 건조하고 사람이 살지 않는 곳이라는 것 외에는 그다지 아는 바가 없소."

"그리고 또?" 터틀 하트가 물었다.

"북쪽과 서쪽으로는 모래사막이 있고, 동쪽과 남쪽으로는 바위사막이 있소. 옛날에는 그 사막의 모래에 치명적인 독이 있다는 소문도 있었지만, 유언비어에 불과해요. 에브와 쿽스가 침입자들이 들어오지 못하도록 하느라 퍼뜨린 거지. 먼치킨랜드는 땅이 비옥해서 농사를 짓기에 좋은 곳이오. 길리킨도 나쁘지 않지. 위쪽의 글리쿠스에는……." 그는 길리킨과 먼치킨랜드의 경계선 위에 북동쪽으로 선을 그었다. "에메랄드 광산과 그 유명한 글리쿠스 운하가 있소. 글리쿠스가 먼치킨랜드 땅이냐 길리킨 땅이냐를 놓고 논쟁이 있지만, 나는 그 문제에 대해서는 잘 모르겠소."

터틀 하트는 마치 위에서 지도를 읽기라도 하듯 땅에 그린 그림 위로 오므린 손바닥을 이리저리 움직였다.

"하지만 여기? 여기는 어디죠?"

프렉스는 그가 오즈 위의 허공을 뜻하는 것인가 싶었다.

"이름 없는 신의 영역 말이오? 저승 말인가? 당신 유일교 신자입니까?"

"터틀 하트는 유리 부는 사람입니다."

"내 말은 종교 말이오."

터틀 하트는 고개를 숙이고 프렉스의 눈길을 피했다.

"터틀 하트는 이것을 무슨 이름으로 부르는지 모릅니다."

"나도 쿼들링에 대해서는 모르오." 프렉스는 그를 개종시킬 수 있을지도 모른다는 생각에 따듯하게 말했다. "하지만 길리킨 사람들과 먼치킨랜드 사람들은 거의 다 유일교도들이지. 럴라인 이교가 물러간 후로 죽 그랬소. 수백 년 동안 오즈 전역에 유일교도들의 제단과 교회가 세워졌지요. 쿼들링 나라에는 하나도 없소?"

"터틀 하트는 이게 뭔지 모릅니다."

"지금은 훌륭한 유일교도였다는 작자들이 떼 지어 쾌락 신앙으로 몰려가고 있소. 아니면 심지어 타임 드래곤 숭배로. 종교라고 이름 붙일 자격도 없지요. 무지한 자들에게는 요즈음 모든 것이 다 구경거리요. 고대의 유일교 수도사들과 수녀들은 우주에서 자기들의 자리를 잘 알고 있었소. 너무나 장엄하여 감히 이름 붙일 수도 없는 생명의 근원을 알고 있었어요. 그런데 이제는 곰팡내 나는 마법사의 옷자락 냄새를 맡고 있으니, 쾌락주의자, 무정부주의자, 유아론자들 같으니라고! 개인의 자유와 오락을 전부로 알다니! 마법에 도덕적인 요소라도 있는 양! 주술, 공깃돌로 부리는 마술, 강력한 소리와 빛의 향연, 모습을 바꾸는 속임수를 쓰는 자들! 사기꾼, 강령술사들, 화학 약품과 약초로 장난 치는 자들, 엉터리 쾌락주의자들! 엉터리 처방과 할망구들이나 쓰는 금언이며 유치한 주문을 팔아먹는 자들! 이젠 신물이 다 나오."

"터틀 하트가 물 좀 갖다 드릴까요, 아니면 터틀 하트가 눕혀 드릴까요?"

터틀 하트는 프렉스의 목 옆에 송아지 가죽처럼 부드러운 손가락을 갖다 댔다. 프렉스는 몸서리를 치면서 자신이 고함을 지르고 있었음을 깨달았다. 유모와 멜레나는 생선 냄비를 들고 말없이 문간에 서 있었다.

"그냥 비유해서 한 말이오. 몸은 괜찮소." 프렉스는 아무렇지 않게 말했으나, 이방인이 보여 준 관심에 감동했다. "밥을 먹읍시다."

그들은 저녁을 먹었다. 엘파바는 음식 먹는 것도 잊고 구운 생선의 눈을 파내 날개 잃은 장난감 새에 달아 주려고 했다. 유모는 호수에서 불어오는 바람이 차네, 몸이 오싹하네, 등뼈가 쑤시네, 소화가 안 되네 하며 불평을 늘어놓았다. 유모의 방귀 냄새가 하도 지독해서 프렉스는 최대한 조심스럽게 바람 부는 쪽으로 자리를 옮겼다. 그러다 보니 장의자에 쿼들링 사람과 나란히 앉게 되었다.

"이제 다 분명하게 이해가 되었소?" 프렉스는 포크로 오즈의 지도를 가리켰다.

"에메랄드 시는 어디죠?" 쿼들링 사람이 물었다. 그의 입술 사이에서 생선뼈가 비어져 나왔다.

"딱 한복판이오."

"그러면 오즈마 있겠군요." 터틀 하트가 말했다.

"오즈의 여왕, 오즈마 말이군요. 우리 마음속에서는 이름 없는 신이 만물을 주재하시는 지배자이지만." 프렉스가 말했다.

"이름 없는 존재가 어떻게 지배할 수……"

터틀 하트가 말을 꺼내려는데 멜레나가 외쳤다.

"저녁 식탁에서 신학 얘기는 안 돼요. 결혼해서 처음 살기 시작했을 때부터 정한 우리 집 규칙이에요. 터틀 하트, 모두 규칙을 따라야 해요."

"게다가 난 아직도 럴라인을 섬기고 있우." 유모가 프렉스를 향해 얼굴을 찌푸렸다. "나 같은 늙은이야 어쩌겠우. 손님도 럴라인을 알지?"

터틀 하트는 고개를 가로저었다.

"신학 얘기를 하지 않기로 했다면 당연히 얼토당토않은 이교 얘기도 삼가야지."

프렉스가 운을 떼었지만, 손님으로 앉아 있는 유모는 자기 편할 대로 귀먹은 척하면서 무시하고 자기 할 말을 계속했다.

"럴라인은 요정 여왕이라우. 모래투성이 황무지 위를 날다가 녹음이 우거진 아름다운 땅 오즈를 발견했지. 자기가 없어도 나라를 다스리도록 딸 오즈마를 남겨 두고, 가장 어두운 시대가 오면 오즈에 다시 돌아오겠다고 약속했다오."

"허!" 프렉스가 탄성을 질렀다.

"나한테 그러지 마요. 나도 당신 못잖게 내 믿음을 가질 권리가 있다고요, 프렉스파 목사님. 최소한 난 내가 믿는 신들 때문에 당신처럼 곤란을 겪는 일은 없다우." 유모가 코웃음을 쳤다.

"유모, 성질 좀 죽여요." 멜레나는 유모의 공격을 은근히 즐기면서도 이렇게 나무랐다.

"다 헛소리야. 오즈마는 에메랄드 시를 다스리지만 그녀의 실물이나 그림을 본 사람이라면 누구나 그녀가 길리킨 사람이라는 것을 알 수 있소. 이마가 넓적하고, 앞니 사이는 살짝 벌어졌고, 금발의 심한 곱슬머리에 감정의 기복이 아주 심하지. 대개는 갑작스레 분노를 터뜨리는 쪽이지. 모두가 길리킨 사람들의 특징이오. 당신도 그녀를 보았을 텐데, 멜레나, 이 사람에게 얘기 좀 해 줘요."

"오, 오즈마는 제법 우아해요." 멜레나가 말했다.

"요정 여왕 딸이오?" 터틀 하트가 물었다.

"말도 안 되는 소리." 프렉스가 대꾸했다.

"허튼소리가 아니라니까!" 유모가 매섭게 외쳤다.

"사람들은 오즈마가 불사조처럼 거듭하여 다시 자기 자신을 낳는다고 생각하지요. 기가 막혀서 원. 300년 동안 영 딴판인 오즈마들이 있었는데. 거짓말쟁이 오즈마는 독실한 수녀였소. 그녀는 수녀원 탑 꼭대기 방에서 양동이 속에 판결문을 넣어 내려 보냈소. 그야말로 미치광이였지. 전사 오즈마는 글리쿠스를 적어도 한동안은 정복하고 에메랄드를 징발하여 에메랄드 시를 꾸몄지. 사서 오즈마는 평생 족보만 읽었소. 그 다음에 족제비를 애완용으로 키웠던 거의 사랑받지 못한 오즈마가 있었지. 그녀는 농부들에게 무거운 세금을 물려 노란 벽돌길로 꾸민 도로 체계를 만들기 시작했지. 농부들은 아직도 그 길을 완성하느라 땀을 흘리고 있소. 그들에게 행운이 있기를."

"지금 오즈마는 누구인가요?" 터틀 하트가 물었다.

멜레나가 나섰다.

"실은 에메랄드 시의 사교계에서 마지막 오즈마를 뵈었지요. 우리 할아버지 트롭 영주님의 저택이 그곳에도 있었거든요. 내가 열다섯 살이 되던 해 겨울, 거기에서 사교계에 처음 나갔지요. 그때 오즈마는 성미가 고약해서 화 잘 내는 오즈마라고 불렸어요. 몸집은 호수의 일각돌고래만 했지만, 옷차림은 참 근사했어요. 오즈의 '노래와 감성' 축제에서 남편이신 파스토리우스 님과 함께 계신 모습을 보았답니다."

"그분, 이제 여왕 아닌가요?" 터틀 하트가 혼란스러워하며 물었다.

"불행히도 쥐약 사고로 죽었소." 프렉스가 대답해 주었다.

"죽었든가, 아니면 그분의 영혼이 따님인 오즈마 티페타리우스 님께 옮아간 게지." 유모도 한마디했다.

멜레나가 다시 말을 이었다.

"지금의 오즈마 님은 엘파바 정도 나이밖에는 안 되었답니다. 그래서 아버님인 파스토리우스 님이 오즈마의 섭정으로 계시지요. 좋은 분이니 오즈마 티페타리우스 님이 왕좌에 앉을 나이가 될 때까지 잘 다스리실 거예요."

터틀 하트는 고개를 저었다. 프렉스는 그들이 시간 가는 줄도 모르고 세속의 통치자 이야기에만 빠져 영원한 왕국은 잊고 있는 데 짜증이 났다. 게다가 유모는 소화불량으로 한 바탕 방귀를 뀌어 대 모두의 코를 괴롭게 만들었다.

짜증이 날지언정 프렉스는 집에 돌아와서 기뻤다. 멜레나의 미모와(오늘 밤따라 태양이 하늘을 뜨자 그녀가 광채를 발하는 듯했다.) 그의 옆에서 거리낌 없이 미소 짓고 있는 터틀 하트가 보여 준 놀라움 때문이었다. 어쩌면 터틀 하트의 종교에 대한 순수한 무지 때문인지도 모른다. 프렉스는 그런 면에 관심을 느끼다 못해 유혹으로 느껴질 지경이었다.

유모가 터틀 하트에게 말했다.

"오즈 밑에 숨겨진 동굴 속에는 드래곤이 있다우. 그 드래곤은 세상의 꿈을 꾸고 있는데, 잠에서 깨어나면 화염으로 세상을 몽땅 태워 버릴……."

"그런 실없는 소리는 집어치워요!" 프렉스가 고함을 질렀다.

엘파바는 울퉁불퉁한 마루 판자 위를 기어갔다. 아기는 마치 용이 무언지 알아서 흉내를 내 본다는 듯이 이를 드러내고 으르렁거렸다. 초록색 피부 탓에 아기는 마치 새끼 용인 양 더 그럴싸해 보였다.

"오, 귀염둥이, 그러지 마라." 프렉스가 말했다.

아기는 마루에 오줌을 싸고 만족감과 혐오감이 뒤섞인 얼굴로 자기 오줌에 코를 갖다 댔다.

아기의 놀이

여름이 다 갈 무렵 어느 오후, 유모가 말을 꺼냈다.

"밖에 짐승이 있어요. 해거름 녘에 고사리 덤불 속에 숨어 있는 모습을 여러 번 보았지. 이 언덕에는 어떤 동물들이 살고 있우?"

"제일 큰 동물이라고 해봤자 땅다람쥐 정도야." 멜레나가 대답했다.

그들은 시냇가에서 빨래를 하고 있었다. 봄에 찔끔 내리던 비도 이미 멈춰 버린 지 오래였다. 또다시 가뭄이 덮친 것이다. 시냇물도 가늘게 졸졸 흐르는 정도에 불과했다. 물 근처에 오는 것도 싫어하는 엘파바는 보잘것없는 열매를 맺은 야생 배나무를 잡아 뜯고 있었다. 엘파바는 손과 다리로 나무둥치를 꼭 끌어안고 머리를 내두르며 이빨로 시큼한 과일을 물어뜯은 다음 씨와 꼭지를 땅바닥에 뱉었다.

"땅다람쥐보다는 큰데. 내 말이 맞다니까. 이 근방에 곰이 있우? 제법 빨리 움직이긴 하지만 곰일 수도 있어요."

"곰 따위는 없어. 호랑이가 있다는 소문도 있지만 눈에 안 띈 지 오래됐대. 그리고 호랑이는 겁 많고 잘 놀라기로 유명하잖아. 사람이 사는 집 근처에는 얼씬도 않는다고."

"그럼 늑대인가? 늑대는 있어요?" 유모는 물 속에 침대보를 담그며 말했다. "늑대일지도 모르겠네."

"유모, 지금 여기가 사막인 줄 아나 봐. 웬드 하딩스가 황량한 곳이기는 해도 사람 사는 곳이야. 늑대니 호랑이니 하는 얘기로 사람 놀래키지 마."

아직 말을 못하는 엘파바는 목구멍 깊은 곳에서 나지막하게 으르렁거리는 소리를 냈다.

"느낌이 안 좋아. 그만 끝내고 이것들은 집에서 말립시다. 이만하면 됐우. 또 아씨한테 하고 싶은 얘기도 있고. 저 아기를 터틀 하트에게 맡겨 좀 멀찍이 데려가라고 합시다." 유모는 몸을 부르르 떨었다. "안전한 곳으로요."

"할 말이 있거든 엘파바가 있는 자리에서 해도 괜찮아. 아직 말을 알아듣지 못한다는 거 알잖아." 멜레나가 말했다.

"아씨는 말을 못한다고 듣지도 못하는 줄 아는구려. 내가 보기에 저 애는 훤히 다 알아요."

"봐, 과일을 화장수처럼 목에다 짓이겨 바르고 있잖아……."

"전쟁터에 나갈 때 바르는 물감 같다는 말이겠죠."

"오, 지독한 유모, 쓸데없는 소리는 그만하고 이 침대보나 더 세게 문질러 봐. 침대보가 더럽잖아."

"이게 누구 땀이랑 분비물인지 물어볼 것도 없겠지."

"아이, 물어보지 않아도 돼. 나한테 훈계하려 들지 마."

"하지만 조만간 프렉스 님이 눈치 채고 말 거유. 이렇게 정열이 넘치는 오후 낮잠이라니…… 흠, 그래도 소시지 만들고 계란 삶는 일을 도와줄 줄 아는 녀석을 고르다니 아씨가 항상 남자 보는 눈은 있었다니까."

"유모, 신경 끊어."

"안됐기도 하지. 나이 먹는다는 건 참 잔인하지. 다시 플래그폴 아저씨랑 신나게 장난치고 뛰놀 수 있다면 내가 힘들게 얻은 귀중한 지혜도 다 내놓겠어."

멜레나는 더 이상 말하지 못하게 하려고 손바닥에 물을 떠서 유모의 얼굴에 뿌렸다. 유모는 눈을 깜박거리며 말했다.

"아이고, 아씨 밭이니 무얼 뿌리든 거두든 아씨 마음대로 해요. 하여간 내가 하려는 얘기는 아기 얘기예요."

아기는 이제 배나무 뒤에 웅크리고 앉아 눈을 가늘게 뜨고 먼 데를 보고 있었다. 멜레나는 아기가 들짐승 같다고, 스핑크스 같다고 생각했다. 심지어 파리 한 마리가 얼굴에 앉아 콧잔등 위를 기어 다녀도 아기는 꼼짝하지 않았다. 그러다가 갑자기 눈에 보이지 않는 나비를 쫓는 발가숭이 녹색 새끼 고양이처럼 펄쩍 뛰어올랐다.

"아기가 어쨌다는 거야?"

"아씨, 다른 아기들하고도 어울려야지요. 다른 아기들이 말하는 것을 보면 저 애도 금세 말문이 트일 거유."

"아기들하고 섞여 있어야 말을 배운다니 지나친 생각이야."

"내 말 흘려듣지 마요. 엘파바가 우리 말고 다른 사람들에게도 익숙해져야 한다는 건 아씨도 알잖아요. 자라면서 초록색 피부를 허물 벗듯 벗어 버리지 않는 한 살아가기 쉽지 않을 거라고요. 말하는 습관을 붙여야지. 봐요, 아기한테 자질구레한 놀 거리도 주고 자장가도 불러 주었어요. 그런데 다른 아기들처럼 반응하지 않잖아요?"

"재미없는 아기라서 그래. 그런 아이들도 있다고."

"같이 어울릴 아이들이 있어야 해요. 그러면 엘파바도 덩달아 재미나게 놀 줄 알게 될 거예요."

"솔직히 말하면 프렉스는 자기 아이가 재미있는 쪽에 끌리기를 원하지 않아. 세상 사람들은 재미를 지나치게 중시해. 유모, 나도 그 점에서는 그이와 생각이 같아."

"그럼 아씨가 터틀 하트랑 재미 보는 건 기도 연습이라도 되우?"

"내가 심술 부리지 말랬지!"

멜레나는 짜증스레 수건감을 두드려 빠는 데에만 정신을 쏟았다. 유모는 물러설 생각이 없었다. 유모한테는 나름대로 꿍꿍이가 있었다. 그리고 유모는 핵심을 찔렀다. 멜레나가 채마밭에서 오전 밭일을 마치고 피곤해할 때면 터틀 하트가 오두막의 서늘한 그늘 속으로 몰래 숨어들었다. 그는 신성한 느낌으로 그녀를 감쌌다. 그들이 침대보 위에서 헐떡이며 뒹굴 때 그녀한테서 떨어져 나가는 것은 속옷만이 아니었다. 그녀는 수치심도 잃어버렸다.

멜레나도 세상의 이치에 맞지 않는 일인 줄은 알았다. 그런데도 유일교 목사들의 재판소에서 간통죄로 자신을 호출한다면 진실을 말할 참이었다. 터틀 하트는 그녀를 구해 주고 그녀가 세상에 은총과 희망이 있다는 느낌을 다시 갖도록 해 주었다고. 초록색 엘파바가 태어나면서 세상의 선에 대한 믿음은 산산이 부서져 버렸었다. 자기가 저질렀는지 알지도 못할 만큼 사소한 죄에 대한 벌이라기엔 너무 가혹했다.

무서우리만치 열정적으로 사랑을 나누기는 했지만, 그녀를 구원해 준 것은 성행위가 아니었다. 터틀 하트가 프렉스가 나타났을 때에도 얼굴빛 하나 붉히지 않았고, 보기 흉한 엘파바한테서도 몸을 움츠리지 않았다는 점이었다. 그는 옆뜰에 작업장을 차려 놓고 마치 오로지 멜레나를 구하기 위해 이곳까지 흘러 들어왔다는 듯이 유리를 불고 갈았다. 자기가 어디로 가려 했는지도 잊었다.

"그래, 좋아, 이 늙은 암소 같은 방해꾼, 그럼 어쩌자는 거야?"

"엘피를 러시마진스로 데려가서 같이 어울릴 아기들을 찾아보자고요."

멜레나는 다시 쭈그려 앉았다.

"농담이겠지! 엘파바가 늦되긴 해도, 적어도 여기에서는 안전하잖아! 내가 그다지 모성애가 넘치는 엄마는 아니지만, 저 애를 먹여 주고 다치지 않도록 지켜 주고 있다고! 바깥세상이 저 애한테 얼마나 잔인하게 상처를 입힐지 불 보듯 뻔하잖아! 초록색 아기라니, 멸시와 학대가 쏟아질 거야. 게다가 아기들은 자제력이 없기 때문에 어른보다 더 사악해. 아기를 그런 위험에 빠뜨리느니 차라리 호수에 던지는 편이 나아."

"아니, 아니지." 유모는 통통한 손을 자기 무릎에 올려놓고 단호하게 굵직한 목소리로 말했다. "이제 아씨가 굴복할 때까지 그 문제를 놓고 의논할 거예요. 세월이 흘러 머리가 좀 트이면 아씨도 내 생각을 이해할 거라오. 아씨는 자기처럼 부유하고 머리 빈 이웃 아이들이랑 어울려 음악 수업이네 춤 수업이네 하면서 나돌아 다녔던 응석받이 부잣집 아가씨일 뿐이에요. 물론 현실은 잔인하겠지요. 하지만 엘파바는 자기가 누구인지 알아야 하고, 일찍부터 잔인한 세상에 맞서야 해요. 아씨가 예상하는 것만큼 심하지는 않을 거유."

"너무 잘나서서 유모랑 어울리지도 못하겠네. 난 그러지 않을 거야."

"유모는 포기하지 않아요." 유모는 여전히 열성적으로 말했다.

"난 엘파바는 물론이고 아씨의 행복에 대해서도 길게 내다보고 있다고요. 나를 믿어 봐요. 아씨가 엘파바에게 세상의 멸시에 맞서 자신을 지킬 수 있는 무기와 갑옷을 입혀 주지 않으면, 저 애의 인생 못잖게 아씨 인생도 비참해질 거라오."

"러시마진스의 고약한 개구쟁이들한테서 무기와 갑옷을 배운다고?"

"웃음거리로 삼고 놀리고 집적대겠지."

"아, 제발."

"이 문제만큼은 아씨에게 협박이라도 해야겠어요. 나는 오늘 오후에 러시마진스를 돌아다니다가 프렉스 님이 재기 집회를 열 장소를 찾으면 몇 마디 귀띔해 줄 거요. 프렉스 님은 러시마진스의 게으름뱅이들한테 신앙의 열정을 북돋으려고 정신없겠지만, 마누라가 터틀 하트랑 무슨 짓을 하고 있는지 알면 정신이 번쩍 들지 않겠우?"

"이 비열한 늙은 악마 같으니라고! 더럽고 사악한 심술쟁이!" 멜레나가 외쳤다.

유모는 우쭐해져서 씩 웃었다.

"내일이우. 내일 저 애가 제 삶을 시작하게 해 줍시다."

아침부터 매서운 바람이 인정사정없이 산꼭대기에서부터 몰아쳤다. 바람은 묵은 낙엽과 떨어진 곡식을 날리고 채마밭을 흔들었다. 유모는 둥그스름한 어깨에 숄을 걸치고 머리에는 보닛을 썼다. 유모의 눈에는 변두리를 돌아다니는 짐승들이 숱하게 보였다. 그녀는 살금살금 도망치는 고양이며 앙상한 낙엽과 쓰레기 더미 속으로 사라지는 암여우를 계속 돌아보았다.

유모는 돌멩이며 바퀴 자국이 난 길을 갈 때 쓰려는 것처럼 검은 가시가 돋친 지팡이를 찾아냈지만, 굶주린 짐승이 나타나면 휘두를 준비를 하고 싶었다.

"바싹 마르고 추운 땅이야." 유모는 혼잣말을 하듯 중얼거렸다.

"비가 거의 오질 않으니! 큰 들짐승들도 언덕에서 내려오는 수밖에 없겠지. 초록색 아가야, 앞서 뛰어가지 말고 같이 걸어가자꾸나."

그들은 말없이 길을 갔다. 유모는 겁을 잔뜩 먹었고, 멜레나는 오후의 밀회를 못 하게 되어 화가 나 있었다. 엘파바는 태엽 장난감처럼 한 발 한 발 번갈아 내딛었다. 가뭄으로 호숫가가 안쪽으로 후퇴했고, 이제 조잡한 선창은 조약돌과 말라 썩어 들어가는 풀로 뒤덮인 보도로 바뀌었다. 호수는 그 너머로 물러났다.

고넷의 집은 어두운색 돌로 지은 오두막집으로 초가지붕이 썩어 들어가고 있었다. 고넷은 고관절이 안 좋아서 고기잡이 그물을 끌어당기거나 황폐해져 가는 채소밭에 무릎 꿇고 일을 할 수 없었다. 그녀의 집에는 한 떼거리의 어린아이들이 옷도 입지 않은 채 더러운 마당을 돌아다니고 있었다. 그녀는 목사의 가족이 다가오자 고개를 들어 올려다보았다.

"안녕하시우, 댁이 고넷인가 보구려." 유모가 명랑하게 말을 붙였다. 유모는 대문을 열고 안전한 오두막의 안뜰로 들어서게 되어 기뻤다. "프렉스파 형제님이 여기로 가면 당신을 만날 수 있을 거라고 하더군요."

"세상에 맙소사, 소문이 사실이었네!" 고넷은 엘파바를 향하여 성호를 그으며 말했다. "난 못된 거짓말이라고만 여겼는데, 진짜였잖아!"

아이들의 발걸음도 느려졌다. 여자 아이도 있고 남자 아이도 있고, 얼굴이 가무스름한 아이도 있고 흰 아이도 있었지만, 모두 지저분했다. 아이들은 새로 나타난 아이에게 비상한 관심을 보였다. 아이들은 걸어 다니며 참기 놀이나 흉내 내기 따위의 장난을 계속하면서도 엘파바한테서 눈을 떼지 못했다.

"여기 멜레나 님은 잘 아시겠지요. 난 유모라오. 만나서 반갑구려, 고넷."

고넷은 멜레나를 힐끗 쳐다보고 윗입술을 살짝 물더니 고개를 끄덕였다.

"나도 반갑습니다." 멜레나는 차갑게 말했다.

"조언을 좀 구하러 왔다오. 다들 당신을 추천해 주더군요. 이 아이한테 문제가 있어서 말이우. 우리로서는 아무리 궁리해 보아도 뾰족한 수가 없구려." 유모가 말했다.

고넷은 미심쩍은 듯이 앞으로 몸을 숙였다.

"이 아이는 초록색이라오. 워낙 사랑스럽고 다정한 아기라서 피부색쯤은 미처 눈에 안 띌 수도 있겠지만. 물론 선량한 러시마진스 주민들이 그런 문제를 신경 쓰지는 않겠지요. 하지만 이 아기는 초록색이라서 수줍음이 많아요. 한번 보구려. 겁에 질린 조그만 거북 같지. 아이를 좀 밖으로 끌어내서 더 행복하게 해 주어야겠는데, 어쩌면 좋을지 모르겠우."

"정말 초록색이군요. 이러니 프렉스파 형제가 오래전에 설교를 그만둔 것도 무리가 아니지!" 고넷은 고개를 뒤로 젖히고 목쉰 소리로 심술궂게 웃음을 터뜨렸다. "그런데 이제 와서 뻔뻔스럽게 다시 설교를 하겠다고 나서다니! 배짱 하나는 알아줘야겠구먼!"

멜레나가 차갑게 말을 가로막았다.

"프렉스파 형제가 우리에게 일깨워 준 성경 구절이 있지요. '영혼의 색깔은 아무도 모르느니라.' 고넷, 목사님은 저더러 당신에게 바로 이 구절을 상기시켜 주라고 했어요."

고넷은 양심의 가책을 느낀 듯 웅얼거렸다.

"그러면 나한테는 무슨 일로 오셨우?"

"여기에서 아이랑 좀 놀아 주고 가르치기도 하면서 돌봐 줘요. 우리보다는 당신이 더 많이 알잖아." 유모가 말했다.

'교활한 늙은 암소 같으니라고.' 멜레나는 생각했다. 유모는 진실을 말한다는, 여간해서는 보기 드문 전략을 써서 더 그럴듯하게 들리도록 만든다. 그들은 자리에 앉았다.

고넷은 잠시 잠자코 있다가 말문을 열었다.

"아이들이 저 애를 받아들일지 모르겠어요. 그리고 내가 고관절이 안 좋아서 아이들이 흥분할 때에도 빨리 일어나 말리기가 힘들다는 거 알잖아요."

"이봐요, 당연히 보수를 현금으로 좀 드리지. 아씨도 그럴 생각이고." 유모가 말했다. 황량한 채소밭이 유모의 눈에 들어왔다. 가난에 찌든 곳이었다. 유모는 엘파바를 떠밀었다.

"자, 들어가 보렴. 가서 뭐가 있나 한번 봐."

아이는 움직이기는커녕 눈도 깜박이지 않았다. 아이들이 엘파바 곁으로 다가왔다. 남자 아이 다섯 명에 여자 아이 둘이었다.

"못생긴 강아지 같네." 좀 나이 든 남자 아이가 말했다. 소년은 엘파바의 어깨를 만져 보았다.

"친절하게 놀아 주렴."

멜레나는 당장이라도 뛰어들 듯한 태세로 말했으나, 유모는 가만히 있으라고 손짓했다.

"술래잡기하자, 누가 술래 할래?" 그 소년이 말했다.

"난 싫어, 난 아냐!"

다른 아이들이 새된 소리로 외치며 몰려와 엘파바를 손으로 쓰다듬어 보더니 도망가 버렸다. 엘파바는 주먹을 꼭 쥐고 손을 늘어뜨린 채 잠시 서 있더니, 몇 걸음 달려가다가 멈추었다.

"바로 그거야, 운동을 하면 건강에 좋단다." 유모는 고개를 끄덕이며 말했다. "고넷, 당신은 타고났어요."

"난 애들을 잘 안답니다. 다들 인정해요." 고넷이 우쭐거리며 대답했다.

아이들은 다시 종종걸음치며 엘파바에게 몰려가서 살짝 건드리고는 달아났다. 엘파바는 그들을 쫓아가려 하지 않았다. 그러자 아이들이 다시 한번 엘파바 곁으로 왔다.

"댁에 쿼들링 거지새끼가 머물고 있다는 게 사실인가요? 쿼들링은 잔디랑 똥만 먹는다던데 정말이에요?" 고넷이 물었다.

"무슨 소리예요!" 멜레나가 소리 질렀다.

"사람들 얘기로는 그렇던데, 진짜인가요?" 고넷이 물었다.

"그는 좋은 사람이에요."

"하지만 쿼들링이잖아요?"

"음…… 그렇죠."

"그 사람은 여기 데려오지 마세요. 쿼들링들은 몹쓸 병을 퍼뜨린단 말이야." 고넷이 말했다.

"쿼들링들은 그런 거 퍼뜨리지 않아요." 멜레나가 쏘아붙였다.

"던지지 마라, 엘파바." 유모가 불렀다.

"난 들은 대로 말했을 뿐이에요. 쿼들링들은 밤에 잠들면 입에서 영혼이 기어 나온다던데."

"무식한 것들은 입에서 나오는 대로 지껄인다니까." 멜레나는 좀 지나치게 큰소리로 퉁명스럽게 내뱉었다. "그가 자는 동안 입에서 영혼이 기어 나오는 건 한 번도 본 적이 없어요. 기회가 아주 많았……."

"애야, 돌멩이는 안 돼. 다른 아이들도 돌멩이는 안 갖고 있잖아." 유모가 날카롭게 외쳤다.

"이제 다른 아이들도 따라하네요." 고넷이 아이들을 주의 깊게 보면서 말했다.

"그렇게 다정다감한 사람은 만나 본 적이 없다고요." 멜레나가 말했다.

"생선 장수 아낙네한테 다정다감은 무슨 얼어죽을 다정다감이람. 목사님이랑 목사님 사모한테야 어떨지 몰라도." 고넷이 말했다.

"이제 피가 나네. 에구, 저걸 어쩌나. 얘들아, 상처를 닦아 줘야겠으니 엘파바를 좀 놔두렴. 그런데 수건을 안 가져왔네. 고넷?"

"애들은 피를 흘리면 좋아요. 배가 덜 고파지니까." 고넷이 대답했다.

"난 둔한 사람보다는 다정다감한 사람을 훨씬 더 높이 쳐요." 멜레나가 흥분해서 말했다.

"물지 말라니까." 고넷이 한 남자 아이에게 말했다. 그녀는 엘파바가 앙갚음을 하려고 입을 벌리는 모습을 보자, 고관절의 통증을 무릅쓰고 일어나 고함을 질렀다.

"물면 안 돼, 제발이지, 신의 사랑으로 말이다!"

"아이들이란 참 성스럽지 않아요?" 유모가 말했다.

어둠의 그림자

유모는 이삼 일에 한 번 꼴로 엘파바의 손을 잡고 러시마진스로 이어지는 그늘진 길을 걸어갔다. 엘파바는 그곳에서 무뚝뚝한 고넷의 감시 아래 영악한 아이들과 어울렸다. 프렉스는 다시 바깥출입을 시작했다.(자신감에서였을까, 아니면 자포자기의 심정에서였을까?) 불쌍한 마을 사람들은 그의 미친 사람 같은 턱수염과 신앙관에 겁에 질렸다. 한 번 집을 비우면 여드레에서 열흘 정도 걸렸다. 멜레나는 프렉스가 아내를 위해 실물 크기로 깎아 준 음정이 맞지 않는 가짜 피아노 건반을 치며 화음 연습을 했다.

터틀 하트는 가을이 오자 시들고 쪼그라드는 듯했다. 그들의 오후 밀회도 숨 막힐 듯 갈급하게 몰아붙이던 열기를 잃어 가면서 따듯한 관계로 변해 갔다. 멜레나는 항상 프렉스의 관심을 고맙게 여겼고 그에게 주의를 기울였지만, 그의 육체는 터틀 하트만큼 나긋나긋한 맛이 없었다. 그녀는 터틀 하트의 입에 한쪽 젖꼭지를 물리고 그의 손, 그 큼지막한 손이 그 자체의 생명을 지닌 애완동물인 양 그녀의 몸을 쓸어내리는 것을 느끼며 잠에 빠져들었다. 눈을 감고 터틀 하트가 그의 몸을 여러 개로 나누는 상상을 했다. 그의 입은 온몸을 훑었고, 그의 물건은 고개를 들고 쿡쿡 찔러 대며 기대었다. 그의 숨결은 입이 아닌 어딘가 다른 곳에서 나오는 듯 그녀의 귓가에 부드럽게 말없이 떠돌았고, 그의 팔은 등자 같았다.

여전히 멜레나는 터틀 하트를 프렉스만큼 알지 못했다. 다른 사람들처럼 그를 속속들이 꿰뚫어 볼 수 없었다. 그녀는 그의 위엄 있는 몸가짐 때문일 것이라고 짐작했다. 그러나 항상 빈틈없는 유모는 어느 저녁에 이렇게 이유를 지적했다. 그는 쿼들링 사람답게 행동할 뿐인데, 멜레나는 그가 다른 문화권에서 왔다는 사실을 인정조차 하지 않으려 한다는 것이다.

“문화는 무슨 문화야. 사람이 다 거기서 거기지.” 멜레나가 졸음에 겨운 목소리로 대꾸했다.

“그 자장가 기억 안 나요?” 유모는 바느질감을 옆으로 밀어 두고 (한숨 돌리며) 노래를 읊었다.

남자 애들은 공부하고, 여자 애들은 아네
그런 게 교훈이지
남자 애들은 익히고, 여자 애들은 잊는다네
그런 게 교훈이지
길리킨 사람들은 칼처럼 날카롭고
먼치킨랜드 사람들은 순박하게 살지
글리쿠스 사람들은 못생긴 마누라를 쥐어 패고
윙키 사람들은 끈적이는 벌집 속에 우글거린다네

하지만 쿼들링들, 오 쿼들링들
비굴하고 아둔한, 신이 버린 것들은
시체가 식기도 전에
어린아이들을 먹어 치우고 늙은이들을 묻는다네
사과 한 개만 주면 다시 얘기해 주지

"그에 대해서 아씨가 아는 게 뭐죠? 결혼은 했대요? 로어 슬라임 핏이랬나 뭐랬나 자기 고향은 왜 떠났대요? 물론 내가 이런 개인 신상을 꼬치꼬치 캐물을 처지가 아니기는 하지만……."

"언제부터 유모가 자기 처지를 알고 분수를 지켰어?"

"유모도 지킬 건 다 지켜요." 유모가 날카롭게 대꾸했다.

어느 초가을 저녁, 그들은 재미 삼아 마당에 화톳불을 피워 올렸다. 프렉스는 집에 돌아와 기분이 좋았다. 유모가 콜웬 그라운즈로 돌아갈 생각을 하고 있어서 멜레나도 기분이 좋았다. 터틀 하트는 저녁으로 작고 시큼한 햇사과와 치즈, 베이컨을 넣은 맛없는 굴라슈를 차렸다.

프렉스는 여유로운 기분이었다. 그 저주받은 시계 장치, 타임드래곤이 몰고 왔던 바람은 마침내 잦아들었다……. 이름 없는 신의 가호로 막돼먹은 빈민들도 다시 프렉스의 열변에 귀를 기울였다. 스리 데드 트리스에서 보름에 걸친 선교 활동은 성공적이었다. 프렉스는 보상으로 놋쇠 주화와 물물교환용 주화가 든 작은 지갑을 받았고, 회개한 자들의 얼굴에서 뜨거운 신앙심, 심지어 갈망까지 엿보았다.

"우리가 지상에서 보내는 시간은 제한되어 있소." 프렉스가 만족스럽게 한숨을 내쉬며 머리 뒤로 팔짱을 끼고 말했다.

남자들은 행복에 겨울 때에도 꼭 저런 식이라니까. 끝이 머지않다느니 그런 소리를 하지. 멜레나는 생각했다. 남편이 말을 이었다.

"러시마진스로부터 이어진 길을 따라가면 더 높은 경지에 이를지도 몰라요, 멜레나. 삶에서 더 원대한 위치 말이오."

"아이고, 제발 그만둬요. 우리 집안은 9대에 걸쳐 비천한 지위에서 시작해 여기까지 올라왔는데, 이제 난 여기 시골 구석에 박혀 발목까지 진흙 속에 빠져 있잖아요. 더 높은 경지 따위는 믿지 않아요."

"영혼의 고결한 야심을 말한 거요. 에메랄드 시로 뛰어들어 오즈마 섭정의 개인 고해 목사가 되겠다거나 하는 얘기가 아니오."

"프렉스 님이 오즈마 티페타리우스의 고해 목사가 못 될 이유는 뭐람?" 유모가 말했다. 유모는 프렉스가 그런 지위에 오르면 자기도 우아한 에메랄드 시 사교계에 나갈 수 있으리라는 기대를 품었다.

"왕손이 이제 겨우 두 살인가 세 살이니, 앞일이 어찌 될지 어떻게 아우? 그래서 다시 남자 섭정이 다스리고 있고. 대개 남자들 하는 일이 다 그렇듯, 일시적으로 직무에 참여하는 것뿐이지만. 프렉스 님은 아직 젊고 오즈마는 클 테니까 프렉스 님이 신뢰를 얻으면 국정에도 영향력을 발휘할 수 있을 테고……."

"난 궁정인의 목사가 될 생각은 없어요. 상대가 광신자 오즈마라 할지라도 말이오." 프렉스는 버드나무 담뱃대에 불을 붙였다. "나의 사명은 핍박받고 비천한 자들을 섬기는 겁니다."

"그러면 쿼들링 가세요. 거기 핍박 받는 사람들 있어요." 터틀하트가 끼어들었다.

터틀 하트는 좀처럼 자기 과거 얘기를 꺼내는 법이 없었다. 멜레나는 유모가 자기한테 궁금하지도 않느냐고 놀리던 기억을 떠올렸다. 그녀는 손으로 담배 연기를 쫓으며 물었다.

"당신은 어쩌다가 오벨스를 떠났나요?"

"무서워서요." 그가 대답했다.

맷돌 위를 기어가는 개미들을 덮쳐 돌멩이로 으깨어 죽이고 있던 엘파바가 얕은 돌확에서 고개를 들었다. 다른 이들은 터틀 하트의 입에서 다음에 나올 말을 기다렸다. 멜레나는 가슴이 불안스레 벌렁거렸다. 갑자기 바로 오늘 저녁 지금 이 순간, 그 어느 때보다도 눈부시게 평온했던 밤, 그들이 가까스로 안정을 찾았던 바로 이때 모든 것이 어그러져 버릴 것만 같은 예감이 엄습했다.

"뭐가 무서웠다는 거요?" 프렉스가 물었다.

"으슬으슬하네. 숄을 가져와야겠어요." 멜레나가 말했다.

"아니면 파스토리우스의 목사가 되거나! 그 오즈마 섭정 말이지! 어때요, 프렉스?" 유모가 말했다. "틀림없이 아씨 집안에서 연줄을 동원해 초청장을 얻어 줄 수……."

"무셔." 엘파바가 말했다.

엘파바의 입에서 처음으로 나온 말에 모두 입을 다물었다. 나무 사이로 어른거리던 달마저도 움직임을 멈춘 듯했다.

"무셔."

엘파바가 다시 주위를 둘러보며 말했다. 입 모양은 진지했지만 눈은 반짝반짝 빛났다. 엘파바도 자기가 지금 어떤 일을 해냈는지 깨달은 듯했다. 아기는 거의 두 살이 되었다. 입속의 날카롭고 큼직한 이도 더 이상 아기가 속에 말을 담아 두고 있도록 막을 수 없었다.

"무셔." 아기는 속삭이듯 말했다. "무셔."

"유모한테 오렴. 내 무릎에 앉아 좀 조용히 하고 있자."

아기는 순순히 따랐지만, 유모의 팔에 허리만 감긴 채 유모의 푹신한 가슴에서 몸을 떼어 앞으로 내밀었다. 아기는 터틀 하트를 뚫어져라 바라보며 기다렸다.

터틀 하트가 경외감에 찬 목소리로 말했다.

"아기가 처음 말하는 것 같아요."

"맞아요." 프렉스가 담배 연기를 내뿜으며 말했다. "그리고 뭐가 무서웠냐고 묻고 있소. 괜찮다면 우리에게 말해 주겠소?"

"터틀 하트, 말 잘 안 해요. 터틀 하트 유리 만들죠. 목사님과 부인과 유모가 말해요. 이제는 아기도 말하고."

"그래도 조금만 얘기해 주구려. 이야기를 멈춘 데서부터."

멜레나는 몸서리를 쳤다. 그녀는 숄을 가지러 가지 않았다. 움직일 수가 없었다. 몸이 천근처럼 무거웠다.

"에메랄드 시와 다른 곳 일꾼들이 쿼들링 왔어요. 공기, 물, 흙 살피고 맛보고 시험했죠. 도로를 놓는댔어요. 쿼들링들은 시간낭비, 노력 낭빈 줄 알았어요. 그런데 그들은 쿼들링 목소릴 안 들었어요."

"쿼들링 사람들이 도로 기술자는 아니니까 그랬겠지." 프렉스가 냉정하게 말했다.

"우리나라는 섬세해요. 오벨스에 집들은 나무 사이에 떠 있죠. 밧줄로 작은 단 매 놓고 거기 곡식 키워요. 남자 애들은 식물성 진주 찾느라 얕은 물에 뛰어들죠. 나무 너무 많으면 빛이 잘 안 들어 곡식 자라고 건강 유지 어려워요. 나무 너무 적으면 물 올라오고 식물 뿌리가 떠서 흙 속에 뿌리 못 내려요. 쿼들링 가난해요. 하지만 아름다움이 넘쳐요. 조심해서 계획하고 힘 합쳐야 겨우 먹고 살아요."

"그래서 노란 벽돌길 건설에 저항했다……."

"그게 끝 아네요. 쿼들링은 도로 건설자들 설득 못했죠. 그들이 진흙과 돌로 둑 쌓고 쿼들링 나라를 동강 냈어요. 쿼들링은 설득하고 기도하고 증언했어요. 하지만 말로는 이길 수 없어요."

프렉스는 두 손으로 담뱃대를 잡고 터틀 하트가 말하는 모습을 지켜보았다. 프렉스는 그에게 끌렸다. 프렉스는 항상 강렬함에 매혹되곤 했다.

"쿼들링은 싸운다 생각했어요. 왜냐하면 이것이 시작일 뿐이라고 생각했으니까. 건설자들이 흙 시험하고 물 조사하다, 쿼들링들이 오래전부터 알고 있던 걸 알았어요. 하지만 가만히 있었죠."

"당신네가 알고 있던 것이라니?"

터틀 하트는 땅이 꺼져라 한숨을 내쉬었다.

"루비 얘기예요. 물 속에 루비가 있죠. 비둘기 피처럼 붉어요. 기술자들은 말해요. 늪 밑에 결정으로 된 석회암층에 붉은 강옥 있다고. 쿼들링들은 말하죠. 그건 오즈의 피라고."

"당신이 만드는 붉은 유리 같은 건가요?" 멜레나가 물었다.

"루비 유리는 금 염화물 더해야 해요. 하지만 쿼들링 나라 바로 밑에 진짜 루비 가득한 진짜 광산 있어요. 틀림없이 에메랄드 시에 건설자들이 소식을 퍼뜨릴 거예요. 그 다음엔 무서운 일이 끝없이 벌어질 거예요."

"당신이 어떻게 알아요?" 멜레나가 쏘아붙였다.

터틀 하트는 엘파바에게 장난감으로 만들어 주었던 둥근 원반을 가리키며 말했다.

"유리를 보면…… 미래가 보여요. 피와 루비 있어요."

"미래를 본다는 얘기는 믿지 않소. 그건 쾌락의 신앙에서나 하는 소리야." 프렉스가 격분하여 말했다. "타임드래곤의 숙명론이지. 푸우. 이름 없는 신께서 우리에게 예비해 두신 역사는 이름이 없소. 예언은 두려움에 어림짐작한 것일 뿐이야."

"터틀 하트, 두려움과 어림짐작만으로 쿼들링 떴어요." 유리 부는 쿼들링 장인은 개의치 않고 계속 말했다. "쿼들링들, 자기들 종교를 쾌락 신앙이라고 부르지 않아요. 하지만 징조에 귀 기울이고 메시지에 주의하죠. 물이 루비로 붉게 변하면 쿼들링의 피가 강물처럼 흐를 거예요."

"말도 안 되는 소리! 그 사람들 한소리 좀 들어야겠구먼." 프렉스는 얼굴이 시뻘게져서 소리쳤다.

"게다가, 파스토리우스는 얼간이 아녜요?" 멜레나는 그들 중에서 유일하게 왕가에 대해 잘 안다고 주장할 수 있는 인물이었다.

"오즈마가 성년이 될 때까지 그 사람이야 사냥하고, 먼치킨랜드 페이스트리나 먹고, 옆에 거느린 이상한 시녀들이랑 재미 보는 것 말고 할 일이 뭐가 있겠어요?"

"위험한 건 외부인이에요. 같은 나라 왕, 여왕이 아녜요. 노파들, 무당들, 죽어 가는 자들. 그들 눈에는 이방인 왕이 보여요. 잔인하고 강해요."

"대관절 오즈마 섭정은 무엇 때문에 황량한 늪지대에 도로 공사 따위를 하는 거죠?" 멜레나가 물었다.

"먼치킨랜드에 깔린 노란 벽돌길과 마찬가지로 진보를 위해서지. 진보와 통제. 군대를 이동시키고. 세금 징수를 위한 체계를 세우고. 군사적 방어용으로도 필요하지." 프렉스가 대답했다.

"누구한테서 방어한단 말이에요?" 멜레나가 물었다.

"아, 그게 늘 중요한 문제지." 프렉스가 대꾸했다.

"아아." 터틀 하트가 거의 속삭임에 가까운 소리로 탄식했다.

"그래서 당신은 어디로 가려는 겁니까? 물론 여기를 굳이 떠날 필요는 없소. 멜레나는 당신이 옆에 있는 걸 무척 좋아하고 있으니까. 우리 모두 그래요."

"무셔." 엘파바가 말했다.

"이제 조용히 해야지." 유모가 달랬다.

"부인은 친절하고 목사님도 터틀 하트에게 친절해요. 하루 이상 머물 생각 없었어요. 터틀 하트, 에메랄드 시로 가던 중 길을 잃었어요. 터틀 하트, 오즈마를 뵙고 싶어요……."

"지금은 오즈마 섭정이겠지." 프렉스가 끼어들었다.

"쿼들링 나라에 자비를 애원할 거예요. 잔혹한 이방인을 경고하고……."

"무셔." 엘파바가 좋아서 두 손을 마주치며 말했다.

"아기가 터틀 하트의 의무를 일깨웠어요. 아이의 말 때문에 과거의 고통에서 다시 의무를 떠올렸죠. 터틀 하트…… 잊고 있었어요. 하지만 말이 밖으로 나오면 행동이 따라야 해요."

멜레나는 아이를 땅바닥에 내려놓고 저녁 먹은 그릇을 분주하게 그러모으는 유모를 잡아먹을 듯이 쏘아보았다. 그렇게 남의 일에 코를 쑤셔 박고 참견하더니 이 꼴이 뭐야, 유모? 보라니까? 내 유일한 지상의 행복이 끝장나고 말았어. 멜레나는 꼴도 보기 싫은 아이한테서 고개를 돌렸다. 아기는 웃고 있는 것 같았다. 아니면 찡그린 건가? 멜레나는 절망에 빠져 남편 쪽을 쳐다보았다. 어떻게 좀 해봐요, 프렉스!

"어쩌면 이거야말로 우리가 찾는 더 높은 야망인지도 모르겠군. 우리가 쿼들링으로 가야겠소, 멜레나. 먼치킨랜드에서 누리던 호사를 버리고 진정으로 궁핍에 시달리는 곳으로 가서 시련을 겪어야 해요."

"먼치킨랜드에서 누리던 호사라고요?" 멜레나가 비명을 지르듯 외쳤다.

"이름 없는 신이 비천한 자를 통해 말씀하실 때는……." 프렉스는 터틀 하트 쪽을 가리키며 말을 꺼냈다. 터틀 하트의 표정은 다시 절박해 보였다. "귀를 기울이든가, 아니면 마음을 닫든가……."

"아, 그럼 내 말이나 들어 봐요. 난 임신했어요, 프렉스. 여행은 할 수 없어요. 움직일 수가 없다고요. 엘파바를 키워야 할 뿐 아니라 새로 태어날 아기까지 돌봐야 하는데 진흙탕을 헤매고 돌아다니기는 너무 버거워요."

잠시 정적이 흐르고 분위기가 좀 가라앉자 멜레나가 말을 계속했다.

"이런 식으로 당신에게 말할 생각은 아니었어요."

"축하하오." 프렉스가 차디차게 대꾸했다.

"무셔. 무셔, 무셔, 무셔." 엘파바가 엄마에게 말했다.

"쓸데없는 얘기는 이쯤 해 둬요." 유모가 수습에 나섰다.

"아씨는 여기 계속 앉아 있다가는 감기에 걸릴 거유. 여름밤은 금세 기온이 뚝 떨어진다니까. 그쯤 해 두고 안으로 들어가요."

그러나 프렉스는 일어나서 아내에게 다가가 입을 맞추었다. 그가 터틀 하트를 애아버지로 의심하고 있을까? 애아버지가 남편인지 정부인지는 멜레나 자신도 확신할 수 없었다. 사실 어느 쪽이든 개의치 않았다. 그저 터틀 하트가 떠나지 않기만을 바랄 뿐. 갑자기 비참한 동포들에 대한 도덕적 의무감에 사로잡히다니, 그가 못 견디게 미웠다.

프렉스와 터틀 하트는 멜레나의 귀에 들리지 않게 나지막이 대화를 주고받았다. 프렉스는 터틀 하트의 떨리는 어깨를 자기 팔로 감싸고 불가에 머리를 맞대고 앉아 있었다. 유모는 남자들은 밖에 내버려 두고 엘파바를 재울 준비를 한 다음 쟁반에 데운 우유 한 잔과 작은 약병을 받쳐 들고 와서 멜레나의 침대에 앉았다.

유모가 차분하게 말했다.

"자, 이런 일이 있을 줄 알았지. 우유 마셔요, 아씨. 훌쩍거리지 말고. 또 애처럼 구네. 언제부터 알았우?"

"아, 6주 됐어. 우유는 싫어, 유모. 포도주를 줘."

"우유를 마셔야지요. 아기가 태어날 때까지 포도주는 안 돼요. 또 괴물 같은 애를 낳고 싶어요?"

"포도주 좀 마신다고 태아의 살색이 바뀌지는 않아. 내가 머리는 나쁠지 몰라도 생물학에 대해 그 정도는 알아."

"하여간 정신적으로는 좋을 게 없어요. 우유나 마시고 이 약 하나 삼켜요."

"이건 뭔데?"

"아씨한테 말했잖아요." 유모는 모의를 꾸미는 듯한 목소리로 속삭였다. "지난가을 내내 아씨 대신 빈민가를 다 쑤시고 다니다가……."

멜레나는 갑자기 유모의 얘기에 확 끌려들었다.

"유모, 해냈구나! 하여튼 알아줘야 한다니까. 무섭지는 않았어요?"

"무서웠다마다. 하지만 유모는 아씨가 아무리 멍청하다 해도 아씨를 아낀다고요. 연금술을 한다는 비밀 표식을 단 가게를 찾아냈지."

유모는 썩어 가는 생강과 고양이 오줌 냄새가 떠오르는지 코를 실룩거렸다.

"이름이 야클이라나, 건방지게 생긴 시즈 출신 할망구랑 같이 앉아서 차를 마시고 찻잔을 뒤집어 찻잎으로 점을 쳤지요. 야클은 자기 손도 잘 못 보던데 미래는 무슨 미래를 읽는담."

"진짜 점쟁이네." 멜레나가 무미건조한 목소리로 말했다.

"아씨 남편은 예언을 믿지 않으니 목소리 낮춰요. 하여간 아씨의 첫 아이가 초록색인데 어쩌다가 그런 일이 생겼는지 도통 알 수가 없다고 설명했지. 또 그런 일이 일어나면 안 된다고 했어요. 그랬더니 야클이 약초랑 돌가루를 갈아서 곰바 기름으로 볶고는 이교도 기도문을 외더군요. 그러더니 침을 거기다 뱉었다우. 자세히 들여다보지는 않았어요. 하지만 아홉 달 치 값을 치렀어요. 아씨가 임신한 것이 확실해지면 즉시 시작할 수 있도록 말이지. 한 달쯤 늦었지만, 아무것도 안 하는 것보다야 낫겠지요. 난 그 노파를 철석같이 믿는다우. 아씨도 그래야 해요."

"내가 왜 그래야 하지?"

멜레나는 아홉 개의 약 중 첫 번째 것을 삼키면서 물었다. 약은 끓인 골수 같은 맛이 났다.

"왜냐하면 야클이 예언하기를 아씨 아이들이 위대한 인물이 될 거랬거든. 엘파바는 아씨가 생각하는 것 이상이 될 거래요. 둘째도 만이 못잖을 거고. 그러니까 아씨한테 인생을 포기하지 말라고 했어요. 역사가 인물을 기다리고 있고, 아씨네 가족이 한몫할 거래요."

"내 정부에 대해서는 무슨 말 없었어?"

"아씨는 언제쯤 철이 들려우? 마음 편히 갖고 걱정 말래요. 아씨를 축복했어요. 그 여자는 더러운 갈보지만 자기가 무슨 말을 하는지는 알더라고."

유모는 야클이 다음 아이도 틀림없이 딸일 거라고 한 말은 전하지 않았다. 그랬다가는 멜레나가 아이를 지우려고 할지도 모른다. 야클은 딸 하나가 아니라 두 자매의 손에 역사가 달려 있다고 확신에 찬 투로 말했다.

"그래서 집까지는 무사히 왔어? 누구한테 의심 사지는 않았고?"

"순진한 늙은 유모가 빈민촌에서 무허가 거래를 할 거라고 누가 의심하겠우?" 유모가 깔깔대고 웃었다. "난 뜨개질이나 하고 내 볼 일 좀 봐야겠우. 이제 잠이나 청해요, 아씨. 앞으로 몇 달 동안 포도주는 절대 금지야. 이 약이나 잘 챙겨 먹어요. 그래야 아씨랑 주인님한테 건강하고 잘생긴 아기가 나오지. 아씨 금실도 좋아질 거고."

"내 결혼은 완벽해."

멜레나는 이불 밑으로 파고들면서 말했다. 약효가 오르기 시작했지만, 유모에게는 알리고 싶지 않았다.

"질척거리는 해 지는 쪽으로 떠나지만 않는다면."

"해는 서쪽으로 지지 남쪽으로 지지 않아요. 오늘 밤에 임신 얘기를 꺼내서 한 방 제대로 잘 먹였우. 어쨌든 아씨가 쿼들링으로 가기라도 하면 난 아씨한테 발걸음도 안 할 테니까. 올해로 내가 쉰이우. 이젠 유모도 나이를 먹어서 도저히 할 수 없는 일도 있어요."

"아무도 떠나지 않으면 좋을 텐데." 멜레나는 잠 속으로 빠져 들면서 말했다.

유모는 흡족한 마음으로 물러날 채비를 하며 다시 창밖을 내다보았다. 프렉스와 터틀 하트는 아직도 대화에 푹 빠져 있었다. 유모는 안 그런 척해도 실은 예리했다. 유모는 터틀 하트가 동포들에게 다가오는 위협을 떠올릴 때 그의 얼굴을 보았다. 달걀처럼 확 쪼개지면서, 진실이 날개 치며 노란 병아리처럼 순진무구하게 그 속에서 비칠거렸다. 프렉스가 괴로워하는 쿼들링에게 유모가 보기에 지나칠 만큼 바짝 붙어 앉아 있는 것도 무리가 아니었다. 그러나 이 집안에 이상한 점을 캐고 들자면 끝도 없을 것 같았다.

"아이를 재우게 이리 보내요." 유모는 창문에서 외쳤다. 너무 붙어 있는 두 사람을 방해할 뜻도 있었다.

프렉스가 돌아보았다.

"엘파바는 안에 있지 않소?"

유모는 안을 훑어보았다. 없었다. 아이는 마을 꼬마들하고 술래잡기를 하고 있지도 않았다.

"아뇨, 거기 같이 있지 않아요?"

남자들은 고개를 이리저리 돌리며 찾아보았다. 유모는 야생 주목의 흐릿한 그림자 속에서 뭔가 희미한 움직임을 본 듯했다. 유모는 일어나서 창문틀을 잡았다.

"아이를 찾아봐요. 들짐승들이 돌아다닐 시간인데."

"여기는 아무것도 없어요, 유모. 지나친 상상이오."

프렉스가 느릿느릿 대꾸했지만, 남자들은 재빨리 일어나 주변을 찾아보았다.

"아씨, 아직 잠들면 안 돼요. 엘파바가 어디 있는지 알아요? 아이가 돌아다니는 거 못 봤어요?" 유모가 호들갑을 떨었다.

멜레나는 한쪽 팔꿈치를 짚고 몸을 일으키려 애썼다. 잠을 쫓으려 애쓰며 머리카락 사이로 눈알을 굴렸다.

"무슨 일이야? 누가 돌아다닌다고?" 그녀는 웅얼거리며 물었다.

"엘파바요. 일어나는 게 좋겠어요. 아기가 있을 만한 곳을 찾아봐야 해."

유모는 멜레나가 일어나도록 도와주었다. 그러나 그녀의 움직임은 너무 느렸고, 유모는 심장이 점점 빨리 두방망이질했다. 유모는 멜레나의 손이 침대 기둥을 짚도록 하고 이렇게 말했다.

"이제 일어나요, 아씨, 예감이 좋지 않아." 그러고는 손을 뻗어 단장을 집었다.

"누구? 누가 없어졌다고?" 멜레나가 물었다.

남자들은 자줏빛으로 물든 황혼 속에서 고함을 질렀다.

"파발라! 엘파바! 엘피! 작은 개구리!"

그들은 마당 주변이며 사위어 가는 화톳불 주위를 빙빙 돌면서 덤불 아래쪽을 들여다보거나 툭툭 쳐 보았다.

"작은 뱀! 도마뱀 아기야! 어디 있니?"

"그놈이야, 뭔지는 몰라도 그놈이 언덕에서 내려온 거야!" 유모가 울부짖었다.

"아무것도 없어요, 바보 같은 소리."

프렉스는 이렇게 말했지만 집 뒤의 바위 사이를 미친 듯이 뛰어다니며 가지들 사이를 쑤셨다. 터틀 하트는 마치 제일 먼저 나온 별들의 희미한 빛을 손바닥에 받으려는 듯이 하늘을 향해 손을 내뻗은 채 꼼짝 않고 서 있었다.

"엘파바가 없어졌다고?"

멜레나가 마침내 정신을 차리고 문에서 외치며 잠옷 바람으로 걸어 나왔다.

"어디론가 길을 잃고 가 버렸나 보네. 아니면 뭐가 물어 갔거나. 이 두 천치들은 여학생들처럼 재재거리느라 언덕에서 내려온 들짐승이 바깥에 있는 줄도 모르다니!" 유모가 분을 터뜨렸다.

멜레나의 외침은 공포로 점점 높아졌다.

"엘파바! 엘파바, 엄마 목소리 들리니! 당장 이리 나오렴! 엘파바!"

들려오는 것은 바람 소리뿐이었다.

"아기는 멀지 않은 곳에 있어요." 터틀 하트가 잠시 있다가 입을 열었다.

흰 포플린 가운을 입은 멜레나는 마치 안에서부터 빛이 나오듯 천사처럼 광채를 발하는 반면, 깊어 가는 어둠 속에서 터틀 하트의 모습은 거의 보이지도 않았다.

"멀지 않은 곳에 있어. 여기 없을 뿐이에요."

"무슨 소리를 하는지 모르겠네. 수수께끼요, 아니면 장난치는 거요?" 유모가 흐느끼며 말했다.

터틀 하트가 돌아섰다. 프렉스는 그에게로 돌아와 그를 한 팔로 감싸 안았다. 멜레나는 그의 다른 쪽 옆으로 다가왔다. 그는 잠시 기절한 듯 축 늘어졌다. 멜레나는 겁에 질려 비명을 질렀다. 그러나 터틀 하트는 이내 몸을 꼿꼿이 펴고 앞으로 나아갔다. 그들은 호수

쪽으로 향했다.

"호수는 아니야, 그 애는 물이라면 질색한다고, 알잖아요."

유모가 외쳤으나, 그러면서도 걸려 넘어지지 않게 지팡이로 앞의 땅을 더듬으며 다급하게 걸음을 옮겼다.

이제 끝이야. 멜레나는 생각했다. 머릿속이 온통 뒤죽박죽되어 아무것도 생각할 수 없었다. 그녀는 마치 그렇게 해서 파국이 현실로 닥치는 것을 막을 수 있기라도 하듯 그 말을 하고 또 했다.

이것이 시작이야. 프렉스는 이렇게 생각했다. 하지만 무엇의 시작이지?

"아이는 멀리 가지 않았어요. 여기에는 없고." 터틀 하트가 다시 말했다.

"당신네가 사악한 수를 쓴 벌이야. 이 쾌락만 좇는 이중인격자들아." 유모가 소리쳤다.

땅은 경계가 물러난 고요한 호숫가 쪽으로 경사져 있었다. 호숫가의 선창은 어디로도 이어지지 않고 허공에서 끝나는 다리처럼 처음에는 그들의 발치께, 그 다음에는 허리 너머까지 솟아 있었다.

선창 밑의 그림자 속에서 눈빛이 빛났다.

"오, 하느님 맙소사." 유모가 속삭였다.

엘파바는 터틀 하트가 만들어 준 유리를 들고 선창 아래 앉아 있었다. 아이는 유리를 두 손으로 든 채 한 눈을 감고 응시했다. 아이는 눈을 가늘게 뜨고 유리를 뚫어져라 보고 있었다. 뜨고 있는 한쪽 눈은 초점 없이 공허했다.

프렉스는 수면에서 반사된 별빛이겠거니 생각했다. 그렇게 믿고 싶었다. 그러나 텅 빈 듯한 눈은 별빛을 받아 빛나는 것이 아니었다.

"무셔." 엘파바가 중얼거렸다.

터틀 하트가 무너지듯 무릎을 꿇었다. 그가 탁한 목소리로 말했다.

"아이 눈에는 그가 오는 것이 보여요. 아이는 그가 오는 모습을 봐요. 그는 공중에서 내려와요. 하늘에서 풍선이 내려와. 부글대는 핏빛이에요. 거대한 진홍빛 공, 루비 공. 하늘에서 떨어져요. 섭정이 쓰러져. 오즈마 가문이 무너져요. 타임 드래곤이 옳았어. 심판의 때가 다가왔어."

터틀 하트는 엘파바의 조그만 무릎 위로 쓰러졌다. 아이는 그가 안중에도 없어 보였다. 아기의 뒤쪽에서 나지막이 으르렁거리는 소리가 들려왔다. 호랑이인지, 아니면 호랑이와 용의 기묘한 잡종인지 모를 야수가 눈에서 광채를 뿜고 있었다. 엘파바는 마치 왕좌라도 되는 양 그 짐승의 어긋놓은 앞발 위에 앉아 있었다.

"무셔."

아이가 초점 없는 눈으로 유리를 응시하며 다시 말했다. 부모와 유모는 유리를 보아도 어둠 말고는 아무것도 보이지 않았다.

"무셔."

길리킨

갈린다

1

“위티카, 세티카, 위카샌드 터닝, 레드 샌드, 딕시 하우스…… 시즈행은 딕시 하우스에서 갈아타세요. 테니켄, 브록스홀, 트라움 방향 동부 역으로 가시려면 이 차량에 계속 타고 있으세요.” 차장은 잠시 말을 멈추고 숨을 골랐다. “다음 정거장은 위티카, 위티카입니다!”

갈린다는 옷 보따리를 가슴에 꼭 끌어안았다. 그녀의 맞은편 좌석에 손발을 쭉 뻗고 있는 늙은 염소는 위티카 역에서 내리지 않았다. 그녀는 기차 안에서 승객들이 졸고 있어서 다행이라고 여겼다. 염소의 눈길을 계속 피하고 싶지는 않았다. 기차에 타기 바로 직전, 그녀를 돌봐 주는 아마 클러치가 녹슨 못에 발을 찔렸다. 아마 클러치는 얼굴이 굳어지는 증상이 올까 봐 겁에 질려 제일 가까운 병원에 들러 약과 진정시키는 주문을 얻어 오도록 허락해 달라고 애걸했다.

“물론 나 혼자서도 얼마든지 시즈에 갈 수 있어요. 나 때문에 신경 쓰지 마요, 아마 클러치." 갈린다는 차갑게 말했다.

아마 클러치는 그 말대로 했다. 갈린다는 아마 클러치가 충분히 건강해져서 시즈에서 무슨 일이 닥치든 자신의 보호자 역할을 해 주기를 바랐지만, 그 전에 턱에 마비 증상이 조금만 일어나서 혼쭐이 났으면 좋겠다고 생각했다.

갈린다는 남들한테 기차 여행 따위는 지루하다는 티를 내려고 입을 꼭 다물고 있었다. 실은 그녀는 작은 상업 도시인 프로티카의 자기 집에서 하루 이상 차를 타고 여행해 본 적이 한 번도 없었다. 10년 전에 철도가 놓이면서 옛날에는 낙농장이었던 땅이 시즈의 상인들과 제조업자들을 위한 시골 영지로 분할되었다. 그러나 갈린다의 집안은 아직도 여우 서식지이며 물이 흐르는 골짜기, 럴라인을 섬기는 외딴 고대의 이교 사원이 있는 전원풍의 길리킨을 더 좋아했다. 그들에게 시즈는 멀고 위협적인 도시였다. 편리한 철도 교통이 있어도 그 모든 복잡한 문제들과 사기꾼들의 호기심을 무릅쓰면서까지 나설 마음은 내키지 않았다.

갈린다는 객차 유리창 너머 녹음이 우거진 세상을 보지 않았다. 대신 유리에 비친 자기 모습만 보고 있었다. 그녀는 어린 아가씨답게 아직 시야가 좁았다. 그녀는 자기가 누군가에게 어떤 의미로 중요해질지는 확실히 몰라도, 자신이 아름다우니까 중요한 존재가 될 거라고 생각했다. 그녀가 머리를 돌릴 때마다 젖빛 고수머리도 따라서 흔들리며 잔뜩 쌓아 놓은 동전 무더기처럼 빛을 받아 반짝였다. 활짝 핀 마야 꽃처럼 뾰족하게 내민 입술은 흠 잡을 데 하나 없이 눈부신 붉은색으로 빛났다. 황토색 천을 세로로 댄 초록색 여행복은 부티가 흘렀지만, 어깨에 늘어뜨린 검은 숄은 학구적인 분위기를 풍겼다. 뭐니뭐니 해도 그녀는 영리한 머리 덕분에 시즈로 가는 길이었다.

그러나 영리해지는 방법이 하나만은 아니었다.

갈린다는 열일곱 살이었다. 프로티카 마을 사람들이 죄다 몰려나와 그녀를 배웅했다. 퍼사힐에서 시즈에 가게 된 여학생으로는 그녀가 최초였던 것이다! 갈린다는 자연 세계로부터 배울 수 있는 윤리에 관한 묵상이 문제로 나왔던 입학시험을 훌륭하게 치러 냈다. ("꽃들은 꽃다발을 만들기 위해 꺾인다면 유감스럽게 여길까? 비가 금욕을 실천하는가?" "**동물**+들도 정말로 선량해지기로 선택할 수 있는가?" "또는 봄철의 도덕철학을 논하시오.") 그녀는 「오지아드」를 무수히 인용했고, 열정적인 문장 솜씨로 시험관들을 사로잡았다. 그 결과 크레이지홀에서 3년간의 장학금을 받게 되었다. 일류 대학 축에는 못 드는 학교였다. 일류 대학은 아직도 여학생들에게 문이 닫혀 있었다. 하지만 그래도 시즈 대학이었다.

그녀와 같은 칸에 탄 **염소** 승객은 차장이 되돌아오자 잠에서 깨어 발굽을 뻗으며 하품했다.

"미안하지만 내 차표를 좀 집어 줄래요? 머리 위에 있어요." **염소**가 말했다.

갈린다는 일어나서 차표를 찾으며, 자신의 예쁜 몸매를 훑는 늙은 **염소**의 눈길을 느꼈다.

"여기 있어요."

+ 여기서는 인간처럼 지적인 능력을 가진 '**동물**(Animal)'과 말 못하는 평범한 '동물(animal)'을 구분한다.

갈린다의 말에 염소가 이렇게 대답했다.

"나한테 말고 차장한테 줘요. 사람처럼 손가락이 없으니 이렇게 조그만 마분지 조각 따위를 다룰 수가 있어야지."

차장은 차표에 구멍을 뚫어 주며 말했다.

"짐승이 일등칸을 타고 여행할 여유가 있다니 보기 드문 일이군요."

"오, 난 짐승이라는 단어가 거슬리네요. 하지만 아직은 일등칸으로 여행하는 것이 법으로 허용되어 있잖소?" 염소가 말했다.

"돈만 내면야 상관없지요." 차장은 악의 없이 이렇게 말하며 갈린다의 차표에 구멍을 뚫고 되돌려 주었다.

"돈이라고 다 같은 돈이 아니라오. 내 차표 값은 저 아가씨 것의 두 배란 말이오. 이런 경우에는 돈이 허가증인 셈이지. 다행히 나한테는 돈이 있고."

차장이 염소의 말은 무시하고 갈린다에게 물었다.

"시즈까지 가십니까? 대학 숄을 보니 알겠군요."

"아 예, 일이 좀 있어서요."

갈린다는 차장과 얘기할 마음이 별로 없었다. 하지만 그가 다른 객차로 옮겨 가자, 갈린다는 자기를 쳐다보는 보기 싫은 염소와 마주하고 있느니 차장을 상대하는 편이 나았다는 생각이 들었다.

"시즈에서는 뭘 배울 계획인가요?" 염소가 물었다.

"낯선 사람하고 얘기하면 안 된다는 것쯤은 이미 배워서 알고 있어요."

"그렇다면 내 소개를 하지요. 그러면 서로 모르는 사이가 아니게 되니까. 난 딜라몬드라 하오."

"전 별로 댁을 알고 싶지 않은데요."

"난 시즈 대학의 교수라오. 생물 예술부에 있지."

아무리 염소라 해도 옷 입은 꼴이 저게 뭐람. 갈린다는 생각했다. 돈이 다가 아니야.

"그러시다면 저도 수줍음을 무릅쓰고 제 소개를 해야겠네요. 제 이름은 갈린다예요. 외가 쪽은 아르두에나 가지요."

"학생이 시즈에 온 것을 맨 처음으로 환영하오, 글린다. 신입생인가?"

"부탁인데 갈린다라고 불러 주세요. 괜찮다면 옛날 길리킨 식으로 발음해 주셨으면 좋겠어요."

그녀는 차마 입에서 선생님이라는 말이 나오지 않았다. 술집 카펫을 뜯어 만든 것 같은 낡아 빠진 조끼를 입은 끔찍한 염소를 그런 호칭으로 불러 주기는 싫었다.

"마법사가 발의한 여행 금지령에 대해 어떻게 생각하죠?"

염소의 눈빛은 아부하듯 따듯하게 빛났으나 좀 무서워 보이기도 했다. 갈린다는 금지령에 대해서는 금시초문이었다. 그러니 할 말도 없었다. 딜라몬드(딜라몬드 박사인가?)는 기다렸다는 듯이 마법사가 동물들이 지정된 교통수단만 이용하도록 제한하는 법을 구상 중이라고 설명해 주었다. 갈린다는 동물들은 전에도 늘 따로 서비스 받기를 좋아하지 않았느냐고 대꾸했다.

"아니, 난 동물들 얘기를 하는 겁니다. 영혼을 가진 자들 말이지." 딜라몬드가 말했다.

"아, 그들 말이군요. 글쎄, 별로 문제 같아 보이지는 않는데요." 갈린다는 무뚝뚝하게 말했다.

"저, 저런. 진심입니까?"

염소는 흥분해서 부르르 떨었다. 그는 동물의 권리에 관해 장광설을 늘어놓기 시작했다. 지금도 그의 노모는 일등석으로 여행할 수 없었다. 시즈로 아들을 방문하고 싶으면 우리 칸을 타야 했다. 마법사의 금지령이 승인부를 통과한다면, 아마도 그렇게 되겠지만, 염소 자신부터도 오랜 세월에 걸친 연구와 훈련, 저축을 통해 얻은 특권을 법에 따라 포기해야 할 것이다.

"어디를 가도 우리에 들어가 다녀야 한다니, 영혼이 있는 생물들에게 가당키나 한 일인가?"

"전적으로 동의해요. 여행은 정말 사람의 시야를 넓혀 주니까요." 갈린다가 말했다.

그들은 남은 여행 내내, 딕시 하우스의 승강장에서 기차를 갈아탈 때조차도 싸늘한 침묵을 지켰다.

딜라몬드는 종착역인 시즈의 엄청난 규모와 부산스러움에 질린 갈린다의 모습을 보고 딱하게 여겨, 그녀를 크레이지홀로 태워다 줄 마차를 잡아 주겠다고 했다. 그녀는 부끄러운 기색을 감추려고 애쓰며 그를 뒤따랐다. 짐꾼 두 명이 그녀의 짐을 지고 따라왔다.

시즈! 그녀는 멍하니 입을 벌리고 있지 않으려고 애썼다. 덩굴과 이끼로 덮인 갈색 사암과 청석의 철도 광장 건물들이 햇살 속에서 부드럽게 아지랑이 속에 흔들리는 가운데, 바삐 업무를 보는 사람들, 웃는 사람들, 발걸음을 재촉하거나 입을 맞추거나 마차를 피하는 사람들로 북적였다. 게다가 이 동물들이라니! 프로티카에서는 철학자연하며 꺡꺡대는 이상한 닭조차 좀처럼 마주친 적이 없었다. 그러나 여기에서는 얼룩말 네 마리가 타고난 무늬에 맞게 지은 흑백 새틴 줄무늬 옷을 멋지게 뽑아 입고 야외 카페에 앉아 있었다. 코끼리 한 마리가 뒷다리로 서서 교통 지도를 했다. 수도사인지 수녀인지 이국적인 종교 의상을 차려입은 호랑이도 있었다. 그래그래, 얼룩말, 코끼리, 호랑이도 있군. 그녀는 염소를 생각했다. 그녀는 시골 출신 티를 내지 않으려면 이름을 제대로 발음하는 데 익숙해져야겠다고 생각했다.

다행히도 딜라몬드는 그녀에게 사람이 모는 마차를 찾아 주었다. 그는 마부에게 크레이지홀 방향을 일러 주고 마차 삯을 미리 치렀다. 갈린다는 감사의 미소를 희미하게 띄웠다.

"다시 만날 날이 있을 거요."

딜라몬드는 예언이라도 하듯 짤막하지만 힘차게 말하고는 마차가 덜컹대며 움직이기 시작하자 가 버렸다. 갈린다는 쿠션에 깊숙이 몸을 파묻었다. 아마 클러치가 못에 찔려 발을 다친 것이 슬슬 아쉬워지기 시작했다.

크레이지홀은 철도 광장에서 불과 20여 분 거리에 있었다. 크레이지홀의 청석 벽 뒤에는 위가 뾰족한 창문들에 투명한 대형 유리창을 끼운 복합 건물이 있었다. 모자이크처럼 짜 맞춘 네 잎 장식과 다엽 장식이 지붕 선을 따라 화려하게 장식되어 있었다. 갈린다는 건축물 감상을 무척 좋아했으므로, 덩굴과 이끼에 가려 건물의 섬세한 부분은 잘 보이지 않았지만 알아볼 수 있는 특징은 열심히 눈여겨보았다. 그녀는 곧 안으로 안내되었다.

크레이지홀의 학장은 얼굴이 물고기처럼 생긴 길리킨 상류층 출신으로, 칠보 세공한 고리 장식을 주렁주렁 달고 중앙 홀에서 신입생들을 맞이했다. 학장은 갈린다의 예상과 달리 전문직 여성 특유의 우중충한 분위기를 풍기지 않았다. 대신 이 인상적인 여인은 낱장 악보에 그려진 역동적인 음표처럼 보디스에 검은 옥으로 소용돌이무늬를 수놓은 포돗빛 드레스 차림이었다.

"마담 모리블입니다."

모리블의 목소리는 묵직한 저음이었다. 손을 어찌나 세게 쥐었는지 아플 지경이었다. 그녀의 자세는 군인처럼 꼿꼿했고, 귀에는 트리 장식 같은 귀걸이를 달았다.

"온통 북새통이지요. 휴게실에서 잠깐 차나 한잔 합시다. 그런 다음 대강당에 모여서 룸메이트를 정해 줄게요."

휴게실은 초록색이나 푸른색 옷을 입고 뒤에 지친 그림자처럼 검은 숄을 늘어뜨린 예쁜 아가씨들로 발 디딜 틈도 없었다. 갈린다는 타고난 아맛빛 금발이 자랑스러웠다. 창가에 서 있으니 고수머리에 햇살이 떨어져 눈부시게 빛났다. 그녀는 거의 차를 마시지 않았다. 옆방에는 아마들이 금속 주전자에서 차를 따라 마시면서 마치 한마을에서 자란 오랜 친구들이나 되는 것처럼 깔깔대며 수다를 떠는 데 여념이 없었다. 땅딸보 여자들이 시장바닥에서처럼 시끄럽게 굴면서 깔깔대는 모습은 언뜻 기괴하기까지 했다.

갈린다는 글씨가 깨알 같은 인쇄물을 자세히 읽지 않았다. '룸메이트'가 있다는 것도 미처 몰랐다. 아니면 부모님이 그녀가 독방을 쓸 수 있도록 추가 요금을 지불했을까? 그러면 아마 클러치는 어디에 묵지? 갈린다는 주위를 둘러보고 이 아가씨들 중에는 자기보다 훨씬 더 부유한 집안에서 온 사람도 있다는 것을 알아챘다. 그들이 걸친 진주와 다이아몬드라니! 갈린다는 단순한 은 칼라를 하고 오기를 잘했다고 생각했다. 보석을 걸치고 여행하면 어딘가 천박해 보인다. 그녀는 이 사실을 깨닫고는 경구를 만들었다. 적당한 기회만 오면 나도 나름의 견해가 있다는 증거로 이 말을 내놓아야지. 여행을 해봤다는 증거도 되고.

'옷 치장이 과한 여행자는, 구경하는 것보다 구경거리가 되는 데 더 관심이 많다고 말하는 것이나 마찬가지다.' 갈린다는 혼자 시험 삼아 중얼거려 보았다. '반면 참된 여행자라면 주변의 신세계야말로 가장 잘 어울리는 액세서리라는 것을 안다.' 좋아, 아주 좋아.

마담 모리블은 머릿수를 세어 본 다음 찻잔을 들고 학생들을 대강당으로 인도했다. 그곳에서 갈린다는 아마 클러치를 병원에 보낸 게 엄청난 실수였음을 깨달았다. 아마들끼리의 수다가 전부 경박한 사교용은 아니었음이 분명했다. 아마들은 어떤 숙녀랑 어떤 숙녀가 방을 함께 쓰게 할 것인지 자기들끼리 고르라는 지시를 받았던 것이다. 아마들은 학생들보다 더 빨리 문제의 핵심을 파악했다. 갈린다를 위해서는 아무도 말해 준 사람이 없었다. 그녀를 대신해 줄 사람이 없었던 것이다!

별 내용 없는 환영사가 끝난 후, 학생들과 아마들은 둘씩 짝을 지어 자기들 숙소로 옮겨 짐을 풀었다. 갈린다 혼자 사색이 되어 어쩔 줄 몰라했다. 늙은 바보, 아마 클러치가 있었더라면 그녀보다 신분이 한두 단계 정도만 높은 학생으로 잘 골라 주었을 텐데! 룸메이트의 신분이 엇비슷하다면 갈린다가 수치심을 느끼지 않을 터이고, 그녀보다 훨씬 더 고귀하다면 사귀어 볼 가치가 있을 터다. 그러나 지금 괜찮은 아가씨들은 이미 모두 짝을 지었다. 다이아몬드는 다이아몬드끼리, 에메랄드는 에메랄드끼리! 방이 차츰 비어 가면서, 갈린다는 위로 올라가 마담 모리블을 찾아서 사정을 설명해야 할지 어떨지 머리를 굴렸다. 갈린다는 누가 뭐래도 적어도 한쪽 부모는 고원의 아르두에나 가 사람이었다. 이럴 수는 없다. 그녀의 눈에 눈물이 가득 차 올랐다.

그러나 용기가 나질 않았다. 그녀는 의자 끄트머리에 그대로 앉아 있었다. 이제 방 중앙은 그녀만 남은 채 텅 비었고, 그늘진 방구석에는 처지는 소녀들만 남았다. 갈린다는 금박을 입힌 빈 의자들에 둘러싸여 헤치고 나아가지도 못하고 찾는 이 없는 여행 가방처럼 홀로 앉아 있었다.

"이제 여기에는 아마가 없는 사람들뿐인 것 같군." 마담 모리블이 약간 깔보는 투로 말했다. "보호자가 없으면 안 되니까, 여러분에게 신입생을 위한 기숙사 세 곳을 배정해 주겠어요. 각 동마다 열다섯 명씩 지냅니다. 덧붙여 말해 두겠는데, 기숙사를 쓴다고 전혀 부끄러운 일은 아니에요. 절대 그렇지 않아요."

그러나 학장은 거짓말을 하고 있었다. 본인도 자기 말을 믿지 않는 말투였다. 마침내 갈린다가 일어섰다.

"마담 모리블, 문제가 있어요. 저는 아르두에나 가의 갈린다입니다. 제 아마가 여행 중 못에 발을 찔리는 바람에 도착이 하루이틀쯤 늦어지게 되었어요. 아시겠지만, 저는 공동 침실을 쓸 신분이 아니에요."

"그거 참 안됐군요." 마담 모리블이 미소를 지으며 말했다. "그러면 학생의 아마가 분홍 기숙사의 보호자 노릇을 해 주었으면 좋겠군요. 4층 오른쪽으로……."

"아뇨, 아니에요, 그런 게 아니에요." 갈린다가 용감하게 학장의 말을 가로막았다. “전 분홍이든 뭐든 기숙사를 쓸 생각이 없어요. 지금 오해를 하고 계세요.”

“난 오해한 거 없어요, 갈린다 양.” 마담 모리블의 눈이 점점 더 앞으로 튀어나오면서 안 그래도 물고기 같은 얼굴이 더 물고기처럼 보였다. “사고가 있건 지각을 하건 결정할 건 결정해야 해요. 당신은 당신 아마를 통해 스스로 결정하지 못했으니, 내가 대신 결정해 줄 권한이 있어요. 자, 시간 없으니 이만 하고 분홍 기숙사를 함께 쓸 학생들을 호명하겠어요.”

“따로 드리고 싶은 말씀이 있어요.” 갈린다는 필사적으로 말했다. “저야 여러 사람과 기숙사를 함께 쓰건 룸메이트와 둘이 방을 쓰건 상관없어요. 하지만 제 아마가 다른 소녀들까지 감독하게 하시는 것은 바람직하지 않다고 생각해요. 그 이유는 공개적으로 말씀드릴 수 없지만.”

그녀는 최대한 빨리, 마담 모리블보다 더 유창하게 거짓말을 주워섬겼다. 적어도 학장의 관심을 끄는 데는 성공한 듯했다.

“학생의 무례함에 놀랐습니다, 갈린다 양.” 모리블이 온화하게 말했다.

“그 정도 가지고 무슨 말씀이세요, 마담 모리블.” 갈린다는 최대한 사랑스러운 미소와 함께 대담무쌍한 대사를 날렸다.

마담 모리블은 웃음을 터뜨렸다. 세상에!

“대담하기도 해라! 오늘 저녁 내 방으로 와서 당신 아마의 문제점을 얘기해 주면 좋겠군요. 나도 알고 있어야 할 테니까. 하지만 당신과 협상을 하겠어요, 갈린다 양. 학생에게 이의가 없다면 당신의 아마에게 다른 소녀의 보호자 역할까지 맡아 달라고 부탁하고 싫어요. 아마를 데리고 오지 않은 학생이에요. 알다시피, 아마가 있는 학생들은 전부 벌써 짝을 지었고, 남은 건 당신뿐이니까."

"제 아마가 그 정도는 할 수 있을 거예요."

마담 모리블은 명단을 죽 훑으면서 말했다.

"좋아요. 2인실에 아르두에나의 갈린다 양과 함께 들어갈 사람으로…… 네스트 하딩스의 트롭 3대 손인 엘파바는 어때요?"

다들 쥐 죽은 듯 조용했다.

"엘파바?" 마담 모리블이 고리 장식을 매만지며 두 손가락으로 목 아래께를 누르고 다시 불렀다.

그 소녀는 야단스러운 돌림무늬를 넣은 빨간 드레스를 입고, 노인네나 신을 법한 무거운 장화를 신은 거지꼴로 방 뒤편에 앉아 있었다. 처음에 갈린다는 빛의 장난으로 덩굴과 이끼에 덮인 이웃 건물들이 반사되어 잘못 본 줄 알았다. 그러나 엘파바가 양탄자 천으로 만든 여행 가방을 들고 앞으로 나오자, 피부가 초록색이라는 사실이 분명해졌다. 야위고 뾰족한 얼굴의 엘파바는 초록색 피부에 검고 긴 머리를 한 이국적인 소녀였다.

"쿼들링에서 어린 시절을 보냈지만 먼치킨랜드 태생이군." 마담 모리블은 수첩의 내용을 읽었다. "정말 잘됐군요, 엘파바 양. 앞으로 이국적인 나라와 시대들에 관한 이야기를 우리에게 들려줄 수 있겠네요. 갈린다 양과 엘파바 양, 여기 당신들 열쇠예요. 2층 22호실을 써요."

학장은 소녀들이 앞으로 걸어가자 갈린다를 향해 활짝 미소를 지어 보였다.

"여행은 정말 사람의 시야를 넓혀 주지요."

학장은 노래하듯 말했다. 갈린다는 발걸음을 떼면서 자기가 했던 말이 고스란히 자신에게 되돌아오자 놀라서 움찔했다. 갈린다는 꾸벅 인사를 하고 자리를 피하듯 나왔다. 엘파바는 마룻바닥만 쳐다보며 뒤를 따라왔다.

2

아마 클러치가 다음 날 붕대를 친친 감아 원래 크기의 세 배는 되는 발로 도착했을 무렵에는 이미 엘파바가 몇 안 되는 소지품을 다 푼 뒤였다. 엘파바의 소지품은 넝마처럼 벽장 안 고리에 죽 걸려 있었다. 볼품없는 얇은 드레스들은 갈린다의 옷가지들의 치마 버팀살대며 풀 먹인 허리받이, 심을 댄 어깨나 쿠션을 받친 팔꿈치에 기가 죽은 듯이 구석에 처박혔다.

"아가씨의 아마를 겸하게 되어서 기뻐요. 난 전혀 문제 없어요."

아마 클러치는 갈린다가 미처 그녀를 따로 불러내 엘파바의 보호자 역할을 거부하라고 요구하기도 전에 엘파바를 향해 활짝 웃으며 이렇게 말했다.

"우리 아빠는 당신한테 내 아마가 되라고 돈을 준 거예요."

갈린다가 의미심장하게 말했으나 아마 클러치는 이렇게 대꾸했다.

"그런 요구를 다 들어주어야 할 만큼 많은 액수는 아니었어요. 그러니 이 정도야 내 마음대로 할 수 있어요."

갈린다는 엘파바가 곰팡이 핀 화장실에 가고 없을 때 이렇게 말했다.

"아마, 당신 장님이에요? 저 먼치킨랜드 아이는 초록색이라고요."

"참 희한하지요? 난 먼치킨랜드 사람들은 죄다 체구가 작은 줄 알았는데. 저 애는 보통 키잖아요. 체구가 저마다 다른가 보네요. 오, 초록색이라서 거슬려요? 흠, 그러려니 하는 편이 아가씨한테도 좋을 거예요. 그 정도는 그냥 가볍게 넘겨요. 갈린다, 아가씬 영악한 척하지만 아직 세상을 몰라요. 난 세상이 재미있는 곳이라고 생각해요. 그럼 되잖아요? 뭐 어때서 그래요?"

"영악하건 어쨌건, 나를 가르치는 건 당신 일이 아니에요, 아마 클러치!"

"물론 아니죠. 아무 일도 아닌데 아가씨 혼자 법석을 떨고 있는 거예요. 난 그저 도와주려는 것뿐이라고요."

이러니 갈린다로서는 진퇴양난이었다. 간밤에 마담 모리블과 잠시 면담했으나 역시 빠져나갈 길이 없었다. 갈린다는 암청색과 저무는 자줏빛 석양 같은 색의 레이스 보디스에 물방울무늬가 있는 치마를 아름답게 차려입고 스스로에게 진짜 멋지다고 중얼거리면서 재빨리 도착했다. 마담 모리블은 그녀에게 응접실로 들어오라고 했다. 응접실에는 굳이 없어도 될 불 앞에 가죽 의자와 소파들이 놓여 있었다. 학장은 박하차를 따라 주며 진주 과일 잎에 싼 생강 과자를 내밀었다. 학장은 갈린다에게 의자를 권했으나, 그녀는 큰 짐승을 잡으려는 사냥꾼처럼 벽난로 옆에 서 있었다.

그들은 이러한 호사를 만끽하는 상류층의 전통을 완벽하게 따르기 위해 처음에는 말없이 차를 홀짝이며 과자를 조금씩 먹었다. 갈린다는 이 틈을 타 마담 모리블이 용모뿐 아니라 옷차림도 물고기처럼 보인다는 사실을 관찰했다. 모리블의 헐렁한 젖빛 드레스는 프릴을 단 높은 목선부터 무릎까지 거대한 공기 주머니처럼 흘러내렸는데, 무릎에서 폭이 좁아졌다가 바닥까지 곧게 떨어져 깔끔하게 펴지는 주름으로 종아리와 발목을 감쌌다. 모리블은 어느 모로 보나 거대한 잉어처럼 보였다. 지각 있는 잉어도 아니고 둔해 빠진 잉어였다.

"이제 학생의 아마 얘기를 들어 보죠. 기숙사 감독을 맡을 수 없다는 이유가 뭔지 말이에요. 궁금하군요."

갈린다는 오후 내내 답변을 준비해 두었다.

"학장님, 아시다시피 사람들 앞에서는 말씀드리고 싶지 않았습니다. 하지만 아마 클러치는 지난여름 펴사힐에 소풍을 갔다가 심한 추락 사고를 당했어요. 야생 백리향 한 줌을 뽑으려다가 절벽에서 굴러 떨어진 거죠. 몇 주 동안이나 혼수 상태로 누워 있었어요. 정신을 차리고서도 사고에 대해서는 전혀 기억하지 못했답니다. 학장님께서 그 일에 대해 물어보신다 해도 학장님이 무슨 말씀을 하시는지도 모를 거예요. 외상으로 인한 기억상실이죠."

"그렇군요. 학생으로서는 퍽 속상한 일이었겠군요. 하지만 어째서 그 일 때문에 아마가 내가 제안한 일을 맡기에 부적합하다는 건가요?"

"그녀는 정신적 혼란을 겪고 있습니다. 아마 클러치는 종종 생명이 있는 것과 그렇지 않은 것을 혼동해요. 말하자면 의자에 앉아서 의자한테 말을 걸고 우리에게 의자의 사연을 들려주는 식으로요. 의자가 품은 열망이며 비밀……."

"의자의 기쁨이며 슬픔 얘기를 한단 말이군요. 신기하기도 해라. 가구의 감정이라니. 듣도 보도 못한 얘기네."

"하지만 이 정도야 어리석기는 해도 그저 웃어넘길 수 있다 쳐도 한술 더 뜨는 증상이 있답니다. 마담 모리블, 실은 아마 클러치는 가끔씩 사람들이 살아 있다는 것을 잊어버려요. 혹은 동물들도요." 갈린다는 말을 멈췄다가 이렇게 덧붙였다. "동물조차도요."

"계속해 봐요."

"저야 다 괜찮아요. 아마는 제 평생 저의 아마 노릇을 해 왔고 저는 그녀를 잘 알고 있으니까요. 그녀가 일하는 방식도 잘 알고요. 하지만 가끔씩 사람이 거기 있다든가, 자기를 필요로 한다든가 하는 것은 고사하고 자신이 사람이라는 것조차 잊어버려요. 한 번은 옷장 청소를 하다가 옷장을 심부름꾼한테 넘어뜨려서 그의 등을 부러뜨린 적도 있다고요. 그가 바로 자기 앞에서 비명을 지르는데도 몰랐답니다. 제 어머니의 잠옷을 개키면서 잠옷과 대화를 나누기도 하고요. 잠옷한테 온갖 시시콜콜한 질문을 퍼붓는 거예요."

"참으로 희한한 증상이군요. 학생은 짜증스럽겠지만."

갈린다는 속을 털어놓는 투로 말했다.

"그녀한테 다른 열네 명의 소녀들을 돌볼 책임을 맡길 수는 없었습니다. 저 혼자라면 아무 문제 없어요. 저는 어떤 면에서는 그 어리석은 노인네를 사랑합니다."

마담 모리블이 말했다.

"하지만 학생의 룸메이트는 어쩌고? 그녀도 위험해질 수 있지 않아요?"

"그녀를 룸메이트로 청한 적 없어요." 갈린다는 반짝이는 눈을 깜박이지도 않고 학장을 똑바로 바라보았다. "그 불쌍한 먼치킨랜드인은 힘든 생활에 익숙한 것 같아요. 적응하든가, 그러지 못하면 학장님께 방을 옮겨 달라고 말씀드리겠지요. 물론 학장님이 그녀의 안전을 위해 그녀를 옮겨 주실 수도 있고요."

"엘파바 양이 우리가 제공한 것에 만족하지 못하면 제 발로 크레이지홀을 떠날 수밖에. 그렇게 생각지 않나요?" 마담 모리블이 말했다.

우리가 제공한 것! '우리'라고 말했다. 마담 모리블은 갈린다를 모종의 작전에 한편으로 끌어들이고 있었다. 두 사람 다 그 사실을 말하지 않고도 알 수 있었다. 갈린다는 휩쓸리고 싶지 않았다. 그러나 갈린다는 고작 열일곱 살이었고, 바로 몇 시간 전 대강당에서 따돌림을 당하는 굴욕을 겪은 뒤였다. 마담 모리블이 엘파바의 외모 외에 또 무엇을 못마땅해하는지는 알 수 없었다. 그러나 뭔가가 있었다. 분명히 뭔가가. 그게 무엇일까? 갈린다는 뭔가 좀 이상하다는 생각이 들었다.

"그렇게 생각하지 않아요?" 마담 모리블이 느릿느릿 움직여 뛰어오르려는 물고기처럼 몸을 약간 앞으로 구부리면서 말했다.

"예, 당연히 우리가 할 수 있는 일은 해야지요."

갈린다는 최대한 애매모호하게 얼버무렸다. 그러나 교활하기 짝이 없는 낚싯바늘에 걸린 물고기 같은 기분이 들었다.

응접실의 그림자 속에서 작은 시계 같은 것이 걸어 나왔다. 1미터 정도의 키에 반질반질 광이 나는 청동 로봇이었고, 앞에는 판을 나사로 붙였다. 그 판에는 '대장장이와 땜장이의 기계 인간'이라고 멋 부린 장식체로 쓰여 있었다. 시계 하인은 빈 찻잔을 모아 휙 나가 버렸다. 갈린다는 그가 언제부터 거기 있었는지, 어디까지 얘기를 들었는지 몰랐지만, 시계 생물은 언제나 마음에 들지 않았다.

엘파바는 갈린다가 보기에 책을 읽으면서 골을 내는 것 같은 나쁜 습관이 있었다. 엘파바는 몸을 둥글게 웅크리는 게 아니라(너무 말라서 그럴 수가 없었다.) 잭나이프처럼 V자 모양으로 접은 채 우스꽝스러운 뾰족한 초록색 코를 곰팡내 나는 책장 속에 파묻었다. 엘파바는 책을 읽는 동안 삭정이처럼 말라 비틀어져 자칫 뼈다귀처럼 보이는 손가락으로 머리카락을 감았다 풀었다 했다. 엘파바의 머리카락은 아무리 그렇게 수없이 손으로 감고 또 감아도 절대 곱슬거리지 않았다. 기묘하지만 건강한 암퇘지 가죽처럼 반짝이는 색이 아름답기도 했다. 검은 비단실이라고 할까. 실로 자은 커피 콩. 밤비. 갈린다는 대체로 은유를 잘 쓰지 않는 편이지만, 엘파바의 머리카락은 매혹적이라고 생각했다. 다른 데는 예쁜 구석이 하나도 없었기 때문에 유독 더 돋보였다.

그들은 별로 얘기를 주고받지 않았다. 갈린다는 자기 룸메이트가 되었어야 마땅한 더 나은 소녀들을 사귀느라 눈코 뜰 새 없이 바빴다. 틀림없이 학기 중간쯤에는 방을 바꿀 수 있을 것이다. 아니면 적어도 다음 가을에는 가능하겠지. 그래서 갈린다는 엘파바를 내버려 두고 혼자 내려가 새 친구들과 수다를 떨었다. 밀라, 파니, 센센 등이었다. 소녀들의 동화책에 나오는 기숙학교 얘기처럼, 새 친구는 항상 이전 친구보다 더 부잣집 애였다.

처음에 갈린다는 룸메이트가 누구인지 말하지 않았다. 엘파바는 다행히도 갈린다와 친구가 될 기대 따위는 전혀 내비치지 않았다. 그러나 늦든 빠르든 소문은 퍼지게 마련이다. 처음에는 엘파바의 구역질나는 피부색은 아예 알아채지도 못했다는 듯이, 엘파바의 옷차림과 눈에 확 띄는 궁기가 도마에 올랐다.

"학장이 엘파바가 네스트하딩스 출신 트롭의 삼대 후손이라고 했대." 파니가 말했다. 그녀도 먼치킨랜드인이었지만, 보통 체구인 트롭 가와 달리 몸피가 작았다. "트롭 가는 네스트하딩스와 그 바깥 지역에서까지 높이 존경받는 가문인데. 이름 높은 트롭은 그 지역에서 민병대를 조직하여 우리가 어린아이였을 때, 그러니까 영광스러운 혁명이 있기 전에 오즈마 섭정이 놓았던 노란 벽돌길을 파괴했대. 이름 높은 트롭한테도, 그의 부인이나 가족한테도 피부병은 없었다던데. 그의 손녀딸인 멜레나한테도 말이야. 확실해."

파니는 초록색을 가리켜 **피부병**이라고 일렀다.

"하지만 그런 대단한 집안이 저 꼴이 되다니! 엘파바는 집시처럼 누더기를 걸치고 다니잖아. 그런 싸구려 드레스 본 적이나 있어? 그녀의 아마를 해고해 버려야 해." 밀라가 말했다.

"아마가 없는 것 같던데." 센센이 대꾸했다.

갈린다는 진상을 알지만 입을 다물고 있었다.

"쿼들링에서도 살았다던데. 가족들이 죄를 지어 추방이라도 당했나 보지?" 밀라가 이야기를 계속했다.

"아니면 루비에 투자했던가." 센센이 말을 받았다.

"그럼 그 돈은 다 어디로 갔게? 루비 투기꾼들은 떼돈을 벌었다고, 센센. 엘파바는 제 것이라고는 마주 비빌 동전 두 개도 없을걸."

"일종의 종교적 소명 때문 아닐까? 청빈을 선택했을지도 몰라." 파니가 의견을 내놓았으나, 이 말도 안 되는 소리에 다들 고개를 돌리고 킬킬댔다.

엘파바가 커피를 마시려고 식당으로 들어오자 그들의 웃음소리는 더욱 요란해졌다. 엘파바는 그들 쪽으로 눈길도 주지 않았으나, 다른 학생들은 모두 그들 쪽을 힐끔거리며 그들의 즐거운 대화에 끼고 싶어 안달했다. 네 친구들은 이에 더욱 기분이 우쭐해졌다.

갈린다는 실제 학업에는 느리게 적응했다. 그녀는 시즈 대학에 입학한 것을 자신이 영민하다는 증거로 보았고, 자신의 미모와 영리한 언변이 배움의 전당에 빛을 더할 것이라고 믿었다. 그녀는 살아 있는 대리석 흉상 같은 존재가 되겠다고 생각했다. 여기 젊은 지성이 있습니다. 이분을 찬양하시오. 정말로 아름답지 않습니까?

갈린다에게는 배워야 할 것이 아직 더 많다거나 자기가 그런 것을 배워야 한다는 사실이 확 와 닿지 않았다. 새로운 소녀들이 원하는 교육은 교단에 서서 책을 펴 놓고 떠드는 마담 모리블이나 동물과 무관했다. 소녀들이 원하는 것은 방정식이나 인용문, 연설문 따위가 아니었다. 그들은 시즈 자체를 원했다. 도시 생활. 이음새 없이 얽혀 드넓게, 거칠것 없이 펼쳐지는 삶과 삶을 원했다.

갈린다는 엘파바가 아마들이 계획한 야외 행사에 끼지 않아서 마음을 놓았다. 아마들은 간단히 한 끼 때우려고 식당에 자주 들렀기 때문에, 매주 모이는 무리는 비공식적으로 차우더 산보회로 알려졌다. 대학 구내는 낙엽들이 이루는 가을 빛깔뿐 아니라 지붕 꼭대기와 첨탑에서 나부끼는 동호회 깃발들로도 불타올랐다.

갈린다는 시즈의 건축에 완전히 매료되었다. 도처에, 특히 보호받는 교정과 옆길들에는 아직도 오래된 가정집들이 초벽에 기둥이 노출된 옛날 모습 그대로 양쪽에서 젊고 힘센 친척들의 부축을 받는 거동 불편한 노파처럼 버티고 서 있었다. 그 다음에는 비할 데 없는 아름다운 광경이 아찔하게 이어졌다. 중세 혈석 건물, 균형과 절제를 갖춘 갤런타인 건축, 질리도록 많은 반곡선과 박공으로 이루어진 갤런타인 개혁 양식, 청석 건축의 부흥기 건물, 제국주의적 위풍당당 양식, 산업 시대의 근대 건축, 또는 진보 언론의 비평가들이 이름 붙인 바에 따르면 근대적 정신의 소유자인 오즈의 마법사가 널리 보급한 안티크러드 스타일 건물 등이 있었다.

건축물 외에는 확실히 그다지 자극이 될 만한 것이 없었다. 크레이지홀의 여학생들이 절대 잊지 못할 어느 기억할 만한 날에 스리 퀸스 대학의 3학년 남학생들이 재미삼아 용감하게 운하를 건너 온 적이 있었다. 그들은 대낮에 맥주를 진탕 퍼마시고 백곰 바이올리니스트를 고용하여 몸에 착 붙는 면 속바지와 학교 스카프만 걸치고 버드나무 아래에서 다 함께 춤을 추었다. 그들은 나무로 깎은 낡은 요정 여왕 럴라인 상을 삼발이 의자 위에 모셔 놓는 유쾌한 이교적인 장난을 벌였다. 럴라인 상은 그들이 신나게 벌이는 장난에 미소 짓고 있었다. 여학생들과 아마들은 충격을 받은 척했지만 속마음은 영 달랐다. 그들은 스리 퀸스에서 학감들이 사색이 되어 달려와 이 역도들을 에워쌀 때까지 주변에서 미적거리며 구경했다. 벌거벗다시피 한 것도 안 될 말인데, 농담이라도 내놓고 럴라인을 섬기는 행위는 용인할 수 없는 반동 행위였다. 마법사의 통치 아래에서는 더더욱 있을 수 없는 일이었다.

아마들이 티크너 곡예장에서 열리는 쾌락의 신앙 집회에 참석하느라 어쩌다 한 번 있는 밤 외출을 나간 어느 토요일 저녁, 갈린다는 파니와 센센과 별것도 아닌 일로 사소한 말다툼을 하고 나서 두통을 핑계로 일찍 침실로 돌아왔다. 엘파바는 침대에 갈색 담요를 두르고 앉아 있었다. 그녀는 언제나처럼 머리카락을 얼굴 양옆에 괄호처럼 늘어뜨린 채 책에 얼굴을 박고 있었다. 갈린다의 눈에 그녀의 모습은 자연사 책에 잔뜩 실려 있는, 이상한 외모를 감추려고 머리 위에 숄을 둘러쓴 윙키 산악 지대 여인들의 동판화처럼 보였다. 엘파바는 사과를 거의 다 먹고 남은 조각을 씹고 있었다.

"그러고 있으니 퍽 아늑해 보이네, 엘파바." 갈린다가 용기를 내어 말을 걸었다. 석 달 만에 룸메이트에게 처음으로 겨우 건네어 본 상냥한 한마디였다.

"보기만큼은 아냐." 엘파바는 고개도 들지 않고 말했다.

"불 앞에 좀 앉아도 방해되지 않겠어?"

"거기 앉으면 그림자가 질 텐데."

"아, 미안." 갈린다는 자리를 옮겼다. "그림자가 지면 안 되지. 더군다나 빨리 읽어야 할 것들이 쌓여 있을 때는."

엘파바는 벌써 다시 책으로 눈을 돌리고 대답도 하지 않았다.

"무슨 책을 그렇게 밤낮으로 들여다보고 있니?"

엘파바는 외따로 떨어진 웅덩이에서 공기를 들이마시려고 올라오는 사람 같았다.

"매일 같은 책을 읽지는 않지만, 오늘 밤에는 초기 유일교 교부들의 연설문을 읽고 있어."

"왜 그런 책을 읽어?"

"나도 몰라. 내가 정말 읽고 싶은 건지도 잘 모르겠어. 그냥 읽는 기야."

"하지만 어째서? '정신없는 엘파바', 왜, 도대체 왜?"

엘파바는 갈린다를 쳐다보고 웃었다.

"'정신없는 엘파바'라. 마음에 드는데."

갈린다는 그녀가 다시 책에 얼굴을 파묻기 전에 자기도 미소를 지어 보였다. 바로 그때 거센 바람이 유리창에 우박을 퍼붓는 바람에 창문 걸쇠가 망가졌다. 갈린다는 벌떡 일어나 창문을 닫으러 갔지만 엘파바는 비를 피해 방구석 멀리 황급히 달아났다.

"내 가방 속에서 가죽끈 좀 꺼내 줘, 엘파바…… 거기 선반 위, 모자 상자 뒤에 있어…… 그래…… 내일 수위 아저씨한테 고쳐 달라고 할 때까지는 일단 이렇게 해 놓을게."

엘파바는 가죽끈을 찾았으나, 그 와중에 모자 상자를 뒤엎어 화려한 모자 세 개가 차디찬 마룻바닥으로 굴러 떨어졌다. 갈린다가 창문을 다시 꽉 닫아 놓느라 의자에 올라서서 손을 보고 있는 동안, 엘파바는 모자들을 다시 상자에 넣었다.

"얘, 한번 써 봐, 그걸로 써 봐."

갈린다는 나중에 파니와 센센에게 모자 쓴 엘파바 얘기를 웃음거리 삼아 해 주면서 그들과 화해할 빌미로 삼을 생각이었다.

"아, 그럴 수는 없어, 갈린다." 엘파바는 모자를 치우러 갔다.

"아냐, 써 봐, 정말이야. 재미로 해보는 건데, 뭐. 네가 예쁜 것을 걸친 모습을 한 번도 못 봤단 말이야."

"난 예쁜 것을 걸치지 않아."

"나쁠 거 없잖아? 여기에서만 해보는 건. 나 말고는 너를 볼 사람도 없는걸."

엘파바는 불을 마주하고 선 자세 그대로 얼굴만 돌려 눈도 깜박이지 않고 한참 동안 갈린다를 쳐다보았다. 갈린다는 아직 의자에서 내려오지 않은 상태였다. 이 먼치킨랜드 소녀는 레이스 장식도 없는 칙칙한 자루 같은 잠옷을 걸치고 있었다. 회색 천 위로 솟은 초록색 얼굴은 거의 광채가 나는 듯했고, 근사한 길고 곧은 검은 머리는 가슴이 있다면 당연히 봉긋이 솟아 있어야 할 곳 위로 흘러내렸다. 엘파바는 동물과 **동물** 사이에 있는 존재, 생명 이상이지만 전적으로 생명은 아닌 그 어떤 것처럼 보였다. 맞는 표현인지 모르겠지만. 기대감은 있지만 직관은 없었다. 좋은 꿈 꾸라는 말을 들으면서 꿈을 꾸어 본 기억이 한 번도 없는 어린아이 같았다. 다듬어지지 않은 상태라고 할 수도 있지만 사회적인 의미에서는 아니었다. 그보다는 자연이 아직 엘파바에게 충분히 할 일을 하지 못했다고 할까, 그녀를 충분히 그녀답게 만들지 못한 것 같았다.

"아, 제발, 그 모자 좀 써 보라니까." 갈린다가 외쳤다.

더 골머리 썩이기 싫었다. 엘파바는 그 말대로 했다. 퍼사힐스에서 제일 잘나가는 모자점에서 구입한 근사한 둥근 모자였다. 오렌지색 꽃 장식이 달려 있고 노란 레이스 망을 드리워 원하는 만큼 얼굴을 가릴 수 있었다. 저 어울리지 않는 머리에 쓰면 눈뜨고 못 봐줄 꼴이 될 거야. 갈린다는 입술 안쪽을 깨물고서라도 웃음을 참을 준비를 했다. 무언극에 나오는 소년들이 소녀 흉내를 내려고 지나치게 여성적인 것을 걸쳤을 때와 같은 꼴이 될 것이라고 예상했다.

엘파바가 뾰족한 얼굴에 아름다운 모자를 올려놓고 넓은 챙 아래로 다시금 갈린다를 쳐다보았다. 그런데 엘파바는 희귀한 꽃 같았다. 은은한 진줏빛 광채가 도는 줄기 같은 피부 위에 얹힌 모자는 화려하게 만개한 꽃 같았다.

"오, 엘파바, 이렇게 예쁜데 아닌 척하고 있었다니."

"이런, 거짓말을 했으니 유일교 목사에게 가서 고해라도 해야겠구나. 거울 있어?" 엘파바가 말했다.

"있고말고. 아래층 화장실에 있잖아."

"거기는 싫어. 얼간이들한테 모자 쓴 모습을 보이기 싫단 말이야."

"그러면 난로 불빛을 가리지 않는 위치를 찾아볼래? 그러면 어두운 유리창에 비친 네 모습을 볼 수 있을 거야."

두 사람은 빗방울이 떨어지는 낡은 유리창에 유령처럼 어른거리는 초록색 꽃 같은 모습을 응시했다. 어둠에 둘러싸인 그 상 바깥쪽으로는 폭우가 거세게 쏟아졌다. 끝이 뭉툭한 별 혹은 좌우가 안 맞게 자란 심장처럼 생긴 단풍나무 열매 잎이 갑자기 밤의 어둠 속에서 소용돌이치며 날아와 유리에 비친 그림자의 심장 위치에 딱 붙어 벽난로 불빛을 받아 타는 듯 붉게 빛났다. 아니면 갈린다가 서 있는 위치 때문에 그렇게 보였는지도 모른다.

"정말 근사해. 너한테는 뭐랄까 기묘한 이국적인 아름다움이 있어. 생각도 못했는데."

"놀라워." 엘파바는 이렇게 말하고 보일락 말락 얼굴을 붉혔다. 초록색이 더 짙어진 것을 두고 얼굴이 붉어졌다고 할 수 있다면. "내 말은 아름답다는 게 아니라 놀랍다고. 그저 놀라워. '자, 이거 봐라.' 하는 식이지. 그건 아름다움이 아니야."

"네 말에 토 달아 봤자 뭐 하겠니."

갈린다는 보란 듯이 곱슬머리를 흔들었다. 엘파바는 그 모습에 웃음을 터뜨렸고, 갈린다도 같이 웃었다. 그러면서 한편으로는 자기가 그렇게 웃은 것이 스스로도 좀 놀라웠다. 엘파바는 모자를 벗어 다시 상자에 넣었다. 그녀가 다시 자기 책을 집어 들자 갈린다가 물었다.

"그런데 이런 미인이 뭘 읽고 있는 거야? 정말로 궁금해서 묻는데, 왜 케케묵은 설교 따위를 읽니?"

"우리 아버지는 유일교 목사님이야. 그냥 유일교가 도대체 뭔지 궁금해. 그뿐이야."

"그럼 아버지께 여쭈어 보면 되잖아?"

엘파바는 대답하지 않았다. 그녀의 얼굴은 막 쥐를 잡아채려는 올빼미처럼 무언가를 기다리는 결연한 표정이 되었다.

"그럼 그 설교는 뭐에 관한 거야? 재미있는 내용이라도 있어?" 갈린다가 물었다. 이제 와서 그만둘 생각은 없었다. 달리 할 일도 없고, 폭풍우 때문에 신경이 곤두서서 잠이 올 것 같지도 않았다.

"이 책은 선과 악에 관해 사고하고 있어. 선과 악이 진짜로 존재하는가에 대해." 엘파바가 대답했다.

"아, 따분해라. 악은 존재해. 너도 알겠지만, 그 악의 이름은 바로 지루함이지. 목사들이야말로 제일 죄가 큰 족속들이야."

"진심으로 그렇게 생각하는 건 아니지?"

갈린다는 잠깐 멈춰서 자기가 한 말을 믿는지 생각해 보는 일이 별로 없었다. 늘 입에서 나오는 대로 물 흐르듯 대화를 이끌어 갔다.

"글쎄, 네 아버지를 모욕하려는 뜻은 아니었어. 틀림없이 그분은 재미있고 활기 찬 설교자이실 거야."

"아니, 정말로 악이 존재한다고 생각하느냐고?"

"흠, 내 생각이 어떤지 내가 어떻게 알까?"

"글쎄, 너 자신에게 물어 봐, 갈린다. 악은 존재하니?"

"나는 모르겠어. 네가 말해 봐. 악이 존재해?"

"난 알 수 있을 것 같지 않아."

엘파바는 혼자만의 생각에 깊이 빠진 듯한 얼굴이었다. 아니면 또 머리카락이 베일처럼 앞에서 흔들리는 걸까?

"아버지한테 여쭈어 보면 되잖아? 이해를 못 하겠네. 아버지 일이니까 잘 알고 계시겠지."

"아버지는 내게 많은 것을 가르쳐 주셨어. 정말 학식이 높은 분이셨거든. 나에게 읽고 쓰고 생각하는 법은 물론이고 그 이상까지 가르쳐 주셨어. 하지만 그것으로는 충분치 않아. 난 여기 교수들처럼 유능한 목사라면 상대에게 질문을 던져 생각하게 만들 줄 알아야 한다고 봐. 목사들이 답을 갖고 있어야 한다고 생각지는 않아. 꼭 그럴 필요는 없어."

"오, 우리 고향의 지루한 목사님한테 그 얘기 좀 해 줬으면 좋겠다. 그분은 모든 대답을 다 갖고 있거든. 거기에 대한 비용까지도."

"하지만 네 말에도 일리가 있어. 그러니까, 악과 지루함 말이야. 악과 권태. 악과 자극의 부족. 악과 굼뜬 피."

"꼭 시 같네. 어째서 여자 애가 악에 관심을 갖는 거야?"

"난 악에 관심이 있는 게 아냐. 초기 설교문에는 온통 그런 얘기밖에 없어. 그래서 그들이 생각하는 것을 나도 생각해 보는 것뿐이야. 가끔은 음식 얘기도 나와. 동물을 먹으면 안 된다든가 하는 얘기. 그러면 또 그 생각을 해. 난 단지 내가 읽고 있는 내용에 대해 생각하는 걸 좋아해. 너도 그렇지 않니?"

"난 책을 잘 안 읽어. 그래서 생각도 그다지 잘하는 것 같지 않

아. 대신 옷은 잘 입지." 갈린다가 미소를 지었다.

엘파바는 아무런 반응도 보이지 않았다. 항상 어떤 대화든 자신에 대한 칭찬으로 끝나도록 끌고 가는 데 도가 튼 갈린다가 당황스럽기 짝이 없었다. 갈린다는 더 노력해야 한다는 데 짜증이 좀 났지만 쭈뼛거리며 다시 질문을 시도해 보았다.

"저, 그 노인네들은 대체 악에 대해서 무슨 생각을 했대?"

"딱 꼬집어 말하기는 어려워. 그들은 어딘가 악의 위치를 찾는 데 집착했던 것 같아. 그러니까, 산속에서 솟는 악의 샘, 악의 연기, 부모로부터 아이로 전해지는 악의 피 같은 거 말이야. 그들은 어떤 면에서는 오즈의 초기 개척자들이랑 비슷했어. 그들이 만든 지도는 보이지 않는 것에 대한 것이고, 앞뒤가 하나도 안 맞는다는 점만 제외하면 말이야."

"그럼 악은 어디에 있어?" 갈린다가 침대 위에 털썩 주저앉아 눈을 감으며 물었다.

"음, 의견이 분분해. 당연하지 않겠어? 안 그러면 설교문에서 뭣 때문에 그렇게 논쟁을 벌이겠니? 어떤 사람들은 최초의 악은 요정 여왕 럴라인이 이곳에 우리만 남겨 두고 떠난 탓에 생긴 진공이라고 했어. 선이 사라지면서, 원래 선이 차지하고 있던 빈 공간이 썩어 악이 되었다는 거야. 아마도 그것이 분열하고 증식했겠지. 그러니까 모든 악은 신성의 부재를 나타내는 표시야."

"그럼 악을 마주친다 해도 모르겠네." 갈린다가 말했다.

"오늘날의 유일주의자보다는 럴라인 신도에 훨씬 더 가까웠던 초기 유일주의자들은 주위에 보이지 않는 타락의 주머니 같은 것이 떠다닌다고 주장했어. 럴라인이 떠날 때 세계가 느꼈던 고통의

흔적이라는 거지. 따스하고 고요한 밤에 어느 한 구역에만 찬 공기가 있는 식이랄까. 이것과 잘 맞는 영혼이라면 그 지대 속을 통과하면서 감염되는 수가 있어. 그러면 나가서 이웃을 죽이는 거지. 하지만 악의 지대를 통과했을 뿐인데 그게 그의 잘못일까? 눈에 보이지 않아서 어쩔 수 없었다면? 이런 문제들을 결정해 줄 유일주의자 공의회 따위도 없었는데. 요즘은 럴라인을 믿는 사람조차 별로 없어."

"그렇지만 아직도 악의 존재를 믿잖아." 갈린다가 하품을 하며 말했다.

"재미있지 않니? 한물간 신이지만 신적 특성과 그 영향이 아직도 남아 있다니……."

"너도 생각하네!" 엘파바가 외쳤다.

갈린다는 룸메이트의 들뜬 목소리에 팔꿈치로 짚고 몸을 일으켰다.

"막 잠이 들려고 해. 이런 얘기는 너무 지겨워."

갈린다는 이렇게 말했지만, 엘파바는 입이 귀에 걸리도록 크게 씨익 웃고 있었다.

아침에 아마 클러치가 그들에게 간밤의 이야기를 들려주었다. 재능 있는 젊은 마녀가 깃털과 구슬로 장식한 밝은 분홍색 속옷만 걸친 채 나타났다. 그녀는 청중들에게 노래를 불러 주고 깊이 팬 가슴골에 식권을 받았다. 근처 탁자에 앉은 남자 대학생들이 얼굴을 붉히며 거기에 식권을 꽂아 주었다. 그녀는 물을 오렌지주스로 바꾼다든가 양배추를 당근으로 바꾼다든가 칼을 겁에 질린 새끼 돼지의 몸에 꽂아 넣고 피 대신 샴페인이 뿜어져 나오게 하는 등 몇 가지 간단한 마술을 부렸다. 그들 모두 샴페인을 한 모금씩 맛보았다. 턱수염을 기른 엄청난 뚱보가 올라와 마녀에게 키스하려고 쫓아다녔다. 오, 웃다가 숨이 넘어갈 뻔했다! 맨 끝에는 모든 출연진과 관객이 함께 일어나 「강당에서 하면 안 되는 것(사실은 싸구려 노점에서 파는 것)」을 불렀다. 아마들은 하나같이 웃고 떠들며 유쾌하게 즐겼다.

"쾌락 신앙은 정말 저속하기 짝이 없다니까." 갈린다는 경멸조로 말했다.

"하지만 창문이 깨져 있던걸. 남자 애들이 방으로 기어 올라오려 했던 것은 아니었으면 좋겠네." 아마 클러치가 대꾸했다.

"미쳤어요? 그 폭풍우 속에서?" 갈린다가 반문했다.

"폭풍우라니? 말도 안 돼요. 어젯밤은 바람 한 점 없이 고요하기만 했는걸." 아마 클러치가 말했다.

"하, 쾌락의 신앙에 푹 빠져서 제정신이 아니었군요, 아마 클러치."

그들은 아직도 자고 있는 엘파바를 내버려 두고 아침을 먹으러 내려갔다. 어쩌면 자는 척하는 것일지도 모른다. 복도를 따라 걸어갈 때는 넓은 창으로 햇빛이 비쳐 들어 차가운 석판 바닥에 격자무늬를 그렸다. 갈린다는 날씨가 참 변덕스럽기도 하다고 생각했다. 폭풍우가 같은 마을에 어느 쪽은 날려 버릴 듯이 몰아치면서 다른 쪽은 스쳐 가지도 않을 수가 있나? 세상에는 알다가도 모를 일이 한둘이 아니었다.

"내내 악에 대해서만 재잘거리더라니까." 갈린다는 버터 바른 브리스크와 젤리를 놓고 친구들에게 이야기했다. "꼭 안에 있는 꼭지를 열기라도 한 것처럼 입에서 얘기가 줄줄 쏟아져 나오지 뭐야. 얘들아, 그 애가 내 모자를 썼을 땐 정말이지 기절하겠더라. 어찌나 눈꼴사나운지, 무덤에서 나온 노처녀 꼴이었지 뭐니. 암소처럼 괴상망측한 꼴이었어. 너희들 때문에 겨우 참은 거야. 그래야 너희들한테 얘기해 줄 수 있지 않겠어. 그러지 않았으면 아마 그 자리에서 웃다가 숨넘어갔을걸. 정말 다시 못 볼 구경거리였다니까!"

"불쌍도 해라, 우리 첩자 노릇을 하느라고 그 메뚜기 같은 룸메이트의 꼴불견을 참고 견뎠구나! 어쩜 그렇게 착하니!" 파니가 갈린다의 손을 꽉 잡고 열렬히 외쳤다.

3

첫눈이 내린 저녁, 마담 모리블이 시 낭송회를 열었다. 스리 퀸스와 오즈마 타워의 남학생들도 초대를 받았다. 갈린다는 선홍색 새틴 드레스를 꺼내 입고 거기에 잘 어울리는 숄과 구두를 신고, 양치식물과 불사조 무늬를 그려 넣은 가보로 내려오는 길리킨 부채를 들었다. 갈린다는 자신의 의상을 가장 잘 돋보이게 해 줄 멋진 의자를 차지하려고 일찍 도착했다. 갈린다는 도서실의 양초 불빛이 자기 위로 부드럽게 떨어지도록 서가 쪽으로 의자를 끌어 왔다. 소녀들은 신입생뿐 아니라 다른 학년 학생들까지도 몇 명씩 떼 지어 속삭이며 들어와 크레이지홀의 가장 좋은 응접실 소파와 안락의자에 자리를 잡았다. 참석한 소년들을 보니 다소 실망스러웠다. 숫자도 많지 않았을뿐더러 겁먹은 얼굴이거나 자기들끼리 킬킬대고 있었다. 뒤이어 교수들도 도착했다. 크레이지홀의 동물들을 비롯하여 남학생의 교수들도 왔는데, 대부분 남자였다. 소녀들은 옷을 차려입고 오기를 잘했다고 생각했다. 남학생들이 여드름투성이 애송이 떼거리에 불과한 반면, 남자 교수들은 근엄하면서도 매력적인 미소를 지녔던 것이다.

아마들도 몇 명 와서 방 뒤편의 칸막이 뒤에 앉아 있었다. 그들이 재게 뜨개바늘을 놀리는 소리에 갈린다는 마음이 좀 가라앉았다. 아마 클러치도 거기 있다는 것을 알고 있었다.

갈린다가 크레이지홀에 온 첫날 저녁에 보았던 청동 시계태엽 인간이 응접실 끝에 있는 여닫이문을 밀어 열었다. 시계 인간은 행사를 위해 특별히 치장했는데, 아직까지 금속 광약 냄새가 코를 찔렀다. 마담 모리블이 엄숙하지만 시선을 확 잡아끄는 새까만 망토를 걸치고 등장했다. 망토 자락이 바닥까지 끌렸다.(시계 인간이 망토의 끝자락을 들어 소파 위에 걸쳐 놓았다.) 모리블의 드레스는 불타는 듯한 오렌지색으로, 그 위에 전복 껍데기를 꿰매 붙였다. 갈린다는 자기도 모르게 그 효과에 감탄을 금치 못했다. 마담 모리블은 평소보다 훨씬 더 애교 넘치는 말투로 방문객들에게 환영 인사를 하고 시와 시의 교화 효과에 의례적인 찬사를 했다.

그런 다음 학장은 시즈의 사교계와 시인들의 서재를 휩쓸고 있는 새로운 시 형식에 대해 이야기했다.

"**퀠**이라고 하죠." 마담 모리블이 미소를 짓자 가지런한 치열이 활짝 드러났다. "퀠은 본래 정신을 고양시키는 짧은 시입니다. 열세 줄의 시행과 각운이 없는 결론적인 경구가 짝을 이룹니다. 각운이 있는 주장과 결론의 발언 사이에 드러나는 대비로 시적 효과를 얻습니다. 때로는 두 요소가 서로 모순되기도 하지만, 모든 시가 그렇듯이 삶을 밝혀 주고 신성하게 해 주죠."

모리블은 안개 속에서 빛나는 등대같이 빛을 내뿜었다.

"특히 오늘 밤, 켈이 우리나라의 수도에서 들려오는 불미스러운 혼란에 진정제 역할을 해 주리라 믿습니다."

남학생들은 귀를 바짝 세우는 기색이었고 교수들은 모두 고개를 끄덕였다. 그러나 갈린다가 보기에 여학생들은 마담 모리블이 말한 '불미스러운 혼란'이 무엇인지 감도 못 잡는 것 같았다.

3학년 학생이 건반악기를 연주하자, 손님들은 목청을 가다듬고 자기들 신발을 내려다보았다. 갈린다의 눈에 엘파바가 방 뒤편으로 들어오는 모습이 보였다. 늘 입던 대로 수수한 빨간색 드레스 차림으로 옆구리에 두 권의 책을 끼고 머리에 스카프를 두르고 있었다. 엘파바가 맨 끝의 빈 의자에 앉아 사과를 깨무는 순간 마담 모리블이 숨을 길게 들이쉬고 시를 읽기 시작했다.

공정무사함에 찬가를 바쳐라
그대 진보적인 대중이여
가장 엄격한 태도의 규칙에 대하여
겸허한 감사의 마음을 품어라
형제애와 자매애로
공동의 선을 고양하고저
우리는 권위를 찬양하노라
여성 단체, 남성 단체,

하나로 뭉쳐 앞으로 나아가
방종의 악행을 막으리니
잔학 행위를 막도록 돕는 데
권력의 관대함만 한
신성함은 없노라
매를 아끼면 아이를 망치느니라

마담 모리블은 낭송이 끝났다는 뜻으로 고개를 숙였다. 뭐라고 숙덕숙덕 논평하는 소리가 들렸다. 갈린다는 시에 대해 별로 아는 게 없었지만, 아마도 이것이 일반적으로 시를 감상하는 방법인가 보다 생각했다. 그녀는 자기 바로 건너편 의자에 앉은 센센에게 살짝 투덜거렸다. 촛농이 센센의 밝은 노란색 시폰 꽃 장식을 단 흰색 비단 드레스로 막 떨어질 듯했다. 십중팔구 드레스를 망치겠지만, 갈린다는 센센네 집이야 새 드레스를 사 줄 여유가 있을 거라고 생각하고 잠자코 있기로 했다.

"하나 더 읽겠습니다." 마담 모리블이 말했다.

방은 잠잠해졌다. 하지만 약간 거북한 분위기였는지도 모른다.

슬프도다! 불의함에 대하여
신심의 단두대를
환락과 수치심을 모르는 방종에
질릴 줄도 모르고 탐닉하는
사회를 고쳐야 할진저
맑은 정신으로 깨어 있어라

신성이 신비 속으로 다가오듯이 행동하고
공명하며 그를 맞아라
그대의 특별한 역사를
여성들의 단체 위에 건설하라
미덕이 본보기가 되고
그리하여 사회의 선이 번성하리니
동물은 보이되 목소리를 가져서는 안 되노라

동물은 보이되 목소리를 가져서는 안 되노라. 다시 수군거림이 일었으나, 이번에는 종류가 다른, 좀 더 불쾌한 수군거림이었다. 딜라몬드 박사가 헛기침을 하면서 발굽으로 마룻바닥을 내리치고 말했다.

"이건 시가 아니라 선동이오. 좋은 선동조차도 못 되겠군."

엘파바가 자기 의자를 팔에 끼고 갈린다 옆으로 옮겨 오더니 갈린다와 센센 사이에 의자를 턱 놓았다. 그녀는 뼈가 앙상한 엉덩이를 얇은 널빤지를 댄 의자에 놓고 갈린다 쪽으로 몸을 기울여 질문을 던졌다.

"네 생각은 어때?"

엘파바가 남들 앞에서 갈린다에게 말을 건 것은 처음이었다. 갈린다에게 수치심이 확 밀려들었다.

"난 모르겠어." 갈린다는 다른 쪽을 쳐다보며 들릴락 말락 말했다. "제법 교활하군. 그렇지 않니? 마지막 줄 말이야. 미묘한 발음 탓에 **동물**이라고 했는지 동물이라고 했는지 분간할 수가 없잖아. 딜라몬드 박사님이 분개하시는 것도 무리가 아니지."

과연 그랬다. 딜라몬드 박사는 반대 의견을 모으려는 듯이 방을 둘러보았다.

"충격이야, 충격. 정말 충격을 받았소."

딜라몬드는 방에서 걸어 나가 버렸다. 수학을 가르치는 수퇘지 렝크스 교수도 자리를 뜨면서 밀라 양의 노란색 레이스 옷자락을 밟지 않으려고 피하다가 금박을 입힌 골동품 장에 실수로 부딪혔다. 역사를 가르치는 원숭이 미코 교수는 슬픔에 잠긴 채 그늘에 앉아 있었다. 너무나 마음이 심란하고 혼란스러워 움직이지도 못했다. 마담 모리블이 입을 열었다.

"자, 기분이 상하더라도 시는 시로 받아들이셔야 합니다. 그건 예술의 권리지요."

"학장이 제정신이 아닌가 봐." 엘파바가 속삭였다.

갈린다는 소름이 쫙 끼쳤다. 저 여드름투성이 남학생들 중 한 명이라도 엘파바가 자기한테 속삭이는 모습을 보았으면 어떡하지! 다시는 사교계에 얼굴을 들고 다니지도 못할 것이다. 인생 끝장이다.

"쉬, 시 낭송 좀 듣자. 난 시를 정말 좋아한단 말이야." 갈린다는 그녀에게 차가운 말투로 말했다. "나한테 말 좀 걸지 마. 너 때문에 제대로 즐길 수가 없잖아."

엘파바는 다시 앉아서 사과를 마저 먹었다. 그들은 계속 귀를 기울였다. 불평과 수군거림은 시 한 편씩 낭송이 끝날 때마다 점점 더 커져 갔다. 학생들은 긴장을 풀고 서로 기웃거리기 시작했다.

그날 저녁의 마지막 퀠이 끝나자("제때 나타난 마녀 한 명이 더 큰 화를 막는다."라는 수수께끼 같은 격언이 있는 시였다.) 마담 모리블은 반응이 어정쩡한 박수를 받으며 물러났다. 모리블은 청동 시계태엽 하인에게 손님들, 여학생들, 마지막으로 아마들 순서로 차를 돌리게 했다. 그녀는 사각거리는 비단과 왈각대는 전복 껍데기를 휘감은 채 남자 교수들과 몇몇 용감한 남학생들로부터 찬사를 받았다. 그녀는 그들에게 옆에 앉아 좀 더 비평을 들려 달라고 청했다.

"사실대로 말해 주세요. 내가 좀 지나치게 연극조로 낭송하지 않았나요? 그게 제 단점이에요. 배우가 되고 싶은 생각도 있었지만, 여학생들에게 봉사하는 삶을 선택했지요."

모리블은 주변에 모여든 청중들이 미적지근한 항의의 말을 웅얼대자 공손하게 속눈썹을 내리깔았다.

갈린다는 아직도 계속해서 퀠과 그 의미, 가치에 대해 논하는 엘파바를 떼어 내려고 기를 쓰는 중이었다.

"내가 어떻게 알아? 그걸 꼭 알아야 해? 우린 1학년 여학생인데."

갈린다는 파니, 밀라, 센센이 몇몇 남학생들의 찻잔에 레몬을 짜 넣어 주고 있는 쪽으로 가고 싶은 마음뿐이었다.

"흠, 네 의견이 학장보다 못할 게 뭐 있어. 그거야말로 예술의 진정한 힘이지. 비난하는 것이 아니라 도전하도록 자극을 주는 것. 그렇지 않다면 예술을 다 뭣에 쓰게?" 엘파바가 끈질기게 대화를 이어 갔다.

한 소년이 그들 쪽으로 왔다. 갈린다의 눈에는 그저 그런 남자였지만, 옆에 있는 초록색 거머리에 비하면 훨씬 나았다.

"안녕하세요?" 갈린다는 그가 먼저 말할 틈도 주지 않고 인사를 건넸다.

"만나서 반가워요. 어디에서 오셨는지……."

"아, 전 실은 브리스코홀에서 왔습니다. 하지만 본래는 먼치킨랜드인입니다. 보면 아시겠지만."

과연 그의 키는 갈린다의 어깨에도 미치지 못했다. 그래도 그럭저럭 봐줄 만은 했다. 그는 빗질을 제대로 하지 않아 면실 뭉치같이 엉킨 금발머리에 이가 다 드러나도록 활짝 미소를 지었다. 보통 수준은 넘는 외모였다. 푸른색 야회용 튜닉을 입었으나 점점이 은실이 보였다. 옷맵시가 제법 말쑥했다. 장화는 반짝반짝 광이 났다. 다리는 약간 밖으로 휘어서 발이 바깥쪽을 향했다.

"나는 새로운 사람들을 만나는 것을 정말 좋아한답니다. 시즈의 가장 좋은 점이지요. 전 길리킨 사람이에요."

갈린다는 '말할 것도 없이'라고 덧붙이고 싶은 것을 간신히 참았다. 자기 옷차림을 보아 충분히 눈치 챘으리라 믿었기 때문이다. 먼치킨랜드 여학생들은 옷을 수수하게 입었다. 정도가 좀 지나쳐서 시즈에서는 하녀로 오해받는 경우도 종종 있었다.

"반갑습니다. 내 이름은 마스터 보크입니다." 남학생이 말했다.

"업랜드의 아르두에나 가의 갈린다예요."

"그리고 당신은요?" 보크는 엘파바에게 고개를 돌려 물었다. "당신 이름은 무엇인가요?"

"난 이만 가 볼게요. 다들 좋은 저녁 보내세요."

"아니, 가지 마세요. 내가 아는 사람 같은데." 보크가 말했다.

엘파바는 몸을 돌리다가 잠시 멈칫하며 말했다.

"그럴 리가요. 어떻게 나를 안단 말인가요?"

"엘피 양 아닌가요?"

"엘피 양이라고! 정말 재미있네!" 갈린다가 신이 나서 외쳤다.

"나를 당신이 어떻게 알죠? 먼치킨랜드의 마스터 보크? 난 당신을 모르는데." 엘파바가 말했다.

"어릴 때 우리 함께 놀았잖아요. 내 아버지는 당신이 태어난 마을의 시장이었어요. 웬드 하딩스의 러시마진스에서 태어났죠? 당신의 아버님은 유일교 목사님이셨고. 성함은 기억이 안 나지만."

"프렉스요." 엘파바가 말했다. 그녀는 경계하듯 눈을 가늘게 치켜떴다.

"프렉스파 목사님! 맞아요. 아직도 당신 아버님과 어머님, 타임드래곤의 시계가 러시마진스에 왔던 날 밤 얘기들을 한답니다. 내가 두세 살 때였을 거예요. 나도 구경하러 데려갔다는데 난 기억이 안 나요. 내가 아직도 반바지를 입던 시절에 당신과 함께 놀았던 기억만 나요. 고넷, 기억해요? 우리를 돌봐 주던 여자 말입니다. 비피는요? 제 아버지요. 러시마진스는 기억나요?"

"다 어림짐작으로 하는 쓸데없는 얘기인데 내가 부정한들 뭐하겠어요? 당신이 기억하기 이전 당신 인생에서 무슨 일이 있었는지 내가 말해 주죠. 당신은 개구리로 태어났어요.(보크는 정말로 양서류를 닮았기 때문에 상당히 심술궂은 말이었다.) 당신은 타임드래곤의 시계에 희생물로 바쳐진 덕에 남자 아이로 바뀌었던 거예요. 하지만 결혼 초야에 당신 아내가 다리를 벌리면 당신은 올챙이로 되돌아가서……."

"엘파바! 말 좀 가려서 해!" 갈린다는 수치스러워 붉어진 얼굴을 가리느라 부채를 펴 들고 외쳤다.

"오, 나한테 어린 시절 따윈 없어. 그러니까 당신도 마음 내키는 대로 떠들어요. 난 쿼들링에서 늪지대 사람들과 함께 자랐어요. 그래서 걸어 다닐 때는 철벅거리는 소리가 나지요. 이제 나와 얘기할 마음은 없겠지요. 갈린다 양이랑 대화 나누세요. 응접실에서는 나보다 훨씬 나으니까. 나는 이만 갈게요."

엘파바는 고개를 까닥하여 인사를 던지고 뛰다시피 나가 버렸다.

"왜 저런 식으로 말했을까요?" 보크의 목소리에는 당황했다기보다 그저 놀랍다는 기색이 묻어났다.

"난 그녀를 분명히 기억해요. 초록색 사람이 거기에 몇 명이나 있겠어요?"

그러자 갈린다가 말했다.

"어쩌면 엘파바는 살색 때문에 자기를 알아보는 것이 싫었을 수도 있겠지요. 확실히는 모르겠지만, 아무래도 예민하지 않을까요?"

"그녀도 어쩔 수 없는 현실은 인정해야죠."

"흠, 내가 아는 한 당신이 생각한 그녀가 맞아요. 엘파바의 증조할아버지가 네스트 하딩스에 콜웬 그라운즈의 트롭 영주님이래요." 갈린다가 말을 이었다.

"그 애가 맞아요. 엘피야. 다시 보게 될 줄은 꿈에도 몰랐는데." 보크가 말했다.

"차 좀 더 들래요? 하인을 부를게요. 여기 앉아서 먼치킨랜드 얘기 좀 해 줘요. 난 몹시 궁금해서 못 참겠어요."

갈린다는 다시 의자에 앉아 제일 아름답게 보이도록 자세를 가다듬었다. 보크도 자리에 앉아 엘파바의 갑작스러운 출현에 깜짝 놀랐다는 듯이 고개를 가로저었다.

갈린다가 그날 저녁 방으로 돌아와 보니, 엘파바는 벌써 잠자리에 들어 이불을 머리끝까지 올려 쓰고 코 고는 척하고 있었다. 갈린다는 침대에 털썩 주저앉으면서 이 초록색 계집아이한테 퇴짜 맞은 기분이 들어서 짜증이 솟았다.

그 다음 주는 온통 퀠 낭송회가 열렸던 저녁 얘기뿐이었다. 딜라몬드 박사는 생물학 수업을 하다 말고 학생들의 반응을 물었다. 소녀들은 시에 대한 생물학적 반응을 뭐라고 해야 할지 몰라 그의 유도 심문에도 침묵했다. 박사는 마침내 폭발했다.

"이런 생각을 표현한 것과 에메랄드 시에서 진행 중인 움직임이 어떤 연관이 있는지 아는 사람이 아무도 없단 말인가?"

파니는 이런 대접을 받으려고 수업료를 내는 것은 아니라고 생각했기에 맞받아 소리쳤다.

"우리들은 에메랄드 시에서 진행 중인 움직임 따위는 손톱만큼도 몰라요! 우리랑 게임은 그만하시고, 하실 말씀이 있으면 하세요. 그렇게 매에거리지 마시고요."

딜라몬드 박사는 창밖을 바라보며 흥분을 가라앉히려고 애쓰는 눈치였다. 학생들은 이 작은 연극에 가슴이 두근거렸다. 이윽고 염소는 고개를 돌려 예상보다 좀 차분해진 목소리로 오즈의 마법사가 몇 주 전 **동물** 이동 금지령을 선포하여 실행에 들어갔다고 말했다. 이 금지령은 **동물**들의 여행 수단, 숙박, 공공서비스 이용에 제한을 가하는 데 그치지 않았다. 금지령에서 언급한 이동은 직업에도 해당되었다. 성년이 된 **동물**은 전문직이나 공공 부문에서 일할 수 없게 되었다. 임금을 받고 일하고 싶다면 사실상 농장과 황야로 돌아가는 수밖에 없었다.

"마담 모리블이 동물들은 보이되 목소리를 내어서는 안 된다는 경구로 퀠을 마감하면서 말하고자 한 바가 뭐라고 생각하는가?" 염소가 물었다.

"글쎄요, 기분 나빠할 사람도 있겠지요. 제 말은 동물이라면 말이에요. 하지만 선생님의 직업이 위태로운 것 같지는 않은데요? 선생님은 여전히 이곳에서 저희들을 가르치고 계시잖아요." 갈린다가 말했다.

"그럼 내 자식들은 어찌 되지? 내 아이들은?"

"선생님한테 아이가 있으셨어요? 결혼하신 줄 몰랐는데요."

염소는 눈을 감았다.

"난 결혼하지 않았네, 갈린다 양. 하지만 할 수도 있었지. 아니면 앞으로 할 수도 있고. 조카들도 있어요. 그 애들은 이미 연필을 쥐고 에세이를 쓸 수 없다는 이유로 시즈에서 공부할 수 있는 길이 사실상 막혔네. 이 배움의 낙원에서 동물들을 몇이나 보았나?"

정말 그렇기는 했다. 동물은 하나도 없었다.

"아, 정말 무서운 일이네요. 오즈의 마법사가 왜 이런 짓을 하려는 거죠?" 갈린다가 물었다.

"낸들 알겠나." 염소가 대꾸했다.

"아뇨, 정말로 왜냐고요. 진짜 여쭙는 거예요. 전 몰라서요."

"나도 모르네."

염소는 교단 쪽으로 돌아서서 종이를 이리저리 밀쳐 놓고, 앞발로 아래 선반을 더듬어 손수건을 찾아 코를 풀었다.

"내 할머니들은 길리킨의 농장에서 젖 짜는 염소였지. 그분들은 평생에 걸친 희생과 노동으로 번 돈으로 학교 선생의 도움을 얻어 나를 가르치셨고 내가 시험 치러 갈 때 구술을 받아쓰게 해 주었어. 그분들의 노력이 이제 물거품이 될 판일세."

"하지만 선생님은 아직도 가르치실 수 있잖아요." 파니가 못 참고 또 성깔을 부렸다.

"이건 앞으로 닥쳐올 일의 시작일 뿐이야."

염소는 이렇게 말하고 수업을 일찍 마쳤다. 갈린다가 엘파바 쪽을 힐긋 넘겨다보니 그녀는 뭔가에 골몰한 듯 기묘한 얼굴을 하고 있었다. 갈린다가 교실을 빠져나갈 때, 엘파바는 교실 앞쪽의 딜라몬드 박사에게 다가갔다. 딜라몬드 박사는 뿔 달린 머리를 푹 수그린 채 몸을 부들부들 떨고 있었다.

며칠 후, 마담 모리블은 초기 찬송과 이교 찬가를 주제로 비정기적인 공개 강의를 열었다. 질문을 하라는 그녀의 요청에 늘 교실 뒤쪽에 웅크리고 있던 엘파바가 몸을 펴고 학장을 부르자 좌중이 모두 깜짝 놀랐다.

"마담 모리블, 괜찮다면 지난주 응접실에서 낭송하셨던 퀠에 대해 토론할 기회를 얻고 싶습니다."

"말해 봐요." 마담 모리블은 너그러우면서도 조용히 하라는 듯이 팔찌 낀 손을 흔들며 말했다.

"예, 딜라몬드 박사님은 동물 이동 금지령을 고려해 볼 때 그 시들에 좀 문제의 소지가 있다고 생각하시는 듯합니다."

“아이고, 딜라몬드 박사님은 박사예요. 시인이 아니지. 게다가 염소고. 위대한 소네트 시인이나 발라드 시인 중에 염소가 있다는 말을 들어 본 적 있는지 묻고 싶군요. 아, 엘파바 양, 딜라몬드 박사님은 아이러니의 시적 관습을 이해하지 못하세요. 다른 학생들을 위해 아이러니를 정의해 주겠어요?”

“저는 못 하겠습니다, 마담.”

“아이러니는 서로 모순되는 것을 병치하는 예술이죠. 아이러니를 이해하려면 의도적으로 거리를 두어야 해요. 아이러니는 분리를 전제로 합니다. 동물의 권리를 놓고 말한다면, 딜라몬드 박사님이 그러기 힘들다는 점을 이해해 주어야겠죠.”

“그러니까 박사님께서 이의를 제기하신 구절 ‘동물들은 보이되 목소리를 내서는 안 된다.’가 아이러니인가요?”

엘파바는 마담 모리블 쪽을 쳐다보지 않고 자기 공책을 들여다보며 말을 계속했다. 갈린다를 비롯한 다른 학생들은 스릴을 느꼈다. 마주하고 앉은 두 여자 모두 상대방이 솟아오르는 화를 참지 못하고 무너지는 꼴을 보고 싶어 할 게 뻔했던 것이다.

“선택하기에 따라 아이러니의 한 방식으로 볼 수 있겠지요.” 마담 모리블이 말했다.

“어떻게 선택하시죠?” 엘파바가 물었다.

“무례가 지나치군!” 마담 모리블이 외쳤다.

“아, 무례를 저지르려는 뜻은 아네요. 배우려는 것입니다. 마담이든 누구든 그 경구가 진실이라고 생각한다면, 그 앞에 나왔던 지루한 장광설과 모순되지 않아요. 논거와 결론일 뿐입니다. 저는 뭐가 아이러니라는 건지 모르겠는데요.”

"제대로 볼 줄 모르는군요, 엘파바 양. 자신보다 현명한 사람의 입장에 서서 바라보는 법을 배우도록 하세요. 무지에서 벗어나지 못하고 자신의 변변찮은 안목에 갇혀 있다면 이렇게 젊고 사리에 밝은 학생으로서는 대단히 애석한 일이지요."

그녀는 '밝은' 이란 말을 씹어 뱉듯이 발음했다. 갈린다의 귀에는 엘파바의 살색을 비열하게 들먹이는 투로 들렸다. 오늘따라 사람들 앞에서 애써 말하느라고 그녀의 피부는 유난히 빛났다.

"하지만 저는 딜라몬드 박사님의 입장에 서 보려고 했습니다." 엘파바는 거의 울먹이는 목소리였지만 끝까지 물고 늘어졌다.

"시적 해석을 놓고 얘기한다면, 그 말이 정말로 사실일 수도 있겠지요. **동물**들은 목소리를 내서는 안 돼요." 마담 모리블이 날카롭게 쏘아붙였다.

"그 말씀도 아이러니의 뜻으로 하신 건가요?"

엘파바는 이렇게 질문했지만, 손으로 얼굴을 가리고 자리에 앉아 강의가 끝날 때까지 다시는 고개를 들지 않았다.

4

두 번째 학기가 시작되었는데도 여전히 엘파바와 룸메이트로 남아 있는 갈린다는 마담 모리블에게 짤막하게나마 항의했다. 그러나 학장은 방을 옮겨 주지도 재배정해 주지도 않았다.

"다른 학생들한테 너무 혼란스러울 거예요. 학생이 분홍 기숙사로 옮겨 가겠다면 또 모를까. 내가 보기에 학생의 아마 클러치는 우리가 처음 만났을 때 학생이 말한 병에서 회복된 것 같더군요. 이제는 열다섯 명의 여학생을 감독할 수 있겠지요?"

"아뇨, 아니에요." 갈린다가 황급히 말했다.

"가끔씩 증상이 재발합니다만, 말씀드리지 않은 거예요. 성가시게 해 드릴까 봐서요."

"참 사려 깊군요. 자, 어쨌거나 얘기를 하러 왔으니, 잠시 짬을 내어 다음 학기의 수업 계획에 대해 얘기해 볼까요? 알다시피, 2학년이 되면 전공을 선택해야 해요. 생각 좀 해봤나요?"

"거의 못 했습니다. 솔직히 말하면, 제 재능이 이제 막 나타나면서 제가 자연과학을 해야 할지, 아니면 예술이나 마법, 그것도 아니면 역사를 택해야 할지 분명해지는 참인 것 같아요. 성직 쪽에도 영 재능이 없는 것 같지 않고요."

"그대 같은 학생이 갈피를 못 잡는 것도 당연한 일이지요."

마담 모리블은 이렇게 말했으나 갈린다에게 그다지 격려가 되지는 않았다.

"하지만 마법은 어때요? 아주 잘할 것 같은데. 난 그쪽 방면을 공부했다는 데 자부심을 느낀답니다."

"생각해 보겠습니다."

갈린다는 말은 이렇게 했지만, 마법은 주문을 익혀야 할 뿐 아니라, 한 술 더 떠 그 주문을 이해해야 하는 고되고 지겨운 공부라는 말을 듣고 난 뒤 처음 마법에 가졌던 관심은 이미 시들어 버렸다.

"학생이 마법을 선택한다면, 새 룸메이트를 찾아 줄 수도 있어요. 엘파바 양은 나한테 벌써 자연과학에 흥미가 있다고 말했으니까."

"오, 그렇다면 물론 진지하게 고려해 볼게요."

갈린다가 대답했다. 그녀는 뭐라 이름 붙일 수 없는 내면의 갈등과 싸웠다. 마담 모리블은 상류사회의 어법과 입이 딱 벌어질 정도의 의상에도 불구하고 어딘가 위험스러워 보였다. 마치 그녀의 대외용 미소는 칼과 창에서 반사된 빛으로 이루어진 듯했고, 그녀의 깊이 울리는 목소리는 멀리서 들려오는 시끄러운 폭발음을 가리고 있는 것 같았다. 갈린다는 그녀에게 자신이 파악하지 못한 뭔가가 있다는 느낌이 들었다. 마음이 혼란스러워졌다. 갈린다는 마담 모리블의 응접실에 앉아 흠잡을 데 없는 차를 마시고 있으면 자기 안에서 뭔가 귀중한 것(도덕성이라고 할까?)이 찢겨 나가는 듯한 기분을 느꼈다.

잠시 있다가 마담 모리블이 마치 대화가 죽 계속되었던 것처럼 자연스럽게 말을 꺼냈다.

"듣자 하니 엘파바의 여동생이 결국은 시즈에 올 거라더군요. 나는 막을 도리가 없어요. 생각도 하기 싫은 끔찍한 일이 될 거예요. 학생도 마음에 들지 않을 거예요. 여동생의 상태를 보면 말이지요. 틀림없이 엘파바 양의 방에서 많은 시간을 보내며 보살핌을 받을 테니까."

모리블은 보일락 말락 미소를 지었다. 마치 자기 뜻대로 기분 좋은 자신만의 향내를 뿌릴 수 있는 것처럼, 그녀의 목덜미에서 분 냄새가 확 풍겨 왔다.

마담 모리블은 문 쪽으로 가는 갈린다를 보면서 혀를 차고 고개를 홰홰 저었다.

"여동생 상태가 그렇다니…… 참으로 딱하기도 하지. 하지만 우리가 다 함께 힘을 합쳐 대처해야 해요. 그게 바로 여성 친목 단체가 할 일이지. 안 그런가요?"

학장은 그녀의 숄을 움켜쥐고 갈린다의 어깨에 부드럽게 손을 올려놓았다. 갈린다는 몸서리를 쳤다. 틀림없이 마담 모리블도 이를 눈치 챘을 것이다. 그러나 모리블은 전혀 그런 티를 내지 않았다.

"하지만 내가 여성 친목 단체라고 한 말은…… 참 아이러니하죠. 정말 재치 있는 말이기도 하고. 물론 충분히 시간을 두고 넓은 틀 안에서 보자면 결국 말이나 행동 중에서 아이러니하지 않은 것은 한 가지도 없지요." 학장은 갈린다의 어깻죽지를 자전거 핸들 잡듯 꽉 움켜쥐었다. 보통 여자들이 잡을 때보다 약간 더 힘이 들어가 있었다. "그저 바라는 게 있다면…… 하하…… 여동생이 자기 베일을 갖고 왔으면 하는 거죠! 하지만 아직 1년이 남았으니까. 그때까지는 시간이 있어요. 마법에 대해 잘 생각해 봐요, 알겠죠? 꼭이에요. 이제 가 봐요. 좋은 꿈 꾸고."

갈린다는 천천히 방으로 되돌아오면서 엘파바의 여동생이 어떻기에 베일이니 뭐니 그런 악의 넘치는 말을 했을까 궁금했다. 엘파바에게 물어보고 싶었다. 그러나 어떻게 질문을 꺼내야 좋을지 몰랐다. 감히 그럴 용기가 나지 않았다.

보크

1

"이리 나와, 나오라니까."

남학생들이 외쳤다. 그들은 서재 너머에서 비치는 석유등 빛을 등에 받으며 마구 뒤엉켜 보크의 방 아치형 입구에 기대어 있었다.

"책이라면 진절머리나. 우리랑 같이 가자."

"안 돼. 난 관개 이론을 다 못 끝냈단 말이야."

"술집 문 열었는데 무슨 빌어먹을 관개 이론이야." 애버릭이라는 이름의 키가 크고 건장한 길리킨 출신 청년이 말했다. "이제 와서 그래 봤자 학점이 나아지지는 않는다고. 시험은 거의 다 끝났고 시험관들도 고주망태가 됐는데."

"학점 때문이 아니야. 아직 이해를 다 못해서 그런다니까." 보크가 대꾸했다.

"우리는 술집에 간다네, 우리는 술집에 간다네." 벌써 몇 잔 걸친 듯한 몇몇 남학생들이 합창하듯 노래를 불렀다.

"망할 보크, 맥주가 기다리고 있다네, 벌써 익을 대로 익었다네!"

"어느 술집이야, 한 시간 후에 거기로 갈게."

보크는 의자에 굳게 버티고 앉아 발판에서 발을 떼지 않고 말했다. 보크는 이 말에 자극받은 친구들이 자기를 번쩍 들어 올려 어깨에 떠메고 술판에 데려갈 수도 있다는 것을 알고 있었다. 보크의 작은 체구 탓에 친구들이 그런 장난을 치고 싶어지는 모양이었다. 보크는 발을 바닥에 단단히 버티고 있으면 단호해 보일 거라고 생각했다.

"수퇘지와 회향풀 술집이야. 새로 온 마녀가 공연을 한대. 죽여준다던데. 쿰브릭 마녀래." 애버릭이 말했다.

"하." 보크가 못 믿겠다는 듯이 그의 말을 받았다. "그럼 가서 구경 잘해. 나도 갈 수 있으면 갈게."

학생들은 다른 친구들의 방문을 두들기기도 하고 이제는 당당한 저명인사들로 성장한 옛 선배들의 초상화를 탕탕 쳐서 기울어뜨리는 등 소란을 떨며 가 버렸다. 애버릭은 문간에 서서 조금 더 기다렸다.

"촌뜨기들은 따돌리고 우리끼리 몇 명만 추려서 철학 클럽에 가려고 해." 에버릭이 유혹하듯 덧붙였다. "다음에 말이야. 주말이야."

"오, 애버릭, 가서 냉수나 마셔." 보크가 대꾸했다.

"너도 관심 있다고 했잖아. 그랬으면서. 그러니까 학기말 뒤풀이로 어때?"

"관심 있다는 말 괜히 했군. 난 죽음에도 관심 있어. 하지만 언젠가는 알게 될 테니까 기다릴 수 있어, 고마워. 너 이러다 일행을 놓치겠다, 애버릭. 친구들 따라가야지. 쿰브릭 묘기 재밌게 봐. 내가 보기엔 가짜 광고지만. 쿰브릭 마녀의 재능은 이미 수백 년 전에 다 끝장났어. 그런 게 진짜로 있기나 했는지."

애버릭은 튜닉처럼 생긴 겉옷의 옷깃을 세웠다. 깃에는 진빨강 벨벳 플러시 천으로 안감이 덧대어져 있었다. 안감은 그의 말끔히 면도한 목에 특권을 상징하는 리본처럼 보였다. 보크는 다시 한 번 자기도 모르게 잘생긴 애버릭과 자신을 비교했다. 아무리 해도 자기가 처진다는 생각을 떨칠 수 없었다.

"뭐야, 애버릭!" 그는 친구한테만이 아니라 자기 자신한테도 짜증이 나서 말했다.

"무슨 일이 있구나. 난 눈치가 빠르거든. 무슨 일인데?" 애버릭이 물었다.

"아무 일 없어." 보크가 대답했다.

"나한테 네 일이나 잘하라고 말해도 좋고 꺼져 버리라고 해도 좋아. 얼마든지 그렇게 말해. 하지만 아무 일 없다는 말은 집어치워. 넌 거짓말하면 얼굴에 다 티가 난다고. 내가 그것도 모를 만큼 바보도 아니고. 이제 다 망해 가는 귀족 집안의 핏줄을 타고난 방탕한 길리킨 놈이기는 하지만."

에버릭의 부드러운 말투에 보크는 잠시 넘어갈 뻔했다. 보크는 무슨 말을 해야 할지 생각하면서 입을 열었으나, 오즈마 타워에서 시간을 알리는 종소리에 애버릭이 고개를 약간 돌렸다. 관심을 보이고 있다 해도, 애버릭이 온전히 자기한테만 마음을 쏟고 있는 것은 아니었다. 보크는 입을 다물고 좀 더 생각해 본 다음 이렇게 말했다.

"먼치킨랜드 사람들은 원래 좀 둔해. 거짓말이 아니야, 애버릭.

너같이 좋은 친구한테 어떻게 거짓말을 하겠냐. 하지만 지금은 해 줄 얘기가 없어. 이제 가 봐. 하지만 조심해."

보크는 철학 클럽에 대해 경고를 좀 해 줄까 하다가 그만두었다. 지금도 충분히 짜증이 났을 텐데 보크가 유모같이 걱정스럽게 잔소리를 하면 오히려 역효과를 일으켜 애버릭을 그곳으로 밀어 넣는 꼴이 될 것이다.

애버릭은 다가와서 보크의 양 뺨과 이마에 키스했다. 북부 상류층의 관습이라지만 보크는 늘 거북하기 짝이 없었다. 애버릭은 한쪽 눈을 찡긋하고 음란한 몸짓을 해 보인 다음 사라졌다.

보크의 방에서는 자갈을 깐 골목길이 내다보였다. 애버릭과 패거리들이 왁자지껄 떠들며 그 길을 내려갔다. 보크는 물러서서 그늘 속에 숨었으나 그럴 필요도 없었다. 더 이상 그는 친구들의 안중에 없었다. 시험을 절반쯤 치르고 이제 이틀쯤 한숨 돌릴 여유가 생긴 참이었다. 시험이 다 끝나면 교정은 교수들 중 아직도 숙취에서 헤어나지 못한 사람들과 가난한 학생들만 남고 텅 빌 것이다. 보크는 전에도 죽 그렇게 지내 왔다. 그는 긴 여름 내내 스리 퀸스 도서관에서 붓으로 낡은 필사본의 먼지를 털고 있느니 공부를 하고 싶었지만, 올 여름은 필사본을 정리하며 보내기로 했다.

골목길 건너편에는 개인 소유 마구간의 파란 돌벽이 서 있었다. 거리 몇 개를 두고 떨어진 상류층 주거 지역의 저택에 딸린 것들이었다. 마구간 지붕 너머로는 크레이지홀 채소밭에 있는 과일나무 몇 그루의 둥그스름한 끝이 보였다. 그 위로 기숙사와 교실의 뾰족한 창문이 빛났다. 여학생들이 커튼 내리는 것을 잊을 때면(그런 일이 어찌나 잦은지 놀랄 지경이다.) 옷을 제대로 걸치지 않은 모습을 다양하게 구경할 수 있었다. 물론 완전히 벌거벗은 나체를 본 적은 한 번도 없었다. 만약 그런 경우라면 눈을 돌리든가, 아니면 그렇게 해야 한다고 스스로에게 엄격하게 명했을 것이다. 그러나 분홍과 흰색의 속치마와 캐미솔, 프릴 달린 체형 보정용 속옷, 허리받이의 사각거리는 천이며 가슴에 달린 요란스러운 장식은 볼 수 있었다. 여성 속옷에 대해 배울 수 있는 기회였다. 여자 형제가 없는 보크는 그저 구경만 했다.

크레이지홀 기숙사는 좀 떨어져 있어서 여학생들 하나하나의 얼굴을 알아볼 수는 없었다. 보크는 동경하는 그녀를 다시 보고 싶은 마음에 얼굴이 붉게 상기되었다. 망할! 이런 망할! 정신을 집중할 수 없었다. 시험을 망치면 퇴학당할 텐데! 아버지 비피와 고향 마을, 다른 마을까지도 크게 실망할 것이다.

빌어먹을. 살기는 팍팍하고 보리도 넉넉지 않았다. 보크는 어느새 자기도 모르게 발판에서 뛰어내려 학생 망토를 움켜쥐고 복도를 내달려 구석진 탑의 나선형 돌계단을 내려갔다. 더는 참을 수 없었다. 뭔가 해야 했다. 그의 머리에 한 가지 묘안이 떠올랐다.

보크는 근무 중인 수위에게 목례를 하고 왼쪽으로 돌아 문을 나섰다. 그는 어둠 속에서 최대한 조심하여 커다란 말똥 무더기를 피하면서 서둘러 길을 걸어갔다. 동급생들은 다 놀러 나가고 없었으므로, 친구들에게 들켜 웃음거리가 될 염려는 없었다. 브리스코에는 개미 새끼 한 마리 남지 않았다. 그래서 그는 왼쪽으로 돌고, 다시 한 번 왼쪽으로 돌아 곧 마구간 옆 골목길로 접어들었다. 그리고 장작더미에 올라서서 삐죽이 튀어나온 덧문 끝을 딛고 권양기의 쇠받이를 올라갔다. 보크는 체구가 작아도 몸놀림이 재빨랐다. 그는 손마디 한 번 긁히지 않고 마구간의 양철 홈통에 매달려 게처럼 가파르게 경사진 지붕 위로 기어올랐다.

아하! 이 생각을 진작 했더라면 좋았을걸! 하지만 학생들이 죄다 술을 퍼마시러 놀러 나가 브리스코홀에서 절대로 누구의 눈에도 띌 염려가 없는 밤이어야 했다. 그게 바로 오늘 밤이었다. 어쩌면 오늘 밤이 유일한 기회일 것이다. 보크가 애버릭의 초대를 뿌리친 것도 다 운명이다. 이제 그는 마구간 지붕 위로 올라갔다. 부드럽게 쌓인 크로베리와 배나무의 젖은 낙엽을 뚫고 바람이 불어왔다. 그때 여학생들이 강당으로 몰려 들어갔다. 마치 그가 제대로 위치를 잡을 때까지 복도에서 기다렸다는 듯이…… 마치 그가 올 줄 알고 있었다는 듯이!

가까이에서 보니 전체적으로 그리 예쁘지는 않았다…….

하지만 그녀는 어디에 있을까?

예쁘든 예쁘지 않든 그들의 모습은 뚜렷이 보였다. 새틴 리본 속을 헤집어 매듭을 푸는 손가락, 장갑을 벗고 마흔 개나 정교하게 줄지어 달린 진주 버튼을 푸는 손가락, 서로 상대방의 속옷 레이스와 남학생들은 전설 같은 이야기로만 알고 있는 은밀한 곳을 풀어헤치도록 도와주는 손가락! 미처 예상치 못한 곳에 나 있는 털들은 또 얼마나 부드러운지! 마치 살아 있는 생물 같지 않은가! 그는 자기도 모르게 주먹을 단단히 말았다 풀었다 했지만 자신이 거의 모르는 일이 몹시도 알고 싶어졌다. 그리고 그녀는 어디에 있을까?

"거기 대체 뭐 하고 있는 거야?"

보크는 화들짝 놀라 그만 미끄러지고 말았다. 운명이 자신에게 친절을 베풀어 이런 황홀경을 맛보게 해 주는가 싶더니 이제 벌을 내려서 날 죽이려는구나 생각했다. 그는 허방을 짚고 굴뚝을 움켜쥐려 했으나 놓쳤다. 보크는 어린아이 장난감처럼 다리를 머리 위로 쳐들고 굴러 떨어져 쫙 벌어진 배나무 가지에 부딪혔다. 그 배나무가 아니었더라면 진짜로 죽었을지도 모른다. 보크는 상추 밭에 쿵 하고 떨어졌다. 창피스럽게도 모든 열린 구멍을 통해 바람이 그의 몸에서 요란한 소리를 내며 빠져나갔다.

"와, 멋지군. 올해는 과일이 일찍 떨어지네." 누군가의 목소리가 들렸다.

보크는 목소리의 주인공이 자기가 사랑하는 상대일지도 모른다는 실낱같은 희망을 품었다. 안경이 어디론가 날아가 버렸지만 그래도 우아하게 보이려고 애썼다.

보크는 반신반의하면서 일어나 앉았다.

"안녕하십니까, 이런 식으로 도착할 생각은 아니었어요."

맨발에 앞치마를 두른 여자가 분홍색 퍼사 포도나무 뒤에서 나왔다. 그녀가 아니었다. 다른 여자였다. 안경이 없어도 알 수 있었다.

"아, 너구나." 보크는 목소리에 낙담한 티를 내지 않으려고 애쓰면서 말했다.

그녀는 아직 덜 여문 포도를 넣은 여과기를 들고 있었다. 봄 샐러드에 신맛을 내기 위해 넣는 것이었다.

"오, 당신이군." 그녀는 조금 더 다가와서 말했다. "아는 사람이었네."

"마스터 보크야."

"내 상추 밭에 떨어진 마스터 보크라." 그녀는 꼬투리 콩에 떨어진 그의 안경을 주워 건네 주었다.

"잘 지냈어, 엘피?"

"포도처럼 시큼하지도 상추처럼 흐물거리지도 않고 잘 지내. 너도 잘 지냈니, 마스터 보크?"

"응. 좀 멋쩍군. 내가 여기 들어와서 시끄러워질까?"

"원한다면 그렇게 되도록 해 주지."

"일부러 수고할 것까지는 없어. 들어왔던 길로 알아서 나갈게." 보크는 배나무를 올려다보았다. "불쌍해라, 제법 큰 가지를 부러뜨려 놓았네."

"나무가 참 안됐네. 왜 이런 짓을 한 거야?"

"저, 깜짝 놀랐거든. 다른 방법도 있기는 했지. 나무 요정처럼 잎 사이로 몸을 휙 날리는 거. 아니면 조용히 마구간 반대편으로 기어 내려가서 본래 내 생활로 되돌아가는 방법도 있었고. 너라면 어느 쪽을 택했을까?"

"흠, 문제네. 하지만 내가 배운 바로는 먼저 질문이 타당한지 따져야지. 내가 그런 경우를 당했다면 조용히 거리 쪽으로 기어 내려가지도 않고 나무나 상추 쪽으로 요란하게 떨어지지도 않겠어. 일단 몸을 양말짝처럼 안팎을 뒤집어서 더 가볍게 만든 다음, 제 몸 밖의 기압이 안정될 때까지 가만히 떠 있어야겠지. 그렇게 피부 안쪽을 한 번에 발가락 하나씩 지붕 위에 다시 살짝 내려놓겠어."

"피부를 뒤집겠다고?" 보크는 재미있어하며 반문했다.

"저기 누가 서 있는지, 그들이 무얼 원하는지, 내가 신경을 써야 할지 말지 여부에 따라 정해지는 거지. 또 내 피부 안쪽 색깔이 무슨 색으로 드러날지도 문제가 되고. 나도 아직 한 번도 뒤집어 본 적이 없어서 확신할 수가 없네. 분홍색이거나 새끼 돼지처럼 하얀

색이면 끔찍하겠다는 생각은 늘 했어."

"가끔 그렇지. 특히 샤워할 때는. 설익은 고기가 된 기분이 들어서……." 하지만 그는 말을 멈추었다. 허튼소리가 도를 넘어 개인적인 부분까지 건드렸다. "미안해. 그럴 생각은 아니었는데 놀라게 했네."

"과일나무 꼭대기에서 새로 맺은 과일이라도 보고 있었니?" 엘파바가 놀리듯이 물었다.

"그렇지, 뭐." 그는 차갑게 대꾸했다.

"꿈꾸던 나무를 찾았어?"

"내가 꿈꾸는 나무는 내 꿈이야. 친구들이나 잘 알지도 못하는 너에게 말할 형편은 아니야."

"오, 하지만 우린 아는 사이잖아. 함께 놀이방에 다녔지. 작년에 우리가 만났을 때 그대가 일깨워 주었잖아. 아, 형제자매 간이라고 해도 좋을 정도지. 그러니까 니가 제일 좋아하는 나무 얘기를 들려줘도 괜찮아. 어디에서 자라고 있는지 내가 알면 얘기해 줄게."

"나를 놀리고 있군, 엘피 양."

"그러려는 건 아니야, 보크."

엘파바는 자기들이 형제 같은 관계라는 말을 강조하려는 듯이 존칭을 생략하고 부드럽게 그의 이름을 불렀다.

"갈린다에 대해서 알고 싶지? 작년 가을에 마담 모리블의 시 도살장에서 만났던 길리킨 여학생 말이야."

"생각보다 나를 잘 아는 것 같군." 그는 한숨을 내쉬었다. "그녀도 내 생각을 하고 있을지 모른다는 희망을 품어도 좋을까?"

"흠, 희망하는 거야 자유지. 그녀에게 물어보면 되잖아. 최소한 어느 쪽인지는 알 수 있잖아."

"하지만 당신은 그녀의 친구잖아, 안 그래? 그녀의 마음을 모르겠니?"

"내가 아는지 모르는지는 중요하지 않을 텐데. 내 말을 전적으로 믿고 싶지도 않을 테고. 내가 거짓말을 할 수도 있잖아. 내가 너한테 반해 거짓말을 해서 내 룸메이트를 배신할 수도 있고……."

"그녀가 룸메이트니?"

"그게 그렇게 놀라워?"

"아…… 저…… 그러니까…… 기뻐서."

"요리사들은 내가 지금 아스파라거스랑 무슨 얘기를 나누는지 궁금해할 거야. 원한다면 언제 저녁때 갈린다 양을 여기로 데려오도록 하지. 빨리 해치우는 편이 낫겠지. 그 편이 더 깔끔하고 완벽하게 너의 헛된 기대를 없애 줄 테니까. 일이 그런 쪽으로 결판난다면 말이야. 하지만 말했다시피, 내가 어떻게 알겠니? 저녁 메뉴로 무슨 푸딩이 나올지도 모르는데, 남의 애정사 따위를 내가 어떻게 알아맞히겠어?"

그들은 사흘 뒤로 날짜를 정했다. 보크는 콧잔등에 얹은 안경이 흔들릴 정도로 엘파바의 손을 꽉 잡고 마구 흔들며 열렬히 감사를 표했다.

"15년 만에 만났지만, 넌 역시 좋은 옛 친구야, 엘피."

보크도 존칭을 떼고 그녀의 이름을 불렀다. 그녀는 배나무 가지 뒤로 물러가 길을 따라 모습을 감추었다. 보크는 채소밭을 빠져나와 자기 방으로 돌아와 다시 책을 펴 들었지만, 아무리 해도 문제를 풀 수 없었다. 점점 더 상태가 나빠졌다. 정신을 집중할 수 없었다.

그는 남학생들이 고주망태가 되어 브리스코홀에 돌아왔을 때에도 여전히 말똥말똥 깨어 시끄럽게 덜그럭거리는 소리며 쿵쿵 부딪는 소리, 발라드를 웅얼거리는 소리를 듣고 있었다.

2

애버릭은 시험이 끝나자 여름을 보내러 떠났다. 보크는 어떻게든 해결을 보든가 망신을 당하든가 둘 중 하나였다. 어느 쪽이든 지금 상황에서 잃을 것은 거의 없었다. 갈린다와 첫 만남이 마지막 만남이 될 수도 있었다. 그는 평소보다 더 신경 써서 옷을 고르고, 카페에서 본 새로운 스타일을 참고 삼아 머리 모양을 다듬었다.(가느다란 흰색 리본을 정수리에 둘러 묶고 머리카락을 늘어뜨린다. 그러면 아래쪽으로 머리카락이 말려 뒤집힌 우유 접시에서 이는 거품처럼 보인다.) 부츠도 닦고 또 닦았다. 부츠를 신기에는 더운 날씨였지만 저녁에 신을 신발이 없었다. 우선 대충 있는 것으로 때우는 수밖에.

약속한 저녁이 되자, 다시 그때 갔던 길을 따라갔다. 마구간 지붕에는 과일 따는 일꾼의 사다리가 벽에 기대어 세워져 있었다. 덕분에 현기증 나는 침팬지처럼 나뭇잎 사이로 떨어지는 불상사를 피할 수 있었다. 사다리 위쪽 가로대 몇 개는 조심스레 밟고 내려오다가 나머지는 남자답게 뛰어내렸다. 이번에는 상추를 피해서였다. 나무 아래 장의자에 엘파바가 무릎을 가슴까지 끌어올리고 의자에 맨발을 올린 채 앉아 있었다. 갈린다는 발목을 얌전히 엇갈리게 모으고 공단 부채로 얼굴을 가린 채 짐짓 딴 쪽을 쳐다보고 있었다.

"아이고 깜짝이야, 웬 손님이람. 간 떨어질 뻔했네." 엘파바가 말했다.

"안녕하세요, 숙녀 여러분."

"머리가 놀란 고슴도치 같네. 자기 머리에 무슨 짓을 한 거야?" 엘파바가 물었다.

갈린다는 고개를 살짝 돌려 보았다가, 다시 부채 뒤에 숨어 버렸다. 긴장했나? 소심해져 움츠러들었나?

"전 어느 정도는 고슴도치랍니다. 얘기 안 했던가요? 내 할아버지 쪽으로요. 언젠가 사냥철에 할아버지께서 오즈마의 수행단한테 커틀릿으로 먹혀 일생을 마치셨죠. 모두에게 군침 도는 추억을 남겨 주셨죠. 그 요리법은 사진첩에 적혀 가문 대대로 내려온답니다. 치즈와 호두 소스와 함께 내지요. 음."

"진담이야? 진짜 고슴도치였어?" 엘파바가 물었다. 그녀는 턱을 무릎 위에 올려놓았다.

"아니야. 꾸며 낸 이야기야. 안녕하세요, 갈린다 양. 나를 다시 만나 주어 고맙습니다."

"이건 정말 해서는 안 될 짓이에요. 당신도 잘 알겠지만, 이유를 대자면 수도 없이 많지요, 마스터 보크. 하지만 내 룸메이트가 어찌나 들볶아 대는지 승낙할 수밖에 없었어요. 당신을 다시 만나서 기쁘다는 말은 못 하겠군요."

"오, 말해, 말해 봐, 어쩌면 진짜 그렇게 될지도 모르잖아. 한 번 해보라니까. 저 정도면 나쁘지 않잖아. 불쌍한 남자라고." 엘파바가 말했다.

"당신이 저에게 그렇게나 관심을 가져 주신다니 기쁘군요, 마스터 보크. 영광이에요." 갈린다는 예의를 차리느라 그렇게 말했다.

그러나 영광이기는커녕 실은 창피스러웠다. "하지만 우리 사이에 특별한 우정이 있기 힘들다는 점은 알아 두셔야겠군요. 내 감정 문제는 제쳐 두고라도, 우리가 잘되기에는 사회적 장애물이 너무 많아요. 내가 나오겠다고 한 건 당신에게 이 말을 직접 전하기 위해서였어요. 그게 예의일 것 같아서요."

"예의일 뿐 아니라 재미도 있지. 그래서 나도 옆에서 얼쩡거리고 있고."

"우선, 문화 차이라는 문제가 있어요. 당신은 먼치킨랜드 사람이라고 했죠? 난 길리킨 사람이에요. 난 우리 일족 사람과 결혼해야 해요. 그 길밖에 없어요. 유감이지만……." 갈린다는 부채를 내리고 손을 들어 손바닥을 쫙 펴서 그의 항의를 막았다. "게다가 당신은 농업학교 출신의 농부예요. 난 오즈마 타워를 나온 정치인이나 은행가와 결혼할 거예요. 원래 세상이 다 그런 거죠. 그뿐 아니라 당신은 키가 너무 작아요."

"이런 식으로 여기까지 나와서는 예절에 어긋나는 짓도 했잖아. 멍청하다는 얘기는 왜 빠뜨려?" 엘파바가 끼어들었다.

"이것으로 충분해. 그 정도면 알아들을 테지, 엘파바." 갈린다가 대꾸했다.

"지나치게 자신만만하시군요. 좀 대담한 말일지는 모르겠지만." 보크가 말했다.

엘파바가 또 끼어들었다.

"전혀 대담하지 않아. 재탕으로 우려낸 차 정도 수준이랄까. 그렇게 꽁무니를 빼다니 내가 다 부끄럽네. 자, 뭐 좀 재미있는 얘기를 해봐. 차라리 예배나 보러 갈걸 그랬다는 생각이 슬슬 들려고 하네.”

“끼어들지 마, 엘피. 갈린다 양이 나를 만나러 나오게 해 준 것은 고맙지만, 우리끼리 얘기 좀 하도록 가만히 있어 주면 좋겠어.”

엘파바가 차분하게 말했다.

“당신들 둘 다 상대방이 하는 말을 이해하지 못할걸. 난 어쨌거나 먼치킨랜드 태생이야. 그곳에서 자라지는 않았지만. 또 선택한 건 아니지만 어쩌다 보니 여자로 태어났지. 그러니까 자연히 당신네 두 사람 사이에서 중재자가 되는 거야. 나 없이 둘이 잘될 리 없어. 사실 내가 이 자리를 뜬다면 너네들은 서로의 언어를 한마디도 알아먹지 못할 거야. 갈린다는 부자의 언어로 얘기하고, 보크는 순 가난뱅이의 언어로 말하니까. 게다가 난 이 쇼를 구경하려고 지난 사흘 동안 내내 갈린다를 감언이설로 꾀는 대가를 치렀단 말이야. 그러니 구경해야겠어.”

“가지 말고 있어 주면 좋겠어, 엘파바. 남자와 한자리에 있을 때는 보호자가 필요하니까.” 갈린다가 말했다.

“내 말 알아들었지?” 엘파바가 보크에게 말했다.

“그냥 있어야겠다면, 최소한 나한테 말할 기회는 줘. 갈린다 양, 내 얘기를 좀 들어 주세요. 딱 몇 분이면 됩니다. 당신은 명문가 출신이고 나는 평민입니다. 당신은 길리킨 사람이고 나는 먼치킨랜드 사람이지요. 당신은 따라야 할 사회적 행동 규범이 있고, 나도 그렇습니다. 내 경우에도 너무 부유하고 너무 이질적인 데다 너무 야심 많은 여자와 결혼하는 것은 허용되지 않습니다. 지금 나는 결혼을 하자는 게 아닙니다.”

“역시 가지 않기를 잘했네. 이제 좀 재미있어지는걸.” 엘파바는 이렇게 말했지만 두 사람이 그녀를 째려보자 입을 꾹 다물었다.

"내가 여기 온 건 가끔 한 번씩 만나자는 제안을 하기 위해서예요. 그게 전부죠. 친구로 만나는 겁니다. 기대를 버리고, 친구로서 서로를 알아 가는 거죠. 당신의 아름다움에 압도되었다는 것을 부인하지는 않겠어요. 당신은 어두운 계절에 빛나는 달입니다. 소귀나무 열매 같습니다. 원을 그리며 나는 불사조입니다……."

"연습 좀 했나 본데." 엘파바가 한마디 했다.

보크는 이판사판이라는 심정으로 끝까지 할 말을 다해 버렸다.

"당신은 신비로 가득한 바다입니다."

"나는 시에는 그다지 재능이 없어요. 하지만 정말 친절하시군요." 갈린다가 말했다. 찬사의 말에 약간 우쭐해진 것 같았다. 부채를 부치는 손놀림이 더 빨라졌다. "나는 정말 당신이 얘기한 우리 나이의 미혼 남녀들 사이의 우정이라는 게 뭔지 이해를 못하겠어요, 마스터, 그건 좀…… 마음만 어지러워지지 않을까요? 아무래도 복잡해질 것 같아요. 지금처럼 당신이 내가 보답할 가망이 전혀 없는 열정을 고백했을 경우에는 더더욱 그렇겠죠. 하늘이 무너지는 한이 있어도 안 돼요."

"지금이야말로 용기를 내 볼 수 있는 나이죠. 우리에게 있는 것은 시간뿐입니다. 현재를 살아야 해요. 우리는 젊고 살아 있으니까요." 보크가 응수했다.

"살아 있다는 말이 그렇게도 쓰이는 줄은 몰랐는걸. 대본을 읽는 것처럼 들리네." 엘파바가 참견했다.

갈린다는 부채로 엘파바의 머리를 한 대 툭 친 다음, 모두를 감동시킬 만한 갈고닦은 우아한 몸짓으로 맵시 있게 부채를 착 접었다가 다시 펴 들었다.

"너 정말 성가시게 구는구나, 엘피. 같이 있어 준 것은 고맙지만 끊임없이 이러쿵저러쿵 해 달라고 한 적은 없어. 나 혼자서도 얼마든지 마스터 보크의 낭송의 진가를 판단할 수 있단 말이야. 그의 멍청한 얘기를 좀 감상하게 내버려 둬. 니가 하도 귀찮게 하니까 내가 무슨 생각을 하는지도 모르겠잖아!"

갈린다는 화를 내자 그 어느 때보다도 예뻐 보였다. 과연 옛말이 틀리지 않았다. 보크는 여자들에 대해 정말 많은 것을 배우고 있는 중이었다! 갈린다의 부채가 아래로 내려갔다. 이건 좋은 징조일까? 그에게 전혀 마음이 없었다면 그가 감히 기대했던 것보다 목선이 약간 더 깊게 팬 드레스를 입고 나왔을까? 게다가 그녀는 장미 향수까지 뿌렸다. 갑자기 희망이 확 솟는 듯하면서 그녀의 목이 어깨로 이어지는 부분에 입술을 갖다 대고 싶은 충동을 느꼈다.

갈린다가 말했다.

"당신의 장점은, 흠, 용감하다는 거예요. 또 이런 생각을 해낸 것으로 보아 영리하기도 하고요. 이런 곳에서 마담 모리블의 눈에 뜨이기라도 했다가는 우리 모두 아주 골치 아픈 일을 겪을 거예요. 물론 당신이 그 사실을 몰랐을 수도 있으니까, 용기를 높이 쳐 주기는 좀 어렵겠네요. 그냥 영리하다고만 해 두죠. 당신은 영리하고 또 음, 그러니까, 얼굴이……."

"잘생겼다고? 매력적이라고?" 엘파바가 힌트를 던졌다.

"재미있게 생겼어요." 갈린다가 마침내 말했다.

보크의 표정이 침울해졌다.

"재미있다고?" 엘파바가 또 끼어들었다. "나 같으면 재미있게 생겼다는 소리만 들을 수 있다면 뭘 내놔도 아깝지 않겠다. 나한테는 기껏해야 자극을 주는 얼굴이라는 둥, 사람들이 보통 소화와 관련된 얘기를 할 때……."

"당신이 나에 대해 한 말은 다 맞을 수도 있고 다 틀릴 수도 있어요." 보크가 흔들림 없는 어조로 밀고 나갔다. "하지만 내가 끈질기다는 것을 알게 될 겁니다. 우리의 우정을 거절하는 답은 듣지 않겠습니다, 갈린다. 나로서는 감당하기 어려울 테니까요."

"정글에서 짝을 찾느라 포효하는 저 수컷을 보라. 암컷이 수풀 속에서 킬킬대다가 표정을 가다듬고 이렇게 말하는 모습을 보라. '죄송합니다만, 뭐라고 하셨죠?'" 엘파바가 이죽거렸다.

"엘파바!" 그들 둘이 동시에 그녀에게 고함을 질렀다.

"세상에, 아가씨!"

뒤에서 들려오는 목소리에 세 사람 모두 돌아보았다. 줄무늬 앞치마를 두르고 듬성듬성한 센 머리카락을 머리 위로 갈라땋아 올린 중년 여성이 서 있었다.

"뭐 하고 있어요?" 갈린다가 외쳤다. "아마 클러치! 어떻게 여기로 나를 찾으러 올 생각을 다 했어요?"

"그 얼룩말 요리사가 여기에서 뭔가 야릇한 짓거리를 벌이고 있다고 얘기해 주던걸요. 저기 있는 이들이 장님인 줄 알아요? 그런데 이건 누구람? 내 보기에는 별 대단치도 않게 생겼구먼."

보크가 일어섰다.

"나는 먼치킨랜드의 러시마진스 출신 마스터 보크입니다. 브리스코홀에 있고 곧 3학년이 됩니다."

"이걸로 쇼는 끝났나?" 엘파바가 하품을 했다.

"아이고, 세상에 별꼴을 다 보겠네! 손님이 채소밭으로 나타날 리는 없을 테니 보나 마나 불청객이겠구먼! 이봐요, 당장 여기에서 사라지지 않으면 수위들을 불러 쫓아내겠어요!"

"오, 아마 클러치, 소란 피우지 마요." 갈린다가 한숨을 쉬며 말했다.

"걱정할 만한 인물도 못 되는 애송이야. 봐요, 아직 수염도 안 났잖아. 추론해 보건대……." 엘파바가 말했다.

보크가 다급하게 끼어들었다.

"어쩌면 이게 다 그릇된 짓이었을지도 모르죠. 그러나 모욕을 당하려고 여기 온 것은 아닙니다, 갈린다 양. 하다못해 재미있게 해 주지도 못했다면 미안하군요. 그리고 엘파바……." 보크는 최대한 쌀쌀맞은 목소리로 말했다. 이렇게 차가운 자기의 목소리는 스스로도 들어 본 적이 없었다. "당신이 동정해 주리라 믿은 내가 잘못이지."

"좀 기다려 봐. 내 경험으로 보아 정말로 잘못된 짓인지 확실히 드러나기까지는 아주 긴 시간이 걸리는 법이니까. 그 전에 다시 찾아오지그래?" 엘파바가 말했다.

"두 번 다시 이런 일은 없을 거예요." 아마 클러치가 돌처럼 꼼짝 않고 앉아 있는 갈린다를 세게 끌어당기며 말했다. "엘파바 양, 이런 탈선을 부추기다니 부끄러운 줄 알아요."

엘파바가 대꾸했다.

"그저 가벼운 농담을 주고받았을 뿐 그 이상은 없었어요. 좀 짓궂은 농담이었기는 해도. 갈린다, 넌 그 자리에 붙박힌 듯하구나. 저 학생이 또 찾아올지 모르니 여기 채소밭에 아예 영원히 뿌리를 내리고 있겠다는 거야? 관심 없는 줄 알았더니 우리가 잘못 알았나?"

갈린다는 마침내 위엄 있게 일어섰다. 그녀는 구술하듯 말했다.

"친애하는 마스터 보크, 낭만적인 연정이든 당신이 이름 붙인 대로 우정이든, 내가 여기 나온 것은 당신을 설득해서 더 이상 나를 쫓아다니지 못하도록 단념시키기 위해서였어요. 당신에게 상처 줄 뜻은 없었어요. 내가 원래 그런 여자도 아니고요."

이 말에 엘파바는 눈을 굴렸으나, 아마 클러치가 엘파바의 팔꿈치에 손톱을 꽉 박아서인지 이번만큼은 입을 굳게 다물었다.

"이런 만남을 또 한 번 기약하지는 않겠어요. 아마 클러치가 일깨워 주었듯이, 나에게는 어울리지 않는 일이니까요."

아마 클러치는 정확히 그렇게 말하지는 않았지만 엄숙하게 고개를 끄덕였다.

"하지만 우리가 가는 길이 자연스럽게 서로 엇갈린다면, 적어도 당신에게 예의를 갖추어 아는 척은 하겠어요. 그 정도면 만족하리라 믿어요."

"절대 만족 못 합니다. 하지만 이건 시작일 뿐이지요." 보크가 미소를 지으며 말했다.

"그럼 잘 가요." 아마 클러치는 그들 모두를 대신해 인사를 던지고 소녀들을 몰아 갔다. "잘 가요, 마스터 보크, 또 나타나면 안 돼요!"

"엘피, 너 정말 심했어."

갈린다의 목소리가 그의 귀에 들려왔다. 엘파바가 몸을 돌려 뜻 모를 미소와 함께 손을 저어 인사를 보냈다.

3

여름은 그렇게 시작되었다. 보크는 시험을 통과했으므로, 브리스코홀에서 마지막 남은 한 해를 자유로이 계획할 수 있게 되었다. 보크는 날마다 스리 퀸스 도서관으로 가서 거대한 문서 보관소 사서인 코뿔소의 날카로운 눈길 아래 들춰 본 지 백년도 더된 낡은 필사본들의 먼지를 터는 일을 했다. 코뿔소가 방을 비우면 그의 양쪽에 앉은 두 남학생들과 시시한 이야기들을 주고받았다. 전형적인 퀸스 학생인 두 사람은 횡설수설 뜬소문을 주워섬기다가 심오한 참고 문헌들을 마구 인용하기도 하는 성가시면서도 성실한 부류들이었다. 그들이 기분 좋을 때는 함께 있는 게 즐거웠지만, 뚱해 있을 때면 영 마음에 들지 않았다. 그들은 크롭과 티벳이었다. 티벳과 크롭이라 해도 상관없다. 보크는 그들이 지나치게 짓궂게 굴거나 집적거릴 때는 당황한 척했다. 그런 일이 한 주에 한 번 꼴로 있었지만 언제 그랬냐는 듯이 본래대로 되돌아가곤 했다. 오후에는 함께 치즈샌드위치를 들고 수어사이드(Suicide) 운하로 나가서 백조를 구경했다. 여름 연습을 하느라 운하를 오르내리는 조정팀 학생들의 힘센 근육들을 보면 크롭과 티벳은 기절하는 시늉을 하며 얼굴을 잔디에 묻고 쓰러졌다. 보크는 그들을 보고 웃으면서 운명의 도움으로 갈린다를 우연하게라도 마주치게 되기만을 기다렸다.

기다림은 그리 길지 않았다. 채소밭에서 밀회가 있은 지 석 주가 지난 어느 바람 부는 여름 아침, 가벼운 지진이 스리 퀸스 도서관에 경미한 피해를 입히는 바람에 공사를 하느라고 건물이 문을 닫았다. 티벳과 크롭, 보크는 샌드위치와 차를 식당에서 들고 와서 그들이 제일 좋아하는 장소인 잔디가 돋은 운하의 둑에 털썩 주저앉았다. 15분쯤 지났을 때, 갈린다가 아마 클러치와 다른 두 여학생들과 함께 지나갔다.

"우리 구면인 것 같은데." 아마 클러치가 말했다.

갈린다는 조신하게 한 걸음 물러서 있었다. 이런 경우에는 옆에 있는 낯선 사람들끼리 서로 인사를 나누게 해 주는 것이 보호자의 할 일이었다. 아마 클러치는 큰소리로 마스터 보크, 크롭, 티벳과 갈린다, 센센, 파니를 서로에게 소개했다. 그런 다음 아마 클러치는 젊은이들이 서로 인사를 나누도록 몇 걸음 물러났다.

보크가 앞으로 뛰어나가 가볍게 목례하자 갈린다가 말했다.

"제가 약속한 바가 있으니 예의를 차려야겠네요. 어떻게 지내죠?"

"아주 잘 지냅니다. 고맙습니다." 보크가 대답했다.

"얘는 배처럼 잘 익었습죠." 티벳이 끼어들었다.

"이쪽에서 보면 진짜 탐스러울 정도지요."

몇 발짝 뒤에 앉은 크롭도 맞장구쳤으나 보크가 고개를 돌려 무서운 눈길로 째려보자 크롭과 티벳은 움찔하여 짐짓 부루퉁한 표정을 지었다.

"갈린다 양, 당신은 어때요?" 보크는 그녀의 차분한 표정을 살피며 물었다. "잘 지내나요? 여름에 시즈에서 당신을 만나다니 가슴이 두근거리는군요."

그러나 그 말은 하지 않는 편이 나았다. 잘사는 집안 여학생들은 여름방학 동안 집에 돌아가 있었다. 갈린다는 길리킨 사람이면서도 먼치킨랜드인이나 서민처럼 자기가 여기 남아 있다는 사실을 새삼 의식해야 했던 것이다! 부채가 올라갔다. 그리고 눈을 내리깔았다.

센센과 파니가 말없이 동정을 표하며 그녀의 어깨를 쓰다듬었다. 그러나 갈린다는 반격을 가했다.

"내 친구 파니와 센센이 초지 호반에 여름을 보낼 별장을 빌렸답니다. 네버데일 마을 부근에 있는 근사한 집이에요. 퍼사힐스까지 지루한 먼 길을 왔다 갔다 하느니 그곳에서 휴가를 보내기로 했지요."

"정말 재미있겠군요."

보크의 눈에 갈린다의 매니큐어를 바르고 다듬은 손톱, 나방 같은 색깔의 속눈썹, 윤기 흐르는 보드라운 뺨, 윗입술의 가운데 오목한 부분의 섬세한 피부가 들어왔다. 여름 아침 햇살 속에서 그녀의 모습은 위험스러우리만치 세부까지 환히 드러나 정신이 혼미할 지경이었다.

"정신 차려." 크롭이 말했다.

크롭과 티벳이 튀어나와 보크의 양팔을 잡았다. 보크는 그제야 숨쉬는 것도 잊고 있었음을 알아차렸다. 보크는 더 이상 할 말이 생각나지 않았다. 아마 클러치는 핸드백을 이 손에 들었다 저 손에 들었다 했다.

티벳이 거들어 주려고 나섰다.

"우리는 일자리를 구했답니다. 스리 퀸스 도서관이죠. 고문서를 청소하고 있어요. 문화의 청소부랄까요. 당신도 일하나요, 갈린다 양?"

"아뇨. 공부만 했더니 휴식이 좀 필요해요. 정말 힘겨운 한 해였어요. 책을 하도 읽었더니 아직도 눈이 피곤해요." 갈린다가 대답했다.

"다른 분들은 어떤가요?"

크롭이 지나칠 정도로 무람없이 질문을 던졌다. 그러나 여학생들은 키득거릴 뿐 새침을 떨면서 약간 뒤로 물러났다. 어디까지나 친구의 만남이지, 자기들 일은 아니었다. 보크는 평정을 되찾고 여학생들이 다시 발걸음을 옮기려 하고 있음을 알아챘다.

“엘피 양은요?” 보크는 그저 그들을 붙잡아 두기 위해 질문을 던졌다. “당신의 룸메이트는 잘 지내나요?”

“고집불통에 까다로운 애예요.” 갈린다는 남의 이목을 의식해 조신하게 소곤대던 말투를 버리고 처음으로 제 목소리를 찾아 매몰차게 말했다. “하지만 고맙게도 그 앤 일자리를 얻었답니다. 덕분에 나도 한숨 돌렸지요. 연구실과 도서관에서 딜라몬드 박사님의 일을 돕고 있어요. 당신도 그분을 아세요?”

“딜라몬드 박사님 말입니까? 제가 그분을 아느냐고요? 시즈에서 그분을 능가하는 생물학 교수는 없습니다.” 보크가 대꾸했다.

“그렇거나 말거나 염소잖아요.” 갈린다가 말했다.

“예, 그렇죠. 그분이 우리를 가르쳐 주시면 좋을 텐데. 우리 교수님들조차도 그분의 탁월함을 인정한답니다. 몇 년 전의 섭정 시대와 그 이전에는 해마다 브리스코홀로 초빙되어 강의를 해 주셨죠. 하지만 규제 때문에 그마저 길이 막혀 실제로는 한 번도 그분을 뵌 적이 없답니다. 작년 시 낭송회에서 아주 잠깐 뵈었을 때 얼마나 기뻤던지…….”

“그분은 너무 함부로 하고 싶은 말만 해요. 훌륭한 분일지는 몰라도, 자기 말이 한없이 길어지는 줄도 모른다니까요. 하여튼 엘피는 이 일 저 일에 치여서 정신이 없어요. 그 애도 말이 많아지고 있다니까요. 그런 성향도 전염되나 봐요!”

“흠, 실험실은 그런 곳이죠.” 크롭이 말했다.

티벳도 끼어들었다.

"맞아요. 말이 난 김에 덧붙이자면, 보크가 입에 거품을 물고 말한 대로 정말 아름다운 분이군요. 우리는 사랑을 이루지 못하고 육체적으로도 좌절을 겪은 데서 비롯된 과도한 상상력 탓이라고만 여겼는데……."

보크가 티벳의 말을 가로막았다.

"당신 친구 엘피 양과 제 옛 친구들 틈에서는 우정이고 뭐고 전혀 가망이 없겠군요. 차라리 결투를 해서 서로를 죽이면 어떨까요? 열 걸음을 걸어가 돌아서서 쏘는 겁니다. 그러면 귀찮은 일이 줄어들겠지요."

그러나 갈린다는 그의 농담에 맞장구칠 생각이 없었다. 그녀는 경멸하듯 고개를 까닥이더니 친구들과 함께 운하를 따라 뻗은 자갈길로 가 버렸다.

"얘, 귀엽기는 하다. 장난감 같잖아." 센센이 속삭이는 소리가 들려왔다.

말소리가 희미해지자, 보크는 크롭과 티벳에게 한마디 해 주려고 돌아섰다. 그러나 그들은 보크를 마구 간질이다가 셋이 다 같이 한 무더기가 되어 먹다 남은 점심 위로 쓰러졌다. 친구들이 바뀔 가망은 전혀 없었으므로, 보크는 그들의 잘못을 고쳐 주려던 충동을 포기했다. 어차피 갈린다 양이 자기를 상대도 안 하는 판에 친구들이 철없이 장난 좀 친다고 해서 뭐가 달라지겠는가?

한두 주가 지나서 보크는 일을 쉬는 어느 오후에 철도역 광장에

나갔다. 그는 가판대 앞에서 꾸물거렸다. 담배, 가짜 사랑의 부적, 음란한 벌거벗은 여자 그림들, 불타는 듯 빛나는 석양 그림 위에 선동적인 구호를 넣은 족자들이 있었다. "럴라인은 모두의 가슴속에 살아 있다." "마법사의 법을 잘 지키면, 마법사의 법이 우리를 안전하게 지켜 주리라." "이름 없는 신에게 정의가 오즈에 널리 퍼지도록 비노라." 보크는 구호들이 저마다 이교도, 권위주의자, 구식 유일교도들의 것임을 알아보았다.

그러나 왕당파를 지지하는 내용은 하나도 없었다. 그들은 마법사가 처음 오즈마 섭정에게서 권력을 빼앗은 이후 16년 동안 지하로 들어가 있었다. 오즈마 왕가는 원래 길리킨 출신이었으니, 마법사에게 활발한 저항이 일어나는 본거지가 될 법도 하지 않은가? 그러나 길리킨은 실제로는 마법사 밑에서 번영을 누렸으므로 왕당파들은 침묵했다. 게다가 변절자들과 기회주의자들에게 법정이 가혹한 조치를 취했다는 소문을 모르는 이가 없었다.

보크는 에메랄드 시에서 발행된 신문을 한 부 사서(몇 주 묵기는 했어도, 그로서는 꽤 오랜만에 보는 신문이었다.) 카페에 자리를 잡고 앉았다. 그는 에메랄드 시 경비대가 궁정 안뜰에서 소란을 피운 반체제 동물 인사들을 진압했다는 기사를 읽었다. 그리고 지방 소식란을 뒤져 먼치킨랜드에 대한 단신 기사를 찾아냈다. 가뭄에 가까운 상태가 계속되고 있다는 소식이었다. 가끔씩 천둥을 동반한 소나기가 땅을 적셔 주기도 하지만, 금세 물이 말라 버리거나 진흙 속으로 스미고 만다고 했다. 빈쿠스 지방 땅 속에 지하 호수가 숨어 있어서, 오즈 전체에 필요한 물을 공급할 수 있을 것이라는 얘기가 있었다. 그러나 전 국토를 가로지르는 운하 체계라니 소가 들어도 웃을 일이었다. 얼마다 비용이 들지! 고관들과 에메랄드 시 사이에 어떻게 할 것인가를 놓고 심각한 불화가 있었다.

차라리 분리되어 나오는 편이 낫겠다는 불온한 생각을 하며 보크가 고개를 드는 순간, 엘파바가 유모나 아마도 없이 홀로 자기 앞에 서 있는 모습이 눈에 들어왔다.

"아주 신나는 표정이네, 보크. 연애보다 훨씬 더 재미있는 내용인가 봐."

"어떤 면에서는 이것도 하나의 사랑이지." 보크는 정신을 차리고 벌떡 일어섰다. "합석할래? 여기 앉아. 보호자가 없어서 꺼려지지만 않는다면."

엘파바는 자리에 앉았다. 안색이 좀 나빠진 것 같았다. 보크는 엘파바를 위해 탄산수를 한 잔 주문했다. 엘파바는 갈색 종이와 끈으로 싼 꾸러미를 옆구리에 끼고 있었다.

"여동생한테 줄 자질구레한 장신구 몇 가지야. 그 앤 꼭 갈린다 같아. 반지르르한 겉모습만 보고 좋아하지. 검은 바탕에 붉은 장미가 있고 검은색과 푸른색 테두리를 한 빈쿠스 숄은 바자회에서 찾아낸 거야. 이거랑 아마 클러치가 짜 준 줄무늬 스타킹 한 벌을 보내 주려고."

"여동생이 있는 줄은 몰랐어. 그 애도 우리랑 같은 놀이방에 있었나?"

"그 앤 나보다 세 살 어려. 머잖아 크레이지홀에 올 거야."

"여동생도 너처럼 까다롭니?"

"그 애는 좀 다른 식으로 까다로워. 그 앤 불구야. 그것도 꽤 심하지. 네사로즈라고 해. 그래서 손이 많이 가는 애야. 마담 모리블도 그 애가 어느 정도인지 잘 몰라. 하지만 그때는 내가 3학년이 되어 있을 테니 학장에게 맞설 만한 배짱이 생기겠지. 정말 나를 화나게 하는 게 있다면, 네사로즈의 삶을 힘들게 만드는 사람들이야. 그 애는 그러지 않아도 이미 충분히 사는 게 버거워."

"어머니가 동생을 돌보고 계시니?"

"우리 어머니는 돌아가셨어. 명목상으로는 아버지가 책임을 맡고 계시지."

"명목상이라고?"

"아버지는 종교밖에 모르셔."

엘파바는 이렇게 말하고 손바닥을 돌리는 시늉을 해 보였다. 하고 싶으면 얼마든지 맷돌을 돌려도 좋지만, 갈 곡식을 넣지도 않았는데 밀가루가 나올 맷돌은 세상에 없다는 뜻이었다.

"다들 퍽 고생이 많았겠구나. 어머니는 어떻게 돌아가셨니?"

"아이를 낳다가 돌아가셨어. 이제 개인사에 관한 얘기는 그만하자."

"딜라몬드 박사님 얘기 좀 해 줘. 그분 밑에서 일하고 있다면서?"

"얼음 여왕 갈린다의 마음을 얻으려는 너의 그 웃기는 고군분투나 얘기해 봐."

보크는 정말로 딜라몬드 박사 얘기를 듣고 싶었지만, 엘파바의 말에 정신이 다른 데로 돌아갔다.

"난 포기하지 않을 거야, 엘피. 절대로! 그녀를 보기만 하면 온통 열망에 사로잡혀. 마치 내 혈관을 타고 불꽃이 퍼지는 것 같아. 말을 할 수가 없어. 내가 생각한 것들이 다 환영 같아. 꿈을 꾸는 것 같아. 꿈속에서 둥둥 떠다니는 기분 있잖아."

"난 꿈을 안 꿔."

"말 좀 해 줘. 조금이라도 희망이 있을까? 갈린다 양은 뭐래? 나에 대한 감정이 바뀔지도 모른다고 꿈에라도 생각할까?"

엘파바는 탁자에 양 팔꿈치를 짚고 얼굴 앞에 양손을 깍지 끼고 두 개의 집게손가락을 잿빛 도는 얇은 입술에 갖다 댔다.

"있잖아, 보크, 요즘 나부터도 갈린다가 좋아지고 있어. 갈린다는 자기 모습에 눈을 반짝이며 폭 빠져 있지만, 그 뒤에는 일하고 싶은 마음이 숨어서 싸우고 있어. 갈린다도 정말로 생각이라는 걸 하더라고. 그녀가 정말로 머리를 쓴다면, 잘만 하면…… 과연 그럴지 좀 의심이 들기는 해도 너에 대해 다정한 생각을 품을지도 모르지. 의심스럽기는 하지만. 모르겠어. 하지만 고 예쁜 머리를 마는 데 하루에 꼬박 두 시간을 쏟아 붓는 여자 애들이 그렇듯 말이야, 갈린다가 자기 자신에게 푹 빠져 있을 때면, 내면의 벽장 같은 데로 들어가서 문을 꼭 닫아 버린 것만 같다니까. 아니면 자기한테 너무 버거운 일을 피해 신경질적으로 도망쳐 버리거나. 난 어느 쪽이든 다 그 애를 좋아하지만 좀 이상하기는 하더라. 나도 그런 식으로 스스로를 방기할 수도 있겠지만, 그랬다가는 어느 출구로 빠져나가야 할지 모르게 되잖아."

"갈린다에 대해 심하게 말하는구나. 그리고 넌 너무 과격해. 갈린다가 이 자리에 앉아 있었다면 네가 그렇게 거리낌 없이 말하는 것을 듣고 입을 다물지 못했을 거야." 보크가 딱딱하게 말했다.

"난 내가 생각하는 식으로 친구답게 처신했을 뿐이야. 하긴 실제로 해볼 기회는 많지 않았지."

"흠, 네가 갈린다 양을 친구로 생각하고 있다면서 그녀가 없는 데서 이런 식으로 헐뜯는다면, 나에 대한 너의 우정이라는 것도 좀 의심스럽구나."

보크는 좀 화가 나기는 했지만, 갈린다와 지금까지 나누었던 판에 박힌 대화보다는 지금의 대화가 더 생기 넘치는 것 같았다. 보크는 엘파바를 비난해서 화나게 만들고 싶지는 않았으므로, 아버지가 잘 썼던 근엄한 목소리로 이렇게 무마했다.

"탄산수 한 잔 더 주문해 줄게. 딜라몬드 박사님 얘기 좀 해 줘."

"차는 됐어. 아직 이 차도 다 안 마셨고, 네 주머니 사정이라고 나보다 나을 것 같지는 않은데. 하지만 딜라몬드 박사님 얘기를 해 줄게. 내 견해에 네가 모욕을 느끼지만 않는다면."

"부탁해. 내가 좀 실수를 했나 봐. 자, 좋은 날씨잖아. 우린 교정을 벗어나 있고. 그런데 어떻게 혼자 외출한 거야? 마담 모리블한테 허락받고 나온 거니?"

엘파바는 씨익 웃으며 말했다.

"한번 맞춰 봐. 네가 채소밭과 옆의 마구간 지붕을 통해 크레이지홀을 드나들 수 있다는 것을 알고서, 나도 할 수 있겠다 싶었지. 난 절대 실수 안 해."

"믿을 수가 없군. 네가 그런 짓궂은 행동을 할 줄은 몰랐어. 이제 딜라몬드 박사님 얘기를 해 줘. 그분은 나의 우상이야."

엘파바는 한숨을 쉬고 마침내 꾸러미를 탁자 위에 내려놓더니 긴 얘기를 풀 자세를 취했다. 그녀는 자연의 본질에 관한 딜라몬드 박사의 연구에 대해 들려주었다. 박사는 과학적인 방법으로 동물과 동물 조직, 동물과 인간 조직에 정말로 차이가 있는지 연구하고 있었다. 그녀가 그간 다리품을 팔아 그 문제에 관해 알게 된 문헌은 모두 유일교도들의 용어로 표현되어 있었고, 유일교 이전에는 이교도의 언어로 표현되어 있었다. 과학적 조사를 뒷받침해 주기에는 역부족이었다.

"시즈 대학이 원래는 유일교도 수도원이었다는 점을 기억해. 그래서 교육받은 엘리트층에는 뭐든 괜찮다는 식의 태도가 퍼져 있어도, 아직도 그 밑바닥에는 유일교적 경향이 흐르고 있다고."

그러자 보크가 말했다.

"하지만 나도 유일교도인데 그런 갈등은 몰라. 이름 없는 신은 인간뿐 아니라 여러 다양한 범위의 존재를 다 유연하게 포용하잖아. 초기 유일교도들의 기록에 섞여 있고, 오늘날까지도 여전히 위력을 떨치고 있는 동물에 대한 미묘한 편견을 말하는 거니?"

"그게 바로 딜라몬드 박사님이 생각하시는 거야. 또한 박사님 본인도 유일교도이시지. 그 역설을 누가 나에게 납득시켜 주기만 하면 나도 기쁘게 개종하겠다. 난 그 염소에 대해 진심으로 감탄을 금할 수 없어. 하지만 정말로 흥미로운 것은 정치적인 견해야. 만일 생물학적 구조를 약간 떼어 내서 동물과 인간의 보이지 않는 곳 깊숙이까지 다 뒤져도 아무 차이가 없다는 것을 입증하면, 그러니까 동물이 동물의 육체를 취한 인간일 뿐이라면 그 다음은 말 안 해도 알겠지."

"아니. 모르겠는데."

"딜라몬드 박사님이 인간과 동물 사이에 어떤 본질적인 차이도 없다고 과학적으로 증명해 낸다면, 동물 이동 금지령이 어떻게 버티겠어?"

"아, 지나치게 낙관적인 미래에 대한 청사진이군." 보크가 말했다.

"생각해 보라니까. 생각해 봐, 보크. 마법사가 무슨 근거로 계속 해서 이 금지령을 강요할 수 있겠느냐고?"

"하지만 그만두라고 마법사를 설득할 방법도 없잖아? 마법사는 의회를 무기한 해산했는걸. 엘피, 마법사가 유쾌한 논쟁을 환영할 것 같아? 아무리 딜라몬드 박사처럼 존경받는 동물일지라도 소용 없을걸."

"하지만 받아들여야 해. 그는 권력자이고, 학계의 변화를 고려하는 것도 그가 해야 할 일이야. 딜라몬드 박사는 증거를 손에 넣으면 마법사에게 서한을 보내고 변화를 위한 로비를 시작할 거야. 두말할 것도 없이 온 나라의 동물들에게도 자신의 의도를 알리기 위해 최선을 다하겠지. 박사님은 바보가 아니니까."

"박사님이 바보라고 말한 적 없어. 하지만 네 생각에는 박사님이 확실한 증거에 얼마나 다가가신 것 같니?"

"난 잔심부름이나 하는 학생일 뿐이야. 박사님의 의중을 이해하지도 못해. 비서에 대필자일 뿐이라고. 너도 알다시피 박사님은 자기 힘으로 글을 쓰실 수가 없잖아. 발굽으로 펜을 다룰 수 없으니까. 내가 박사님 말씀을 받아 적고 정리해서 크레이지홀 도서관으로 달려가 자료를 찾지."

그러자 보크가 말했다.

"그런 자료를 찾으려면 브리스코홀 도서관이 나을 텐데. 내가 올 여름에 일하는 스리 퀸스만 해도 동물과 식물의 생활을 관찰한 수도사들의 기록 문서가 어마어마하게 쌓여 있어."

"내가 전통적인 방식으로 추천받지 않았다는 건 사실이야. 하지만 내 생각에는 여학생이라는 이유로 브리스코홀 도서관 출입을 거부당한 것 같아. 딜라몬드 박사님도 적어도 지금은 동물이라서 역시 안 되고. 그러니 그 귀중한 보고가 우리에게는 그림의 떡이지."

"네가 뭐가 필요한지 정확히 알기만 하면…… 난 양쪽 도서관을 다 출입할 수 있거든." 보크가 아무렇지 않게 말했다.

"딜라몬드 박사님이 동물과 인간의 차이점을 찾아내는 연구를 마치면, 남녀 간의 차이에 대해서도 똑같은 논증을 적용해 보시라고 제안해야겠어."

엘파바는 이렇게 말하고는 보크가 한 말을 다시 곱씹고 나서 그의 손을 거의 잡을 듯이 자기 손을 뻗었다.

"오, 보크. 보크. 딜라몬드 박사님을 대신해서 너의 너그러운 제안을 받아들일게. 이번 주 안으로 너에게 첫 번째 자료 목록을 줄게. 내 이름은 적지 않을게. 마녀 같은 모리블이 나한테 분노를 퍼붓는 것이야 두렵지 않지만, 내 동생 네사로즈한테 화풀이를 할까 봐 그래."

엘파바는 남은 차를 단숨에 들이마시고 꾸러미를 챙겨 보크가 미처 몸을 일으키기도 전에 벌떡 일어섰다. 신문이나 소설책을 읽으며 아침 간식을 즐기던 다양한 손님들은 보기 흉한 소녀가 문을 밀치고 나가자 고개를 들어 쳐다보았다. 보크는 자기가 무슨 일에 뛰어들었는지 되새겨 볼 틈도 없이 다시 자리에 앉으면서 비로소 오늘 아침 그곳에서 아침을 먹는 이들 중에 동물은 하나도 없다는 사실을 천천히, 그러나 확실히 깨달았다. 눈 씻고 찾아봐도 동물은 단 한 명도 없었다.

4

보크는 앞으로도 영원히(오래 살 테니까.) 그해 여름을, 오래된 필사본들이 그의 눈앞에서 춤출 때마다 풍겨 오던 낡은 책 특유의 곰팡이 냄새로 기억할 것이다. 보크는 곰팡내 나는 서가를 뒤지고 양피지 사본이 줄지어 꽂힌 마호가니 서가 주위를 배회했다. 여름 내내 모래를 귀찮게 계속 뿌리듯이 가느다란 빗줄기가 청석 문설주와 가로대 사이의 마름모꼴 창문을 끈질기게 안개처럼 덮고 또 덮었다. 그 비는 먼치킨랜드까지는 아무리 해도 닿지 않았다. 하지만 보크는 그 생각을 머릿속에서 몰아내려 애썼다.

크롭과 티벳도 딜라몬드 박사를 위한 자료 조사 작업을 억지로 거들었다. 처음에는 가짜 코안경이니 분가루 뿌린 가발, 높은 깃이 달린 외투 등 변장할 의상을 훔쳐 오겠다는 그들을 말려야 했다. 모두 없는 것이 없는 스리 퀸스 학생 극단 창고에서 찾아낼 수 있을 것이었다. 그러나 그들은 그 임무의 중요성을 알게 되자 신바람을 내며 덤벼들었다. 그들은 한 주에 한 번씩 철도역 광장의 카페에서 보크와 엘파바를 만났다. 엘파바는 보슬비가 뿌리던 여름 내내 모자 달린 갈색 망토와 베일로 얼굴을 온통 감싸고 눈만 내놓고 나타났다. 그녀는 끝이 나달나달한 긴 회색 장갑을 끼고 있었다. 동네 장의사한테서 영결식 때 썼던 중고품을 싼값에 샀다고 자랑했다. 그녀는 젓가락같이 가느다란 다리를 면 스타킹으로 두 겹이나 꽁꽁 둘러쌌다. 엘파바가 이런 꼴로 나타난 것을 처음 보았을 때 보크는 이렇게 말했다.

"크롭과 티벳이 여장하고 탐정 노릇을 하겠다는 걸 겨우 뜯어말렸더니 이젠 네가 진짜배기 쿰브릭 마녀같이 하고 나오는구나."

"너희들이 마음에 들어하건 말건 알 바 아니야."

엘파바는 망토를 벗어서 젖은 겉면이 몸에 닿지 않도록 뒤집어 개켜 놓으며 말했다. 다른 카페 단골손님이 우산에서 물방울을 털며 들어오기라도 하면, 엘파바는 물 한 방울이라도 튈까 봐 움찔하며 몸을 피했다.

"엘피, 네가 그렇게 물을 피하려고 애쓰는 건 종교적 신념 때문이니?" 보크가 물었다.

"전에도 말했잖아. 내가 점점 신념이라 할 만한 것에 물들어 가고 있다 해도 종교는 이해할 수 없어. 어떤 경우건 진짜 종교적 확신을 지닌 사람은 종교적 확신범이야. 그러니 구금해야 마땅하다고."

그러자 크롭이 말했다.

"그래서 물이라면 다 진저리를 치는구나. 너는 몰랐겠지만, 그건 세례할 때 물을 뿌리는 것과 비슷하고, 그러면 자유로운 불가지론자로서 네 자유를 잃을 테니까."

"넌 네 생각에만 푹 빠져 있어서 내 정신적 병증까지는 눈치 채지 못할 줄 알았는데. 자, 오늘은 무엇을 갖고 왔니?" 엘파바가 대꾸했다.

보크는 매번 이런 생각을 했다. 갈린다가 이 자리에 있다면 어땠을까? 여러 주를 보내면서 그들 사이에 자라나는 편안한 우정은 정말로 삶의 활력소가 되었다. 편안하면서도 재치 넘치는 관계로서 더 바랄 것이 없을 정도였다. 그들은 관습을 버리고 존칭을 생략했다. 서로 상대의 말을 가로막기도 하고 신나게 웃음을 터뜨리기도 하고 비밀스러운 임무를 수행하고 있다는 생각에 대담하고 중요한 인물이 된 듯한 기분을 느끼기도 했다. 크롭과 티벳은 동물이고 금지렁이고 강 건너 불구경 정도로 여겼다. 둘 다 에메랄드 시 출신으로, 각기 징세 관리와 궁정 보안 고문의 아들이었다. 그러나 그 일에 대한 엘파바의 열정에 그들도 감염되었다. 보크 역시 점점 더 깊이 끌려 들어갔다. 보크는 갈린다도 그들과 함께 의자를 끌고 와 앉아서 상류사회 숙녀답게 얌전 빼는 태도를 버리고 비밀스러운 목적을 공유하며 열정으로 눈을 빛내는 모습을 상상했다.

어느 화창한 오후, 엘파바가 말했다.

"나도 열정이라면 온갖 종류의 것을 알고 있다고 생각해. 유일교 목사인 아버지 밑에서 자랐으니 더 말할 것도 없지. 너희들은 신학이 다른 모든 사상과 믿음의 근본이라고 생각하겠지. 하지만 얘들아! 이번 주에 딜라몬드 박사님이 과학상의 돌파구를 만들어 내셨어. 그게 무엇인지 나는 확실히 알 수 없지만 한 쌍의 조작 렌즈를 통해 발견하셨어. 박사님은 투명 유리 위에 조직을 놓고 양초 불빛을 뒤에서 비추어 관찰하셔. 그렇게 관찰하다가 구술을 시작하셨는데, 너무 흥분해서 노래하듯 자신이 발견한 결과를 읊으셨어. 당신이 본 것으로 아리아를 만들어 부르신 거야! 유기 생명체의 구조, 색, 기본 형태에 관한 서창으로 시작하셨어. 박사님 목소리는 사포를 문대는 듯 듣기 끔찍해. 염소 우는 소리를 떠올리면 될 거야. 하지만 얼마나 떨리는 목소리로 멋지게 부르시던지! 주석은 트레몰로로〔재빨리 떨리는 음으로〕, 해석은 비브라토로〔상하로 떨어서 울리도록〕, 함의는 소스테누토로〔소리를 충분히 끌면서〕 부르다가 드디어 발견했다는 승리의 기쁨을 길게 울리셨어. 틀림없이 누군가는 들었을 거야. 나도 박사님과 함께 노래 불렀어. 음악 작곡을 하는 학생처럼 박사님의 노트 내용을 읽는 것으로 화답했지."

박사는 자신의 발견에 용기백배하여 점점 더 연구를 한곳으로 좁혀 갔다. 박사는 정치적으로 발표하기에 가장 적당한 방법을 찾아낼 때까지는 어떤 획기적 발견도 공개할 생각이 없었다. 여름이 지나가면서 연구는 럴라인 신도들과 초기 유일교도들의 논문에서 동물과 동물이 어떻게 창조되었고 서로 달라졌는지를 찾는 쪽으로 옮아갔다. 엘파바가 이에 대해 설명했다.

"유일교 수도사들이나 이교 사제와 무녀들의 예지로 과학 이론을 발견하자는 게 아니야. 하지만 딜라몬드 박사님은 선조들이 이 문제를 어떻게 생각했는가를 증명하고 싶어 하셔. 이 옛 문헌들의 신비가 밝혀진다면, 마법사가 부당한 법을 강요할 권리는 더욱 거센 도전에 직면하겠지."

흥미로운 작업이었다.

"우리도 다들 어떤 형태로든 「오지아드」보다 앞서 나온 기원 신화들을 좀 알고 있잖아." 티벳이 금빛 고수머리를 과장스럽게 뒤로 홱 넘기며 말했다.

"가장 일관성 있는 신화는 우리의 친애하는 요정 여왕 럴라인 님의 여행에 관한 것이지. 럴라인은 공중을 날아가다가 지쳤어. 잠시 멈추어 지구의 건조한 사구 밑 깊숙이 숨어 있던 물을 모래사막에서 불러냈지. 물은 명령대로 했는데, 어찌나 엄청난 양이 뿜어져 나왔는지 눈 깜박할 새 오즈 땅덩어리가 절절 끓듯 뜨거운 상태로 솟아올랐어. 럴라인은 물을 마시고 혼수상태에 빠져 런시블 산 정상에서 긴 잠에 들었지. 이윽고 깨어나서 엄청난 양의 오줌을 누었는데, 이것이 길리킨 강이 되어 광대한 대길리킨 숲을 따라 흘러가 빈쿠스의 동쪽 가장자리를 돌아 흐르다가 레스트워터에서 멈추었지.

동물들은 다 육생 동물이었고 럴라인과 시종들보다 아래 계급이었어. 나를 그런 눈으로 보지 말라고. 그 말이 무슨 뜻인지 정도는 나도 알아. 사전에서 찾아봤단 말이야. 땅 위나 그 주변에서 산다는 뜻이지. 동물들은 식물이 무성하게 자라나면서 떨어져 나온 흙덩어리로 만들어졌지. 럴라인이 마음껏 오줌을 누자, 동물들은 거세게 흐르는 오줌 줄기를 자기들의 갓 탄생한 세계를 잠기게 하려고 닥친 홍수라 생각하고 절망에 빠졌어. 동물들은 공포에 질려 격류 속으로 몸을 던져 럴라인의 오줌을 헤엄쳐 건너가려 했지. 겁을 먹고 발길을 돌린 동물들은 동물로 남아 짐을 지고, 도살당해 고기를 제공하고, 재미로 사냥당하고, 재산으로 계산되고, 순수한 존재로 칭송받기도 하는 짐승이 되었지. 오줌을 건너 더 먼 기슭에 닿은 자들은 의식과 언어를 선물로 받았어."

"자신의 죽음을 상상할 수 있게 되었다니 선물치고는 근사하군." 크롭이 웅얼거렸다.

"그래서 **동물**이 탄생한 거지. 역사의 시초부터 관습적으로 짐승과 **동물**을 구분한 거야."

"오줌으로 세례 받은 셈이네. 그런 식으로 **동물**의 능력을 설명하는 동시에 그들을 교묘하게 깎아내리는 건가?" 엘파바가 말했다.

"그럼 빠져 죽은 동물들은 어떡하고? 그들이야말로 진짜 패배자들이로군." 보크가 질문했다.

"아니면 순교자이든가."

"그것도 아니면 지금은 지하에 살면서 요즘 먼치킨랜드에 물 공급을 막아 가물게 하고 있든가."

그들은 모두 웃음을 터뜨리고 차를 더 주문했다.

보크도 새로운 의견을 내놓았다.

"나는 좀 더 유일교도들의 관점으로 기운 후의 기록을 찾았어. 내 생각에는 이교 설화에서 가져온 이야기 같지만 대충 그런 흔적은 지웠더군. 세계가 창조된 후, 인류가 도래하기 이전에 일어난 홍수는 럴라인의 엄청난 오줌이 아니라 오즈를 방문한 유일한 신인 이름 없는 신이 흘린 눈물이 이룬 바다였어. 이름 없는 신은 전 시대를 걸쳐 그 땅을 휩쓸어 버릴 슬픔을 알아차리고 고통으로 울부짖었어. 오즈 전체가 소금물 속에 1.5킬로미터 깊이로 잠겼지. 동물들은 뿌리 뽑힌 나무나 통나무에 의지해 물에 떠 있었어. 이름 없는 신의 눈물을 실컷 들이켠 축들은 동족을 깊이 동정하게 되었지. 그래서 떠다니는 나무들로 뗏목을 만들기 시작했어. 그들은 동족을 구해 주었고, 자기들이 베푼 친절 덕에 지각을 지닌 새로운 종이 되었어. 그게 바로 **동물**이야."

"이건 또 내면으로부터의 세례 얘기군. 먹어서 세례를 받았달까, 맘에 들어." 티벳이 말했다.

그러자 크롭이 말했다.

"그럼 쾌락 신앙은 어때? 마녀나 마술사가 동물에게 주문을 걸어 동물로 바꾼 건가?"

"흠, 나도 그 부분을 죽 조사해 봤어. 쾌락 신앙 교부들은 럴라인이나 이름 없는 신이 할 수 있는 일이라면 마법으로도 할 수 있다고 하지. 그들은 동물과 **동물**의 본래 차이가 쿰브릭 마녀의 마법이 너무나 강하고 지속력이 강해서 절대 효력이 약해지지 않기 때문이라는 암시까지 하지. 이건 정말 위험스럽고 악의적인 선전이야. 쿰브릭 마녀 따위가 진짜 있는지도 아무도 모르잖아. 하물며 옛날에 있었는지 어떻게 알아. 내 생각으로는 분리되어 나와서 독자적으로 발전해 온 럴라인 교의 일부 같아. 씨도 안 먹힐 헛소리지. 마법이 그 정도로 강하다는 증거는 전혀 없으니……."

"신이 그렇게 강하다는 증거도 없잖아." 티벳이 말참견을 했다.

엘파바가 말했다.

"마법에 반대하는 것만큼이나 신을 반대하는 데에도 효과적인 논거로구나. 하지만 그건 아무래도 좋아. 요는 쿰브릭 주문이 그렇게 몇 백 년이나 갈 정도로 효과가 강력하다면, 뒤집을 수도 있지 않겠느냐는 거지. 아니면 뒤집을 수 있다고 생각하거나. 어느 쪽이든 나쁘기는 마찬가지지, 뭐. 마술사들이 주문과 부적으로 실험하느라 바쁠 동안 동물들은 자기들의 권리를 하나씩 빼앗길 거야. 일관된 정치적 움직임이라는 것을 알아채기 힘들 만큼 느린 속도로 진행되겠지. 위험한 각본이야. 딜라몬드 박사님이 알아내지 못한 것이……."

그때 엘파바가 두건 달린 망토를 머리 위로 홱 끌어올려 얼굴을 옷 속에 숨겼다.

"뭐야?"

보크가 물었으나 그녀는 손가락을 입술에 대고 조용히 하라는 표시를 했다. 크롭과 티벳은 마치 신호라도 떨어진 것처럼 사막에서 해적들에게 납치되어 족쇄를 차고 억지로 춤을 추게 되는 것이 꿈이라느니 하는 실없는 농담을 시작했다. 보크의 눈에 이상한 낌새는 전혀 띄지 않았다. 경마 신문을 읽는 사무원 두 명, 레모네이드를 마시며 소설을 읽고 있는 우아한 귀부인들 몇 명, 파운드화로 커피콩을 사고 있는 시계태엽 인간 정도였다. 그 시계 장치는 버터

칼 끝을 따라 각설탕 몇 개를 이리저리 배열하면서 어떤 수학 정리를 발견해 낸 노교수를 우스꽝스럽게 흉내 냈다.

잠시 후 엘파바는 긴장을 풀었다.

“저 시계태엽은 크레이지홀에서 일하거든. 이름이 그로메틱이던가 그랬어. 보통은 상사병 걸린 강아지처럼 마담 모리블을 그림자처럼 따라다니지. 나를 보지는 못한 것 같아.”

그러나 엘파바는 너무 불안해져서 대화를 계속할 수 없었다. 다음 약속을 확인한 다음, 일행은 안개 낀 거리로 흩어졌다.

5

브리스코홀이 새 학기를 시작하기 두 주 전, 애버릭이 고향인 텐메도의 영지에서 올라왔다. 그는 여름을 한가롭게 보낸 덕에 구릿빛으로 그을린 피부로 돌아와 뭔가 재미있는 일이 없나 몸이 달았다. 그는 스리 퀸스 학생들과 친구가 되었다고 보크를 놀려 댔다. 상황이 달랐더라면 보크는 크롭과 티벳과 새롭게 맺은 친구 관계를 버렸을 것이다. 그러나 이제 그들은 모두 딜라몬드 박사의 연구에 가담하고 있었으므로, 보크는 애버릭의 비웃음을 묵묵히 견뎠다.

엘파바는 어느 날 친구들과 초지 호반에 가 있는 갈린다로부터 편지 한 통을 받았다는 얘기를 전했다.

“믿을 수 있겠니? 갈린다가 글쎄 나더러 마차를 빌려서 주말에 놀러 오라지 뭐야. 그 상류층 숙녀들이랑 같이 있자니 너무 지겨워서 머리가 이상해졌나 봐.”

“하지만 갈린다 본인이 상류층 숙녀인데 지루해한다니 말이 돼?"

"그 동네 분위기가 어떤지 나한테 묻지 마. 하지만 갈린다는 본인 생각만큼 그다지 상류층 숙녀 스타일은 아닌 것 같아."

"그럼 엘피, 언제 갈 거야?"

"난 못 가. 지금 일이 얼마나 중요한데."

"편지 좀 보여줘 봐."

"지금 안 갖고 있어."

"나한테 갖고 와 봐."

"네가 봐서 뭐 하려고?"

"어쩌면 정말 네가 필요해서 그러는지도 모르잖아. 갈린다는 항상 너를 필요로 하는 것 같던데."

"갈린다가 나를?" 엘파바는 깔깔대고 웃음을 터뜨렸다. "하긴 참 넌 그 애한테 빠져서 제정신이 아니지. 나도 책임이 없다고는 할 수 없고. 다음 주에 편지를 보여 줄게. 하지만 단지 너한테 대리 만족을 주기 위해서 가지는 않아, 보크. 친구든 아니든 어림없어."

다음 주에 그녀는 편지를 보여 주었다.

사랑하는 엘파바,

집주인인 판 홀의 파니와 민코스 가의 센센이 쓰라고 해서 편지를 쓰고 있어. 우리는 초지 호수에서 멋진 여름을 보내고 있지. 공기는 부드럽고 달콤해. 모든 것이 더할 나위 없이 쾌적하단다. 개학하기 전에 네가 우리를 사나흘쯤 방문해 준다면 좋겠어. 여름 내내 일하느라 힘들게 보냈잖니. 조금쯤은 기분 전환도 해야지. 마차로 네버데일까지만 오면 돼. 그 다음에는 걷거나 2인승 마차를 빌려 다리까지 이삼 킬로미터만 오면 돼. 집은 장미와 담쟁이로 뒤덮여서 아주 멋있어. '커프리스인더파인스'가 집 이름이야.

누구라도 이곳을 좋아할걸! 정말로 네가 꼭 왔으면 좋겠어! 여기에 쓸 수 없는 이유 때문에 더더욱 네가 오기를 바라. 보호자 문제는 어찌하면 좋을지 나도 딱히 좋은 수가 없구나. 아마 클러치는 벌써 여기에 와 있고 아마 클립과 아마 빔프도 마찬가지야. 네가 알아서 해야지. 느긋하게 즐거운 대화 나누기를 고대할게.

너의 사랑하는 친구 업랜드의 아르두에나 가의 갈린다 양이 하이서머 33 "커프리스인더파인스"에서 한낮에

"하지만 넌 가야 해! 편지 쓴 걸 보라고!" 보크가 외쳤다.

"편지를 써 본 적이 없는 사람처럼 썼군." 엘파바가 말했다.

"'네가 꼭 왔으면 좋겠어!' 라고 썼잖아. 네가 필요한 거야, 엘피. 넌 가야 한다니까!"

"오, 그러셔? 그럼 네가 가지 그래?" 엘파바가 맞받았다.

"초대도 안 받았는데 어떻게 가."

"그럼 간단하군. 내가 편지를 써서 갈린다한테 너를 초대하라고 할게." 엘파바는 주머니 속에서 연필을 꺼내려고 손을 넣었다.

"나한테 생색내는 척하지 마, 엘파바 양. 진지한 문제란 말이야." 보크가 엄격하게 말했다.

"넌 사랑에 눈이 멀어 제정신이 아니구나. 그리고 네 말을 듣지 않는다고 보복 삼아 '엘파바 양'으로 다시 후퇴하다니 마음에 안 들어. 게다가 난 갈 수 없어. 보호자가 없잖아."

"내가 보호자가 되어 줄게."

"하! 마담 모리블이 잘도 허락하겠다!"

"흠…… 그럼 내 친구 애버릭은 어떨까? 그는 지방 군주의 아들이야. 그 정도 지위면 아무도 감히 뭐라 못 하지. 마담 모리블이라도 지방 군주의 아들 앞에서는 주눅 들걸."

"마담 모리블은 태풍 앞에서도 주눅 들지 않아. 그리고 넌 내 생각은 어떤지 관심도 없지? 난 그 애버릭이라는 녀석과 여행하기 싫단 말이야."

"엘피, 넌 나한테 빚이 있어. 난 여름 내내 크롭과 티벳까지 동원해서 너를 도와주었다고. 이제 네가 보답을 해야 해. 딜라몬드 박사한테 며칠만 휴가를 달라고 해봐. 난 애버릭한테 부탁할게. 그 녀석 안 그래도 뭐 재미있는 일 없나 안달이 났으니. 우리 셋이 초지 호수에 가는 거야. 애버릭과 나는 여관에 방을 빌리고 아주 잠깐만 있을게. 갈린다 양이 괜찮은지만 확인하면 갈게."

"갈린다가 아니라 네가 걱정이다."

보크는 자기가 이겼다는 것을 알았다.

마담 모리블은 애버릭의 보호 아래 엘파바를 보내 주지 않으려 했다.

"학생의 아버님이 가만있지 않으실 거예요. 하지만 난 학생이 생각하는 것만큼 무시무시한 마녀 모리블은 아니에요. 아, 학생이 나한테 붙인 별명은 다 알아요, 엘파바 양. 재치 있고 깜찍하기도 하지! 나도 학생이 괜찮은지 염려스럽기는 해요. 여름 내내 힘들게 일한 후이니, 뭐랄까, 음, 좀 안색이 더 파랗게 질려 안 좋아 보인다고 할까? 그러니까 절충안을 내놓지요. 내 그로메틱을 내줄게요. 학생이 마스터 애버릭과 마스터 보크를 설득해서 그로메틱을 함께 데려간다면, 여름 휴가를 즐기도록 허락하지요."

엘파바와 보크, 애버릭은 마차를 타고, 그로메틱은 짐 꼭대기에 올라탔다. 엘파바는 가끔씩 보크와 눈이 마주치면 인상을 구겼지만 애버릭한테는 눈길도 주지 않았다. 그녀는 처음 본 순간부터 애버릭이 마음에 안 들었다.

애버릭은 경마 신문을 다 읽고 나자 여행을 놓고 보크를 놀렸다.

"내가 여름방학이라고 학교를 비울 동안 넌 사랑의 고뇌로 헤매고 있었을 줄이야! 이렇게 얼굴이 핼쑥해졌는데 나는 또 오해를 했지. 기껏해야 폐결핵이겠거니 했으니. 내가 떠나기 전날 밤에 나랑 같이 외출을 했어야지! 의사 같으면 철학 클럽에 한번 다녀오라고 처방해 줬을걸."

보크는 여자 앞에서 이런 클럽 얘기가 나오자 쥐구멍에라도 들어가고 싶었다. 그러나 엘파바는 전혀 기분 상한 기색이 아니었다. 어쩌면 그게 뭔지도 모르는 것 같았다. 그는 애버릭을 다른 화제로 돌리려고 애썼다.

"넌 갈린다 양을 모르지만, 아주 매력적인 여성이라는 것을 알게 될 거야. 장담하지."

그리고 아마 갈린다 쪽에서도 애버릭을 매력적으로 생각할 거라는 생각이 떠올랐다. 하지만 갈린다가 난처한 상황에서 빠져나오도록 도울 수만 있다면 그 정도 대가는 기꺼이 치를 생각이었다.

애버릭은 경멸스러운 눈으로 엘파바를 훑어보았다. 그는 형식적인 투로 말했다.

"엘파바 양, 당신 이름은 혹시 집안에 요정의 피가 흐르고 있다는 암시인가요?"

"기발한 발상이로군. 만일 그렇다면 내 팔다리가 삶지 않은 파스타처럼 파삭파삭해서 살짝만 눌러도 바스러져야 옳겠죠. 한번 힘을 줘 볼래요?" 엘파바는 이렇게 맞받아 치고 봄의 라임베리처럼 새파란 팔뚝을 내밀었다.

"자, 해봐요. 그러면 단박에 의문이 풀릴 테니. 당신이 내 팔을 부러뜨리는 데 들인 힘을 다른 팔을 부러뜨리는 데 쓴 힘과 비교해 보면 내 핏줄 속에 인간의 피와 요정의 피가 어느 정도 비율로 섞여 있는지 알 수 있겠네."

"제가 당신 팔에 손을 댈 리 있겠어요." 애버릭은 동시에 여러 가지 의미를 담아 말했다.

"내 몸 속의 요정이 애석해하는군. 당신이 내 팔다리를 부러뜨려 준다면, 난 작은 조각으로 나뉘어 시즈로 도로 부쳐져서 이 지겨운 휴가를 억지로 가지 않아도 될 텐데. 그것도 이런 일행과 함께."

보크가 한숨을 쉬었다.

"오, 엘피, 시작부터 우리 이러지 말자고."

"난 아주 재미있는데." 애버릭이 쏘아보며 말했다.

"우정을 지키기 위해 이렇게 많은 대가를 치러야 할 줄은 몰랐는데. 이런 우정 따위는 없었던 때가 더 나았어." 엘파바가 보크에게 쏘아붙였다.

늦은 오후에야 그들은 네버데일에 도착했다. 그들은 여관에 짐을 풀고 호숫가를 따라 커프리스인더파인스로 걸음을 옮겼다.

늙수그레한 여인네 둘이 현관에서 햇볕을 받으며 강낭콩 껍질을 벗기고 있었다. 보크는 그중 갈린다의 보호자인 아마 클러치를 알아보았다. 다른 한 명은 센센이나 파니의 아마인 듯했다. 두 사람도 도로를 걸어오는 일행을 보았다. 아마 클러치가 몸을 앞으로 기울이는 바람에 강낭콩이 무릎에서 쏟아졌다. 그녀는 그들이 가까이 오자 이렇게 말했다.

"아이고, 엘피 양이네. 이게 웬일이야."

아마 클러치는 몸을 일으켜 엘파바를 꼭 끌어안았다. 엘파바는 석고상처럼 뻣뻣이 서 있었다.

"잠깐 숨 돌릴 틈 좀 줘요. 대관절 당신이 여기까지 웬일이에요, 엘파바 양? 살다살다 별일 다 보겠네." 아마 클러치가 말했다.

"갈린다의 초대를 받고 왔어요. 동행은 나랑 함께 가 주겠다고 우겨 댔고요. 그래서 어쩔 수 없이 받아들였어요."

"난 전혀 몰랐네. 엘파바 양, 무거운 가방은 이리 내요. 뭐 좀 갈아입을 깨끗한 옷가지를 찾아 줄게요. 긴 여행에 얼마나 지쳤겠어요. 거기 신사 분들은 당연히 마을에 머물겠지요. 하지만 지금 아가씨들은 호수 끝의 정자에 있답니다."

여행자들은 가파른 지점마다 돌계단이 중간중간 놓여 있는 길을 따라 올라갔다. 그로메틱은 계단을 오르는 데 시간이 더 많이 걸려서 뒤처졌다. 아무도 남아서 이 생각하는 물체인 딱딱한 껍데기의 시계태엽 장치를 도와주려 하지 않았다. 그들은 마지막으로 호랑가시나무 덤불을 돌아 정자에 닿았다.

껍질을 벗기지 않은 통나무로 지은 정자는 덩굴무늬로 도림질 세공을 했고, 벽이 없이 여섯 면이 탁 트여 산들바람이 솔솔 불어왔다. 푸른 초지 호수가 멀리까지 시원하게 펼쳐졌다. 소녀들은 계단과 고리버들 의자에 앉아 있었고, 아마 클럽은 바늘 세 개와 여러 가지 색실로 뭔가 뜨는 데에만 온 정신이 팔려 있었다.

"갈린다 양!" 보크는 자기 목소리를 제일 먼저 들려주고 싶은 마음에 큰 소리로 외쳤다.

소녀들이 고개를 들었다. 버팀살대와 허리받이가 없는 가벼운 여름 원피스 차림의 소녀들은 막 흩어지려는 새처럼 보였다.

"어머나, 세상에! 여긴 웬일이에요!" 갈린다가 턱이 빠지도록 입을 딱 벌렸다.

"난 옷도 제대로 안 입었는데!" 센센이 비명을 지르듯 외쳤다. 신발을 신지 않은 발과 맨살을 드러낸 발목 때문이었다.

파니는 입술을 슬쩍 깨물고 능글맞은 웃음을 애써 환영의 미소로 바꾸었다.

엘파바가 말했다.

"오래 머물지는 않을 거야. 하여간 애들아, 이쪽은 길리킨 텐메도스의 지방 군주 아드님인 마스터 애버릭이야. 그리고 이쪽은 먼치킨랜드 출신의 마스터 보크. 둘 다 브리스코홀 학생이야. 마스터 애버릭, 보크의 얼굴에 떠오른 애타는 표정만 보고도 알았겠지만, 이쪽이 아르두에나의 갈린다 양이에요. 여기는 센센 양과 파니 양, 다들 자기네 족보를 눈감고도 줄줄 욀 수 있는 명문가 따님들이시지."

"정말 뜻밖이지만 근사한 방문이군요." 센센이 말했다.

"우리한테는 절대 시간을 내 주는 법이 없는 엘파바가 이렇게 유쾌한 깜짝 방문으로 그 벌충을 해 주다니. 안녕하세요, 신사 분들."

갈린다가 더듬거렸다.

"하지만, 하지만 네가 왜 여기에 왔는데? 어떻게 된 거야?"

"내가 바보같이 네 초대장 얘기를 마스터 보크에게 해 버린 탓에 여기까지 오게 된 거지. 마스터 보크는 그걸 너를 방문해야 한다고 이름 없는 신이 우리에게 보낸 신호로 여기더군."

그러나 이 말에 파니는 더 이상 참지 못하고 정자 마룻바닥에 쓰러져 허리가 끊어지도록 웃어 댔다.

"왜 그래, 무슨 일이야?" 센센이 물었다.

"초대장이라니 무슨 소리야?" 갈린다가 물었다.

"너한테 보여 줄 필요는 없잖아." 엘파바가 말했다.

보크는 엘파바를 알게 된 이후 처음으로 그녀가 당황한 모습을 보았다.

"초대장을 내놓아야 할 이유가……."

"누군가 나를 망신 주려고 꾸민 짓 같아." 갈린다는 몸도 제대로 못 가누고 있는 파니를 쏘아보며 말했다. "장난삼아 나에게 창피를 주다니. 하나도 우습지 않아, 파니! 난 지금 너를 한 대 걷어차 주고 싶다고!"

바로 그때 그로메틱이 호랑가시나무 덤불숲 끄트머리를 돌아 모습을 나타냈다. 그 멍청한 구리 시계가 돌계단을 뒤뚱거리며 올라오는 모습을 보자 센센도 기둥에 기대어 파니와 함께 배꼽이 빠지게 웃어 댔다. 아마 클립조차도 일감을 밀어 놓고 혼자 웃었다.

"하지만 대체 어떻게 된 일이야?" 엘파바가 물었다.

"넌 나를 괴롭히려고 태어났니?" 갈린다가 울먹이며 룸메이트에게 말했다. "내가 언제 너한테 친구가 되어 달라고 부탁했냐고?"

"그러지 마요, 갈린다 양. 더 말하지 마요. 당신은 지금 흥분 상태예요." 보크가 말렸다.

"내가…… 편지를 썼어."

파니가 웃느라 정신을 못 차리면서 겨우 한마디씩 내뱉었다. 애버릭은 키득거리기 시작했고, 엘파바의 눈이 휘둥그레지면서 약간 초점을 잃었다.

"그럼 네가 나를 여기로 오라고 초대하는 편지를 쓴 적 없단 말이야?" 엘파바가 갈린다에게 물었다.

"오, 당연하지. 쓴 적 없어." 갈린다는 분노한 와중에도 어느 정도 평정을 되찾고 있었다.

보크는 타격이 쉬 사라지지 않으리라고 짐작했다.

"엘파바, 이 아이들은 순전히 재미 삼아 서로에게, 그리고 나한테 이런 생각 없는 잔인한 행동을 저질러. 너한테까지 그런 짓을 할 줄은 꿈에도 생각지 못했어. 게다가 이런 곳은 너에게 어울리지도 않아."

"하지만 난 초대를 받았어. 파니, 네가 갈린다 대신 그 편지를 썼니?"

"완전히 속아 넘어갔구나!" 파니가 깔깔댔다.

"이건 네 집이고, 거짓으로 쓴 것이라 해도 난 네 초대를 받아들였어." 엘파바는 가늘게 치켜뜬 파니의 시선을 똑바로 쳐다보며 냉정하고 건조한 목소리로 말했다. "난 올라가서 짐을 풀어야겠어."

엘파바는 성큼성큼 걸어갔다. 그로메틱만 뒤를 따랐다. 공기는 입 밖에 내지 못한 말들로 탁해졌다. 파니도 발작적인 웃음을 차츰 가라앉히고 숨을 쌔근대며 헐떡이다가 마침내 잠잠해져서 정자의 판석을 깐 바닥 위에 풀 죽은 듯 널브러졌다.

마침내 파니가 입을 열었다.

"다들 그렇게 경멸하는 눈으로 나를 노려볼 것까지는 없잖아. 그냥 장난이었다고."

엘파바는 하루 종일 자기 방에서 나오지 않았다. 갈린다가 저녁을 갖다 주었다. 그녀는 가끔씩 방에 잠깐 동안 머물기도 했다. 그래서 남학생들은 소녀들과 함께 호수에서 수영을 하고 뱃놀이를 하러 갔다. 보크는 센센과 파니에게 관심을 가져 보려고 애썼다. 그들은 제법 애교가 있었다. 하지만 둘 다 애버릭에게 홀딱 반한 눈치였다.

마침내 보크는 현관에서 마주친 갈린다에게 잠시만 시간을 내 달라고 애걸했다. 그녀는 어느 정도 예전의 숙녀다운 새침한 태도를 회복하고 동의했다. 그들은 그네에 약간 떨어져서 앉았다. 보크가 먼저 말했다.

"그런 계략이 있을 줄 꿰뚫어 보지 못한 건 내 잘못입니다. 엘피는 그 초대를 받아들이고 싶어 하지 않았어요. 내가 강요했죠."

"엘피라뇨? 대체 올여름에는 예의범절이 다 어디로 사라졌는지 모르겠네."

"우린 친구가 되었답니다."

"오, 그럴 줄 알았죠. 왜 그 애한테 초대를 받아들이라고 했나요? 내가 그런 편지를 쓸 리 없다는 것을 몰랐나요?"

"내가 어떻게 알았겠습니까? 당신은 엘피의 룸메이트잖아요."

"마담 보리블의 명령 때문에 그렇게 된 것이지 내 뜻이 아니었다고요! 그 점을 잊지 말아 주었으면 좋겠군요!"

"몰랐어요. 당신들이 친하게 지내는 것 같기에."

갈린다는 콧방귀를 뀌면서 입 꼬리를 추켜올렸으나, 딱히 그에게 보이는 반응은 아닌 듯했다.

보크가 말을 이었다.

"그렇게 지독한 망신을 당했다면 떠나지 그래요?"

"그럴지도 모르죠. 생각 중이에요. 엘파바는 떠난다면 패배를 인정하는 셈이라고 하더군요. 하지만 엘파바가 방에서 나와 당신네들, 그리고 나와 함께 여행을 시작한다면 견디기 어려울 만큼 가혹한 농담에 시달리게 될 거예요. 그 애들은 엘파바를 좋아하지 않거든요." 갈린다가 설명했다.

"당신도 그런 것 같군요." 보크는 욱하는 심정을 겨우 누르고 목소리를 낮추어 말했다.

"그것하고는 달라요. 나한테는 그럴 만한 권리도 있고 이유도 있어요." 그녀가 반박했다. "난 어쩔 수 없이 그 애를 참아 주어야 한단 말이에요! 다 내 아마가 멍청하게도 프로티카 역에서 녹슨 못을 밟는 통에 신입생 안내를 놓쳐서 이렇게 된 거라고요. 경솔한 아마 때문에 내 학교 생활이 온통 엉망진창이 되었다니까! 내가 마술사가 되면 이 앙갚음을 해 줄 테야!"

"엘파바 덕분에 우리가 가까워졌잖아요. 난 엘파바와 친해져서 당신과도 친해졌죠." 보크가 부드럽게 말했다.

갈린다는 포기한 듯했다. 그녀는 그네의 벨벳 쿠션에 머리를 기대며 말했다.

"보크, 나도 모르게 당신이 약간은 사랑스럽다고 생각하게 되었어요. 조금은 사랑스럽고 조금은 매력적이고 조금은 열 받게 만들고 조금은 중독성이 있고."

보크는 숨을 죽였다.

"하지만 당신은 작아요! 당신은 아무리 해도 먼치킨이야." 그녀가 결론을 맺듯이 말했다.

보크는 갈린다에게 키스했다. 키스했다. 키스했다. 조금씩 조금씩.

다음 날 엘파바, 갈린다, 보크, 그로메틱, 그리고 물론 아마 클러치도 함께, 시즈까지 여섯 시간의 여행길에 올랐다. 그들 사이에 오간 말은 채 열 마디도 되지 않았다. 애버릭은 뒤처져 파니와 센센과 노닥거리며 왔다. 시즈 외곽에 닿았을 즈음부터 성가신 비가 내리기 시작했다. 그들이 마침내 집에 돌아왔을 때 크레이지홀과 브리스코홀의 위엄 있는 모습은 안개에 가려 거의 보이지 않았다.

6

보크는 크롭과 티벳을 만났지만 자신의 로맨스를 들려줄 시간도 그럴 마음도 없었다. 코뿔소 사서는 그동안에는 그들이 여름 동안 일을 하는지 마는지 별 신경도 안 쓰다가, 갑자기 일을 거의 해 놓지 않았다는 사실을 알아차리고 류머티즘 환자 특유의 짜증을 부리며 감시의 눈길을 바짝 조였다. 학생들은 수다도 삼가고 양피지를 털고 닦고 가죽 표지를 기름으로 문지르고 청동 죔쇠를 광냈다. 이 지겨운 작업도 이제 끝날 날이 며칠 남지 않았다.

어느 날 오후 보크는 다루고 있던 사본에 우연히 눈길이 머물렀다. 평소 같으면 책 내용에는 신경 쓰지 않고 할 일만 했으나, 삽화의 밝은 빨간색이 그의 눈길을 잡아끌었다. 어림잡아 사오백 년은 묵은 듯한 쿰브릭 마녀의 그림이었다. 어떤 수도사가 마법에 대한 광신적인 열정에 들떠 붓을 들었던 모양이다. 마녀는 두 개의 바위투성이 땅을 이은 지협 위에 서 있었다. 그녀의 양쪽으로는 놀랄 만큼 힘차게 하얀 포말을 일으키며 파도가 부서지는 밝은 푸른색의 바다가 펼쳐져 있었다. 마녀는 손에 종류를 알 수 없는 짐승 한 마리를 안고 있었다. 그 짐승은 익사했거나 익사하기 일보 직전이 분명했다. 실제로 뼈가 그 정도로 휠 수 있는지는 알 수 없지만, 하여간 마녀는 물에 젖어 털이 삐죽삐죽해진 그 짐승의 등을 팔에 안아 사랑스럽다는 듯이 감싸고 있었다. 다른 손으로는 옷자락 속에서 유방을 꺼내어 그 짐승에게 빨도록 내밀었다. 마녀의 얼굴 표정은 읽기 어려웠다. 수도사가 손으로 뭉갰던가, 아니면 세월이 흐르고 먼지가 묻어 윤곽들이 부드럽게 흐려진 것 같았다. 마녀는 불쌍한 아이를 돌보는 어머니 같았다. 마녀의 표정은 안으로 착 가라앉은 것 같기도 하고 어딘가 슬퍼 보이기도 했다. 그러나 발은 표정과 영 어울리지 않았다. 발에는 은빛 구두가 가느다란 끈으로 착 붙게 신겨져 있었다. 은화처럼 반짝거리는 구두의 빛이 처음에 보크의 눈길을 사로잡았던 것이다. 게다가 그 발은 정강이까지 90도로 구부러져 있었다. 발은 옆에서 보면 거울에 비친 상처럼 보였고, 뒤꿈치를 딱 붙인 채 발가락은 발레할 때의 자세처럼 반대 방향을 향하고 있었다. 드레스는 흐릿한 푸른색이었다. 그는 그림의 색으로 보아 수백 년간 그 책을 들추어 본 사람이 없을 것이라고 짐작했다.

극적으로든 목적론적으로든, 이 그림은 동물의 창조 신화를 뒤섞어 변형한 것 같았다. 럴라인 전설에서 나온 것인지 이름 없는 신한테서 유래한 것인지, 그들이 떠오르고 있는지 가라앉고 있는지 몰라도 홍수가 뒤덮고 있었다. 쿰브릭 마녀는 짐승들에게 정해진 운명을 막고 있는 것일까 아니면 완성하고 있는 것일까? 서체가 너무 고어체고 알아보기 힘들어서 보크는 해독할 수 없었지만, 이 문서는 쿰브릭 마녀가 동물들에게 주문을 걸어 말하고 기억하고 회오할 수 있는 능력을 주었다는 우화를 뒷받침하는 듯했다. 어쩌면 그 설화를 강렬하게 반박하는 것일지도 모른다. 어떻게 보든 그 그림에는 온갖 설화를 가리지 않고 맹렬히 탐식하는 신화 특유의 혼합주의가 드러나 있었다. 어쩌면 이 그림은 동물들이 쿰브릭 마녀의 젖꼭지를 빠는 일종의 세례 의식을 통해 힘을 얻었다는 수도사의 암시가 아닐까? 마녀의 젖을 통해 오늘날의 상태에 이르렀다는 것일까?

그는 이런 분석에는 재주가 없었다. 영양소니 보리에 퍼지는 해충을 놓고 씨름하기도 벅찼다. 그는 감히 상상도 할 수 없는 짓을 하기로 했다. 이 문서를 고대로 딜라몬드 박사에게 전해 주기로 한 것이다. 알아볼 가치가 있을 것 같았다.

그는 몰래 망토 주머니 속 깊이 문서를 숨기고 스리 퀸스 도서관을 나와 서둘러 엘파바를 만나러 달려가면서 생각했다. 아니면 마녀가 물에 빠진 동물에게 젖을 먹이려는 것이 아니라 죽이려는 것일까? 희생 제물로 바쳐 홍수를 막으려고?

예술은 그의 능력 밖이었다. 보크는 우연히 만난 아마 클러치에게 쪽지를 전해 달라고 부탁했다. 이 착한 여인은 평소보다 더 그를 동정하는 태도였다. 갈린다가 방에서 단둘이 있을 때 자기 칭찬을 했나?

시즈로 돌아온 이후 웃기는 초록색의 톡톡 튀는 콩같이 다가오는 엘파바의 모습을 보는 것은 처음이었다. 그녀는 부탁했던 대로 제시간에 소매가 닳은 손뜨개한 회색 드레스에 똘똘 말면 창같이 되는 큼지막하고 까만 남자 우산을 들고 나타났다. 엘파바는 우아한 맛이라곤 없이 쿵 소리를 내며 앉아서 문서를 검토했다. 그녀는 보크는 본 척 만 척하고 문서만 열심히 들여다보았다. 그러나 보크의 해석을 듣고 좀 설득력이 떨어진다는 의견을 말했다.

"이 인물이 요정 여왕 럴라인이라고 생각해선 안 될 이유가 뭐야?" 엘파바가 물었다.

"옷차림이 화려하지 않잖아. 머리카락이 금빛으로 빛나지도 않고, 우아함이나 투명한 날개, 지팡이 따위도 없어."

"이 은구두는 꽤 튀는데." 엘파바가 딱딱한 비스킷을 조금씩 씹어 먹었다.

"뭔가를 결정하는, 그러니까 기원에 관한 그림 같지는 않아. 먼저 행동을 취한다기보다는 반응하는 것처럼 보여. 이 인물은 전혀 당황한 기색이 없어. 그렇게 생각지 않아?"

"네가 크롭이랑 티벳하고 너무 오래 어울려 다녔구나. 정신 차려. 갈수록 흐리멍덩해지고 예술가 흉내를 내고 있어." 그녀는 문서를 주머니 속에 넣으며 말했다. "하지만 딜라몬드 박사님께 갖다 드릴게. 박사님은 계속해서 획기적인 발견을 해내고 계셔. 대칭 렌즈를 통한 이 연구는 입자 구조에 새로운 세계를 열었어. 나에게도 한 번 보여 주셨지만, 난 압력과 편향, 색과 파동 정도밖에는 알아보지 못하겠더라. 박사님은 아주 흥분 상태셔. 이제는 박사님한테 어떻게 제동을 걸지 문제야. 박사님은 완전히 새로운 지식의 분야를 확립하려는 참인 것 같아. 매일같이 발견하는 결과마다 새로운 질문들이 꼬리에 꼬리를 물고 쏟아져 나오고 있어. 임상학적 문제, 이론적 문제, 가설적 문제, 경험주의적 문제, 심지어 존재론적 문제까지 다 포괄하는 것 같아. 박사님은 연구실에서 밤을 꼬박 새우다시피 하셔. 밤에 커튼을 칠 때 보면 항상 불이 밝혀져 있거든."

"흠, 우리한테서 더 필요하신 것은 없을까? 이제 그 도서관에서 일할 날이 이틀밖에 안 남았거든. 이틀 후면 학기가 시작돼."

"나는 박사님이 정신을 집중하도록 할 수가 없어. 지금까지 발견한 것을 그러모으시는 게 고작인 것 같아."

"자, 자료 조사는 이쯤 해 두고 갈린다 얘기 좀 해 줄래? 갈린다는 어떻게 지내? 내 얘기를 묻지는 않아?" 보크가 조바심을 내며 물었다.

엘파바는 보크를 바라보았다.

"안 물어봐. 갈린다는 너에 대해 아무 말도 한 적 없어. 너에게 희망을 주면 안 되지만, 덧붙이자면 아예 나한테도 아무 말도 하지 않아. 잔뜩 부루퉁해 있어."

"갈린다를 언제 다시 만날 수 있을까?"

"그게 너한테는 그렇게도 중요하니? 보크, 정말로 갈린다가 너에게 그렇게 중요한 존재니?" 그녀는 희미하게 미소를 지었다.

"갈린다는 나의 세계야."

"그렇다면 네 세계는 퍽도 작구나."

"세계의 크기를 놓고 왈가왈부하지는 마. 나도 어쩔 수 없어. 멈출 수도 없고 거부할 수도 없어."

"너, 정말 바보 같다." 엘파바는 마지막 남은 미적지근한 차를 마시고 나서 이렇게 말했다. "올여름 일을 돌이켜 보면 진저리가 날 만도 한데. 갈린다가 사랑스러울지도 모르지, 보크. 아니, 사랑스러워. 나도 동의해. 하지만 네가 갈린다보다 열 배는 더 나아."

보크의 충격 받은 표정에 그녀가 화급히 손을 내저었다.

"나한테가 아니고! 나한테 그렇다는 말이 아니야! 제발 그런 표정 짓지 마! 오해야!"

그러나 보크는 엘파바의 말을 믿어야 좋을지 알 수 없었다. 엘파바는 서둘러 자기 물건을 주섬주섬 챙겨 들고 뛰쳐나갔다. 급히 나가느라 부딪힌 타구가 덜그럭거렸고, 큼지막한 우산으로 누군가의 신문을 북 찢어 놓았다. 그녀는 좌우를 살피지도 않고 철도역 광장을 가로질러 건너다가 늙은 암소가 탄 성가신 삼륜차에 하마터면 치일 뻔했다.

7

보크가 그 다음에 엘파바와 갈린다를 만났을 때에는 로맨스 따위는 끼어들 틈이 없었다. 그들은 크레이지홀의 문 옆에 있는 작은 삼각형의 공원에서 만났다. 보크는 애버릭에게 이끌려 우연히 그곳을 지나가던 참이었다. 문이 열리더니 아마 빔프가 하얗게 질린 얼굴로 콧물을 흘리며 뛰쳐나왔고, 한 무리의 소녀들이 그녀의 뒤를 따라 우르르 몰려나왔다. 그들 가운데 엘파바와 갈린다, 센센, 파니, 밀라도 있었다. 소녀들은 담 밖으로 나와 삼삼오오 무리지어 소곤대기도 하고, 충격에 빠져 나무 아래 서 있거나 부둥켜안고 울부짖으며 서로의 눈물을 닦아 주고 있었다.

보크와 애버릭은 서둘러 친구들에게로 가 보았다. 엘파바는 고양이의 야윈 어깻죽지처럼 어깨를 높이 추켜올리고 눈물 한 방울 흘리지 않은 말짱한 얼굴로 있었다. 그녀는 갈린다와 다른 소녀들과 약간 떨어진 곳에 서 있었다. 보크는 갈린다를 안아 주고 싶었지만, 그녀는 그를 한 번 흘끗 쳐다보더니 곧 밀라의 모피 두른 옷깃에 얼굴을 묻었다.

“왜 그래요? 무슨 일입니까? 센센 양, 파니 양?” 애버릭이 물었다.

“너무나 끔찍한 일이에요.”

그들의 외침에 갈린다도 고개를 끄덕였다. 밀라의 블라우스 어깨솔기를 따라 그녀의 콧물이 지저분하게 흘러내렸다.

“저기 경찰들이 와 있고, 의사도, 하지만…….”

“엘피, 무슨 일이야, 어떻게 된 거야?” 보크는 엘파바에게 고개를 돌렸다.

“그들이 알아냈어.” 엘파바가 말했다. 그녀의 눈은 오래된 시즈산 도자기처럼 번득였다. “그 개자식들이 알아내고 말았어.”

문이 다시 삐걱이며 열렸다. 초가을의 푸른색과 자주색 포도덩굴 꽃잎이 대학의 담 위에서 춤을 추었다. 꽃잎은 세 명의 망토 입은 경찰관과 검은 모자를 쓴 의사가 들것을 들고 나타나자 나비처럼 공중에 흩날리며 천천히 떨어져 내렸다. 환자의 몸 위에는 빨간 담요가 덮여 있었지만, 꽃잎을 날린 바람이 담요 한 귀퉁이를 들추어 삼각형으로 젖혔다. 소녀들이 일제히 비명을 올리자 아마 빔프가 뛰어나가 담요 끝자락을 여몄다. 그러나 모두가 햇빛에 드러난 딜라몬드 박사의 뒤틀린 어깨와 뒤로 꺾인 머리를 보고 말았다. 그의 목에는 아직도 검은색 핏자국이 밧줄처럼 말라붙어 더께가 져 있었다. 마치 도살장에 들어갔던 것처럼 목이 깨끗이 길게 잘려 있었다.

보크는 충격받은 나머지 구역질이 치밀어 올라 그 자리에 주저앉았다. 자기가 본 것이 죽음이 아니라 그저 끔찍하지만 치료할 수 있는 상처이기를 바랐다. 그러나 경찰과 의사들은 서둘지 않았다. 이제는 서둘 이유가 전혀 없었다. 보크는 벽에 기대었고, 그 염소를 한 번도 본 적이 없는 애버릭은 한 손으로 보크의 손을 움켜잡고 다른 손으로는 자기 얼굴을 가렸다.

갈린다와 엘파바가 곧 그의 곁에 무너지듯 주저앉았다. 한참을 흐느껴 울고 난 다음에야 간신히 말을 할 수 있었다. 마침내 갈린다가 이야기를 시작했다.

"우린 어젯밤에 잠자리에 들었어. 아마 클러치가 커튼을 치려고 일어났지. 평소 하던 대로 말이야. 그녀는 밖을 내다보더니 혼잣말처럼 중얼거렸어. '오, 불이 켜져 있네. 또 그 염소 박사님일 거야.' 그러더니 아래의 마당을 좀 더 자세히 들여다보다가 이렇게 말했어요. '저거 좀 이상하지 않아요?' 난 전혀 관심 갖지 않았어. 그저 앉아서 멍하니 바라보기만 했지. 엘파바가 물었어. '뭐가 이상해요, 아마 클러치?' 그러자 아마 클러치는 커튼을 꼭 닫고 좀 이상한 목소리로 말했어요. '오, 아무것도 아니에요, 아가씨들. 내려가서 아무 일도 없는지 한번 확인해 보고 올게요. 아가씨들은 잠자리에 들어요.' 그녀는 잘 자라고 인사하고 방을 나갔어. 그녀가 아래에 내려갔는지 어쨌는지는 모르겠지만, 우리는 둘 다 잠들었어. 그런데 아침이 되었는데도 아마가 차를 가져오지 않았어. 항상 차를 가져왔는데! 한 번도 빼먹은 적이 없었단 말이야!"

갈린다는 눈물을 쏟으며 주저앉았다가 다시 무릎을 꿇고 몸을 일으켜 흰색 어깨장식과 술이 달린 자기의 검정 비단 드레스를 쥐어뜯으려고 했다. 눈물 자국 하나 없는 엘파바가 건조한 목소리로 이야기를 이어 나갔다.

"우리는 아침 식사가 끝날 때까지 기다렸다가 마담 모리블의 방으로 갔어. 그녀에게 아마 클러치가 어디 갔는지 모르겠다고 말했지. 그러자 마담 모리블은 아마 클러치가 지난밤에 병이 재발하여 양호실에 있다고 말했어. 그녀는 우리를 양호실에 들여보내 주지 않았어. 하지만 딜라몬드 박사가 학기 첫 강의에 나타나지 않아서 우리는 양호실 주변을 돌아다니다가 안으로 살짝 들어갔지. 아마 클러치는 병실 침대에 있었어. 그녀의 얼굴은 팬케이크 더미 맨 밑에 깔린 빵처럼 엉망이었어. 뭔가 잘못된 거야. 우리가 말했지. '아마 클러치, 아마 클러치, 무슨 일이 있었어요?' 그녀는 눈을 뜨고 있었지만 아무 말도 하지 않았어. 우리 말이 귀에 들리지 않는 듯했어. 우리는 그녀가 잠들었거나 충격에 빠진 상태라고 생각했지. 하지만 호흡은 정상이었고, 얼굴이 이상하게 일그러지기는 했지만 안색도 좋았어. 우리가 방을 나서려는데 그녀가 몸을 돌려 침대 옆 협탁을 보았어. 은쟁반에 약병과 레몬수 잔 옆에 긴 녹슨 못이 한 개 있었지. 그런데 그녀가 떨리는 손을 뻗어 못을 집어 손바닥에 다정하게 올려놓고 못에게 말을 걸지 뭐야. '오, 작년에 네가 내 발을 일부러 찌르지 않았다는 거 나도 안단다. 그저 내 관심을 끌려고 그랬던 거지. 잘못된 행동을 한 것도 단지 그래서였던 거야. 조금만 더 사랑받고 싶어서. 이제 걱정하지 마. 네가 원하는 만큼 사랑해 줄 테니. 잠깐 눈 좀 붙이고 나서 네가 어떻게 프로티카의 철도역 승강장을 떠받치게 되었는지 얘기해 주렴. 네가 얘기하던 그 싸구려 호텔에서 '비수기에는 영업 정지'라는 간판을 붙드는 고리 노릇을 하며 보낸 초년에 비하면 훌쩍 큰 셈이니까.'"

그러나 보크는 이런 실없는 소리를 더 이상 듣고 있을 시간은 없었다. 교직원과 학생들이 죽은 염소에게 기도를 올리는 판국에 살아 있는 못 이야기 따위는 듣고 싶지 않았다. 동물의 영혼에 안식을 기원하는 기도 소리도 들을 수 없었다. 그들이 시체를 운반해 가는 모습도 차마 볼 수 없었다. 염소의 고요한 얼굴을 슬쩍 보기만 해도, 박사에게 생기 넘치는 성품을 부여했던 것이 무엇이었든 간에 이미 사라져 버렸음을 확실히 알 수 있었다.

그들만의 무리

1

시체를 한 번이라도 본 사람들은 누구나 마음속에 의심의 여지 없이 타살이라는 단어를 떠올렸다. 제대로 빨지 않은 페인트붓처럼 피떡이 지고 주름 잡힌 목 주변의 가죽이라든가, 누레져서 움푹 들어간 눈을 보면 뻔했다. 공식 발표는 박사가 확대 렌즈를 깨뜨렸다가 거기 걸려 넘어지는 바람에 동맥을 베었다는 내용이다. 그러나 아무도 믿지 않았다.

물어볼 만한 사람은 아마 클러치 한 명뿐이었으나, 사람들이 찾아가 보면 예쁜 낙엽 한 줌이나 끝물 퍼사 포도 접시를 보며 히죽히죽 웃기만 했다. 그녀는 포도를 뚫어져라 쳐다보고 낙엽과 수다를 떨었다. 아무도 듣도 보도 못한 병이었다.

갈린다는 순교한 염소에게 처음에 무례를 범했던 것을 뒤늦게나마 사죄하는 뜻에서, 그가 불렀던 대로 자기 이름을 글린다로 바꾸었다. 글린다는 아마 클러치 앞에서 충격으로 할 말을 잃은 듯했다.

글린다는 그 불쌍한 여인을 보러 가지도 않았고, 그녀의 상태를 입에 올리지도 않았다. 그래서 엘파바가 하루에 한두 번씩 살짝 찾아가곤 했다. 보크는 아마 클러치의 병이 일시적일 것이라고 생각했다. 그러나 석 주가 지나자 마담 모리블은 아직도 여전히 룸메이트인 엘파바와 글린다에게 보호자가 없어 어떡하느냐고 걱정을 늘어놓기 시작했다. 모리블은 둘에게 공동 기숙사에 들어갈 것을 제안했다. 글린다는 이제 더는 제 발로 마담 모리블을 찾아갈 생각이 없었으므로, 고개를 끄덕이고 이 강등 조치를 받아들였다. 글린다의 무너진 자존심을 다소나마 구해 줄 해결책을 들고 온 사람은 엘파바였다.

그리하여 열흘 후 보크는 '수탉과 호박' 노천 맥주집에서 에메랄드 시로부터 주중에 오는 마차를 기다리고 있게 되었다. 마담 모리블은 엘파바와 글린다가 그와 동행하도록 허락해 주지 않았다. 그래서 보크는 일곱 명의 승객들 중 누가 유모와 네사로즈인지 혼자 힘으로 찾아내야 했다. 엘파바는 여동생이 자신의 불구를 잘 감추고 다닌다고 미리 일러 주었다. 네사로즈는 계단이 흔들리지 않고 땅이 고르기만 하면 우아하게 마차에서 내릴 수도 있다고 했다.

보크는 그들을 만나 인사를 건넸다. 유모는 푹 삶은 자두처럼 불그스레하고 살이 축 처진 여인이었다. 입가의 주름과 눈가의 살집만 없다면 늙은 피부가 당장이라도 질질 흘러내릴 것만 같았다. 쿼들링의 황무지에서 20년 이상을 보낸 탓에 유모는 기력이 다 빠지고 모든 것에 관심을 잃었으며, 불만으로 똘똘 뭉친 모습이 되고 말았다. 유모 정도 연배라면 따듯한 난롯가 구석자리에 앉아 끄덕이며 졸고 있어야 마땅했다.

"땅꼬마 먼치킨랜드인을 만나니 반갑구먼. 옛 시절로 되돌아간 것 같네." 유모는 보크에게 웅얼웅얼 말했다. 그러더니 고개를 돌려 그늘 쪽을 향해 말했다. "귀염둥이, 이리 와요."

미리 경고를 들었기에 망정이지, 그러지 않았다면 보크는 네사로즈가 엘파바의 여동생이라고는 생각도 못 했을 것이다. 네사로즈는 초록색은커녕 혈액 순환이 나쁜 우아한 숙녀 특유의 청백색 기운조차도 없었다. 네사로즈는 뒤꿈치를 발가락과 동시에 쇠계단에 놓으면서 아주 조심스럽게, 우아하지만 기묘하게 마차에서 내려왔다. 네사로즈의 걸음걸이는 이상했지만, 발 쪽으로 시선을 끌어 적어도 처음에는 팔이 없는 몸통에서 남들의 눈길을 돌릴 수 있었다.

발을 땅 위에 놓고 균형을 잡으려고 필사적으로 애쓰면서 네사로즈는 보크의 앞에 섰다. 그녀는 과연 엘파바가 말한 그대로였다. 화려한 옷차림에 분홍빛 피부, 밀대 줄기처럼 날씬한 몸피에 팔이 없었다. 어깨에 학사 숄을 교묘하게 접어 둘러 충격을 누그러뜨렸다.

"안녕하세요." 네사로즈는 고개를 보일락 말락 가볍게 까닥이며 인사했다. "여행 가방은 맨 위에 있어요. 내려 주실 수 있겠어요?"

엘파바의 거친 목소리에 반해 네사로즈의 목소리는 부드럽고 기름칠한 듯 매끄러웠다. 유모는 네사로즈를 보크가 잡아 놓은 이륜마차 쪽으로 부드럽게 이끌었다. 네사로즈는 뒤에서 단단히 받쳐 주지 않으면 잘 움직이지 못했다.

"그래, 이제 이 유모가 아가씨들의 학교 생활을 챙겨 주게 되었다우." 유모는 마차를 타고 가면서 보크에게 말했다. "아가씨들 어머니는 이미 옛날에 돌아가셔서 늪지의 무덤 속에 누워 있고 아버지는 머리가 돌아 버렸으니 말이우. 그 집안은 항상 영민했지. 하지만 알다시피 영민함이란 한순간에 팍 쇠해 버리기도 하는 법 아니우. 광기야말로 가장 밝은 빛을 내지 않소. 트롭 영주님은 아직도 생존해 계신다우. 낡은 쟁기 날처럼 정신도 말짱하시지. 당신 딸과 손녀보다도 더 오래 사셨으니. 엘파바 아가씨는 트롭 영주님의 삼대손이지요. 엘파바 아가씨도 언젠가는 영주가 될 거예요. 당신도 먼치킨랜드인이면 그 정도야 다 알겠지만."

"유모, 쓸데없는 얘기는 하지 마요. 내가 마음이 안 좋아요." 네사로즈가 말했다.

"아유, 우리 예쁜 아가씨, 짜증 내지 마요. 여기 보크는 옛 친구나 다름없어요. 그 진저리나는 쿼들링 늪지에서 살다 보니 대화하는 법을 다 잊어먹었지 뭐유. 개구리 같은 족속들 중 남은 것들이랑 한목소리로 깩깩댈 줄만 알게 되었다오."

"부끄러워서 두통이 다 나려고 하네." 네사로즈가 애교 있게 말했다.

"하지만 난 엘피랑 어릴 때부터 아는 사이였답니다. 나는 웬드 하딩스의 러시마진스 출신입니다. 틀림없이 유모하고도 만난 적 있을 거예요." 보크가 말했다.

"난 원래는 콜웬 그라운즈에 살고 싶었다우. 트롭 영주님의 따님인 파트라 부인 옆에는 내가 없으면 안 되었거든. 하지만 러시마진스에도 자주 갔지요. 그러니까 당신이 바지도 안 입고 돌아다니던 코흘리개 시절에 당신을 만났을 거유."

"안녕하세요." 네사로즈가 말했다.

"나는 보크입니다."

"이쪽은 네사로즈예요." 유모가 마치 이 소녀에게는 자기 소개를 하는 것조차 힘에 부친다는 듯이 끼어들었다. "내년에 시즈에 올 예정이었지만, 길리킨 보호자가 미쳤다나 문제가 생겼다더군요. 그래서 유모가 불려온 거요. 하지만 유모가 이 예쁜이를 두고 올 수 있겠우? 이유야 말 안 해도 알 거고."

"슬프고도 수수께끼 같은 일이에요. 병이 낫기를 바라고 있답니다." 보크가 말했다.

보크는 크레이지홀에서 자매의 따듯하고 기분 좋은 재회를 지켜보았다. 마담 모리블은 그로메틱에게 트롭 가 자매와 유모, 보크, 글린다를 위해 차와 과자를 내오게 했다. 보크는 글린다가 말문을 닫아서 걱정하던 차였지만, 글린다가 네사로즈의 우아한 드레스에 평가하듯 날카로운 눈길을 던지는 모습에 적이 마음을 놓았다. 보크는 글린다의 의중을 짐작할 수 있었다. 어떻게 이 두 자매는 저마다 기형이면서 옷은 이렇게도 다르게 입을 수 있을까? 엘파바는 수수하다 못해 초라해 보이는 어두운색 원피스 차림이었다. 오늘은 검정에 가까운 진한 자주색을 입었다. 유모 옆에서 균형을 잡고 앉아 유모의 도움을 받아 차를 마시고 과자를 먹고 있는 네사로즈는 이끼색, 에메랄드색, 노르스름한 초록 장미색이 뒤섞인 녹색 비단옷을 입고 있었다. 초록색의 엘파바는 동생 옆에 앉아 동생이 차를 마시려고 고개를 기울일 때 양 어깨 옆으로 팔을 내밀어 패션 장신구처럼 보였다.

마담 모리블이 말했다.

"이런 조치는 극히 이례적이에요. 하지만 특별한 경우를 다 수용할 만큼 공간이 넉넉지 않답니다. 엘파바 양과 글린다 양, 이제는 글린다가 맞지요? 좀 어색하네. 두 친구를 이전대로 두기로 했어요. 그리고 네사로즈 양을 유모와 함께 아마 클러치가 쓰던 옆방에 묵게 하겠어요. 작기는 하지만 아늑할 거예요."

"하지만 아마 클러치가 회복되면요?" 글린다가 물었다.

"오, 젊은 사람들은 참 낙관적이라니까! 감동적이기도 하지." 마담 모리블은 싸늘한 목소리로 말을 이었다. "이 비정상적인 증상이 오래전부터 자꾸만 재발했다고 본인 입으로 벌써 말했잖아요. 이번에는 아무래도 회복 불가능한 상태로 악화된 것이 확실해요."

그녀는 예의 물고기 같은 자세로 풀무처럼 볼을 부풀렸다 오므렸다 하면서 비스킷을 먹었다.

"물론 우리 모두 희망을 가질 수는 있겠죠. 유감스럽게도 그 이상 할 수 있는 일은 없겠지만."

"기도를 할 수도 있겠지요." 네사로즈가 말했다.

"오, 맞아요. 교양 있는 사람들이라면 그런 정도야 굳이 말할 필요도 없지요. 네사로즈 양."

보크는 네사로즈와 엘파바가 둘 다 얼굴이 붉어지는 것을 보았다. 글린다는 양해를 구하고 자리를 떴다. 평소 같으면 보크는 그녀가 떠나는 모습을 보며 가슴이 찢어졌겠지만, 다음 주에 생명과학 시간에 그녀를 다시 볼 수 있으리라는 생각에 마음이 좀 가라앉았다. 동물 고용에 대한 새로운 금지 법안 때문에, 대학들은 모든 학생들을 모아 합동 강의를 하기로 결정했다. 보크는 글린다를 시즈에서 열리는 첫 번째 공동 강의 시간에 볼 것이다. 기다릴 수가 없을 지경이었다.

그러나 글린다는 변했다. 그녀는 분명히 변했다.

2

글린다는 변했다. 스스로도 그 사실을 알고 있었다. 그녀가 시즈에 왔을 때는 허영 덩어리에 머리 빈 여자애였지만, 이제는 자신이 독사의 소굴에 있다는 것을 알아차렸다. 어쩌면 그녀의 잘못일지도 모른다. 그녀는 아마 클러치에 대해 말도 안 되는 병을 꾸며 냈는데, 아마 클러치는 지금 바로 그 병으로 누워 있다. 마술사의 재능을 타고났다는 증거일까? 글린다는 올해 마술을 전공하기로 선택했다. 마담 모리블이 약속대로 룸메이트를 바꿔 주지 않은 것도 자신이 받아야 할 벌로 받아들였다. 글린다는 이제 될 대로 되라는 심정이었다. 딜라몬드 박사의 죽음에 비하면, 다른 문제들은 이제 사소해 보였다.

그러나 글린다는 마담 모리블을 신뢰하지 않았다. 글린다는 학장 말고는 누구에게도 그 허무맹랑한 거짓말을 얘기한 적이 없었다. 그래서 이제는 더 이상 마담 모리블이 자기 삶에 간섭하게 놔두고 싶지 않았다. 글린다는 아직도 자신이 본의 아니게 저지른 죄를 누구에게 고백할 용기가 없었다. 고 성가신 조그만 벼룩 같은 보크가 관심을 끌어 보려고 주변에서 맴도는 것도 짜증스러웠다. 자기에게 키스하도록 허락했던 일이 후회스러웠다. 그런 실수를 하다니! 이제 다 지난 일이었다. 까딱 잘못하면 사회적으로 매장당할지도 모른다는 생각에 몸이 떨렸다. 게다가 파니를 비롯한 단짝 친구들의 실체를 꿰뚫어 보았다. 천박하고 이기적인 속물들이었다. 글린다는 더는 그들과 어울릴 마음이 없었다.

그러니 이제는 엘파바가 더 이상 학장이 떠안긴 짐이 아니라 진정한 친구가 될 가능성이 있는 유일한 상대였다. 망가진 인형 같은 여동생을 돌봐야 하는 부담이 너무 큰 걸림돌이 되지만 않는다면. 글린다는 동생 이야기를 들려 달라고 엘파바의 옆구리를 찔렀다. 그래야 네사로즈의 도착을 맞아 교우 관계를 넓힐 준비를 해 둘 수 있을 것 같았다.

엘파바가 이야기를 시작했다.

"동생은 콜웬 그라운즈에서 내가 세 살쯤 되었을 때 태어났어. 우리 가족은 콜웬 그라운즈로 되돌아가 잠깐 머물렀지. 가뭄이 극에 달했던 시기였어. 나중에 어머니가 돌아가시고 나서 아버지가 우리에게 말씀하시기를, 네사로즈가 태어났던 바로 그때 인근에서 우물물이 일시적으로 다시 솟아났대. 사람들이 이교적인 춤을 추면서 인간을 희생 제물로 바쳤다는 거야."

글린다는 엘파바한테서 시선을 떼지 않았다. 엘파바는 내키지 않는 투로 퉁명스럽게 이야기를 했다.

"부모님한테는 쿼들링 출신의 유리 세공인 친구가 있었어. 군중들이 쾌락 신앙 교주들과 예언자 시계의 선동에 자극받아 그를 덮쳐서 살해했어. 그의 이름은 터틀 하트였지."

엘파바는 빳빳한 검정 중고 신발의 갑피를 손바닥으로 누르며 마룻바닥에 시선을 고정했다.

"아마도 그래서 우리 부모님이 쿼들링 사람들의 선교사가 되셨을 거야. 부모님이 콜웬 그라운즈나 먼치킨랜드에 다시는 돌아가지 않으셨던 것도 바로 그 때문일 테고."

"하지만 네 어머니는 아기를 낳다가 돌아가셨다면서? 그런데 어떻게 선교사가 되실 수 있었어?"

엘파바는 이야기하려니 당황스럽다는 듯이 자기 옷 주름을 쳐다보며 말했다.

"어머니는 그 후로 5년 동안은 살아 계셨어. 어머니는 남동생을 낳다가 돌아가신 거야. 아버지는 그에게 셸이라는 이름을 붙여 주셨지. 아마도 터틀 하트의 이름을 딴 것 같아. 그래서 셸과 네사로즈와 나는 유모와 아버지를 따라 쿼들링 마을을 여기저기 옮겨 다니며 집시 아이들처럼 살았지. 아버지는 설교를 하셨고, 유모는 우리를 교육시키고 길러 주고 예전과 똑같지는 않아도 그럭저럭 집안을 건사했지. 그럴 동안 마법사의 부하들이 땅에 묻힌 루비를 파내려고 황무지를 파기 시작했어. 당연히 아무런 성과도 없었지. 그들은 쿼들링 사람들을 쫓아내고 죽였어. 그들을 보호해 준답시고 정착지에 몰아넣고 굶겨 죽였지. 그들은 황무지를 빼앗아 루비를 파내고 떠나 버렸어. 아버지는 그 일로 정신이 이상해지셨어. 루비가 아무리 많다 해도 그런 짓을 하면 안 되는 거야. 아직 빈쿠스 전역을 가로질러 먼치킨랜드까지 그 전설의 물을 끌어오는 운하 체계도 없어. 몇 차례 조금씩 해갈이 되었어도 가뭄은 조금도 나아지지 않고 있어. 동물들은 조상들의 땅으로 소환당해 농부들에게 어찌 되었건 자기들도 뭔가를 지배한다는 기분을 주기 위한 도구로 이용당하고 있어. 글린다, 마법사가 하려는 짓은 모두 체계적으로 모든 주민을 소외시키는 거야."

"네 어린 시절 얘기를 해 달라니까." 글린다가 재촉했다.

"이게 그 얘기야. 그 일부야. 자기 개인사를 정치와 분리할 수는 없어. 우리가 무엇을 먹었는지 알고 싶니? 우리가 뭘 하고 놀았는지가 궁금해?"

"네사로즈가 어떤 아이인지 알고 싶어. 그리고 셸도."

"네사로즈는 제 구실을 못하지만 의지가 강해. 아주 영리하고, 자기가 경건하다고 생각해. 종교에 대해서는 아버지의 성향을 그대로 물려받았어. 그 애는 스스로를 돌보는 법을 결코 배우지 못해서 다른 사람들을 돌보는 데에도 서툴러. 할 줄을 몰라. 아버지는 나한테 어린 시절 내내 동생을 돌봐 주라고 하셨어. 유모가 죽으면 그 애가 어떻게 될지 나도 모르겠어. 또 내 차지가 되겠지."

"아, 그렇게 살아야 한다면 너무나 암담하구나." 글린다가 미처 생각할 틈도 없이 이 말이 그녀의 입에서 튀어나왔다.

그러나 엘파바는 우울하게 고개만 끄덕였다.

"내 말이 그 말이야."

"셸은……."

글린다는 얘기를 계속하려다가 또 아픈 곳을 건드리는 것은 아닌가 싶어서 움칠했다.

"남자 아이고 피부색이 희고 온전해. 지금은 열 살쯤 되었을걸. 집에 남아 아버지를 돌봐 드리고 있겠지. 여느 남자 애들이랑 다를 바 없는 애야. 좀 맹한 구석도 있지만, 우리가 누렸던 혜택을 그 애는 보지 못했지."

"그게 뭔데?"

"우리한테는 짧은 시간이나마 엄마가 있었어. 경박하고 술주정뱅이에 상상력이 풍부하고 변덕스럽고 자포자기에 빠져 지냈지만 용감하고 고집 세고 다정한 분이었지. 우리는 엄마를 가져 봤어. 엄마 이름은 멜레나였지. 셸은 유모 말고는 엄마라고 할 만한 사람이 없었어. 유모는 최선을 다했지만."

"그럼 네 어머니는 누구를 제일 예뻐하셨니?"

"그건 말할 수 없어. 나도 몰라. 아마 셸 아니었을까? 아들이니까. 하지만 어머니는 그 애를 보지도 못하고 돌아가셨지. 그 작은 위안마저도 얻지 못하셨어." 엘파바는 무심하게 말했다.

"너희 아버지가 제일 예뻐하신 애는 누구야?"

"아, 그건 쉽게 대답해 줄 수 있지." 엘파바는 팔짝 뛰어올라 선반에서 책을 찾아 여차하면 곧 뛰어나가 대화를 중단할 태세로 말했다. "네사로즈야. 그 애를 만나면 이유를 알게 될 거야. 누구라도 그 애를 예뻐하지 않고는 못 배길걸."

엘파바는 초록색 손가락을 흔들어 짤막한 인사를 던지고는 방에서 미끄러지듯 달려 나가 버렸다.

글린다는 엘파바의 여동생에게 그리 호감이 가지 않았다. 네사로즈는 너무 자기중심적이었다. 유모는 지나칠 정도로 세세한 부분까지 챙겼고, 엘파바는 그들의 생활 환경을 되도록 완벽하게 만들기 위해 쉴 새 없이 고칠 점을 제안했다. 네사로즈의 고운 피부에 햇볕이 닿지 않도록 커튼을 저쪽 말고 이쪽으로 걸어야 한다. 네사로즈가 책을 읽을 수 있도록 석유등을 높이 달 수 없을까? 쉬잇, 일과 시간 후에는 수다 떨면 안 된다, 네사로즈가 쉬고 있으니까. 그 애는 잠을 얕게 잔다.

글린다는 네사로즈의 섬뜩한 아름다움에 다소 기가 질렸다. 네사로즈는 옷을 잘 차려입었다.(사치스럽게는 아니지만.) 네사로즈는 툭하면 갑작스럽게 북받치는 신앙심에 고개를 숙이고 눈을 깜박이는 행동을 함으로써 사람들의 주의를 다른 곳으로 돌렸다. 네사로즈는 제삼자로서는 가늠할 수 없는 풍부한 내면의 영적 삶에 갑자기 떠오른 깨달음으로 한 줄기 눈물을 흘리곤 했다. 그 눈물을 닦아주는 일은 참으로 감동적이면서도 짜증나는 일이기도 했다. 거기다 대고 누가 무슨 말을 하겠는가?

글린다는 공부에 몰두하기 시작했다. 마술은 평판이 좋지 않은 새 교수 그레일링 선생이 가르쳤다. 그레일링은 마술에 열렬한 경의를 표했으나 그쪽 방면에 재능을 거의 타고나지 못했다는 사실이 곧 여실히 드러났다.

"가장 근본적으로, 주문이란 변화를 일으키기 위한 방법일 뿐입니다." 그레일링은 학생들에게 피리 같은 목소리로 떠들곤 했다. 그러나 그녀가 토스트로 바꾸겠다던 닭은 상추 잎에 담긴 다 쓴 커피 찌꺼기로 변해 있었다. 학생들은 모두 그레일링 선생님이 저녁식사에 초대하더라도 절대 받아들이지 말아야겠다고 마음속으로 다짐했다.

방 뒤쪽으로 마담 모리블이 수업을 구경하려고 안 보이는 척하고 살짝 들어왔다가 고개를 저으며 혀를 쯧쯧 찼다. 한두 번은 참지 못하고 몸소 수업에 참견하기도 했다.

"도대체 제대로 된 마술사가 없구먼. 그레일링 선생, 묶어 놓고 납득시키는 단계를 빠뜨리지 않았나요? 그냥 한번 물어보는 거예요. 내가 해보지요. 내가 마술사들을 직접 가르치는 걸 특히 좋아하는 거 알잖아요."

그레일링 교수는 어쩔 수 없이 하던 수업을 멈추고 수치심과 굴욕감에 지갑을 떨어뜨리고 줍는 척 몸을 숙이기도 했다. 소녀들은 킬킬대고 웃었다. 그다지 배울 게 있는 것 같지도 않았다.

아니, 그레일링 교수가 서툴러서 덕을 본 점도 있다. 학생들은 스스로 시도해 보기를 두려워하지 않게 되었다. 그녀는 학생들이 그날의 과제를 달성하면 기쁨을 감추지 않았다. 글린다가 고작 몇 초간이었지만 처음으로 보이지 않게 하는 주문으로 실패를 감출 수 있게 되자, 그레일링 교수는 손뼉을 치며 팔짝팔짝 뛰다가 구두 굽을 부러뜨렸다. 신나고 고무적인 반응이었다.

어느 날 엘파바는 글린다와 네사로즈(당연히 유모도 함께)와 수어사이드 운하 옆의 진주과일 나무 밑에 앉아 있다가 이렇게 말했다.

"난 전혀 이의 없지만 좀 의아하기는 해. 학교가 처음 설립되었을 때는 그렇게 엄격한 유일교 강령에서 시작했는데 어째서 마술 교육을 폐지하지 않지?"

글린다가 말을 받았다.

"마술에는 본래 종교적인 요소도, 비종교적인 요소도 없어. 쾌락신앙의 요소도 없고."

"마술, 변신술, 환영? 그건 다 오락일 뿐이야. 연극 같은 거지." 엘파바가 말했다.

"흠, 연극 비슷하게 보일 수도 있겠지. 그레일링 선생님의 손에서는 대개 형편없는 연극처럼 보이게 되지만." 글린다가 수긍하고 말을 이었다. "하지만 마술의 요체는 응용과는 관련이 없어. 마술은 실용적인 기술이야. 말하자면 읽기나 쓰기처럼 말이지. 할 수 있고 없고의 문제가 아니라 무엇을 읽고 쓰느냐가 문제야. 혹은, 말장난을 한다면 무엇에 주문을 거느냐의 문제이지."

네사로즈가 흔들림 없는 신념에 찬 부드러운 목소리로 말했다.

"아버지는 마술에 강력하게 반대하셨어요. 항상 마술은 악마의 손이 농간을 부리는 것이라고 하셨죠. 쾌락 신앙은 경건하게 섬겨야 할 진정한 대상으로부터 대중의 주의를 돌리기 위한 구실에 지나지 않는다고 하셨어요."

글린다는 전혀 기분 상해하는 기색 없이 대꾸했다.

"그건 유일교도들 얘기지. 사기꾼이나 길거리 마술사를 놓고 하는 말이라면 맞는 얘기야. 하지만 마법은 그럴 필요가 없어. 글리쿠스의 보통 마녀들은 어때? 그들은 먼치킨랜드에서 들여온 소에 마술을 걸어서 소들이 절벽 끝에 가지 않게 만들지. 절벽 끝마다 다 울타리를 둘러칠 수는 없는 노릇이잖아? 마술은 한 지역에서 그 공동체가 좀 더 잘살도록 돕는 기술이야. 종교를 대체하려고 할 필요는 없어."

"그럴 필요가 없을 수도 있죠. 하지만 마술이 종교를 대체하려는 경향이 있다면 그때는 우리도 마땅히 주의해야 하지 않아요?" 네사로즈가 말했다.

"오, 주의라, 난 물을 마실 때 주의해. 독이 섞여 있을 수도 있잖아. 하지만 그렇다고 물을 마시지 말아야 한다는 뜻은 아니지." 글린다가 말했다.

"흠, 난 그게 그리 큰 문제라고 생각지 않아. 내가 보기에 마술은 사소한 문제야. 대개의 경우 그 자체로 국한된 문제로 끝날 뿐, 밖에까지 영향을 미치지는 않아." 엘파바가 말했다.

글린다는 정신을 집중하여 엘파바가 먹다 남긴 샌드위치를 운하 위로 떠오르게 하려고 했다. 그러나 샌드위치의 마요네즈와 잘게 다진 당근이며 올리브가 펑 하고 작은 불꽃을 일으키며 터져 버리고 말았다. 네사로즈는 정신없이 웃다가 그만 균형을 잃고 넘어지는 바람에 유모가 다시 일으켜세워 주어야 했다. 엘파바는 얼굴을 덮은 음식 조각을 떼어 입에 넣었다. 다른 이들은 역겨워하면서도 깔깔대고 웃었다.

"효과 만점인데, 글린다. 마술은 존재론적인 면에서 전혀 흥미로운 구석이 없어. 나는 유일교를 믿지 않으니까. 신도 영혼도 믿지 않아."

엘파바의 말에 자극받은 네사로즈가 새침하게 말했다.

"언니는 남들한테 충격을 주고 분을 돋우려고 일부러 그런 말을 하는 거지? 글린다 언니, 우리 언니 말은 무시해요. 언니는 항상 저래. 아빠를 화나게 하려고 저런다니까."

"아버지는 여기 안 계시잖아." 엘파바가 동생에게 일깨워 주었다.

"아빠를 대신해서 분개하는 거야. 이름 없는 신으로부터 받은 코로 유일교에 콧방귀를 뀌다니 잘하는 짓이군. 정말 우습지 않아요, 글린다 언니? 유치해." 네사로즈는 분을 삭이지 못했다.

"아버지는 여기 안 계셔." 엘파바는 다시 한번 이렇게 말했지만, 이번에는 사과하다시피 하는 투였다. "그렇게 남들 앞에서 아버지의 강박증을 변호해 주려고 나설 것까지는 없다고."

"언니는 아버지의 강박증이라고 불렀지만 나에게는 신앙이야." 네사로즈는 차가운 목소리로 똑떨어지게 대꾸했다.

엘파바는 글린다에게 고개를 돌려 말을 건넸다.

"이 정도면 초보 마술사치고는 나쁘지 않은데. 내 점심을 아주 엉망진창으로 만들어 놨구나."

"고마워. 샌드위치를 뒤집어씌우려고 했던 것은 아니었어. 하지만 나 조금씩 나아지고 있지 않아? 사람들 앞에서도 할 수 있게 되었고.” 글린다가 대답했다.

네사로즈가 한마디 했다.

“충격적인 시범이었어. 아버지가 마술에 대해 개탄하실 법도 하지. 겉모습만 그럴듯할 뿐이에요.”

“내 생각도 그래. 이건 아직도 올리브 맛이 나는군.” 엘파바가 소매에서 찾아낸 검은 올리브 조각을 손가락 끝으로 집어 동생의 입가에 갖다대 주었다. “네시, 한번 맛볼래?”

그러나 네사로즈는 얼굴을 돌리고 말없이 기도에 몰두했다.

3

며칠 후 보크는 생명과학 수업 휴식 시간에 간신히 엘파바의 눈길을 붙잡는 데 성공했다. 그들은 복도에서 약간 들어간 곳에서 만났다.

“새로 온 니키딕 박사 어떻게 생각해?” 보크가 물었다.

“강의에 집중하기가 힘들어. 하지만 아직도 딜라몬드 박사님의 목소리를 듣고 싶고, 박사님이 이제 없다는 것을 믿을 수가 없어서 그래.”

엘파바의 얼굴에 어쩔 수 없는 현실을 받아들이는 우울한 기색이 떠올랐다.

“내가 궁금한 것이 바로 그거야. 넌 딜라몬드 박사님이 획기적인 발견을 하셨다고 말했잖아. 박사님의 연구실이 벌써 다 치워졌는지 알고 있니? 어쩌면 찾아볼 만한 것이 있을지도 몰라. 넌 박사님을 위해 필기를 했잖아? 그것으로 연구 계획안의 초안을 잡는다든가,

더 연구할 실마리로 이용해 볼 수는 없을까?"

엘파바는 돌처럼 결연하게 굳은 표정으로 그를 바라보았다.

"내가 너도 다 하는 생각을 못했을 것 같니? 당연히 박사님의 시체가 발견된 날 연구실을 뒤졌어. 누가 문을 자물쇠로 걸어 잠그고 결박 주문을 걸기 전에 말이야. 보크, 나를 바보로 알아?"

"아냐, 너를 바보로 보지 않아. 그러니까 네가 찾은 것을 말해 줘."

"박사님이 발견한 결과는 잘 숨겨 두었어. 내가 아는 지식에 커다란 구멍이 뚫려 있기는 하지만, 내 힘으로 그것을 연구하는 중이야."

"나한테 보여 주지 않겠다는 거야?" 보크는 몹시 놀랐다.

"넌 거기에 특별히 관심도 없었잖아. 게다가 아직 확실히 밝혀진 것도 없고. 딜라몬드 박사님도 미처 거기까지는 가지 못하신 것 같아."

그러자 보크는 자랑스럽게 대답했다.

"난 먼치킨랜드인이야. 엘피, 넌 마법사가 무슨 짓을 하고 있는지 나에게 어느 정도 가르쳐 주었잖아. 동물들을 도로 농장에 가두어서 불만에 찬 먼치킨랜드 농부들에게 마법사가 그들을 위해 뭔가 하고 있다는 인상을 주고, 써먹지도 못할 새 우물을 파도록 강제 노동을 시켰다고 했지. 그건 용서할 수 없는 죄악이야. 하지만 이런 조치가 웬드 하딩스와 나를 여기로 보낸 마을에 영향을 주고 있어. 네가 알고 있는 것을 나도 알 권리가 있다고. 어쩌면 우리가 함께 찾아낼 수도 있을 거야. 변화를 이루기 위해 뭔가 할 수 있을 거라고."

"넌 잃을 것이 너무 많아. 이 일은 나 혼자 감당할 거야."

"무엇을 감당하겠다는 거야?"

엘파바는 그저 고개만 가로저었다.

"아는 것이 적을수록 이로워. 너를 위해서 하는 말이야. 딜라몬드 박사님을 살해한 자가 누구인지는 몰라도 박사님의 발견이 공개되는 것을 원치 않는 자들이야. 너를 위험에 빠뜨린다면 내가 네 친구라 할 수 있겠니?"

"내가 포기하고 물러선다면 나도 네 친구라 할 수 없는 거 아냐?" 보크가 반박했다.

그러나 엘파바는 끝내 말하려 하지 않았다. 보크는 남은 수업 시간 내내 그녀 옆에 앉아서 쪽지를 보냈지만 그녀는 모조리 무시했다. 후에 보크는 바로 그 시간에 한 신참의 기이한 공격이 없었더라면 그들의 우정이 정말로 막다른 골목에 다다랐을지도 모른다고 생각했다.

니키딕 박사는 생명의 힘에 대한 강의를 하고 있었다. 그는 헝클어진 긴 턱수염을 두 갈래로 나누어 양 손목에 각각 감고, 기어들어가는 목소리로 웅얼거렸다. 문장마다 앞의 반절 정도만 방 뒤까지 들리는 정도였다. 끝까지 다 들을 수 있는 학생이 거의 없을 지경이었다. 니키딕 박사는 조끼 주머니에서 작은 병을 꺼내어 "생물학적 의도의 추출물" 비슷한 말을 맨 앞에 앉은 학생들한테만 겨우 들리도록 우물우물 말했다. 그들은 눈을 크게 떴다. 보크와 엘파바, 다른 모든 학생들의 귀에 그의 빠른 말투는 이런 식으로 들렸다.

"수프에 넣는 약간의 소스가 웅얼웅얼…… 창조가 다 결론이 나지 않은 웅얼웅얼웅얼웅얼인 것처럼, 모든 지각 있는 생물의 의무가 웅얼웅얼웅얼임에도 불구하고, 뒤에서 졸고 있는 학생들을 위해 약간의 시연이 웅얼웅얼웅얼웅얼…… 사소하고 진부한 기적이지만 한번 보도록 웅얼웅얼웅얼웅얼."

흥분의 전율이 흐르면서 모두 정신을 번쩍 차렸다. 박사는 연기가 가득한 병의 마개를 뽑아 흔들었다. 학생들은 분가루가 확 퍼지듯 조그만 먼지구름이 병목 위 허공으로 물기둥처럼 솟아오르는 모습을 보았다. 박사가 손을 두어 번 휘젓자, 연기가 회오리치며 올라가기 시작했다. 연기는 형태를 유지하면서 차츰 위로 퍼져 가기 시작했다. 학생들은 감탄의 소리를 내려다가 더 기다렸다. 니키딕 박사는 한 손가락을 들어 학생들에게 조용히 하라는 신호를 보냈다. 학생들은 그 이유를 알 수 있었다. 한꺼번에 숨을 들이쉬면 공기의 흐름이 바뀔 것이고, 그러면 떠 있는 먼지구름도 엉뚱한 쪽으로 흘러갈 수 있기 때문이다. 그러나 학생들은 자기들도 모르게 슬며시 웃음을 짓기 시작했다. 강단 위에는 흔히 볼 수 있는 수사슴의 뿔과 청동 나팔 사이에 오즈마 탑을 세운 선조들의 유화 초상화 네 점이 걸려 있었다. 그들은 고대 의상을 걸치고 심각한 표정으로 오늘 온 학생들을 내려다보고 있었다. 이 "생물학적 의도"를 창시자들 중 한 명에게 적용한다면, 그는 커다란 강당에 모인 남녀 학생들을 보고 무슨 말을 할까? 과연 무엇에 대해 말해야 할 것인가? 다들 기대에 차 숨을 죽이고 기다렸다.

그러나 교단 옆쪽의 문이 벌컥 열리면서 공기의 흐름이 흐트러져 버렸다. 한 학생이 어리벙벙한 얼굴로 들어왔다. 새로운 학생은 스웨이드 각반을 두르고 흰색 면 셔츠를 입은 기묘한 차림에, 얼굴과 손의 가무스름한 피부에는 푸른색 다이아몬드 무늬를 문신으로 새겨 넣었다. 아무도 본 적이 없는 학생이었다. 그와 비슷한 사람조차 보지 못했다. 보크는 엘파바의 손을 꽉 잡고 속삭였다.

"봐! 윙키야!"

이 기묘한 예복을 입은 빈쿠스 출신 학생은 수업에 지각하여 잘못된 문을 열고 어리둥절해하며 미안한 표정으로 서 있었다. 그러나 그의 뒤에서 문이 닫혀 바깥에서 잠겼다. 앞줄에는 빈자리가 하나도 없었다. 그래서 그는 서 있던 자리에서 문을 등에 기대고 앉았다. 틀림없이 그로서는 눈에 띄지 않기만 바랐을 것이다.

"이런 제기랄, 일이 중도에 어그러졌잖아. 이 바보 같은 놈, 수업에 지각하면 어떡하나?" 니키딕 박사가 외쳤다.

꽃다발 정도 크기의 반짝이는 먼지구름이 외풍을 타고 위쪽으로 방향을 바꾸어 뜻밖에 다시 한번 발언할 기회를 기다리고 있던 오래전에 죽은 유명 인사들의 줄을 피해 갔다. 구름은 수사슴뿔 걸이 중 하나를 덮었다. 잠시 동안 뒤틀린 뿔의 가지 자체가 허공에 매달려 있는 듯이 보였다. 니키딕 박사가 말했다.

"자, 이제 저분들한테서 지혜로운 말을 얻어듣기는 어렵게 됐습니다. 더는 이 귀중한 약을 교실에서 시범을 보이는 데 낭비하지 않겠어요. 아직도 연구가 다 끝나지 않아서 웅얼웅얼웅얼웅얼이라고 생각했습니다. 웅얼웅얼한다면 여러분이 스스로의 힘으로 찾아내십시오. 여러분이 웅얼웅얼에 편견을 갖는 것은 원치 않습니다."

갑자기 사슴뿔이 벽에서 경련을 일으키듯 몸을 뒤틀더니, 떡갈나무 장식 판자에서 몸을 비틀어 떼어 냈다. 뿔이 바닥에 구르며 덜거덕덜거덕 마룻바닥 위를 움직이자 학생들은 소리를 질러 대며 배를 잡고 웃었다. 니키딕 박사는 한동안 왜 이 난리인지 몰랐기 때문에 웃음소리가 더 높아졌다. 그가 돌아보자 사슴뿔이 잔뜩 인상을 쓰고 경기장에 올라갈 태세를 갖춘 싸움닭처럼 교단 위에서 잠시 멈추어 가늘게 떨면서 기다리고 있었다.

니키딕 박사는 자기 책을 그러모으며 말했다.

"아, 날 쳐다보지 마요. 나는 여러분한테 아무것도 요구하지 않았어요. 비난하려거든 저 학생을 탓해요."

박사는 몸을 잔뜩 웅크린 빈쿠스 학생을 가리켰다. 그 학생은 어리둥절한 채 눈을 휘둥그레 뜨고 있었다. 냉소적인 상급생들은 이게 다 미리 짜고 한 짓이 아닌가 의심하기 시작했다.

사슴뿔이 뿔 끝으로 버티고 서서 게처럼 재빠르게 연단을 가로질러 달려갔다. 학생들이 일제히 일어나 고함을 지르는 것과 동시에 사슴뿔은 빈쿠스 학생의 몸에 엉켜 붙어 잠긴 문에 끝을 박고 그를 꼼짝 못하게 만들었다. 가지 하나는 그의 목을 잡아 V자형의 가지로 그를 옴짝달싹 못하게 가두었고, 다른 가지들은 뒤로 잔뜩 젖히고 그의 얼굴을 찌를 태세를 취했다.

니키딕 박사가 빨리 움직이려 했으나 무릎의 관절염 때문에 바닥에 쓰러지고 말았다. 박사가 미처 몸을 일으키기 전에 앞줄에 있던 두 남학생이 교단 위로 뛰어 올라가 사슴뿔을 움켜잡고 바닥을 구르며 사슴뿔과 씨름했다. 빈쿠스 학생은 자기 나라 말로 뭐라고 외쳤다. 보크가 엘파바의 어깨를 흔들며 말했다.

"크롭과 티벳이잖아! 저 봐!"

마술 전공 학생들은 일제히 의자 위로 뛰어 올라가 이 사람 잡을 사슴뿔에게 주문을 걸어 보려고 난리였다. 크롭과 티벳은 사슴뿔을 잡았다 놓쳤다 하던 끝에 마침내 날뛰는 뿔 끝을 부러뜨리는 데 성공했다. 조각들은 여전히 움찔거렸으나 마침내 더 이상 힘을 쓰지 못하고 교단 바닥에 널브러졌다.

"저런, 안됐네." 보크는 빈쿠스 학생이 어깨를 축 늘어뜨리고 푸큰색 다이아몬드 무늬가 박힌 손으로 연신 눈물을 훔치는 모습을 보며 말했다. "빈쿠스 출신 학생은 처음 봐. 시즈에 온 환영 인사치고는 지독하군."

빈쿠스 학생이 공격당한 얘기는 무수한 소문과 추측을 낳았다. 다음 날 마술 시간에 글린다는 그레일링 교수에게 설명해 달라고 부탁했다.

"니키딕 박사님의 생물학적 의도의 추출액인지 뭔지가 생명과학의 이름으로 어떻게 그런 대단한 주문처럼 작용할 수 있나요? 과학과 마술이 어떻게 다른가요?"

그레일링 교수는 이 틈을 타서 머리를 다듬었다.

"아, 과학은 자연을 해부하여 보편 법칙에 따라 움직이는 부분으로 축소하지요. 마술은 반대 방향으로 나아갑니다. 마술은 조각조각 나누는 것이 아니라 찢어진 부분을 잇지요. 분석보다는 통합입니다. 기존의 것을 파헤치기보다는 새로이 조립하지요. 정말로 재능 있는 사람의 손에서는(이 대목에서 그레일링 교수는 머리핀에 찔려 비명을 질렀다.)…… 예술입니다. 사실 누구나 마술을 우월한, 아니 가장 훌륭한 예술이라 할 거예요. 마술은 회화나 연극, 암송 같은 여러 예술과 다른 면에서 우월합니다. 마술은 세계를 꾸미거나 표현하지 않아요. 세계가 되는 거예요. 더없이 고귀한 소명이라 할 수 있죠."

그레일링 교수는 자기 얘기에 도취되어 눈물까지 비쳤다.

"세계를 바꾸는 것보다 더 고귀한 소망이 있을까요? 유토피아적 청사진을 그리는 것이 아니라 정말로 변화를 명하는 것 말입니다.

잘못 만들어진 것을 바로잡고, 오류를 고쳐 다시 만들고, 이 불완전한 우주의 결함을 정당화할 수 있는 것이 마법 말고 또 있겠어요? 만물을 되살리는 마법을 통해서가 아니라면 어떻게 그런 일이 가능하겠어요?"

차 마시는 시간에 글린다는 아직도 경외감과 흥분을 떨치지 못한 채 그레일링 교수의 짤막하지만 감동적인 연설을 트롭 자매에게 전해 주었다. 네사로즈가 대꾸했다.

"글린다 언니, 오로지 이름 없는 신만이 창조할 수 있어요. 그레일링 교수가 마술과 창조를 혼동한다면, 언니의 도덕 규범을 심각한 위험에 빠뜨리는 거예요."

글린다는 자기가 꾸며 냈던 정신병으로 병석에 있는 아마 클러치를 생각하며 이렇게 대답했다.

"애당초 내 도덕규범이 제대로 되어먹지도 않았는걸, 네시."

"마술이 조금이라도 도움이 되려면, 언니의 인격을 다시 쌓는 데 쓰여야 해요. 언니가 그쪽에 힘을 쏟는다면 결국은 좋은 결과가 있을 거라고 생각해요. 언니의 재능을 마술에 사용하되, 마술에 이용당하지는 마세요." 네사로즈가 단호하게 훈계했다.

글린다는 네사로즈가 남의 기를 죽이는 데 비상한 재주가 있을지도 모른다는 생각이 들었다. 네사로즈의 충고를 진심으로 받아들이면서도 지레 움츠러드는 것은 어쩔 수가 없었다.

그러나 엘파바가 나섰다.

"글린다, 질문 참 잘했네. 그레일링 교수가 대답해 주었더라면 좋았을걸. 그 사슴뿔이 일으킨 소동은 내가 보기에도 과학보다는 마법 같았어. 그 빈쿠스 학생 불쌍도 하지! 다음 주에 니키딕 박사에게 물어보면 어떨까?"

글린다가 소리쳤다.

"감히 그런 질문을 할 용기가 있는 사람이 있을까? 그레일링 교수야 좀 맹하잖아. 알아듣지도 못할 소리로 횡설수설하는 니키딕 박사님은 함부로 말 걸기도 어려운 대학자라고."

다음 주 생명과학 시간에 그 빈쿠스 학생에게 모두의 시선이 집중되었다. 그는 일찍 와서 교단에서 최대한 멀리 떨어진 곳인 발코니에 자리 잡고 앉았다. 보크는 정착 농민들이 으레 그렇듯 유목민을 잘 믿지 않았다. 그러나 신입생의 눈빛이 영리해 보인다는 점은 인정할 수밖에 없었다. 애버릭이 보크의 옆자리로 미끄러지듯 들어와서 말했다.

"저 녀석 왕자라던데. 두툼한 돈지갑도 왕좌도 없지만 하여튼 왕자래. 거지 왕자인가 봐. 자기네 별난 부족에서는 말이야. 오즈마 타워에 있고, 이름은 피예로래. 진짜배기 순혈 윙키 족이라던데. 문명에 대한 저 녀석의 의견은 어떨지 궁금한데?"

"지난주의 그게 문명이라면, 자기네 야만족들 생각이 간절하겠군." 보크의 다른 쪽 옆자리에 앉아 있던 엘파바가 한마디 했다.

"왜 저렇게 우스꽝스러운 물감을 칠하고 있대? 남들 이목만 끌잖아. 게다가 저 피부 좀 봐. 나 같으면 저런 괴상망측한 살색은 진짜 싫겠다." 애버릭이 말했다.

"말이라고 다 같은 말인 줄 알아. 내가 보기엔 네 의견이야말로 거지 같아." 엘파바가 대꾸했다.

"아, 제발 그만들 좀 해." 보크가 말렸다.

"엘피, 네가 살색 얘기에 민감하다는 걸 깜박했어." 애버릭이 말했다.

"나랑 연결 짓지 마. 점심 먹은 지도 얼마 안 됐는데 너 때문에 소화가 안 되잖아, 애버릭. 너나 점심때 먹은 콩이나 똑같이 말썽이네." 엘파바가 톡 쏘아붙였다.

"너희들 자꾸 그러면 난 딴 자리로 옮길래." 보크가 경고했다.

그때 마침 니키딕 박사가 들어와 학생들은 일제히 일어나 목례를 하고 자리에 앉았다. 소음과 얘깃소리로 시끌시끌했다.

엘파바는 박사의 시선을 끌려고 손을 들어 흔들었으나, 너무 멀리 떨어진 곳에 앉아 있어서 박사는 다른 얘기만 계속 떠들었다. 결국 엘파바는 보크 쪽으로 몸을 기울이고 말했다.

"쉬는 시간에 자리를 바꿔서 박사님 눈에 띄도록 앞쪽으로 가야겠어."

니키딕 박사는 알아듣기 힘든 서론을 끝내고, 한 학생에게 피예로가 지난주에 열고 들어왔던 교단 옆문을 열라고 신호했다.

스리 퀸스 학생 하나가 쟁반 모양의 바퀴 달린 탁자를 밀고 들어왔다. 그 위에 새끼 사자 한 마리가 되도록 몸을 작게 보이려는 듯이 웅크리고 있었다. 발코니에 앉은 학생들까지도 사자가 겁에 질려 있다는 것을 감지할 수 있었다. 사자는 으깬 호두 같은 색깔의 꼬리를 앞뒤로 흔들면서 어깨를 잔뜩 웅송그렸다. 너무 조그매서 아직 갈기도 나지 않았다. 그러나 마치 위협의 정도를 따져 보려는 듯 갈색 머리를 이쪽저쪽으로 꼬았다. 어른 사자를 흉내 내어 입을 벌려 조그맣게 겁에 질린 어흥 소리도 냈다. 학생들 모두 동정심을 느끼며 탄성을 올렸다.

"우아아."

니키딕 박사가 입을 열었다.

"기껏해야 고양이 정도지. 이놈을 '프라'라고 부를까 했지만, 겁에 질려 떠느라고 잘 으르렁대지도 못하니 '브르르'라고 부르겠어요."

사자는 니키딕 박사를 쳐다보고 나서 탁자 끝으로 몸을 웅크렸다.

"이제 이것이 오늘의 질문입니다. 웅얼웅얼하는 딜라몬드 박사의 다소 빗나간 관심에서 착안한 질문이지요. 이 동물이 동물인지 **동물**인지 누구 말해 볼 사람?"

엘파바는 호명되기를 기다리지도 않았다. 그녀는 발코니에서 일어나 또렷하고 우렁찬 목소리로 질문을 던졌다.

"니키딕 교수님, 교수님이 던지신 질문은 저 사자가 동물인지 **동물**인지 말할 수 있느냐는 것이었습니다. 제 생각에는 어미 사자가 대답할 문제 같네요. 어미는 어디에 있습니까?"

흥미를 느낀 학생들이 웅성거렸다. 박사가 유쾌하게 대답했다.

"구문 의미론의 늪에 빠진 것 같군요." 박사는 이제야 강당에 발코니가 있다는 것을 알아차렸다는 듯이 목소리를 높였다. "좋아요. 그럼 질문을 다시 하겠습니다. 이 종의 본질에 대해 가설을 내놓을 사람? 그리고 그렇게 추측한 이유를 설명할 수 있는 사람? 우리는 지금 눈앞에 유아기의 짐승을 놓고 있습니다. 언어 구사 능력이 있다 해도 말을 할 수 있게 되려면 한참은 더 있어야 하지요. 언어를 습득하기 이전이라도 이 짐승을 **동물**이라 할 수 있을까요?"

엘파바가 또 외쳤다.

"다시 질문하겠습니다. 이 사자는 아주 어린 새끼입니다. 어미는 어디에 있습니까? 이렇게 어린것을 왜 어미한테서 떼어 놓으셨죠? 제대로 먹기는 합니까?"

"학문적 주제를 앞에 놓고 그런 질문은 무례하군. 하여간 젊은이들은 마음이 여리다니까. 어미는 안됐지만 불의의 폭발 사고로 죽었다 칩시다. 논의를 계속하기 위해 어미가 지각 있는 암사자인지 짐승에 불과한 암사자인지는 알 길이 없다고 가정합시다. 여러분도 알고 있을지 모르지만, 일부 동물들은 최근 법령을 피해 야생으로 되돌아갔다고 하더군요."

엘파바는 어찌할 바를 몰라하며 자리에 앉았다. 그녀는 보크와 애버릭에게 말했다.

"이건 옳지 않은 일 같아. 과학 수업을 한답시고 어미도 없이 여기에 새끼를 끌어다 놓다니. 잔뜩 겁에 질려 있는 것 좀 봐. 떨고 있어. 추워서가 아니야."

다른 학생들이 의견을 내놓기 시작했으나, 박사는 그들을 하나씩 무너뜨렸다. 요지는 언어 구사 능력이나 전후 관계에서 얻을 수 있는 단서가 없으면, 유아 단계에 있는 짐승은 동물인지 동물인지 확실치 않다는 것이었다.

엘파바가 큰소리로 외쳤다.

"여기에는 정치적 의도가 있어요. 이건 생명과학이지, 시사 문제 연구가 아닌 줄 알았는데요."

보크와 애버릭이 엘파바를 말렸다. 목청 큰 떠버리로 악명을 얻을 판이었다.

박사는 모두가 요지를 다 이해한 후에도 한참이나 얘기를 질질 끌었다. 그러나 드디어 돌아서서 말했다.

"이제 뇌에서 언어를 담당하는 부분을 불로 지지면 고통이라는 개념을 제거하고 그 존재마저도 지울 수 있을까요? 이 새끼 수사자에 대한 초기 실험은 흥미로운 결과를 보여 줍니다."

박사는 주사기와 끝에 고무가 달린 작은 망치를 집어 들었다. 사자는 몸을 잔뜩 웅크리고 위협적인 소리를 내며 뒤로 물러서다가 마루 위로 떨어져 문 쪽으로 재빨리 달려갔다. 문은 꼭 잠겨 있었다.

그러나 이번에는 벌떡 일어서서 고함을 지른 사람이 엘파바만이 아니었다. 대여섯 명의 학생들이 박사에게 외쳤다.

"고통이라고요? 고통을 제거한다고요? 저 새끼를 보세요. 겁에 질려 있잖아요! 벌써 고통을 느끼고 있다고요! 그만두세요, 제정신이에요?"

박사는 멈춰 서서 망치를 쥔 손에 눈에 보일 만큼 힘을 주었다.

"이렇게 배움을 거부하는 학생들 앞에서는 강의를 하지 않겠다!" 박사는 모욕감을 느낀 듯 말을 이었다. "관찰은 않고 감정에만 사로잡혀 어리석은 결론으로 뛰어드는구먼. 저 새끼를 이리로 가져와. 도로 가져오라니까. 학생, 내 말 안 들리나? 정말 화를 내야 알아듣겠나?"

그러나 브리스코홀 여학생 둘은 명령을 어기고 발톱을 들어 할퀴는 새끼 사자를 앞치마에 감싸 안고 교실 밖으로 달려 나갔다. 교실은 벌집을 쑤신 듯 소란스러워졌고, 니키딕 박사는 교단에서 걸어 나가 버렸다. 엘파바가 보크 쪽으로 고개를 돌리고 말했다.

"과학과 마술의 차이점에 대한 글린다의 멋진 질문은 못 하겠군. 오늘 우린 완전히 다른 길로 들어섰다는 것이 분명해졌으니." 그러나 그녀의 목소리는 떨렸다.

"그 새끼를 동정하고 있구나. 그렇지?" 보크는 감동했다. "엘피, 너 떨고 있어. 모욕하려는 말은 아니지만, 넌 흥분해서 거의 피부가 하얀색이 되었어. 이리 오렴. 슬쩍 빠져나가서 철도역 광장의 카페에 가서 차나 한잔 하자. 옛일을 추억하면서 말이야."

4

아마도 우연히 모여 무리를 이룬 사람들은 누구나 처음에는 수줍음과 편견 사이를 오가다가 시간이 지나면 싫증과 배신을 느끼며 짧은 호의의 기간을 갖는 것 같다. 보크에게는 여름 동안 갈린다에게 푹 빠졌던 것이 지금의 친구들과 더 성숙한 관계를 맺기 위한 예고편 같았다. 이제는 친구들과 뗄 수 없이 끈끈하게 이어졌다는 느낌이 들었다.

여전히 남학생들은 크레이지홀 출입을 허락받지 못했고, 여학생들도 남자 학교에 갈 수 없었다. 그러나 시즈 시내 중심가는 휴게실과 강의실의 연장이 되어 그들이 어울릴 수 있었다. 주말 오전과 주중 오후에 그들은 포도주 한 병을 들고 운하나 카페, 학생들이 모이는 바에서 만났다. 그들은 산책을 하거나 시즈의 멋진 건물들을 놓고 토론하거나 교수들을 씹으며 깔깔대고 웃었다. 보크와 애버릭, 엘파바와 네사로즈(유모도 함께), 글린다, 그리고 가끔은 파니와 센센과 밀라, 또 가끔은 크롭과 티벳도 끼었다. 크롭은 피에로를 데려와 소개시켰다. 티벳은 그를 차갑게 무시했으나, 일주일쯤 지난 후 어느 저녁 피에로가 수줍게 자기소개를 하면서 "난 결혼한 지 좀 되었어. 빈쿠스에서는 어릴 때 결혼하거든."이라고 한 말에 비로소 마음을 풀었다. 다른 사람들은 그 말에 야단법석을 떨며 자기들은 아직 젊다고 느꼈다.

엘파바와 애버릭은 서로를 가차 없이 약 올렸다. 네사로즈는 종교에 관한 일장연설로 모두의 인내심을 시험했다. 크롭과 티벳은 짓궂은 발언으로 운하에 내던져질 뻔한 적이 한두 번이 아니었다. 그러나 보크는 글린다에 대한 짝사랑이 어느 정도 식어 마음이 놓였다. 글린다는 소풍용 담요 끝에 홀로 꼿꼿이 앉아 대화에 끼지 않고 딴생각에 잠겨 있었다. 보크는 한때 자아도취에 빠진 소녀를 사랑했으나 이제 그 소녀는 자취를 감춘 듯했다. 그래도 보크는 글린다와 친구가 되어 기뻤다. 한마디로 요약하자면, 보크는 갈린다를 사랑했고, 이제 여기 있는 사람은 글린다였다. 그가 이제는 이해할 수 없는 다른 사람이었다. 이제 사랑은 끝났다.

그것은 그들만의 무리였다.

소녀들은 모두 되도록 마담 모리블을 피해 다녔다. 그러나 어느 추운 저녁, 그로메틱이 트롭 지매를 찾으러 왔다. 유모는 화를 내며 허리에 새로 빤 앞치마를 두르고 네사로즈와 엘파바를 이끌고 아래층의 학장실로 갔다.

네사로즈가 말했다.

"난 저 그로메틱이 싫어. 저게 어떻게 움직이는 걸까? 태엽 장치일까, 마법으로 움직일까? 아니면 두 가지가 합해진 건가?"

"난 늘 좀 말도 안 되는 상상을 해봤는데. 저 안에 난쟁이가 들어 있거나, 아니면 팔다리마다 난쟁이 곡예사 가족이 하나씩 들어 있는 거야. 그로메틱이 돌아다니는 꼴만 보면 망치를 찾고 싶어서 손이 막 근질거린다니까." 엘파바가 말했다.

"상상이 안 되네. 손이 근질거린다니." 네사로즈가 말했다.

"쉬잇, 저것도 귀는 있다고요." 유모가 말했다.

마담 모리블은 재정 관련 서류를 훑어보며 여백에 표시하고 있다가 학생들에게 아는 척을 했다.

"잠깐이면 됩니다. 아버님한테서 편지와 소포를 받았어요. 내가 직접 소식을 전하는 편이 좋겠다고 생각했지요."

"소식이라고요?" 네사로즈의 얼굴이 하얗게 질렸다.

"아버지는 학장님만이 아니고 우리한테도 편지를 쓰셨을 텐데요." 엘파바가 말했다.

마담 모리블은 그녀의 말을 무시했다.

"아버님이 네사로즈가 건강하고 학업은 잘하고 있는지 물으시더군요. 두 사람에게 아버님이 오즈마 티페타리우스의 귀환을 빌며 단식과 고행에 들어가신다고 전해 달랍니다."

"아, 그 축복받은 어린 소녀 말이군요." 유모는 제일 좋아하는 화제가 나오자 흥분했다. "마법사가 오래전에 왕궁을 빼앗고 오즈마 섭정님을 감옥에 가두었을 때, 우리 모두 성스러운 오즈마 님이 마법사의 머리 위에 재앙을 불러 내리실 거라고 생각했지요. 하지만 들리는 말로는 오즈마 님은 유괴되어 럴라이나처럼 동굴에 꽁꽁 얼어붙어 있다더군요. 프렉스파 님이 오즈마 님께 힘을 불어넣어 녹여 주신다면…… 이제 오즈마 님의 시대가 돌아오려나?"

마담 모리블은 유모를 한 번 날카롭게 째려보고 자매들에게 말했다.

"유모가 출처도 알 수 없는 헛소문을 늘어놓거나 우리의 영예로운 마법사 님을 비방하라고 여러분을 여기 부른 게 아니에요. 그건 평화로운 권력 이양이었어요. 연금 중에 오즈마 섭정님의 건강이 나빠진 건 우연의 일치일 뿐, 그 이상도 이하도 아니에요. 여러분의 아버님에게 말도 안 되는 기면 상태에서 사라진 왕손을 깨어나게 할 힘이 있는지에 대해서는…… 글쎄요, 여러분 입으로 나한테 아버님이 정신이상까지는 아니더라도 좀 괴벽스러운 데가 있다고 했잖아요. 아버님이 그런 노력 때문에 건강을 해치는 일이 없기만 바랄 뿐이에요. 하지만 크레이지홀에서는 선동적인 태도를 좌시하지 않는다는 점은 분명히 해 두겠어요. 여러분이 여기 기숙사까지 아버님의 왕당파적 열망을 끌어들이지는 말았으면 좋겠어요."

"저희는 이름 없는 신에게 속할 뿐, 마법사나 왕가의 남은 자손 누구에게도 속하지 않아요." 네사로즈가 자랑스럽게 말했다.

"전 그 문제에 대해서라면 아무 생각도 없어요. 아버지는 잃어버린 대의명분에 집착하시지만." 엘파바가 나지막이 중얼거렸다.

학장이 말을 받았다.

"아주 좋아요. 당연히 그래야지요. 이제 당신에게 줄 소포예요." 그녀는 엘파바에게 소포를 건넸으나 한마디를 덧붙였다. "네사로즈한테 보내신 것 같은데."

"열어 봐, 언니."

유모도 보려고 목을 길게 뺐다.

엘파바는 끈을 풀고 나무 상자를 열었다. 그녀는 톱밥 더미 속에서 구두를 한 짝씩 끄집어냈다. 은색인가? 아니 푸른색? 다시 보니 빨간색인가? 사탕 표면처럼 반짝이며 윤이 나는 도료를 칠한 건가? 꼭 집어 말하기 어려웠지만 그런 것은 문제가 되지 않았다. 눈이 부시도록 휘황찬란했다. 마담 모리블조차 신발의 눈부신 광채에 헉 하고 숨을 들이쉬었다. 구두 표면은 무수한 반사와 빛의 굴절로 살아 움직이는 듯했다. 벽난로 불빛을 받은 구두는 확대경으로 들여다본 끓어오르는 피 속의 혈구처럼 보였다.

마담 모리블이 말했다.

"아버님이 오벨스 밖에서 한 이빨 빠진 땜장이 노파한테서 사서 직접 만드신 은빛 유리구슬로 신발을 치장하셨다는군요. 누구한테서 유리구슬 만드는 법을 배우셨다던데?"

"터틀 하트예요." 유모가 어두운 목소리로 말했다.

마담 모리블은 편지를 넘기며 눈을 가늘게 뜨고 들여다보았다.

"그리고…… 당신이 대학으로 떠나기 전에 뭔가 특별한 것을 해주고 싶으셨다는군요. 그런데 아마 클러치가 갑작스럽게 병이 나는 바람에…… 뭐 그러다 보니…… 준비를 미처 못 하셨다네요. 그래서 네사로즈 양의 예쁜 발이 추위와 습기를 피하면서 아름답게 보이도록 이 구두를 보내신대요. 애정을 함께 보내신다는군요."

엘파바는 손가락으로 이리저리 엉킨 톱밥 속을 헤쳐 보았다. 상자 안에는 구두 말고 아무것도 없었다. 엘파바의 선물은 없었다.

"정말 근사하지 않아? 언니, 내 발에 신겨 줘. 세상에, 반짝이는 것 좀 봐!" 네사로즈는 좋아서 어쩔 줄 몰랐다.

엘파바는 동생 앞에 무릎을 꿇고 앉았다. 네사로즈는 등을 꼿꼿이 펴고 얼굴을 환히 빛내면서 오즈마처럼 당당한 자세로 앉아 있었다. 엘파바는 동생의 발을 들어 평범한 실내화를 벗겨 내고 눈부시게 빛나는 구두로 갈아신겨 주었다.

"아버지는 자상도 하시지!" 네사로즈가 말했다.

"아가씨는 제 발로 설 수 있으니 얼마나 고마운 일이우."

유모가 엘파바에게 속삭이면서 그녀의 어깻죽지를 늙은 손으로 위로하듯 감싸 주었으나 엘파바는 몸을 뺐다. 엘파바는 탁한 목소리로 말했다.

"정말 근사하구나. 네사로즈, 너한테 딱 어울려. 꿈처럼 잘 맞네."

"아, 언니, 기분 나빠하지 마. 화를 내서 내 작은 행복을 망치지 말아 줘. 아버지는 언니한테는 이런 것이 필요 없다는 걸 알고 계시잖아……." 네사로즈가 자기 발을 내려다보며 말했다.

"물론, 필요 없다마다." 엘파바가 대꾸했다.

그날 저녁 친구들은 외출 금지 시각이 다가오는데도 포도주를 한 병 더 주문했다. 유모는 혀를 차며 안달복달했지만, 자기 술잔을 다른 사람들처럼 깨끗이 비우다 보니 잠잠해졌다. 피에로는 자기가 일곱 살 때 인근 마을 소녀와 결혼하게 된 사연을 들려주었다. 다들 그가 부끄러운 기색 하나 없이 이야기를 하자 입을 떡 벌리고 쳐다보았다. 피에로는 신부를 아홉 살 때 딱 한 번, 그것도 우연히 보았을 뿐이라고 말했다.

"스무 살이 되어야 신부를 데려올 수 있는데, 난 아직 열여덟 살밖에 안 되었거든."

피에로가 자기들과 마찬가지로 동정일 거라는 생각에 마음이 놓인 친구들은 포도주 한 병을 더 주문했다.

양초에서는 촛농이 흘러내리고 가을비가 가늘게 내렸다. 방은 건조했지만, 엘파바는 집까지 걸어갈 일이 새삼 떠올랐는지 망토 자락을 꼭 여몄다. 그녀는 프렉스에게 무시당한 마음의 상처를 극복했다. 그녀는 자신과 다른 모든 사람들에게 아무렇지도 않다는 것을 보여 주려는 듯이 네사로즈와 함께 아버지에 관한 우스운 이야기들을 늘어놓기 시작했다. 술이 약한 네사로즈는 신나게 깔깔거렸다.

"내 꼴이 이런데도, 아니 어쩌면 그 때문인지 모르지만, 아버지는 항상 나를 예쁜 귀염둥이라고 부르셨지." 네사로즈가 남들 앞에서 자기의 불구를 암시하는 말을 한 것은 처음이었다. "아버지는 이렇게 말하곤 하셨어요. '이리 오렴, 우리 예쁜이, 사과 한 입 줄게.' 그러면 난 유모나 언니나 어머니가 옆에서 나를 받쳐 주지 않으면 혼자 힘으로 몸을 기울여 비트적거리면서 있는 힘껏 걸어가 아버지 무릎에 쓰러져 미소를 지으며 올려다보았지요. 그러면 아버지가 내 입에 조그만 과일 조각을 넣어 주셨죠."

"엘피, 아버지가 너는 뭐라고 부르셨니?" 글린다가 물었다.

"파발라라고 부르셨어요." 네사로즈가 끼어들었다.

"집에서만 그랬어." 엘파바가 말했다.

"정말로 아가씨는 아버님의 꼬마 파발라였지요." 유모가 웃음 가득한 얼굴들이 둘러앉은 원 바로 바깥에서 거의 혼잣말하듯 나지막이 말했다. "꼬마 파발라, 꼬마 엘파바, 꼬마 엘피."

"아버지는 한 번도 나를 귀염둥이라고 부르신 적이 없었어." 엘파바가 동생을 향해 잔을 들어 보이며 말했다. "하지만 우리 모두 아버지 말씀이 사실이라는 걸 알고 있지. 네사로즈는 집안의 귀염둥이니까. 저런 멋진 신발도 받고."

네사로즈는 얼굴을 붉히며 건배를 받아들였다.

"아, 난 이런 몸 때문에 아빠의 관심을 받았지만, 언니는 노래로 아빠의 마음을 사로잡았잖아."

"아버지의 마음을 사로잡았다고? 흣. 내가 꼭 필요한 기능을 수행했다는 뜻이겠지."

그러나 친구들이 엘파바에게 말했다.

"우아, 너 노래를 잘하니? 멋진데! 노래해, 노래해 봐! 술 한 병 더 가져와. 한잔 더 하자. 의자를 뒤로 밀어. 오늘 밤 헤어지기 전에 너는 노래를 한 곡 불러야 해! 어서!"

"그럼 너희들도 해야 해." 엘파바가 명령조로 말했다. "보크? 먼치킨랜드 목가 어때? 애버릭은 길리킨 발라드 한 곡 뽑지? 글린다는 뭐 할래? 유모는 자장가?"

"우리는 지저분한 노래를 좀 알지. 네가 먼저 하면 그 다음에 우리가 부를게." 크롭과 티벳이 말했다.

"그럼 난 빈쿠스 사냥 노래를 부를게." 피예로도 한마디 했다.

다들 신이 나서 웃으며 피예로의 등을 두드려 주었다. 그리하여 엘파바도 어쩔 수 없이 일어나 의자를 옆으로 밀고 목소리를 가다듬고 손을 오목하게 모아 음정을 맞춰 보고 시작했다. 마치 다시 아버지를 위해 노래를 부르는 것처럼.

술집 주모가 시끄럽게 구는 나이 먹은 사람들을 입 다물라고 행주로 찰싹 쳤다. 다트 놀이를 하던 사람들도 손을 내렸다. 방 안이 쥐 죽은 듯 조용해졌다. 엘파바는 즉석에서 짤막한 노래를 지어 불렀다. 미래와 머나먼 곳, 내세에 대한 동경과 갈망에 관한 노래였다. 모르는 사람들도 눈을 감고 노래에 귀를 기울였다.

보크도 그랬다. 엘파바의 목소리는 더할 나위 없이 훌륭했다. 눈앞에 그녀가 불러낸 상상의 세계가 펼쳐지는 듯했다. 모든 이의 목을 죄는 불의와 만연한 잔학 행위, 전제적인 법과 가난을 부르는 가뭄이 없는 곳이었다. 아니, 보크는 그녀의 노래를 믿지는 않았다. 하지만 엘파바의 목소리는 감미로웠다. 절제된 목소리이면서도 감정이 풍부했고, 그러면서도 꾸밈없는 목소리였다. 보크는 끝까지 귀를 기울였다. 숨죽이고 듣느라 술집 전체에 깔린 정적 속으로 노래가 고요히 잦아들었다. 그는 나중에 이런 생각을 했다. 마치 폭풍우가 갠 후 무지개처럼, 마침내 잠잠해지는 바람처럼 그렇게 노래 가락이 멀어져 갔다고. 남은 것은 정적과 아련한 희망, 위안이었다.

"자, 약속했으니 다음은 너야."

엘파바가 피예로를 가리키며 외쳤다. 그러나 아무도 다시는 노래하지 않았다. 그녀의 노래가 너무나 훌륭했기 때문이다. 네사로즈는 유모에게 눈가에 흘러내린 눈물을 닦아 달라고 고갯짓을 했다.

"말로는 종교를 믿지 않는다고 하면서도, 언니가 내세에 대해 얼마나 감동적으로 노래하는지 봐." 네사로즈가 말했다. 이번만은 아무도 이의를 달지 않았다.

5

흰 서리가 세상을 온통 하얗게 덮은 어느 새벽, 그로메틱이 글린다에게 전갈을 가지고 왔다. 아마 클러치가 임종이 얼마 남지 않은 것 같다는 내용이었다. 글린다와 룸메이트들은 서둘러 병실로 달려갔다.

학장이 그들을 맞아 창문이 없는 작은 골방 같은 곳으로 안내했다. 아마 클러치는 침대에서 몸부림치며 베갯잇을 붙잡고 말을 걸고 있었다. 그녀는 거칠게 말했다.

"나를 그렇게 참아 주지 마. 내가 너한테 뭘 해 줄 수 있다고? 난 착한 너를 괴롭히기만 할 거야. 네 보드라운 천에 기름기로 찐득거리는 내 머리채를 올려놓고 이빨로 네 레이스 달린 아플리케 끝단을 물어뜯잖아! 그런 걸 다 참아 주다니 넌 정말 바보 같구나! 봉사는 무슨 얼어 죽을 봉사야! 다 헛소리야, 헛소리라고!"

"아마 클러치, 아마 클러치, 저예요. 좀 봐요, 저라니까요! 당신의 귀염둥이 글린다예요." 글린다가 말했다.

아마 클러치는 고개를 이리저리 돌렸다.

"그런 말을 조상님이 들으면 뭐라고 하시겠니!" 아마 클러치는 다시 베갯잇으로 눈을 굴리며 말을 계속했다. "네가 이렇게 매트처럼 깔려서 밤마다 지저분한 침이나 받고 있는 꼴을 보면 너를 만든 레스트워터 둑의 면화가 뭐라고 하겠느냐고! 이건 정말 말도 안 돼!"

"아마! 제발! 당신은 지금 제정신이 아냐!" 글린다가 흐느꼈다.

"아하, 너도 그 점에 대해서는 할 말이 없겠지." 아마 클러치는 만족스러운 기색으로 말했다.

"돌아와요, 아마, 돌아와요, 예전 모습으로 한 번만 돌아와 줘!"

"아이고 맙소사, 눈뜨고 못 보겠네. 아가씨들, 행여나 내가 저런 꼴이 되거들랑 그냥 콱 죽여 주세요. 알겠지요?" 유모가 말했다.

"완전히 정신이 이상해졌어. 분명해. 쿼들링에서 이런 꼴을 많이 봤지. 바로 그 징후야. 글린다, 할 말 있으면 빨리 하렴." 엘파바가 말했다.

"마담 모리블, 잠시 자리를 비켜 주시겠어요?" 글린다가 말했다.

"나도 여러분 곁에서 돕겠어요. 그게 학생들에 대한 내 의무이니까요."

학장은 햄 같은 손을 단호한 자세로 허리에 얹고 버티고 섰다. 그러나 엘파바와 유모가 일어서서 그녀를 방 밖으로 밀어내고 문을 닫아걸었다. 유모는 쉬지 않고 혀를 차면서 이렇게 말했다.

"자, 우리 학장님은 친절도 하시지. 하지만 그러실 필요 없답니다. 괜찮다니까 그러시네."

글린다는 아마 클러치의 손을 꼭 잡았다. 아마의 이마에는 굵은 땀방울이 구슬처럼 송골송골 맺혀 있었다. 아마는 손을 빼려고 힘겹게 기를 썼으나 기력이 너무 쇠했다.

"아마 클러치, 당신은 죽어 가고 있어요. 내 잘못이에요." 글린다가 말했다.

"오 그런 말 마." 엘파바가 말렸다.

"맞아. 그렇다니까." 글린다가 격하게 외쳤다.

"그 문제를 놓고 입씨름할 생각은 없어. 지금은 그런 얘기를 할 때가 아니라고. 지금은 아마의 임종을 맞고 있는 거지 이름 없는 신과 면담이나 할 때가 아니야. 자, 본론으로 들어가 봐!"

글린다는 아마의 손을 더 세게 꼭 쥐었다.

"마술로 당신을 원상태로 돌려놓겠어요." 글린다는 이를 악물고 말했다. "아마 클러치, 내가 말한 대로 해야 해요! 난 아직도 당신의 주인이고 당신 상전이에요. 그러니 내 말을 따라야 해요! 이제 이 주문을 잘 듣고 얌전히 굴어요!"

아마는 이를 악물고 눈알을 굴렸다. 턱은 마치 침대 위 허공에 떠도는 눈에 보이지 않는 악령을 물어뜯으려는 듯이 거칠게 꿈틀거렸다. 글린다는 눈을 감고 입을 달싹거렸다. 자기 자신도 다 알아듣지 못할 소리들이 그녀의 하얗게 질린 입술에서 실꾸리 풀듯 술술 흘러나왔다.

"또 지난번 샌드위치처럼 아마를 폭발시키지만 마." 엘파바가 웅얼거렸다.

글린다는 그 말을 못 들은 척했다. 그녀는 주문을 외면서 몸을 움찔거리며 좌우로 흔들고 숨을 헐떡였다. 아마 클러치의 눈꺼풀이 감은 눈 위로 미친 듯이 움직였다. 마치 그녀의 눈구멍이 자기 눈을 씹어 먹으려는 듯이 보일 정도였다.

"마기코르디엄 센서스 오빈다 클렝크스." 글린다가 큰소리로 주문을 끝맺었다. "이 주문이 듣지 않으면 나도 어쩔 수 없어. 마술도구를 다 갖추어 놓고 향을 피우고 종을 울린들 다 소용없을 거야."

아마 클러치는 짚이불 위로 쓰러졌다. 양쪽 눈가에서 피가 약간씩 흘러내렸다. 그러나 초점을 잃고 격렬하게 요동치던 움직임은 조금씩 가라앉았다. 그녀가 간신히 중얼거렸다.

"오, 아가씨, 괜찮아요? 아니면 내가 지금 죽은 건가요?"

"아직은 아니야. 아마, 난 괜찮아요. 하지만 당신한테 이제 시간이 얼마 남지 않은 것 같아." 글린다가 말했다.

"정말 그래요. 여기 바람이 불어오는군요. 바람 소리가 들려요?" 아마 클러치가 말했다. "상관없어요. 아, 엘피도 있군요. 안녕, 아가씨. 좋은 때가 올 때까지 바람을 피해 있어요. 그러지 않으면 엉뚱한 쪽으로 바람에 쓸려 갈 테니."

글린다가 서둘러 말했다.

"아마 클러치, 할 얘기가 있어요…… 사과할 것이……."

그러나 엘파바가 앞으로 몸을 쑥 내밀어 글린다를 쳐다보고 있는 아마 클러치의 시선을 자기한테로 돌렸다.

"아마 클러치, 죽기 전에 우리한테 누가 딜라몬드 박사님을 죽였는지 말해 줘요."

"아가씨들도 다 알면서." 아마 클러치가 말했다.

"확실치는 않아요." 엘파바가 말했다.

"아, 난 그것을 봤어요. 그 일이 막 벌어진 직후여서 칼이 그 자리에 그대로 있었어. 칼에 묻은 피가 채 마르지도 않았지요." 아마 클러치는 숨을 헐떡거렸다.

"무엇을 봤어요? 이건 아주 중요한 일이에요."

"허공에 칼을 봤어요. 바람이 딜라몬드 박사를 데려가려고 왔어. 시계태엽이 돌아가고 염소의 시간이 다한 것을 보았지."

"그로메틱이었지요?" 엘파바는 아마한테서 그 말을 끌어내려고 애썼다.

"오, 내 말이 바로 그거야, 아가씨." 아마 클러치가 말했다.

"그래서 그로메틱이 당신을 봤어요? 당신을 공격한 거예요? 그래서 병이 났어요, 아마 클러치?" 글린다가 외쳤다.

"내가 앓아누운 건 다 그럴 만한 때가 되었기 때문이에요. 그러니까 불평할 일은 아니에요. 나는 죽을 때가 되었으니, 이제 조용히 보내 줘요. 내 손을 잡아 주기만 하면 돼요." 아마 클러치가 부드럽게 말했다.

"하지만 내가 잘못해서……." 글린다가 입을 떼었다.

"조용히 해 주기만 하면 더 바랄 것이 없겠구려, 아가씨." 아마 클러치는 글린다의 손을 토닥이며 부드럽게 말했다. 그러더니 눈을 감고 숨을 두어 번 들이쉬었다가 내쉬었다.

그들은 나중에 왜 그랬는지 설명하기 어려웠지만, 길리킨 하인 계급 사람들처럼 말없이 앉아 있었다. 밖에서 마담 모리블이 마루 위를 왔다 갔다 하고 있었다. 그들이 바람 소리, 아니면 바람의 메아리 소리를 들었다고 생각할 때 아마 클러치는 숨을 거두었다. 지나치게 순종적인 베갯잇이 그녀의 느슨하게 벌어진 입가에서 흘러내린 약간의 피를 받았다.

6

장례식은 지인들만 모인 가운데 간소하게 치러졌다. 글린다의 가까운 친구들이 참석하여 예배석 두 줄을 채웠고, 예배당 둘째 단에는 동료 아마들이 무리 지어 앉았다. 예배당의 나머지는 비어 있었다.

시체를 보에 둘둘 말아 기름칠한 경사로에 미끄러뜨려 소각로에 넣은 후, 문상객들과 동료들은 마담 모리블의 개인 휴게실로 물러갔다. 학장이 다과에 비용을 들이도록 허락하지 않았다는 것이 분명하게 드러났다. 차는 언제 적 것인지 모를 정도로 묵어서 톱밥처럼 텁텁했고 비스킷은 딱딱했으며 사프란 크림이나 타모나 마멀레이드도 없었다. 글린다는 학장에게 힐난하는 투로 말했다.

"크림이 조금도 없단 말인가요?"

그러자 마담 모리블이 대꾸했다.

"여러분, 현명하게 장을 보아서 최악의 식량 부족 사태로부터 내가 맡은 학생들을 지키려 애쓰고 있어요. 하지만 여러분의 무지에 대해서까지 내가 전적으로 책임질 수는 없어요. 모두가 마법사님의 뜻에 절대 복종한다면, 물자가 부족할 일은 절대 없을 거예요. 여러분은 여기에서 300킬로미터 밖에서는 기근이 닥쳐 소 떼가 굶어죽어 가고 있다는 것을 모르나요? 그 탓에 사프란 크림이 시장에서 품귀 현상을 빚고 있어요."

글린다는 자리를 뜨려고 했으나, 마담 모리블이 보석으로 장식한 오동통한 손가락을 뻗었다. 그 감촉에 글린다의 피가 얼어붙는 듯했다.

"당신과 네사로즈, 엘파바 양과 잠깐 할 얘기가 있어요. 손님들이 돌아간 후에. 남아서 기다려 주세요."

"우리한테 잔소리를 늘어놓으려는 거야. 실컷 야단을 치려나 봐." 글린다가 트롭 자매에게 속삭였다.

"아마 클러치가 한 얘기는 한마디도 입 밖에 내면 안 돼…… 학장이 돌아왔네. 알아들었지, 네시? 유모?" 엘파바가 다급한 목소리로 말했다.

그들은 모두 고개를 끄덕였다. 보크와 애버릭은 잘 있으라고 인사하고 '섭정의 행진' 술집에서 다시 만나자고 말했다. 소녀들은 학장과 면담이 끝난 후 만나기로 했다. 그들은 '피치 앤 키드니' 에서 아마 클러치를 위해 더 진솔한 추모식을 가질 예정이었다.

모였던 사람들이 흩어지고, 그로메틱만 컵과 부스러기를 치웠다. 마담 모리블은 모두에게 친근한 척 몸소 불에 재를 덮고 그로메틱을 내보냈다.

"나중에 보자꾸나. 어디 방에 들어가 기름이라도 좀 치고 있으렴."

그로메틱은 그럴 수 있다면 말이지만, 기분이 상한 듯한 태도로 나갔다. 엘파바는 튼튼한 검은색 구두 끝으로 한 대 차 주고 싶은 충동을 꾹 눌렀다.

"유모, 당신도요. 잠깐 짐을 내려놓고 쉬도록 해요." 마담 모리블이 말했다.

"아유, 안 돼요. 유모는 네시 아가씨 곁에 있어야 해요." 유모가 말했다.

"아니, 유모도 나가야 해요. 언니가 있으니 잘 돌봐 줄 거예요. 그렇지요, 엘파바 양? 참 자애로운 영혼이지." 학장이 말했다.

영혼이라는 말에 항상 발끈하는 엘파바는 입을 열었다가 다시 닫았다. 그녀는 문 쪽으로 살짝 고개를 끄덕였다. 유모는 더 이상 아무 소리 없이 일어나 자리를 떴지만 문을 닫고 나가기 전에 이렇게 말했다.

"제가 이런 불평을 한다면 주제넘은 줄은 알지만, 정말로 크림이 없나요? 장례식인데?"

마담 모리블은 문을 닫으면서 이렇게 말했다.

"어쩔 수가 없어."

그러나 글린다는 이 말이 하인들을 비난하는 것인지 동정을 구하는 것인지 분간이 가지 않았다. 학장은 치맛자락과 윗옷의 장식끈을 매만지며 매무새를 바로잡았다. 등자색 구리 장식편을 단 학장의 모습은 거꾸로 선 거대한 금붕어 여신 같았다. 글린다는 저 여자가 어떻게 학장 자리까지 올라갔는지 궁금해졌다.

마담 모리블이 말을 시작했다.

"아마 클러치가 이제 한 줌의 재로 돌아갔으니 우리는 용감하게 앞으로 계속 나아가야 해요. 여러분, 먼저 그녀가 죽기 전에 한 얘기를 좀 내게 들려주겠어요? 여러분이 슬픔에서 회복되려면 꼭 필요한 치료예요."

소녀들은 서로 눈을 피했다. 이런 상황에서 언제나 대변인 노릇을 하는 글린다가 숨을 한 번 들이쉬고 말했다.

"아, 마지막 순간까지 말도 안 되는 헛소리를 했어요."

"뭐, 당연히 그랬겠지요. 노망든 노인네이니까. 하지만 무슨 헛소리였나요?" 마담 모리블이 물었다.

"저희는 무슨 소리인지 알아듣지도 못하겠던걸요." 글린다가 대답했다.

"염소 박사의 죽음에 대해 무슨 말을 하지는 않았나 모르겠군요."

"염소 박사님에 대해서요? 글쎄요, 제대로 듣지를 못해서……" 글린다가 말했다.

"아마가 광란 상태에서 그 위태로웠던 순간으로 돌아간 게 아닌가 싶었어요. 죽음을 눈앞에 두고 살면서 풀리지 않던 수수께끼를 마지막으로 이해해 보려고 애쓰는 일이 종종 있으니까요. 물론 다 부질없는 짓이지만. 틀림없이 아마 클러치는 염소 박사의 시체며 피를 우연히 목격하고 혼란에 빠졌을 거예요. 그리고 그로메틱도 보았지요."

"예?"

글린다가 머뭇거리며 되물었다. 옆에 앉은 자매들은 동요한 티를 애써 감추었다.

"그 끔찍한 날 아침 나는 정신 수련을 하느라고 일찍 일어났답니다. 딜라몬드 박사님의 연구실에 불이 켜져 있더군요. 그래서 노 박사님의 기운을 북돋아 드리도록 그로메틱한테 차를 좀 갖다 드리라고 보냈지요. 그로메틱은 그 동물이 깨진 렌즈 위에 엎어져 있는 모습을 발견했어요. 발이 걸려 넘어져서 경정맥을 벤 것이 분명했어요. 참으로 슬픈 사고였어요. 과도한 학구적 열정과 상식 부족이 빚어낸 결과였지요. 누구나 적당한 휴식을 취해야 해요. 아무리 똑똑한 천재라도 쉴 땐 쉬어야 한답니다. 그로메틱은 놀라 맥을 짚어 보았지만 이미 숨이 멈춘 상태였다죠. 아마도 그때쯤 아마 클러치가 오지 않았나 싶어요. 그로메틱이 경정맥에서 뿜어져 나온 피를 뒤집어쓴 꼴을 보았겠죠. 아마 클러치는 난데없이 불쑥 나타나서 자기 일도 아닌데 끼어든 거예요. 아, 고인을 욕하자는 건 아니에요."

글린다는 새로이 솟는 눈물을 삼켰다. 아마 클러치가 그 전날 밤 뭔가 이상한 것을 보았다며 확인해 보러 나갔다는 말은 하지 않았다.

"죽 생각한 것인데, 그 피투성이 난장판을 본 충격이 최후의 일격이 되어 아마 클러치의 병을 재발하게 만들었던 것 같아요. 자, 이제 내가 지금 왜 그로메틱을 내보냈는지 알겠지요. 이건 아직도 대단히 민감한 사안이고, 아마 클러치는 그것이 염소 박사의 죽음에 책임이 있다고 생각했을 테니까요."

글린다가 주저하며 말을 꺼냈다.

"마담 모리블, 사실 아마 클러치는 제가 말씀드렸던 병을 앓은 적이 없어요. 제가 꾸며 낸 이야기였습니다. 하지만 나쁜 뜻으로 그런 건 아니었어요."

엘파바는 마담 모리블한테서 흥미로운 눈길을 떼지 않았다. 네사로즈의 속눈썹이 파르르 떨렸다. 마담 모리블은 글린다가 한 얘기를 벌써 알고 있었을지 모르지만 얼굴에는 그런 기색을 전혀 드러내지 않았다. 그녀는 밧줄로 매어 둔 나룻배처럼 흔들림 없이 침착했다.

"아, 그 말을 들으니 더더욱 내 관찰이 틀리지 않았던 것 같군요. 당신의 고 작고 영리한 머릿속에는 풍부한 상상력 이상의 예언적인 힘이 있어요, 글린다 양." 학장이 일어서자 치맛자락이 밀밭을 스치는 바람처럼 바스락거리는 소리를 냈다. "내가 지금부터 하는 얘기는 절대 비밀이에요. 여러분이 내 명령에 따라 주기를 바랍니다. 알겠어요?"

그들이 깜짝 놀라 말문이 막힌 모습을 학장은 동의로 간주하는 듯했다. 모리블은 그들을 내려다보았다. 글린다는 모리블이 물고기처럼 보이는 이유를 퍼뜩 깨달았다. 학장은 거의 눈을 깜박이지 않았다.

"감히 이름 부를 수도 없을 만큼 높은 분으로부터 권한을 부여받아 나는 대단히 중요한 임무를 맡게 되었어요. 오즈의 국내 안정에 극히 중대한 임무예요. 나는 몇 년간 이 임무를 완수하기 위해 죽 노력해 왔어요. 이제 때가 왔고, 자원을 내 뜻대로 쓸 수 있게 되었습니다."

모리블은 날카로운 눈길로 그들을 훑어보았다. 자원이란 바로 그들이었다.

"이 방에서 들은 내용을 절대 발설하면 안 돼요. 그럴 마음을 먹어서도 안 되고, 그러고 싶어도 그렇게 할 수 없을 거예요. 극히 민감한 사안이기 때문에, 여러분이 절대 누설하지 못하도록 한 명 한 명씩 누에고치 같은 실로 꽁꽁 결박해 놓았어요."

그녀는 엘파바가 항의하려 하자 손을 쳐들었다.

"안 돼요. 여러분에게는 이의를 제기할 권리는 없어요. 계획은 이미 시작되었고 여러분은 내 말을 잘 듣고 순순히 따르기만 하면 돼요."

글린다는 정말로 자기 몸이 실에 싸였거나 묶였거나 아니면 주문에 걸려 얼어붙었는지 살펴보았다. 그러나 글린다는 겁에 질려 그와 비슷한 상태가 되었을 따름이다. 그녀는 나머지 두 사람을 곁눈질해 보았다. 빛나는 구두를 신은 네사로즈는 의자에 몸을 뒤로 젖힌 채 겁이 나서인지 흥분해서인지 콧구멍을 벌름거리고 있었다. 반대쪽에 앉은 엘파바는 평소와 다를 바 없이 무표정한 얼굴이었다.

"여러분은 여기 이 조그만 요람, 갑갑하고 작은 둥지에서 여러 소녀들과 함께 살고 있어요. 아, 멍청한 남자 친구들도 주변에 있지요. 그들을 빼놓으면 안 되겠죠. 적어도 한 가지 일에는 쓸모가 있겠지. 그마저도 그리 믿을 만하지는 않지만. 얘기가 옆길로 샜군요. 여러분은 지금 나라가 어떤 상태인지 잘 몰라요. 점점 사회 불안이 도를 더해 가고 있다는 것도 전혀 모르고 있어요. 공동체는 위기에 처하고, 소수민족들은 서로 반목하고, 은행가들은 농부들과, 공장은 소매상인들과 갈등을 빚고 있어요. 오즈는 언제 폭발해서 유독한 고름으로 우리를 불태워 버릴지 모르는 화산이나 다름없어요. …… 마법사님은 강한 분 같죠. 아, 하지만 과연 그럴까요? 마법사님은 내정을 장악하고 있어요. 그분은 에브나 제미코, 플리안의 거머리 같은 족속들과 환율을 협상할 때는 절대 빈틈을 보이시지 않아요. 마법사님은 그 망해 가는 오즈마 머저리들의 핏줄들은 꿈도 못 꿀 만큼 유능하고 근면하게 에메랄드 시를 통치하고 계세요. 그분이 아니었더라면 우리는 벌써 옛날에 불바다에 휩쓸렸을 겁니다. 그저 감사할 따름이지요. 타락한 상황에서는 강한 주먹이 성공적인 결과를 낳지요. 유연하고 날렵하게 건되 강경책을 써야 하는 거예요. 내 말이 여러분 마음에는 안 들겠지요. 하지만 어떤 권력자가 항상 대중에게 좋은 얼굴만 보일 수 있겠어요? …… 설혹 그럴 수 있다 하더라도 실제 사정이 늘 보이는 것과 같을 수는 없어요. 얼마 전부터 마법사님의 수많은 계략이 언제까지나 통하지 않으리라는 사실이 분명해지기 시작했어요. 틀림없이 민중들의 폭동이 일어날 거예요. 그 어리석고 무지한 것들은 10년도 못 넘기고 무위로 돌아갈 정치적 변화를 위해 목숨을 바치지요. 의미 없는 삶에 그렇게 해서라도 의미를 부여해 보겠다는 건지. 그렇게 생각하지 않아요? 아무리 해도 그 밖에 이유를 생각해 낼 수 없군. 하여간, 마법사님에게는 대리인이 좀 필요해요. 장군도 몇 명 있어야겠지요. 결국에는 말이에요. 관리 능력이 뛰어난 사람도 있고, 상황 대처 능력이 뛰어난 사람도 있는 법이니까. …… 자, 여러분! …… 이 자리에 여러분 셋을 불렀어요. 여러분은 아직 어엿한 성인 여성들은 아니지만, 그 순간은 얼마 남지 않았어요. 여러분이 생각하는 것보다 더 빨리 닥쳐올 거예요. 여러분의 행동을 보면 걸리는 점도 있지만 어쨌든 여러분을 뽑을 수밖에 없었어요. 여러분 각각에게는 보기보다 더 많은 잠재력이 숨겨져 있으니까요. 제일 최근에 입학한 네사로즈 양, 학생에 대해서는 아직 모르는 것이 가장 많지만, 일단 학생이 그 신앙열을 벗어나기만 하면 무시무시한 권위를 보여 줄 거예요. 신체적 불구는 여기에서 전혀 문제가 되지 않아요. 엘파바 양, 학생은 늘 홀로 있기를 좋아하죠. 내 결박 주문에 묶여 있는 지금 이 순간조차도 거기 앉아 내가 하는 말 한마디 한마디를 비웃고 있죠. 그야말로 엄청난 내면의 힘과 의지력을 보여 주는 증거라 할 수 있어요. 나를 향해 전의를 불태운다 할지라도 깊은 경의를 느껴요. 그대는 마술에는 전혀 흥미를 보이지 않았고, 그렇다고 자연과학 쪽에 재능이 있는 것 같지도 않아요. 하지만 그대의 외톨이 늑대 같은 기질을 이용할 수 있겠어요. 당연히 그래야지요. 평생을 욕구 불만에 휩싸여 살 필요는 없어요. 그리고 글린다 양, 학생은 자신이 지닌 마법의 재능에 스스로 놀랐지요. 그랬을 거예요. 부디 그대의 성격이 엘파바 양을 좀 바꾸어 주기를 바랐지만, 결국 그러지 못했으니 엘파바 양의 강철 같은 성격을 더욱 확실히 알 수 있죠. …… 여러분의 눈빛에서 내가 어떤 방법을 쓸지 모두 궁금해하는 거 압니다. 다소 거칠게 옮기자면, 여러분은 지금 이런 생각을 하고 있겠죠. 저 마녀 모리블이 내 아마 클러치의 발에 못이 박히도록 만들어서 내가 엘파바와 한 방을 쓰도록 일을 꾸민 건 아닐까, 아마 클러치가 아래층으로 내려가 죽은 염소 박사를 발견하게 만들어서 그녀를 제거하고 유모가 오게 만들어 네사로스를 이 자리까지 끌어온 건가? 나한테 그 정도 힘이 있다고 생각해 준다면 나로서는 영광이군요."

학장은 말을 끊었다. 얼굴이 거의 붉어질 듯했지만, 그녀가 얼굴을 붉힌다는 것은 있을 수 없는 일이었다. 그녀가 다시 말을 계속했다.

"난 윗분들을 모시는 보조 역일 뿐입니다. 다른 이들의 재능을 키워 주는 것이 내가 타고난 재능이죠. 그래서 나는 교육이라는 소명에 부름을 받았고, 여기에서 작으나마 역사를 위해 기여하고 있어요. …… 이제 구체적인 얘기로 들어갑시다. 여러분이 본인들의 미래를 잘 생각해 보았으면 좋겠어요. 여러분을 고수 삼인방으로 임명하고 싶군요. 여러분에게 나라의 각각 다른 지역에서 막후 대리 임무를 할당해 주고 싶어요. 나는 감히 발뒤꿈치에도 미치지 못할 분들로부터 이러한 일을 할 권한을 부여받았습니다."

그러나 학장의 태도는 자신이 이러한 장막에 싸인 권력층으로부터 주목받을 가치가 충분하다는 듯이 당당했다.

"여러분은 말하자면 정부 최고위층의 비밀 조력자가 되는 거예요. 무지한 민중들 사이에서 통제하기 힘든 요소를 억제하는 데 일조하는 익명의 평화의 사절이 되는 셈이지요. 물론 아직 아무것도 결정된 바는 없어요. 여러분이 이 문제에 대해 하고픈 말이 있다면 나에게는 해도 좋지만, 서로 의견을 나누거나 다른 사람한테 발설해서는 안 돼요. 주문이 계속 걸려 있을 테니까. 하지만 여러분이 잘 생각해 보았으면 좋겠군요. 길리킨 어딘가에 고수를 한 명 두어야 해요. 글린다 양, 학생은 사회적 지위는 중간 정도이면서 야심에 불타고 있으니, 지방 군주들의 무도회장을 잘 누비고 다니는 한편 돼지우리 같은 곳에도 익숙할 테지요. 오, 그렇게 부르르 떨지 마요. 그대는 양가 부모 중 한쪽만 좋은 혈통이잖아요. 어쨌거나 그리 대단한 혈통이라고는 할 수 없지. 길리킨의 고수, 어때요, 글린다 양? 마음에 들어요?"

글린다는 그저 듣기만 할 수 있었다. 마담 모리블이 다시 말했다.

"엘파바 양, 당신은 10대답게 물려받은 지위를 우습게 알지만, 그래도 어쨌든 트롭 가 3대손이고, 그대의 증조할아버지인 트롭 영주님은 지금 노망이 든 상태죠. 언젠가는 당신이 콜웬 그라운즈에 남은 것, 그 네스트 하딩스의 잘난 척하는 무리들을 이어받겠지요. 그대라면 먼치킨랜드의 고수 노릇을 잘해 낼 겁니다. 그대의 피부색은 보기 흉하지만…… 아니, 어쩌면 바로 그것 때문에 그대가 반항적이고 권위에 굴복하지 않는 정신을 키워 왔겠죠. 보기에 구역질날 때만 아니면 아주 약간은 매력적이기도 해요. 그것도 나름대로 도움이 될 거예요. 내 말을 믿어 봐요. …… 그리고 네사로즈 양, 학생은 쿼들링에서 자랐으니 유모와 함께 그곳으로 돌아가고 싶을 테지요. 쿼들링의 개구리 같은 주민들을 마구 죽인 탓에 그곳 사회 상황은 그야말로 눈뜨고 못 봐 줄 지경이지요. 하지만 조금씩 회복되고 있습니다. 그러니까 루비 광산을 감독할 사람이 필요해요. 남쪽 지방에서 상황을 살필 사람이 있어야 하니까. 그대가 맹목적인 종교열을 극복하기만 하면 완벽하게 준비가 갖추어질 겁니다. 팔도 없으면서 상류사회의 삶을 기대하지는 않겠지요. 무엇보다도, 팔 없이 어떻게 춤을 추겠어요? …… 빈쿠스로 말하자면, 그곳에는 고수를 상주시킬 필요가 없을 거예요. 적어도 여러분 대에는. 기본 계획은 그 신에게서도 버림받은 곳의 주민들을 상당수 절멸시키기로 되어 있습니다."

이 대목에서 학장은 말을 멈추고 주위를 둘러보았다.

"오, 여러분. 여러분이 아직 어리다는 거 알아요. 이런 얘기를 들으면 마음이 무겁겠지요. 내 말을 징역형 선고처럼 생각하지 말고 기회로 여겨야 해요. 가슴에 손을 얹고 자신에게 물어보세요. 비록 침묵의 존재이기는 하나, 이만 한 명성과 책임이 따르는 지위를 맡으면 내가 얼마나 성장하겠는지? 내 재능이 얼마나 활짝 꽃을 피울지? 나의 조국 오즈에 내가 얼마만 한 힘이 될지?"

엘파바가 발을 비틀어 협탁 끝을 치는 바람에 잔과 잔 받침이 바닥에 떨어져 산산조각 났다.

마담 모리블이 한숨을 내쉬며 말했다.

"학생은 정말 어쩔 수가 없군요. 그 덕에 내 일이 쉬워지기는 하지만. 자, 여러분, 이제 여러분이 침묵을 지킬 것을 서약했으니, 가서 내가 한 말을 잘 생각해 봐요. 그 문제를 놓고 의논할 생각은 마요. 그래 봤자 머리하고 배만 아플 테니까. 도저히 견딜 재간이 없을걸. 다음 학기 중으로 한 번 여러분을 이곳으로 한 명씩 다시 부를 테니, 그때 대답해 주기 바랍니다. 여러분이 이 위급한 시기에 조국을 위해 일하지 않기로 한다면……."

학장은 짐짓 절망하는 척 양손을 맞잡았다.

"뭐, 바다에 물고기가 여러분뿐이겠어요?"

푸른 돌기둥 첨탑들 너머 북쪽에서 자줏빛 구름이 몰려들어 그날 오후는 날씨가 꾸물꾸물했다. 아침부터 기온이 10도나 떨어져서, 소녀들은 숄 자락을 꼭 여미고 술집으로 걸어갔다. 유모는 더러운 먼지바람에 몸을 덜덜 떨면서 외쳤다.

"고 늙은 참견쟁이가 나는 못 듣게 하고 무슨 할 말이 있었대요?"

그러나 그들이 해 줄 수 있는 말은 아무것도 없었다. 글린다는 다른 사람들과 눈을 마주칠 수도 없었다. 마침내 엘파바가 입을 열었다.

"아마 클러치를 위해 샴페인 한 잔씩 하자꾸나. 피치 앤 키드니에 닿으면."

"진짜배기 크림도 한 순갈 슬쩍해 뒀다우. 구두쇠 암퇘지 같으니라고. 망자에 대한 예의도 없어." 유모가 꿍얼댔다.

그러나 글린다는 결박 수준이 더 깊어져서 상상도 하지 못했을 만큼 깊이 파고들었다는 것을 알았다. 단지 그 일에 대해 말할 수 없게 된 정도가 아니었다. 그녀는 벌써 그 일에 관한 단어들을 잃어가면서 생각이 갈피를 잡을 수 없게 되었고, 그 면담을 기억에 떠올리기조차 힘들어지기 시작했다. 제안이 있었다. 그것은 제안이었다. 공무와 관련한 수상쩍은 제의였던가? 뭘 하라고 그랬는데…… 무도회장에서 춤을 추랬던가, 이해가 잘 되지 않았다. 웃음을 터뜨리고, 샴페인 잔을 들고, 잘생긴 남자가 장식 허리띠를 풀고 풀 먹인 소맷단을 그녀의 목에 대고 누르면서 그녀의 귀에 매달린 눈물방울 모양의 루비를 이로 긁는다…… 부드럽고 날렵하게 걷되 강경책을 써야 한다. 제안이 아니라 예언이었나? 미래에 대한 조금은 호의적인 격려였던가? 글린다는 다른 사람들 이야기도 귓등으로 흘리며 홀로 앉아 있었다. 마담 모리블이 그녀에게 직접 말을 걸고 있었다. 글린다의 잠재력에 대한 달콤한 증언이었다. 입신양명할 기회. 발걸음을 부드럽게 옮기되 거물과 결혼하라. 남자가 침대 틀에 야회용 타이를 걸쳐 놓고, 다이아몬드 장식 단추를 코로 밀어 그녀의 눈부신 목덜미 선을 따라 굴린다…… 이건 꿈이야, 마담 모리블이 그런 말을 했을 리 없는데! 슬픔으로 넋이 나간 게 틀림없다. 불쌍한 아마 클러치. 남들 앞에 잘 나서지 않는 친애하는 학장님으로부터 들은 위로의 말이라곤 그 한마디가 고작이었다. 그나마도 다들 있는 앞에서는 말하기 힘들었던 모양이다. 하지만 남자의 혀가 그녀의 다리 사이를 파고들고 사프란 크림 한 숟가락이…….

네사로즈가 다급하게 말했다.

"글린다를 잡아 줘. 난 못 하잖아. 난……."

그러더니 네사로즈가 유모의 품안으로 쓰러지는 것과 동시에 글린다는 정신을 잃었다. 엘파바가 억센 팔을 내밀어 쓰러지려는 글린다를 붙잡았다. 글린다는 정말로 의식을 잃지는 않았다. 그녀는 욕망의 환상에서 빠져나와 험상궂은 얼굴의 엘파바와 거북하리만치 몸을 바짝 붙이자, 혐오감으로 몸이 떨리면서 동시에 만족감을 느꼈다. 엘파바가 말했다.

"침착해, 여기서는 안 되지. 이겨내야 해!"

글린다는 물리치고픈 생각이 손톱만큼도 없었다. 그러나 사과수레가 그늘을 드리우고 상인들이 그날 팔다 남은 생선을 떨이로 팔고 있는 시장통은 영 그럴 만한 장소가 못 되었다. 엘파바가 목구멍 깊숙한 곳에서 말을 끄집어내듯이 말했다.

"힘내야지, 자 글린다…… 머리를 좀 더 써 봐…… 기운 내고! 너를 정말로 좋아해. 기운 내란 말이야, 이 바보야!"

엘파바가 글린다를 곰팡내 나는 짚더미 위에 부려 놓자 그제야 그녀가 말했다.

"아, 정말이지 그렇게 낭만적인 말까지 주절댈 필요는 없다고!"

그러나 병이 한 차례 휩쓸고 막 지나간 것처럼 기분이 한결 나아졌다.

"아가씨들, 내 분명히 일러두겠는데, 기절하는 건 다 신발이 너무 꽉 끼는 탓이라우." 유모는 네사로즈의 휘황찬란한 신발을 벗겨 주면서 말했다. "제정신이 박힌 사람들이라면 가죽신이나 나무 신발을 신지."

유모는 네사로즈의 발등을 잠시 주물러 주었다. 네사로즈는 신음을 토하며 등을 웅크렸으나 잠시 후 숨을 고르게 쉬기 시작했다.

유모가 잠시 있다가 말했다.

"오즈로 돌아온 것을 환영해요. 거기에서 학장이랑 무슨 얘기를 했우?"

"가자고요, 다들 기다리고 있잖아. 꾸물거릴 틈이 어디 있어. 비가 올까 걱정이네." 엘파바가 말했다.

피치 앤 키드니에는 나머지 무리들이 홀에서 몇 계단 위에 있는 작은 방에 탁자 하나를 차지하고 앉아 있었다. 아직 오후인데도 벌써 그들은 얼근히 취한 상태였다. 이미 한 차례 눈물바다를 이룬 흔적들이 역력했다. 애버릭은 한 팔을 피예로에게 두르고 다리는 센센의 무릎 위로 쭉 뻗은 채 벽돌벽에 기대어 몸을 수그리고 앉아 있었다. 보크와 크롭은 뭔가 입씨름을 벌이고 있었고, 티벳은 파니에게 끝없이 이어지는 노래를 불러 주고 있었다. 파니는 그의 허벅지에서 제일 두꺼운 곳에 화살이라도 꽂아 주고 싶다는 표정이었다.

"아, 숙녀 분들이 오셨구먼." 애버릭이 혀 꼬인 소리로 웅얼거리며 일어설 듯 몸을 움직였다.

그들은 노래를 부르고 수다를 떨고 샌드위치를 주문했다. 애버릭은 아마 클러치를 추모하는 뜻에서 사프란 크림을 한 쟁반 가져오라며 동전 무더기를 턱 내놓았다. 과연 돈의 위력은 대단하여 식품 창고에서 크림이 발견되었다. 글린다는 이유는 몰랐지만 왠지 불안감을 느꼈다. 그들은 구름같이 쌓인 크림을 숟가락으로 떠서 서로의 입에 넣어 주기도 하고, 조각하듯 모양을 만들기도 하고, 샴페인에도 섞고, 조금씩 떠서 서로에게 던지기도 했다. 마침내 술집 주인이 와서 그들에게 꺼지라고 화를 냈다. 그들은 투덜대면서도 몸을 일으켰다. 그들은 이것이 그들이 다 함께 보내는 마지막 시간이라는 사실을 알지 못했다. 알았더라면 좀 더 머물렀을 텐데.

빗줄기는 멎었지만 거리는 여전히 빗물 흐르는 소리로 시끄러웠다. 가로등 불빛이 희미하게 빛나면서 조약돌 사이에 차 있는 은빛 물웅덩이에서 춤을 추었다. 그들은 그늘 속에 도적이나 배고픈 방랑객이 숨어 있을지도 모른다는 상상을 하면서 서로 꼭 붙어 서 있었다. 애버릭이 밀짚 인형처럼 유연성을 자랑하듯 한쪽 발을 이쪽 저쪽으로 옮기면서 말했다.

"좋은 수가 있어. 오늘 밤 철학 클럽에 갈 사람?"

"오, 그러지 마요." 그 정도로 취하지는 않았던 유모가 말했다.

"난 가고 싶어." 네사로즈가 평소보다 더 몸을 휘청거리면서 우는소리를 냈다.

"그게 뭔지도 모르면서." 보크는 딸꾹질을 하면서 킬킬댔다.

"상관없어요. 오늘 밤에는 혼자 남기 싫어. 나만 빼놓으면 싫어. 난 집에 가고 싶지 않단 말예요!" 네사로즈가 말했다.

"쉬잇,. 네시, 조용히 해야지, 귀염둥이. 너나 내가 갈 곳이 아니야. 이리 오렴. 집에 가자, 글린다. 가자꾸나." 엘파바가 말했다.

글린다가 눈을 크게 뜨고 엘파바를 향해 손가락을 치켜들며 말했다.

"이제 나한테는 아마가 없어. 내 일은 나 스스로 알아서 해. 난 철학 클럽에 가고 싶어. 그게 진짜인지 알아볼 거야."

"다른 사람들은 하고 싶은 대로 해도 좋지만 우린 집에 가야 해." 엘파바가 말했다.

글린다는 엘파바 쪽으로 돌아섰다. 엘파바는 어쩔 줄 모르고 있는 보크에게 말했다.

"자, 보크, 넌 그런 구역질나는 곳에 갈 생각 없겠지. 그렇지? 남자 애들한테 휘둘려서 하기 싫은 짓을 억지로 하지는 말라고."

보크는 말을 매는 말뚝에게 말을 거는 듯한 모습으로 말했다.

"넌 날 몰라. 엘피, 내가 무얼 원하는지 네가 어떻게 알아? 나도 아직 알아내지 못했다면? 응?"

"같이 가자. 제발. 우리가 공손하게 부탁해도 안 되겠니?" 피예로가 엘파바에게 말했다.

"나도 갈 거야." 글린다가 징징거렸다.

"오, 그래, 가자, 우리 예쁜 글린다." 보크가 말했다. "어쩌면 우리가 뽑힐지도 몰라. 옛 정을 생각해서 가자고. 결국 우린 깨졌지만."

나머지 사람들은 잠에 취한 마부를 깨워 마차를 빌렸다.

"보크, 글린다, 엘피, 이리 와. 웬일로 오늘따라 겁쟁이들처럼 뒤로 빼고그래?" 애버릭이 창에서 불렀다.

"보크, 생각 좀 해봐." 엘파바가 간곡히 말했다.

"난 항상 생각만 한다고. 느껴 본 적은 한 번도 없어. 제대로 살아 보지 않았단 말이야. 가끔 가다 한 번 정도는 괜찮잖아? 딱 한 번도 안 돼? 내가 키가 작다고 해서 어린아이는 아니란 말이야, 엘피!"

"지금까지는 아니었지." 엘파바가 대꾸했다.

애가 오늘 밤따라 왜 이렇게 친한 척할까. 글린다는 이런 생각을 하면서 몸을 비틀어 빼어 마차에 오르려 했다. 그러나 엘파바가 그녀의 팔을 움켜잡고 돌려세웠다.

"가면 안 돼. 우린 에메랄드 시로 갈 거야." 엘파바가 속삭였다.

"난 친구들이랑 철학 클럽에 갈 거야……."

엘파바가 쉿소리를 냈다.

"이 바보 멍청아, 오늘 밤에 섹스에 시간 낭비할 틈이 없단 말이야!"

유모는 벌써 네사로즈를 끌어내렸다. 마부가 고삐를 당기자 마차가 천천히 덜거덕거리며 굴러갔다. 글린다는 비틀거리며 물었다.

"너, 지금 뭐라고 했어?"

"같은 말 두 번은 안 해. 너랑 나랑 오늘 밤 크레이지홀로 되돌아가서 짐을 싸는 거야. 그리고 떠나자고." 엘파바가 말했다.

"하지만 교문은 잠겨 있을 텐데……."

"정원 담을 넘으면 돼. 무슨 수를 써서라도 마법사를 만나야 해."

7

보크는 자신이 마침내 철학 클럽을 향하고 있다는 사실을 믿을 수 없었다. 그는 결정적인 순간에 토하는 일이 없기만을 바랐다. 머리가 깨질 듯이 아팠지만, 내일 모든 일이 다, 아니면 하다못해 중요한 부분이라도 기억에 남아 있기를 바랐다.

그곳은 시즈에서 가장 유명한 비밀 술집인데도 제법 말쑥했다.

건물 앞쪽 창문은 벽판을 대어 가려 놓았다. 원숭이 두엇이 건물 앞 길거리를 어슬렁거리며 말썽꾼들을 미리 쫓아내고 있었다. 애버릭은 마차에서 내리는 일행의 수를 신중하게 헤아렸다.

"센센, 크롭, 나, 보크, 티벳, 피에로, 파니. 일곱이군. 어떻게 이 인원이 다 마차에 탔는지 모르겠네."

애버릭은 마차 삯을 주고 아마 클러치에게 경의를 표한다는 애매한 이유로 팁까지 얹어 주었다. 그런 다음 말없이 모여 있는 친구들을 밀치고 나가 앞장섰다.

"이봐, 우린 나이도 됐고 술도 알맞게 취했어." 애버릭은 창문에 나타난 그늘에 가려진 얼굴을 향해 말했다. "일곱이야. 모두 일곱 명이라고. 마음씨 좋은 양반."

그 얼굴은 유리창에 바짝 다가와 그들을 흘끔흘끔 보았다.

"내 이름은 야클이야. 양반도 아니고 마음씨가 좋지도 않아. 오늘 밤에는 어떤 것으로 할 거지?"

창틀 사이로 말하는 이는 이가 듬성듬성하고 반짝거리는 분홍빛 가발을 반들거리는 대머리에 걸친 노파였다.

"어떤 것? 아무 거나 좋아." 애버릭이 더 용감하게 말했다.

"표 말이야. 홀에서 놀겠어, 아니면 옛 포도주 저장고에서 뒹굴 테요?"

"포도주 저장고." 애버릭이 대답했다.

"이 집 규칙은 알고 있지? 문은 다 잠겨 있고 선불이야."

"일곱 장 달라니까. 서둘러요. 누굴 바보로 아나."

"댁들이야 당연히 바보가 아니지. 자, 여기 있소." 그 사람 같지 않은 노파가 말했다. 노파는 유일교의 성처녀 그림처럼 덕스러운 자세를 흉내 내 보였다. "들어가서 구원받아."

문이 활짝 열리고, 그들은 울퉁불퉁한 벽돌 계단을 따라 내려갔다. 계단 밑에는 자주색 두건을 걸친 난쟁이가 있었다. 난쟁이는 그들의 표를 보고 이렇게 말했다.

"이런 보송보송한 손님들이 어디에서 왔을까? 도시 밖에서?"

"우린 모두 대학생들이에요." 애버릭이 말했다.

"오합지졸 패거리군. 좋아, 다이아몬드 표 일곱 장이군. 여기를 봐요. 여기 붉은색 다이아몬드가 일곱 개 찍혀 있지. 그리고 여기도. 술 한잔 걸치고 나체쇼도 구경하고, 원한다면 춤도 좀 춰 봐. 한 시간마다 이 길가 쪽 문을 닫고 다음 문을 열지요."

난쟁이는 큼지막한 참나무 문을 가리켰다. 철제 걸쇠에 무지막지한 통나무 두 개가 얹혀 있었다.

"다 같이 들어가지 않으면 다 못 들어가. 그게 이 집 규칙이야."

여가수가 앵무새 깃털 목도리로 자기 몸을 간질이면서 「오즈마 없는 오즈가 대체 무엇이랴」라는 풍자곡을 부르고 있었다. 요정들로 이루어진 소규모 악단(진짜 요정들이었다!)이 피리를 불고 주석 깡통을 흔들어 반주했다. 보크는 요정들의 군락이 러시마진스에서 멀지 않은 곳에 있다는 것은 알고 있었지만, 요정을 본 것은 난생처음이었다.

"정말 신기하네." 보크는 앞으로 조금씩 밀고 나가면서 말했다.

요정들은 빨간 모자만 쓰고 옷은 홀딱 벗고 있어서 털 없는 원숭이처럼 보였다. 그들은 성별을 알아볼 수 있는 특징이 전혀 없었다. 완전히 초록색이었다. 보크는 엘파바에게 말하려고 몸을 돌렸다. 봐, 엘피, 꼭 네 아이들이 무더기로 있는 것 같아. 하지만 엘파바의 모습은 보이지 않았다. 그제야 그녀가 오지 않았다는 사실이 기억났다. 말할 것도 없이 글린다도 오지 않았다. 젠장.

그들은 춤을 추었다. 보크는 이렇게 각양각색의 종자가 뒤섞인 군중을 근래 본 적이 없었다. 동물, 인간들, 난쟁이들, 요정들, 미완성이거나 실험 단계의 성별을 지닌 시계태엽 장치들도 여럿 있었다.

체격 좋은 금발머리 소년들 한 부대가 커다란 싸구려 포도주 잔을 들고 홀을 돌았다. 술은 공짜였으므로 친구들은 마음껏 마셨다.

"더 이상 무모하게 나아가도 좋을지 모르겠어." 파니가 보크에게 말했다.

"봐, 저 닳아빠진 암컷 비비는 아예 벌거벗다시피 했어. 오늘 밤은 이쯤 하는 게 좋지 않을까." 보크가 말했다.

"그렇게 생각해? 난 아직 얼마든지 괜찮은데. 하지만 네가 불안하다면야, 뭐."

오, 만세, 빠져나갈 길이 생겼군. 보크도 슬슬 마음 한구석이 불안해지던 참이었다.

"그럼 애버릭을 데려오자. 그 녀석 저쪽에서 센센한테 치근대고 있어."

그러나 그들이 혼잡한 무도장을 가로질러 지나가기도 전에 요정들이 밴시〔가족의 죽음을 예고한다는 여자 요정〕처럼 날카로운 소리를 지르기 시작했다. 가수는 엉덩이를 쑥 내밀고 이렇게 말했다.

"자, 짝짓기 시간입니다! 신사 숙녀 여러분! 시작하겠습니다."

가수는 손에 쥔 쪽지를 곁눈질했다.

"검은 클럽 다섯 장, 검은 클럽 세 장, 빨간 하트 여섯 장, 빨간 다이아몬드 일곱 장, 그리고…… 신혼이시군요. 근사하네요……."

가수는 구역질하는 시늉을 했다. "검은 스페이드 두 장이군요. 자, 이제 영원한 환락이 바로 눈앞에 있습니다, 여러분."

"애버릭, 안 돼." 보크가 말했다.

그러나 문 앞에 있던 야클이라던 쪼그랑 할멈이 덜컹 소리를 내며 홀로 들어왔다. 정문을 당분간 잠가 두기로 했음이 분명했다. 노파는 호명한 카드를 가진 사람들을 기억하고 있어서, 실실거리며 그들을 앞으로 끌어냈다.

"자, 다들 신나게 즐길 준비를 해봐. 이제 막 밤이 시작되는 거라고! 기운을 차려 봐, 젊은이들, 이건 장례식이 아니라 신나는 파티야!"

장례식이 있긴 했지. 보크는 아마 클러치의 따스하고 겸손했던 영혼을 기억해 내려 애썼다. 그러나 그런 때가 한순간 존재했다 해도 지난 시간은 이미 지나간 것이다.

그들은 참나무 문으로 들어가 벽에 붉은색과 푸른색 벨벳을 댄 약간 경사진 복도를 내려갔다. 흥겨운 가락이 멀리에서 들려왔다. 귀에 거슬리는 춤곡이었다. 자줏빛이 감도는 모퉁이를 돌자 불에 구운 달콤하고 부드러운 팀 이파리 냄새도 풍겨 왔다. 야클이 앞장서서 스물세 명의 술에 취해 홍청대는 젊은이들의 행렬을 인도했다. 그들은 불안과 흥분, 음탕한 기분이 마구 뒤섞인 상태였다. 난쟁이가 뒤를 따랐다. 보크는 정신이 오락가락하는 와중에도 최대한 주위 상황을 살폈다. 엉덩이까지 올라오는 장화를 신고 망토를 두른 호랑이가 뒷발로 서서 걸어갔다. 은행가 두엇과 그들의 밤 상대들은 모두 검은 가면을 쓰고 있었다. 나쁜 소문이 퍼지는 것을 막기 위해서일까, 아니면 흥분을 더욱 높이려는 최음제 역할일까? 에브와 플리안에서 사업차 도시로 온 상인들 무리도 있었다. 보석으로 온몸을 휘감았으나 늙수그레해 보이는 여자들도 두엇 있었다. 신혼부부는 길리킨 사람들이었다. 보크는 자기 일행이 그 길리킨 사람들처럼 입을 헤벌리고 쳐다보지 않기를 바랐다. 주위를 둘러보니 애버릭과 센센만 분위기에 푹 빠진 모습이었다. 피에로도 그랬다. 아마도 아직 뭐가 뭔지 상황을 다 파악하지 못한 탓일 것이다. 다른 친구들은 다소 불안한 듯 주춤거렸다.

그들은 작고 어두운 원형극장으로 들어갔다. 공간은 여섯 개의 칸막이 방으로 나뉘어 있었다. 천장은 어둠에 가려 보이지 않았다. 양초 불이 가늘게 흔들렸다. 공허한 음악이 벽 사이의 틈에서 울려 나와 딴 세상 같은 분위기를 한층 더했다. 칸막이들은 격자 모양의 수직 나무 판과 거울로 분리되어 있었다. 무리들이 저마다 섞여 앉게 되어, 친구들과 동반자들은 뿔뿔이 흩어졌다. 공기 중에도 향냄새가 떠노는 건가? 보크의 마음이 콩깍지처럼 반으로 쪼개어져 더 보드랍고 편안한 마음이 드러나는 것만 같았다. 더 부드럽고, 더 상처 입기 쉬운 면, 내밀한 의도, 감정적인 자아가.

보크는 점점 더 어떻게 돌아가는 판인지 모르겠다고 느끼면서도 그 편이 점점 더 마음에 들었다. 대체 무엇 때문에 그리 바짝 긴장했던가? 보크는 등받이 없는 의자에 앉아 주위를 둘러보았다. 검은 가면을 쓴 남자, 미처 있는 줄도 몰랐던 코브라, 뜨거운 숨결을 거칠게 내뿜고 있는 목덜미가 투실투실한 호랑이, 아름다운 여학생이 거의 불가사의하리만치 가까이에 있었다. 저 여학생이 신혼부부였던가? 그때 모든 칸막이가 부드럽게 흔들리는 양동이처럼 앞쪽으로 기운 것 같았다. 어쨌든 그들은 중앙의 무대, 장막으로 가려진 희생 제단을 향해 모두 몸을 숙였다. 보크는 깃과 허리띠를 느슨하게 풀고, 심장과 배 사이에서 치밀어 올라오는 격렬한 욕망을 느꼈다. 그 아래의 물건까지 딱딱해졌다. 피리 소리가 느려진 것일까, 아니면 그가 구경하는 데 정신이 팔려 호흡이 너무 느려진 나머지 자기 안에 숨어 있던 비밀스러운 영역이 중요한 상대도 없는 곳에서 모습을 드러냈을까?

난쟁이가 이제 더 어두운 색의 두건을 쓰고 무대 위로 올라왔다. 난쟁이는 모든 칸막이를 다 볼 수 있는 유리한 위치에 있지만, 분리된 칸막이의 구경꾼들은 서로를 볼 수 없었다. 난쟁이가 몸을 내밀어 여기저기 손을 뻗어 환영 인사를 하며 손짓으로 불렀다. 난쟁이는 한 칸에서 어떤 여자를, 다른 칸에서는 한 남자를(티벳이었나?), 또 보크가 앉아 있던 칸에서는 호랑이를 불러냈다. 보크는 난쟁이가 세 사람의 코 밑에 연기가 피어오르는 호리병을 스치고 그들이 옷을 벗도록 도와주는 모습을 보면서 자기가 뽑히지 못한 데 가벼운 실망감을 느꼈다. 무대 위에는 수갑, 향기 나는 기름과 피부 연화제를 담은 쟁반, 아직도 그늘 속에 가려져 있어 내용물이 보이지 않는 궤가 있었다. 난쟁이는 그들의 머리에 검은 안대를 둘러 주었다.

호랑이가 네 발로 땅을 짚고 부드럽게 으르렁대며 괴로워서인지 흥분해서인지 머리를 앞뒤로 흔들었다. 티벳은 거의 의식을 잃고는 무대 바닥에 등을 대고 누워 있었다. 호랑이가 그의 몸을 넘어가 꼼짝 않고 섰다. 그동안 난쟁이와 조수들은 티벳의 몸을 들어 올려 그의 양 손목을 호랑이의 가슴팍에 묶고, 그의 발목은 호랑이의 골반을 둘러서 묶었다. 그리하여 티벳은 호랑이의 배에 꼬챙이에 꿴 돼지처럼 매달린 형상이 되었다. 그의 얼굴은 호랑이의 가슴 털에 묻혀 보이지도 않았다.

여자는 마치 거대하게 기울어진 그릇처럼 생긴 기운 걸상 위에 앉아 있었다. 난쟁이가 뭔가 좋은 향내가 나는 점액질 같은 것을 그늘진 곳에 쑤셔 넣었다. 그런 다음 난쟁이는 이제 몸을 뒤틀며 호랑이의 가슴팍에 얼굴을 묻고 신음을 토하기 시작한 티벳을 가리켰다.

"X를 이름 없는 신이라 하죠."

난쟁이는 티벳의 갈빗대를 쿡 찌르며 말했다. 그 다음 난쟁이는 말채찍으로 호랑이의 옆구리를 철썩 때렸다. 호랑이는 몸을 앞쪽으로 팽팽하게 당기면서 머리를 여자의 가랑이 사이에 쑤셔 박았다.

"Y는 동굴 속의 타임 드래곤이라 하죠." 난쟁이가 말하면서 다시 한 번 호랑이를 때렸다.

난쟁이는 여자를 조개껍데기로 때리고, 그녀의 젖꼭지에 빛나는 고약을 발라 주었다. 그런 다음, 그녀에게 호랑이의 옆구리와 얼굴을 때리도록 말채찍을 건넸다.

"그리고 Z는 쿰브릭 마녀라 하지요. 그녀가 오늘 밤 존재한다면 우리에게 보여 주오……."

사람들은 더 가까이, 거의 무대 위까지 다가갔다. 사향처럼 스멀거리는 모험심에 그들은 자기들 옷의 단추를 뜯고 입술을 잘근잘근 씹으며 점점 더 앞으로 앞으로 밀고 들어갔다.

"이것이 우리의 방정식에서 변수라 할 수 있지요." 난쟁이는 방이 어두워지자 이렇게 말했다. "자, 이제 참된 비밀의 지식을 연구해 볼까요."

8

시즈의 기업가들은 처음에는 마법사의 권력이 강해지는 것을 경계했다. 그래서 시즈에서 에메랄드 시까지 철도 건설을 계획했다가 무산시켰다. 시즈에서 에메랄드 시까지는 사흘이 족히 걸렸다. 하지만 그나마도 날씨가 완벽하고, 계속해서 말을 갈아탈 만큼 주머니가 넉넉한 경우의 이야기였다. 글린다와 엘파바는 일주일이 넘게 걸렸다. 춥고 쓸쓸한 한 주였다. 가을바람이 불어올 때마다 나뭇잎들이 지기 싫다는 듯 메마른 외마디 비명 같은 소리를 내며 떨어졌다.

그들은 다른 3등급 여행자들처럼 여인숙 주방 위의 골방에서 쉬었다. 울퉁불퉁한 침대 하나밖에 없어서 그들은 온기를 느끼고 용기를 얻기 위해 서로 꼭 껴안고 잠을 잤다. 글린다는 스스로에게 이 편이 안전하기 때문이라고 속삭였다. 아래의 마구간 마당에서는 마부들의 외침이 들려왔고, 부엌일 하는 하녀들은 시도 때도 없이 시끄럽게 들락거렸다. 글린다는 무서운 꿈을 꾸다 깬 듯이 화들짝 놀라 엘파바의 곁으로 더 깊이 파고들곤 했다. 엘파바는 밤에는 절대 잠을 자지 않는 것 같았다. 온종일 형편없이 초라한 마차를 타야 하는 낮 시간이 되면, 엘파바는 글린다의 어깨에 기대어 꾸벅꾸벅 졸았다. 바깥의 풍경은 점점 더 건조하고 다양해졌다. 나무들은 힘을 보존하려는 듯 바싹 말랐다.

모래투성이 관목지는 농장으로 개간되었다. 목초지에는 소를 너무 많이 풀어 놓았다. 소들의 주름 잡힌 어깨뼈 사이는 종잇장처럼 얇았으며, 음매 하는 울음소리에도 절망이 깃들어 있었다. 농장에는 공허한 적막감이 깊이 배어 있었다. 글린다는 한 번은 문간에 서 있는 농장 여자를 보았다. 그녀는 앞치마 주머니에 손을 깊이 찌른

채 슬픔과 분노로 주름진 얼굴을 들어 무심한 하늘을 올려다보고 있었다. 마차가 지나가는 모습을 보자, 그녀의 얼굴에 그 마차에 타든가, 죽어 버리든가, 이 먹고 살 것도 없어진 황폐한 땅 아닌 다른 어디라도 가고 싶다는 간절한 소망이 떠올랐다.

농장을 지나자 황폐해진 밀방앗간과 버려진 농원이 나타났다. 그러더니 돌연 그들의 눈앞에 에메랄드 시가 불쑥 솟아나듯이 나타났다. 제 주장만 내세우고 모든 것을 선언으로 덮어 버리는 도시. 중앙 지대인 오즈의 밋밋하기 짝이 없는 평원 한가운데 신기루처럼 솟아나 지평선 위에 엉긴 듯이 있다니 이해가 안 되었다. 글린다는 처음 본 순간부터 혐오를 느꼈다. 오만불손하게 갑자기 불쑥 솟아나온 것이 영 마음에 들지 않았다. 그녀는 이것이 기죽지 않고 자기 주장을 내세우는 길리킨인 특유의 우월성이라고 생각했다. 그렇게 생각하니 기분이 좋아졌다.

마차가 북쪽 성문 중 하나를 통과하자 다시 시끌벅적한 삶의 현장이 나타났다. 그러나 그 분위기는 시즈보다 덜 억눌리고 자유로운 도회적 분위기였다. 에메랄드 시는 그 자체로는 흥겨운 분위기가 아니었고, 그런 분위기가 도시에 어울리지 않는다고 여기는 듯했다. 공공장소, 광장, 공원과 건물, 연못 어디를 보나 대단히 잘난 척하는 분위기가 넘쳤다.

"유치하기 짝이 없군. 풍자적인 맛은 눈을 씻고 찾아봐도 없어. 온통 화려한 겉치레와 허식뿐이라니!" 글린다가 웅얼댔다.

그러나 에메랄드 시를 시즈에 오는 길에 딱 한 번 지나치며 봤을 뿐인 엘파바는 건축물에 전혀 흥미를 보이지 않았다. 그녀는 사람들한테서 눈을 떼지 않았다.

"동물이 없어. 어쩌면 그들은 모두 지하로 숨었을지도 모르지."

"지하라고?"

글린다는 놈 왕과 그의 지하 식민지나 글리쿠스 광산의 난쟁이들, 옛 신화에 나오는 공기 없는 무덤에서 오즈의 세계를 꿈꾼다는 타임 드래곤 따위의 전설들을 떠올렸다.

엘파바가 말했다.

"은신처에 있겠지. 봐, 저 가난한 사람들. 오즈가 기근을 겪고 있어서인가? 농장들이 망해 버렸기 때문인 거야? 아니면 단지…… 인구가 넘쳐서일까? 소모품에 불과한 인간들이 너무 많이 남아도나? 저들을 봐, 글린다. 이게 진짜 문제야. 쿼들링은 가진 게 아무것도 없었지만, 이보다는…… 더……."

그들이 마차를 달리는 대로에서 갈라져 나온 골목길에는 양철과 마분지로 이은 빈민들의 집 지붕이 있었다. 빈민들 중에는 몸집이 작은 먼치킨랜드인들도 있었지만 상당수는 어린아이였다. 난쟁이도 있고 굶주림과 고생에 찌들어 허리가 휜 길리킨 사람들도 있었다. 마차가 천천히 지나가자 사람들이 얼굴을 내밀었다. 이가 다 빠지고 발도 종아리도 없는 길리킨 청년 하나가 뭉툭한 무릎으로 상자 속에 서서 구걸을 하고 있었다. 쿼들링 사람도 있었다.

"봐, 쿼들링이야!" 엘파바가 글린다의 손목을 움켜쥐고 외쳤다.

글린다의 눈에 혈색이 불그스레한 숄을 두른 여인이 들어왔다. 그녀는 목에 둘러맨 띠에 든 아기에게 작은 사과를 주고 있었다. 하녀 같은 차림새의 길리킨 소녀들 셋도 있었다. 한 무리의 아이들이 새끼 돼지처럼 꽥꽥 소리를 지르며 달려가 한 상인을 밀어붙여 그의 호주머니를 털고 있었다. 넝마주이가 손수레를 밀고 지나갔다.

가판대 주인들은 상품을 방범창 밑에 넣어 놓았다. 민병대 같은 사람들이 넷씩 한 조를 이루어 곤봉을 휘두르고 칼로 무장한 채 거리를 활보했다.

그들은 마부에게 삯을 치르고 옷 보따리를 들고 궁정을 향해 걸었다. 궁정은 수많은 둥근 지붕과 첨탑, 녹색 대리석으로 된 버팀벽, 푸른 마노 가리개를 친 움푹 들어간 창문 등으로 이루어져 있었다. 중앙 탑에 폭이 넓은 천개가 알현실 위에 드리워져 있는 것이 특히 눈에 확 띄었다. 그 천개들은 망치로 두드려 편 순금 박편에 덮여 늦은 오후 햇살을 받아 눈부시게 빛났다.

그들은 닷새 후 문지기, 접수처, 사교 담당 비서관을 통과했다. 그리고 몇 시간을 앉아서 기다린 끝에 알현 담당관과 3분간 접견했다. 엘파바는 일그러지고 딱딱하게 굳은 표정으로 간신히 꽉 다문 입술 사이로 "마담 모리블"이라는 말을 뱉어 냈다. 알현 담당관이 말했다.

"내일 11시입니다. 익스로 가는 사절과 가정 수호 사회 육성 여성회의 단장님 사이에 4분간 시간이 있습니다. 반드시 정장을 차려입고 오도록."

그는 그들에게 규칙을 적은 카드를 건넸다. 품위 있게 옷을 잘 갖춰 입고 오지 않으면 접견을 허락받지 못한다는 내용이었다.

다음 날 오후 3시, 익스 사절이 분을 삭이지 못하며 알현실을 떠났다. 글린다는 열여덟 번째로 여행용 모자의 구겨진 깃털을 매만지며 한숨을 쉬었다.

"이제 할 말이 있으면 네가 다 해야 해."

엘파바는 고개를 끄덕였다. 글린다의 눈에 엘파바는 지치고 겁에 질렸지만, 뼈와 피가 아니라 쇠와 위스키로 이루어진 사람인 양 강인하게 보였다. 알현 담당관이 대기실 문가에 모습을 나타냈다.

"여러분에게 허용된 시간은 4분입니다. 명령을 받기 전까지는 절대 가까이 다가가면 안 됩니다. 호명을 받기 전까지는 절대 말을 해도 안 됩니다. 질문에 대한 대답이 아니라면 감히 발언하지 마십시오. 마법사님을 '폐하'라고 부르는 편이 좋을 겁니다."

"그 호칭은 상당히 제왕처럼 들리는데요. 왕족들은……."

그러나 이 대목에서 글린다가 엘파바의 옆구리를 찔러 입을 다물게 했다. 정말이지 엘파바는 가끔 상식이 없어도 너무 없다. 하마터면 설익은 급진주의로 면전에서 퇴짜를 맞을 뻔했다.

알현 담당관은 신경 쓰지 않았다. 그들이 신비한 기호며 비교의 상형문자가 조각된 높직한 이중문으로 다가갈 때 알현 담당관이 말했다.

"마법사님은 오늘 윙키 북쪽 우가부 지역에서 일어난 폭동에 대한 보고를 받으신 탓에 심기가 편치 않으십니다. 미리 마음의 준비를 해 두는 편이 좋을 겁니다."

무표정한 얼굴의 문지기 두 명이 문을 열어 주었다. 그들은 문을 통과해 들어갔다.

그러나 왕좌는 그들 눈앞에 바로 나타나지 않았다. 대신 왼쪽으로 대기실이 있었고, 아치형 통로를 지나자 또 다른 대기실이 나왔다. 그러나 이번에는 방향을 바꾸어 오른쪽에 있었다. 그 너머에 또 다른 대기실이 있고, 더 가니 또 대기실이 있었다. 서로 마주 보게 놓은 거울 속에 끝없이 반사된 복도를 지나는 것 같았다. 그러면서 점점 안쪽으로 들어갔다. 글린다는 점점 좁아지면서 다른 방향으로 구부러지는 앵무조개 껍데기 속을 지나는 것 같다고 생각했다. 그들은 열 개쯤의 방을 돌았다. 방은 점점 더 작아졌고, 각 방은 납을 섞은 위쪽 창틀에서 부드럽게 감싸듯이 떨어지는 빛으로 환했다. 마침내 대기실이 끝나고 통로 끝에서 굴속 같은 원형의 큰 방이 나타났다. 넓다기보다는 천장이 높고 예배실처럼 어둑했다. 고풍스러운 연철 스탠드를 받친 피라미드 모양의 구조물에는 무수히 많은 심지가 박혀 있고, 심지마다 불이 밝혀져 있었다. 공기는 빽빽하고 다소 가루가 날리는 듯한 느낌이었다. 원형 연단 위에 왕좌가 보였지만 마법사는 거기 없었다. 원형 연단에 박힌 에메랄드가 촛불 빛을 반사하여 둔중한 광채를 내뿜었다.

"화장실에라도 간 모양이군. 기다려야지, 뭐." 엘파바가 말했다.

그들은 가까이 오라는 말을 듣기 전에 감히 더 나아갈 엄두가 나지 않아서 통로에 그대로 서 있었다.

"우리한테 4분밖에 없다면 이 시간은 계산에 넣지 않았으면 좋겠네. 거기서 여기까지 오는 데만 2분은 걸렸단 말이야." 글린다가 말했다.

"이 지점에서……." 엘파바가 말을 하려다가 입을 다물었다. "조용히."

글린다는 조용히 했다. 뭔가 들린 것 같았지만 확실치 않았다. 어둠 속에서 아무런 변화도 알아채지 못했으나, 엘파바는 냄새를 맡은 사냥개 같은 반응을 보였다. 그녀는 턱을 내밀고 코를 쳐들고 콧구멍을 벌름거렸다. 검은 눈을 가늘게 치켜떴다.

"뭐야? 왜 그래?" 글린다가 물었다.

"소리가……."

글린다는 아무런 소리도 듣지 못했다. 어두운 서까래 사이 싸늘해 보이는 그림자 속으로 불꽃에서 뜨거운 공기가 올라가고 있을 따름이었다. 아니면 비단 옷자락이 사각거리는 소리였나? 마법사가 다가오고 있는 걸까? 글린다는 이쪽저쪽 둘러보았다. 아니었다. 냄비 속에 베이컨 조각을 넣었을 때처럼 뭔가 파삭 하는 소리가 들려왔다. 왕좌 쪽에서 불어온 음산한 바람에 복종하듯 촛불들이 갑자기 확 수그러들었다.

그때 연단에 굵은 빗방울이 후드득 떨어지더니, 천둥소리가 북소리보다는 부엌 주전자를 바닥에 떨어뜨렸을 때 소리처럼 울렸다. 왕좌 위에 빛이 해골의 형상으로 춤추듯이 나타났다. 처음에 글린다는 번개인 줄 알았지만, 곧 빛나는 뼈들이 얼기설기 얽혀서 뭔가 희미하게나마 사람의 형상이랄까, 적어도 포유류의 형상을 이루었음을 알아차렸다. 흉곽이 두 개의 안달 난 손처럼 구부러졌다. 목소리가 해골 속에서가 아니라 빛나는 물체의 심장 자리라고 할 흉곽의 중심부, 태풍의 어두운 눈 속으로부터 울려 나왔다.

"나는 위대하고 무서운 자 오즈다. 너희들은 누구냐?"

그 목소리에 방이 온통 떨렸다. 글린다는 엘파바 쪽을 곁눈질로 보았다.

"말해, 엘피."

글린다는 엘파바를 팔꿈치로 쿡쿡 찔렀다. 그러나 엘파바는 잔뜩 공포에 질린 얼굴이었다. 두말할 것도 없이 비 때문이었다. 엘파바는 폭풍우라면 질색을 했다.

"너어희이드을은 누우구우냐아아?"

오즈의 마법사인지 뭔지 모를 것이 울부짖듯 큰소리로 말했다.

"엘피!" 글린다는 재촉해 보다가 결국 자기가 말했다. "오, 이런 도움이 안 되는 것 같으니라고. 입만 나불대고 정작…… 저는 프로티카 출신의 글린다입니다, 폐하. 모계 쪽은 업랜드의 아르두에나가입니다. 그리고 이쪽은 네스트 하딩스의 트롭 3대손인 엘파바입니다. 괜찮으시다면……."

"괜찮지 않다면 어쩌겠느냐?" 마법사가 말했다.

"아이, 정말 어린애 같다니까." 글린다는 숨을 죽이고 중얼거렸다. "엘피, 말 좀 해봐, 우리가 여기 온 이유를 난 모르잖아!"

그러나 마법사의 진부한 말이 엘파바를 공포에서 끌어낸 모양이었다. 엘파바는 방구석에 그대로 서서 힘을 얻으려고 글린다의 손을 꼭 잡고 이렇게 말했다.

"저희는 시즈에 있는 크레이지홀에서 마담 모리블 밑에 있는 학생들입니다, 폐하. 저희는 긴요한 정보를 갖고 있습니다."

"우리라고? 알려줘서 고맙군." 글린다가 말했다.

방은 여전히 일몰 때처럼 어두웠지만 빛줄기는 약간 잦아들었다. 마법사가 말했다.

"마담 모리블이라, 그 역설의 화신 말이군. 그녀에 대한 긴요한 정보라, 이 말인가?"

"아닙니다. 저희는 주워들은 이야기를 마음대로 해석하려 하진 않습니다."

마법사가 끼어들었다.

"뜬소문도 나름대로 도움이 되는 법이지. 바람이 부는 방향을 알려 주니까."

그 말과 때를 같이하여 바람이 소녀들 쪽으로 불어왔다. 엘파바는 빗방울이 튀어 올까 두려워 뒤로 재빨리 물러섰다.

"계속해 보아라. 뜬소문 얘기를."

"아닙니다. 저희는 더 중요한 용무로 이곳에 왔습니다."

"엘피! 너 우리가 감옥에 갇혔으면 좋겠어?" 글린다가 나서서 말렸다.

"너희가 대체 뭔데 무엇이 중요하고 아니고를 결정한단 말이냐?" 마법사가 고함을 쳤다.

"저도 지각 있는 사람입니다. 폐하께서 뜬소문이나 들으려고 저희를 이 자리에 부르신 건 아니라고 생각합니다. 저희는 나름대로 마음먹은 바가 있어서 왔습니다."

"내가 너희를 여기로 부른 건지 아닌지 네가 어떻게 아느냐?"

그들은 몰랐다. 특히 마담 모리블과 차를 마시며 그들에게 뭐가 뭔지 모를 일이 일어난 후로.

"좀 진정해, 엘피. 마법사님이 너 때문에 화내시잖아." 글린다가 속삭였다.

"그래서 어쨌다고? 나도 화났어." 엘파바는 다시 목소리를 높여 말을 계속했다. "저는 위대한 과학자이자 위대한 사상가가 살해되었다는 소식을 갖고 왔습니다, 폐하. 저는 그분이 중요한 발견을 하고 계셨으나 저지당했다는 것도 알고 있습니다. 제 목표는 오로지 정의를 추구하는 것입니다. 폐하께서도 그러시리라 믿습니다. 그러므로 딜라몬드 박사님이 밝혀 내신 놀라운 사실을 아시면 폐하께서 최근에 동물의 권리에 대해 내리신 판결을 철회하는 데 도움이 되리라……."

"딜라몬드 박사라고? 고작 그 얘기를 하려고 온 거냐?" 마법사가 말했다.

"모든 동물들이 체계적으로 권리를 박탈당하고……."

"나도 딜라몬드 박사에 대해 알고 그의 연구에 대해서도 안다." 마법사의 빛나는 해골이 콧방귀를 뀌었다. "독창성도 없고 신뢰성도 없고 허울만 그럴듯한 쓰레기에 불과해. 하긴 동물 학자한테서 뭘 기대하겠나. 불확실한 정치적 관념에 기댄 속이 뻔히 다 들여다보이는 수작이지. 비과학적이고 사기나 다름없는 헛짓거리야. 공염불에 호언장담, 미사여구일 뿐이지. 너희들도 그의 열정에 물이 든 게로구나? 그의 동물적인 열정에?" 해골이 앞뒤로 춤추듯 흔들렸다. 아마도 구역질 난다는 뜻인 듯했다. "나도 그의 관심사와 발견에 대해 알고 있다. 네가 말한 그의 살해 사건에 대해서는 거의 아는 바가 없고 관심은 더더욱 없다."

"저는 감정의 노예가 아닙니다." 엘파바가 딱딱한 투로 말했다. 그녀는 소매에서 서류들을 끄집어냈다. 팔에 감싸 넣어 둔 것이 분명했다. "이것은 정치 선진이 아닙니다, 폐하. 의식의 경향에 관한 잘 정립된 이론입니다. 폐하도 박사님의 발견을 보시면 틀림없이 놀라실 것입니다! 바른 생각을 가진 위정자라면 여기 담긴 암시를 무시할 수는……."

"나를 바른 생각을 가진 위정자로 생각해 주다니 가슴이 뭉클하구나. 네가 서 있는 자리에 그 서류를 내려놓아라. 아니면 가까이 오는 편이 더 좋겠느냐?" 빛나는 해골이 씩 웃으며 팔을 벌렸다. "애야?"

엘파바는 서류를 내려놓았다.

"좋습니다, 폐하." 엘파바는 준엄한 목소리로 말했다. "저는 폐하가 바른 생각을 가진 분이라고 여기겠습니다. 그렇지 않다면 폐하께 저항하는 군대에 투신하는 수밖에 없을 테니까요."

"맙소사, 엘피." 글린다가 목청을 돋우어 말했다. "저희 둘을 다 가리켜 한 말이 아닙니다, 폐하. 저는 얘하고 상관없어요."

"제발." 엘파바가 단호하면서도 부드럽고, 오만하면서도 애원하는 투로 말했다. 글린다는 엘파바가 애원하는 모습을 한 번도 본 적이 없다는 사실을 깨달았다. "제발 부탁드립니다. **동물**들의 고통은 견디기 힘든 지경입니다. 딜라몬드 박사님의 살해만이 아닙니다. 자유로웠던 **동물**들이 강제로 본국으로 귀환당하여 노예 신세로 전락하고 있습니다. 밖으로 나가 그들의 슬픔을 보아 주십시오. 다음 단계는 무자비한 살육이 있을 거라는 우려 섞인 얘기가 나돌고 있습니다. 그저 젊은 혈기에 하는 말이 아닙니다. 제발 부탁입니다. 감정을 이기지 못해 제멋대로 날뛰는 것도 아닙니다. 지금 일어나고 있는 일은 부도덕한……."

"난 누구든 **부도덕**이라는 말을 쓰면 듣지 않는다. 젊은이들이 쓰면 우스꽝스럽고, 노인들이 쓰면 독선적이고 반동적인 성향과 뇌졸중의 초기 징후를 보이는 셈이지. 도덕적인 삶에 대해 누구보다도 강한 애착과 공포를 가진 중년들이 쓸 경우에는 위선적이지."

"**부도덕**하다는 말이 안 된다면, 이런 불의에 어떤 말을 써야 좋겠습니까?" 엘파바가 물었다.

"**불가사의**하다는 말을 쓰도록 해라. 그리고 좀 진정해라. 초록색 소녀야, 무엇이 불의인지 따지는 것은 소녀나 학생, 시민이 할 일이 아니니라. 그것은 지도자가 할 일이다. 우리가 존재하는 이유지."

"그러나 제가 불의가 어떤 것인지 알지 못한다면 폐하를 암살해도 아무 상관없다는 뜻이 되지 않겠습니까."

"저는 암살을 안 믿어요. 그게 뭔지도 모르는걸요. 아직 목이 붙어 있을 동안 이만 물러가 보겠습니다." 글린다가 말했다.

"기다려라. 너희에게 물어볼 것이 있다."

그들은 꼼짝 않고 멈춰 섰다. 잠시 시간이 흘렀다. 해골은 손가락으로 갈비뼈를 더듬으며 하프 줄을 타듯 탔다. 강바닥을 구르는 돌멩이 소리 같은 음악이 흘러나왔다. 해골은 턱에서 반짝이는 이를 뽑아내 재주를 부렸다. 그러다가 이빨들을 왕좌 좌석으로 던지자, 그것들은 화려한 불꽃을 올리며 폭발했다. 글린다는 빗줄기가 마룻바닥에 있는 배수구로 흘러 들어가고 있음을 알아차렸다.

마법사가 말했다.

"마담 모리블은 밀정이면서 뒷공론을 퍼뜨리고 다니는 여자고, 고약한 친구지만 없으면 안 되는 존재, 선생이면서 대신이지. 그녀가 왜 너희를 여기로 보냈는지 말해 보려무나."

"마담 모리블이 보내지 않았습니다." 엘파바가 말했다.

"너는 졸(卒)이라는 말의 의미를 알고나 있느냐?" 마법사가 새된 소리를 질렀다.

"당신은 저항이 무슨 뜻인지 압니까?" 엘파바가 되쏘아 물었다.

그러나 마법사는 그들을 그 자리에서 죽이기는커녕 웃기만 했다.

"그녀가 너희들한테서 무엇을 원하더냐?"

글린다가 나섰다. 지금이 바로 그때였다.

"훌륭한 교육. 마담 모리블은 좀 허풍스러운 데가 있기는 하지만 유능한 관리자입니다. 그러기가 사실 쉽지는 않지요."

엘파바는 의아한 표정으로 글린다를 쳐다보았다.

"그녀가 너희를 끌어들여……."

글린다는 잘 이해하지 못했다.

"저희는 그저 2학년 학생일 뿐입니다. 이제 막 전공 공부를 시작했는걸요. 저는 마술이고 엘파바는 생명과학 전공입니다."

"알겠다." 마법사는 잠시 생각하는 듯하다가 말했다. "내년에 졸업한 후에는?"

"전 아마 프로티카로 돌아가 결혼을 하겠지요."

"그럼 너는?"

엘파바는 대답하지 않았다.

마법사는 몸을 돌려 넓적다리뼈를 떼어 내더니 왕좌를 북 삼아 두들겼다.

"정말로 우스워 죽겠군. 쾌락 신앙의 쇼 못지않은데." 엘파바가 말했다. 그녀는 두어 발짝 뒤로 물러섰다. "물러가도 되겠습니까, 폐하? 저희 시간이 다되기 전에?"

마법사가 다시 몸을 돌렸다. 해골은 불이 붙어 타오르고 있었다. 굵게 퍼붓는 빗줄기에도 불길은 꺼지지 않았다.

"마지막으로 한 가지 말해 둘 것이 있다." 마법사는 마치 고통에 빠진 사람의 목소리처럼 신음에 가까운 목소리로 말했다. "고대 오즈의 영웅시가인 「오지아드」에서 인용하겠다."

소녀들은 기다렸다.

오즈의 마법사가 암송을 시작했다.

그때 늙은 쿰브리시아가 빙하처럼 절름거리며
핏방울이 비처럼 떨어질 때까지 벌거벗은 하늘을 문질렀다네
그녀는 태양에서 껍질을 벗겨 그 뜨거운 것을 먹어 버렸다네
그녀는 참을성 많은 지갑에 초승달을 쑤셔 넣었다네
그녀는 둥그런 돌멩이로 몰라보게 변한 달을 꺼낸다네
조금씩 그녀는 세상을 바꿔치기한다네
그녀가 말하네, 똑같아 보이지만, 사실은 그렇지 않아
기대한 것과 같아 보이지만, 사실은 그렇지 않아.

"누구를 섬겨야 할지 잘 생각하여라." 오즈의 마법사가 말했다.

다음 순간 마법사의 모습은 사라졌고, 마룻바닥 위에 배수로로 물이 콸콸 소리를 내며 흘렀다. 촛불이 순식간에 확 꺼졌다. 그들은 왔던 길을 되밟아 나오는 수밖에 없었다.

글린다는 마차에 올라 앞쪽을 향해 앉는 자리를 잡아 두었다. 엘파바의 자리를 지키느라 다른 승객 세 사람을 물리쳤다.

"제 동생 자리를 맡아 두어서요." 거짓말을 했다.

겨우 1년 남짓 사이에 글린다 자신이 참 많이도 바뀌었다는 생각을 했다. 처음에는 멸시해 마지않던 저 초록색 여자 애를 이제는 자매라고까지 말하게 되다니! 대학 생활은 상상도 하지 못했던 식으로 사람을 바꿔 놓는군. 퍼사힐을 다 뒤져 봐도 마법사를 직접 만나 본 사람은 나뿐일 거야. 내가 앞장서서 혼자 힘만으로 간 것은 아니었지만…… 하여간 그곳에 갔다 왔어. 내가 해냈다고. 게다가 이렇

게 멀쩡히 살아 있잖아. 하지만 그다지 큰 성과는 없었어.

그때, 드디어 엘피가 언제나처럼 악천후에 맞서 팔꿈치를 내밀고 깡마른 몸통을 망토로 감싼 채 포장된 길을 따라 급히 달려왔다. 그녀가 군중을 뚫고 오자 글린다는 문을 활짝 열었다.

"다행이다. 네가 늦는 줄 알았잖아. 마부가 어찌나 출발하고 싶어서 안달하는지. 우리 점심은 갖고 왔어?"

엘파바는 글린다의 무릎 위에 오렌지 두어 개, 치즈 한 덩어리, 묵은 냄새가 코를 찌르는 빵 한 덩이를 던졌다.

"오늘 저녁에 정거장에 닿을 때까지 네가 먹을 것들이야."

"내가? 내가 먹는다니, 무슨 뜻이야? 그럼 네 것은 더 좋은 음식을 챙겨 왔단 말이야?" 글린다가 물었다.

"아마 더 나쁠걸. 하지만 난 끝내지 못한 일이 있어. 작별 인사를 해야겠어. 난 너랑 같이 크레이지홀에 돌아가지 않을 거야. 난 스스로 공부할 곳을 찾아보겠어. 다시는 마담 모리블의 학생이 되지 않을 거야."

"안 돼, 안 돼! 널 보내 줄 수 없어! 유모가 나를 산 채로 잡아먹을 거야! 네사로즈는 죽어 버릴 거야! 마담 모리블은…… 엘피, 안 돼. 절대로 안 돼!" 글린다가 울부짖었다.

"사람들한테는 내가 너를 유괴해서 여기로 끌고 왔다고 말해 줘. 내가 그랬다면 아마 다들 믿을걸."

엘파바는 마차 발판 위에 서 있었다. 뚱뚱한 길리킨 여자 난쟁이가 얘기를 엿듣고 글린다 옆의 좀 더 편한 자리로 옮겨 왔다.

"나를 찾을 필요는 없을 거야, 글린다. 난 찾을 수 없는 곳으로 갈 테니까. 난 내려갈 거야."

"어디로 내려간다고? 쿼들링으로 돌아갈 거야?"

"그것도 괜찮겠군. 하지만 너한테 거짓말은 하지 않겠어. 거짓말할 필요는 없으니까. 나도 어디로 갈지 아직 몰라. 아직 결정하지 않았으니까 거짓말할 필요도 없어."

"엘피, 이 마차에 타. 바보 같은 짓 하지 마." 글린다가 외쳤다.

마부는 고삐를 쥐며 엘파바에게 내리라고 고함쳤다.

"넌 괜찮을 거야. 이제 넌 여행에도 제법 도가 텄으니까. 이미 아는 길을 다시 돌아가는 여정일 뿐이잖아." 엘파바는 글린다의 뺨에 얼굴을 갖다 대고 키스했다. "최대한 굴하지 마." 그녀는 이렇게 중얼거리고 다시 한번 키스했다. "지면 안 돼."

마부는 고삐를 당기고 출발한다고 고함을 질렀다. 글린다는 목을 길게 빼고 엘파바가 군중 속으로 사라지는 모습을 지켜보았다. 튀는 피부색에도 불구하고 에메랄드 시의 색색가지 누더기 옷을 걸친 시민들 속으로 놀라우리만치 눈 깜짝할 새 몸을 감추었다. 아니면 글린다의 시야가 바보 같은 눈물 때문에 부옇게 흐려진 탓인지도 모른다. 엘파바는 물론 울지 않았다. 그녀는 마차 발판에서 내려가며 재빨리 얼굴을 돌렸다. 눈물을 감추기 위해서가 아니라 눈물 자국 없는 얼굴을 가리기 위해서였다. 그러나 글린다는 가슴을 찌르는 아픔을 생생하게 느꼈다.

에메랄드 시

시즈 대학을 졸업한 지 3년쯤 지난 어느 눅눅한 여름날 저녁, 피에로는 오페라 공연에서 동향 사람을 만나러 가기 전에 잠시 시간을 보내려고 성 글린다 광장의 유일교 예배당에 들렀다.

피에로는 학생 때 유일교에 그다지 관심이 없었으나, 오래된 예배당들의 아늑한 내부를 꾸며 주는 프레스코 그림에는 안목이 있었다. 그는 성 글린다의 초상화를 발견하지 않을까 기대했다. 업랜드의 아르두에나의 글린다는 학교를 졸업한 이후로 한 번도 보지 못했다. 그녀는 피에로보다 1년 먼저 졸업했다. 그러나 성 글린다의 초상 앞에서 초에 불을 켜며 동명이인을 생각해도 신성모독이 되지는 않으리라.

예배가 끝나고 감수성 예민한 10대 청소년들과 검은 두건을 둘러쓴 할머니들이 천천히 쏟아져 나왔다. 피에로는 수금 연주자가 회중석에서 난이도 높은 미뉴에트를 다 뜯을 때까지 기다렸다가 그녀에게 다가갔다.

"실례합니다만…… 저는 서쪽에서 온 방문객입니다."

피에로의 진한 황갈색 피부와 부족의 표지들을 보면 굳이 말하지 않아도 한눈에 알 수 있었다.

"교회지기라 해야 하나, 관리인인가, 성구 보관인이라 해야 하나, 하여튼 그런 사람도 눈에 띄지 않고 안내 책자도 찾을 수가 없어서요. 성 글린다의 초상화를 찾을 수 없을까요?"

그녀의 표정이 굳어졌다.

"운이 좋다면 우리의 영광스러운 마법사님의 포스터로 덮이지 않은 초상화를 볼 수 있을 겁니다. 저는 이쪽으로 지나는 길에 가끔가다 한 번씩 들르는 떠돌이 음악가라서요. 하지만 저 맨 끝 통로 안을 한번 보세요. 그쪽에 성 글린다에게 기도 드리는 방이 있답니다. 어쩌면 지금은 없어졌을지도 모르겠지만. 행운을 빌어요."

그 장소는 진짜 창문 대신 활 쏘는 구멍 같은 것만 뚫린 무덤 같은 곳이었다. 그곳으로 가니 분홍빛 성소 불빛 아래 성인이 오른쪽으로 약간 기대어 선 흐릿한 그림이 있었다. 초상화는 그저 감정에 충실할 뿐 강건한 원시성은 엿보이지 않아서 좀 실망스러웠다. 물이 새어 성인의 성의에 비늣기를 잘못 뺀 것 같은 커다란 지국이 히옇게 나 있었다. 그 성녀에 관한 특별한 전설이라든가, 자신의 영혼과 자기를 숭배하는 자들의 교화를 위해 죽음을 눈앞에 두고 의연한 자세로 농담했던 일 등은 잘 기억나지 않았다.

그러나 그 순간, 물 속 같은 그림자 속에서 기도실에 한 고해자의 모습이 보였다. 그 사람은 머리를 숙이고 기도드리고 있었다. 피에로가 막 돌아서 나오려는데 그 인물이 아는 사람이라는 생각이 번쩍 머리를 쳤다.

"엘파바!"

그녀가 천천히 고개를 돌렸다. 레이스 숄이 어깨 위로 흘러내렸다. 그녀는 머리카락을 말아 올려 상아 비녀를 꽂았다. 그녀는 마치 아주 멀찍이 떨어진 곳에서 그를 향해 오고 있는 양 눈을 한두 번 천천히 깜박였다. 피예로가 기도를 방해한 것이다. 그녀가 종교를 믿었는지 피예로는 기억나지 않았다. 어쩌면 그녀가 자기를 알아보지 못하는 것도 같았다.

"엘파바, 나 피예로야."

피예로는 문가로 가서 그녀가 달아날 길을 막았다. 그 바람에 빛까지 막았다. 갑자기 그녀의 얼굴이 보이지 않았다. 그녀의 말에 피예로는 자기의 귀를 의심했다.

"왜 그러시죠?"

"엘피, 나 피예로야. 시즈 대학에 함께 다녔잖아. 엘피, 잘 지냈어?"

"이보세요, 저를 다른 사람으로 착각하신 모양이군요."

그녀는 이렇게 말했으나 분명 엘파바의 목소리였다.

"내가 존칭을 제대로 기억하고 있다면, 트롭 3대손 엘파바지." 그는 호탕하게 웃어젖혔다. "내가 잘못 보았을 리 없어. 나 아르지키의 피예로야. 너도 나 알지, 기억하잖아! 니키딕 박사의 생명과학 강의도 같이 들었고!"

"헛갈린 모양이군요, 선생." 마지막 말은 약간 기분이 언짢은 듯한 투로 뱉었다. 진짜 엘파바다운 말투로 들렸다. "이제 저는 조용히 기도를 드려도 괜찮겠지요?"

그녀는 숄을 머리 위까지 올려 쓰고 이마 위로 드리웠다. 옆에서 본 턱은 살라미 소시지라도 자를 수 있을 듯 날카로웠다. 침침한 불빛 속에서도 피에로는 자기가 잘못 보지 않았음을 알았다.

"왜 그래? 엘피…… 아, 원한다면 엘파바 양…… 날 이런 식으로 따돌리지 마. 뭐라 해도 너 맞잖아. 아닌 척해도 소용없어. 도대체 왜 그러는 거야?"

그녀는 말로 대답하는 대신 보란 듯이 염주를 굴리는 동작으로 그에게 어서 꺼지라는 뜻을 전했다.

"난 가지 않을 거야." 피에로가 말했다.

"당신 때문에 명상을 할 수 없군요. 관리인을 불러 쫓아내 달라고 해야 하나요?" 그녀가 부드러운 어조로 말했다.

"그럼 밖에서 만나자. 기도하는 데 얼마나 시간이 필요해? 30분? 한 시간? 기다릴게."

"그럼 한 시간 후에 길 건너편에서 보지요. 작은 공용 분수가 있고 긴 의자가 몇 개 있어요. 당신과 5분 정도 얘기를 나누지요. 5분이면 당신이 실수했다는 것을 알 거예요. 대단한 실수는 아니지만 점점 성가셔지는군요."

"방해해서 미안해. 그럼 한 시간 후에 봐, 엘파바."

피에로는 그녀가 무슨 수를 쓸지 미리 내다보았다. 자리를 물러나 회중석 뒤편에 앉은 연주자에게로 갔다.

"이 건물에 주 출입구 말고 또 다른 출구가 있습니까?"

그는 격정적으로 아르페지오를 연주하고 있는 연주자에게 물었다. 그녀는 연주가 끝나자 머리를 웅크리고 눈을 굴렸다.

"수녀원의 회랑 쪽으로 옆문이 있어요. 일반인들에게는 개방되지 않지만, 그 문을 통하면 하인들이 배달할 때 다니는 길로 나갈 수 있죠."

그는 기둥의 그늘 속에서 서성거렸다. 40분쯤 지나자 망토를 둘러쓴 사람 하나가 예배당으로 들어와 지팡이를 짚고 절룩거리며 엘피가 있는 기도실로 곧장 향했다. 거리가 너무 멀어서 그들이 말을 주고받았는지는 알 수 없었다. (어쩌면 새로 들어온 사람은 그저 성 글린다의 신도로 조용히 기도하고 싶어서 온 것일지도 모른다.) 그 인물은 오래 머물지 않았다. 굳은 관절을 최대한 빨리 움직여 다시 자리를 떴다.

피예로는 자선함에 헌금을 넣었다. 동전은 짤랑거리는 소리가 날까 봐 지폐로 넣었다. 도시 빈민들이 들끓는 구역에서 그들보다는 상대적으로 형편이 나은 그가 느끼는 감정은 자비심보다 죄의식이기는 했지만 참회의 선물을 좀 내놓는 것도 나쁘지 않을 것이다. 그런 다음 옆문으로 나와 잡초가 무성한 회랑의 정원으로 나왔다. 휠체어를 탄 늙은 수녀들 몇몇이 저쪽 끝에서 그의 존재는 안중에도 없다는 듯이 킬킬대고 있었다. 그는 엘파바도 이 수도원 수녀들 중 한 명인지 궁금해졌다. 그들은 은자들의 공동체라는 앞뒤가 안 맞는 것 같은 조직에서 살고 있는 여자들이었다. 그러나 침묵을 지키겠다던 맹세는 나이를 먹은 덕에 무효가 된 것이 분명하다. 그는 엘파바가 5년 사이에 그렇게까지 딴사람으로 바뀌었을 리는 없다고 판단했다. 그래서 골목길로 통하는 하인들의 출입구로 나왔다.

3분이 흐른 후, 엘파바가 그의 예상대로 하인들의 출입구를 통해 나왔다. 엘파바는 그를 피할 생각이었던 거다! 왜, 어째서? 그녀를 마지막으로 보았던 날이 생생하게 기억났다. 아마 클러치의 장례식 날, 술집에서 벌인 파티에서였다. 그가 눈이 번쩍 뜨이는 쾌락과 공포가 판치는 철학 클럽으로 끌려간 사이, 엘파바는 모종의 사명을 띠고 에메랄드 시로 몰래 떠나 다시는 돌아오지 않았다. 그녀의 증조부인 트롭 영주가 심부름꾼을 고용해 시즈와 에메랄드 시에서 그녀의 행방을 찾아다녔다는 소문이 돌았다. 엘파바 본인한테서는 엽서 한 통, 전갈 한 줄은 고사하고 아무런 단서도 없었다. 네사로즈는 처음에는 위로할 길 없는 깊은 슬픔에 잠겼다가 점차 이렇게 이별의 고통을 안겨 준 언니를 원망하는 마음으로 바뀌었다. 네사는 종교에 더 깊이 빠져 들더니 급기야 친구들이 그녀를 멀리할 지경이 되었다.

피에로는 내일 오페라에서 만나기로 했던 사업상의 동료에게는 약속을 지키지 못해 미안하다는 사과를 해야겠다고 생각했다. 오늘 밤 절대 엘파바를 놓치지 않을 생각이었다. 엘파바가 어깨 너머로 몇 번이나 뒤돌아보며 서둘러 거리를 걸어가는 모습을 보며 그는 생각했다. 누군가 뒤를 밟고 있다는 생각이 든다면, 그 누군가를 따돌려야 할 적기는 바로 지금이다. 그늘 때문이 아니라 빛 때문이었다. 엘파바는 저무는 여름 햇살 속으로 끊임없이 모퉁이를 돌며 걸어갔다. 골목길을 따라, 아케이드를 통해, 정원들의 담벼락 위로 쏟아져 내리는 햇살 때문에 눈을 제대로 뜰 수 없을 지경이었다.

그러나 피에로는 비슷한 조건에서 사냥감을 몰래 추적하는 훈련을 오랜 세월 쌓아 왔다. 오즈의 햇살이 제아무리 눈부시다 해도 천년 초원의 햇살에는 비할 바가 아니었다. 그는 실눈을 가늘게 뜨고 끈질기게 움직임을 좇아야지, 보이는 형체로 식별하려는 생각은 버려야 한다는 것을 알고 있었다. 또한 넘어지거나 몸의 균형을 잃지 않고 옆길로 재빨리 숨거나 갑자기 몸을 웅크리는 법, 새들이 깜짝 놀라거나 소리에 변화가 일어나거나 바람의 방향이 바뀐 것으로 먹잇감이 다시 움직이기 시작했다는 단서를 잡는 법 따위도 알고 있었다. 엘파바는 절대 그를 떼어 낼 수 없고, 자기가 뒤를 밟고 있다는 사실도 알아챌 수 없다.

그렇게 피에로는 멋진 도시 중심부에서 집세가 싼 창고 지역까지 도시를 반쯤 가로질러 왔다. 그늘진 대문간마다 가난에 찌든 사람들의 악취를 풍기는 집이 모여 있는 곳이었다. 어느 군대 병영에서 가까운 거리까지 들어오자, 엘파바는 판자를 두른 곡물 거래소 앞에서 발길을 멈추었다. 그녀는 안주머니에서 열쇠를 찾아 문을 열었다.

피에로는 가까운 거리에서 아무 일 없는 듯한 목소리로 그녀를 불렀다.

"파발라!"

엘파바는 몸을 돌리는 중에도 숨을 멈추고 표정을 수습하려고 애썼다. 그러나 이미 늦었다. 그녀는 그를 알아보았다는 기색을 내보였고, 그녀 자신도 이를 알았다. 피에로는 그녀가 무거운 문을 세게 쾅 닫기 전에 발로 막았다.

"왜 그러니?" 그가 물었다.

"나 좀 그냥 내버려 둬. 제발. 부탁이야."

"너 무슨 문제가 있구나. 나 좀 들여보내 줘."

"문제는 너야. 좀 나가 줘."

과연 진짜 엘파바였다. 마지막으로 품고 있던 한 가닥 의심마저 깨끗이 사라졌다. 그는 어깨로 문을 밀어젖혔다.

"나를 괴물 취급하는구나."

피에로는 간신히 불평을 늘어놓았다. 그녀는 힘이 셌다.

"내가 도둑놈도 아니고 널 겁탈하려는 것도 아닌데. 난 그저 이렇게 무시당하기는 싫어. 왜 그래?"

엘파바가 마침내 두 손을 들었다. 피에로는 회반죽 칠도 하지 않은 계단 옆 벽돌벽에 보드빌 쇼에서 엉덩방아 찧는 얼간이 역 배우처럼 부딪혀 쓰러졌다. 그녀가 입을 열었다.

"난 너를 아주 자상하고 우아한 애로 기억하고 있었는데. 어쩌다 보니 이렇게 된 거야, 아니면 일부러 애써 무례하게 구는 거야?"

"네가 사람을 무례한 촌뜨기처럼 행동하게 만들었잖아. 달리 선택의 여지도 주지 않고. 그렇게 놀라지 마. 난 아직도 우아한 모습을 보여 줄 수 있다고. 자상하게 배려도 할 수 있고. 잠깐만 기다려 봐."

"시즈가 애를 버려 놓았군." 엘파바는 눈썹을 치켜세웠지만 비웃음이 섞여 있었다. 그녀는 실세로는 놀라지 않았다. "대학원생들처럼 젠체하기는. 최상급 사향처럼 매력적인 순진무구함을 내뿜던 촌뜨기 소년은 어디로 간 거지?"

피에로는 약간 마음이 상했다.

"사돈 남 말 하기는. 이 계단참에서 얘기할 거야, 아니면 좀 더 아늑한 곳으로 옮길 거야?"

엘파바는 투덜대며 계단을 올라갔다. 계단에는 쥐똥과 포장용 밀짚이 쌓여 있었다. 그을음이 앉은 잿빛 유리창으로 저녁 햇빛이 스며들었다. 계단참의 구석에 흰 고양이 한 마리가 으레 고양이들이 그렇듯 오만하고 무심한 자세로 기다리고 있었다.

"몰키, 몰키, 야옹야옹 해봐."

엘파바가 그 옆을 지나가며 말했다. 고양이는 여전히 거드름을 피우며 계단 맨 위의 끝이 뾰족한 아치형 문가까지 그녀를 따라 올라왔다.

"네가 키우는 고양이니?" 피에로가 물었다.

"아, 그럼 부자게. 차라리 나를 마녀라고 생각해 주렴. 몰키, 여기 우유 먹어."

방은 넓었고, 주거를 위해 필요한 최소한의 것만 갖추어 놓은 듯했다. 본래는 창고였다. 거리에서 권양기로 내린 곡물 부대를 들여놓거나 내갈 수 있도록 밖으로 활짝 열어 젖힐 수 있는 이중문이 붙어 있었다. 자연광이라고는 10센티미터쯤 열린 천창에서 금이 간 유리창 사이로 새어 들어오는 빛뿐이었다. 마룻바닥 위에는 비둘기 깃털과 희끄무레하고 피도 섞인 새똥 자국이 있었다. 나무 상자 열 개 정도가 앉으라는 듯이 둥글게 놓여 있었다. 침낭도 있었다. 옷은 짐 가방 위에 개켜져 있었다. 이상한 깃털들, 뼛조각들, 실에 꿴 이빨, 쇠고기 육포처럼 갈색으로 말라 비틀어진, 쪼그라든 도도새 갈고리 발톱이 있었다. 이것들은 모두 예술에 쓰거나 마술에 쓸 목적으로 준비해 둔 것처럼 벽에 박힌 못에 걸려 있었다. 방과 어울리지 않게 가구다운 가구로는 세 개의 무지개 모양 다리가 점점 가늘어지다가 우아하게 조각된 사슴 발굽 모양으로 끝나는 탁자도 있었다. 흰색 반점이 있는 빨간색의 양철 접시 몇 개, 천과 끈으로 싸 놓은 음식 약간이 있었다. 잠자리 옆에는 책이 한 무더기 쌓여 있었다. 고양이 장난감이 실에 매달려 있기도 했다. 서까래 위에 얹힌 코끼리 해골은 방 분위기와 딱 어울리게 으스스한 분위기를 자아냈다. 두개골 가운데 뚫린 구멍에는 말린 연분홍 장미 꽃다발이 꽂혀 있었다. 그것은 마치 죽어 가는 동물의 뇌가 터져 나온 것처럼 보였다. 피에로는 엘파바의 젊은 시절 관심사를 떠올리지 않을 수 없었다. 아니면 저것은 코끼리가 지녔다는 마술적 재능에 바치는 경의의 표시인가?

그 밑에는 조잡한 공 모양의 유리가 있었는데, 한때는 거울로 썼던 것 같지만 여기저기 긁히고 부스러져서 거기에 제대로 뭐가 비치기나 할지 의심스러웠다.

"그러니까…… 여기가 집이로구나." 피에로가 말했다.

엘파바는 고양이한테 음식을 가져다주고 피에로는 싹 무시했다.

"나한테 아무것도 묻지 마. 그러면 너한테 거짓말을 할 수밖에 없을 테니까."

"좀 앉을까?"

"그것도 질문이잖아." 그러나 엘파바는 씩 웃었다. "흠, 그럼 10분만 앉아서 네 얘기를 들려줘. 네가 어떻게 닳아빠진 신사로 변했는지 말 좀 해봐."

"겉모습만 보면 속아 넘어가기 쉽지. 내가 이런 옷차림을 하고 점잖은 말투를 쓰는 척해도, 여전히 그 밑은 아르지키 부족 소년인걸."

"넌 어떻게 지내?"

"뭐 마실 것 좀 없을까? 술은 말고. 목이 말라서 그래."

"여기는 수돗물이 없어. 수도를 쓰지 않아. 있는 건 상태가 의심스러운 우유뿐인데. 몰키는 계속 두고 먹겠지만. 아니면 선반 위에 맥주를 한 병 뒀는데, 그거라도 줄게." 엘파바는 작은 병에 든 맥주를 약간 마시고 나머지를 피에로에게 건넸다.

피에로는 엘파바에게 대충 저간의 사정을 들려주었다. 어린 시절 신부로 맞았던 그의 아내 사리마는 이제 성인이 되어 그에게 아이를 셋이나 낳아 주었다. 키아모코에는 옛 급수장 본부가 있는데, 그의 아버지는 오즈마 섭정 시대에 이를 기습 공격으로 점령하여 그곳을 지도자의 본거지이자 부족의 아성으로 바꾸었다. 해마다 봄과 여름은 천년 초원에서 부족 전체가 사냥과 축제를 즐기며 보내다가 가을과 겨울은 키아모코로 옮겨 정착 생활을 하는, 현기증이 나도록 대조적인 생활이었다.

"아르지키 왕자님이 에메랄드 시에는 무슨 사업상의 볼일로 오셨나? 은행 일이라면 시즈에 가도 될 텐데. 이 도시는 주로 군사적 기능을 담당하고 있잖아. 무슨 일이야?"

"내 얘기는 이 정도면 충분히 들었잖아. 다 허세에 불과하고 털어놓아야 할 어두운 비밀 따위는 없어도, 뭔가 숨기는 척 속일 수는 있다고." 피예로는 진짜로 순수한 사업상의 무역 협상 정도로는 옛 친구에게 별 인상을 줄 수 없으리라고 짐작했다. 그는 자기 일이 좀 더 대담하거나 긴장감 넘치는 것이 아니라서 창피했다. "난 얘기 다 했어. 넌 어때, 엘피?"

엘파바는 잠시 침묵했다. 말린 소시지와 묵은 빵을 펼쳐 놓고, 오렌지 두어 개와 레몬도 찾아내어 식탁 위에 격식 차리지 않고 늘어놓았다. 좀나방이 날아다니는 공기 속에서 그녀의 모습은 사람이라기보다는 그림자에 가까워 보였다. 엘파바의 초록색 피부는 여리디여린 새봄의 잎처럼 기이하리만치 부드러우면서도 납작하게 두들겨 편 구리판처럼 보였다. 피예로는 갑자기 솟아난 충동에 그녀의 팔목을 잡고 움직이지 못하게 했다. 자기 얘기를 하지 않겠다면, 적어도 가만히 있게 하고 싶었다. 그래야 그녀를 볼 수 있을 테니까.

“이것들 좀 먹어. 난 배고프지 않아. 어서 먹어.” 그녀가 마침내 말을 꺼냈다.

“얘기해 봐. 넌 시즈에서 우리 곁을 떠났어. 아침 안개처럼 사라져 버렸다고. 왜, 어디로 가서, 뭘 한 거야?”

“너 진짜 시적이구나. 내 생각으로는 시야말로 자기기만의 가장 고상한 형태지.”

“말 바꾸지 마.”

그러나 엘파바는 당황했다. 손가락이 경련하듯 떨었다. 그녀는 고양이를 불렀으나, 예민한 고양이는 성질이 났는지 그녀의 무릎 위에서 달아나 버렸다. 마침내 그녀가 말했다.

“좋아, 얘기할게. 하지만 다시는 여기 오면 안 돼. 새집을 찾기는 싫거든. 여기는 나한테 과분할 정도로 좋아. 약속해 주겠지?”

“약속할지는 좀 생각해 볼게. 내가 그 이상 어떻게 약속할 수 있겠니? 아직 아무것도 모르는데.”

“저, 난 시즈에 정이 다 떨어졌었어. 딜라몬드 박사님의 죽음에 분노했고. 다들 슬퍼했지만 아무도 신경 쓰지는 않았지. 정말로 관심 가진 사람은 없었어. 하여튼 나한테 맞는 곳이 아니었어. 그 골빈 계집애들하며. 물론 글린다는 퍽 좋아했지만. 글린다는 어떻게 지낸대?” 엘파바는 서둘러 얘기했다.

“연락이 끊어졌어. 궁정 피로연이나, 뭐 그런 데서 마주치지 않을까 계속 기대는 품고 있어. 팔토스 준남작과 결혼했다는 얘기를 입소문으로 전해 들었지.”

엘파바는 짜증스러운 얼굴로 등을 꼿꼿이 폈다.

“겨우 준남작이라고? 적어도 남작이나 자작 정도는 돼야 하지 않아? 실망인데. 애초 글린다의 야심은 펼쳐 보지도 못했네." 농담으로 한 말이었지만 딱딱하고 재미도 없었다. "아이는 있대?"

"모르겠어. 이제 내가 좀 물어봐도 될까?"

"그래. 그런데 궁정 피로연이라고? 너도 우리의 영광스러운 마법사하고 한통속이니?"

"마법사는 대개 은둔 중이라고 들었어. 한 번도 만나 본 적은 없어. 오페라 공연에 나타나서 이동식 가리개 뒤에서 음악을 듣곤 한대. 공식 만찬에서는 옆방에 조각한 대리석 격자창을 놓고 그 뒤에서 따로 식사를 한다는군. 풍채 좋은 남자가 무도회 개막 행진을 따라 걷는 옆모습을 본 적은 있어. 만약 그게 마법사였다면 내가 마법사를 만난 건 그게 다야. 하지만 네 얘기 좀 해봐. 왜 우리 모두랑 연락을 끊었어?"

"너희들을 너무나 사랑했기 때문에 연락할 수 없었어."

"그건 또 무슨 헛소리야?"

"나한테 질문하지 말라니까." 그녀는 푸른 여름밤의 어스름 속을 저어 가는 노처럼 팔을 약간 휘둘렀다.

"그래도 물어볼게. 그 후로 여기에서 죽 산 거야? 5년 동안? 공부했니? 일을 했어?"

피예로는 그녀에 대해 추측해 보려고 애쓰면서 이마를 문질렀다. 그녀가 대체 무슨 짓을 하고 있는 것일까?

"너, 동물 구명 연대라든가, 뭐 저항적인 소규모 인도주의자 조직과 관련 있어?"

"난 인도주의자니 하는 말은 절대 쓰지 않아. 내 귀에는 인간이라는 게 본질적으로 극악무도한 범죄를 저지를 소지가 있다는 말로 들리거든."

"또 말을 돌리는구나."

"그게 내 일이거든. 자, 이제 단서를 잡았겠지, 피에로."

"좀 더 자세히 얘기해 봐."

엘파바가 부드럽게 말했다.

"난 지하로 들어갔어. 아직도 지하에 있지. 5년 전 글린다에게 작별을 고한 이후로 내 익명성을 깨뜨린 사람은 네가 처음이야. 그러니 이제 너도 왜 내가 더 이상 말할 수 없는지, 왜 네가 다시 나를 볼 수 없는지 알겠지. 어쩌면 네가 나를 비밀경찰에 넘길지도 모르잖아."

"하! 그 꼭두각시들! 네가 그렇게 생각한다면 넌 정말 나를 거의 모……."

"내가 어떻게 알겠어, 내가 어떻게 알아?" 그녀는 손가락을 초록 막대로 만든 퍼즐처럼 깍지 끼고 비틀었다. "그들은 군홧발로 빈민들과 약자들을 모조리 짓밟고 있어. 새벽 3시에 온 집안을 공포에 몰아넣고 반체제 인사들을 끌고 가지…… 도끼로 인쇄기를 부수고…… 반역 죄목으로 오밤중에 가짜 재판을 열어서 동틀 무렵 처형해. 그들은 이 아름다운 가짜 도시 구석구석을 다 쑤시고 다녀. 공포 정치야. 그들은 지금 이 순간에도 거리에 우글우글해. 아직까지는 내게 따라붙지 않았지만, 너한테 붙었을 수도 있어."

"넌 생각만큼 따라붙기 어렵지 않아. 잘하긴 하는데 완벽한 정도까지는 아니라는 거지. 내가 몇 가지 요령을 가르쳐 줄 수도 있어."

"물론 네가 그렇게 해 줄 수 있겠지만, 그러지 못할 거야. 우린 다시 얼굴 볼 일이 없을 테니까. 나는 물론이고 너한테도 너무 위험해. 그래서 내가 너희들을 너무 사랑하기 때문에 연락할 수 없었다고 한 거야. 비밀경찰이 기밀 정보를 얻어내기 위해 친구들과 가족들을 고문할지도 모른다는 생각 안 해봤어? 너한테는 처자식도 있잖아. 난 그저 네가 어쩌다 우연히 마주친 옛 대학 동창에 불과해. 나를 따라온 건 멍청한 짓이었다고. 다시는 그런 짓 하면 안 돼. 알아듣겠니? 네가 내 뒤를 밟고 있다는 것을 알게 되면 난 이사할 거야. 지금 당장 짐을 꾸려서 30초 안에 자취를 감출 수도 있어. 그렇게 하도록 훈련을 받았어."

"나한테 이러지 마."

"우린 옛 친구야. 하지만 특별히 좋은 친구 사이도 아니었잖아. 이렇게 만난 것을 무슨 감상적인 재회 따위로 착각하지 마. 너를 만나서 반갑지만 다시 보고 싶지는 않아. 몸조심하고 높으신 양반들과의 관계는 조심해. 혁명이 일어나면 알랑거리는 아첨꾼들한테는 한 치의 자비도 없을 테니까."

"스물세 살 나이에 반란군의 여왕 역할이라도 하려는 거냐? 어울리지 않는데."

"어울리지 않지. 내 새로운 삶에 딱 맞는 단어야. 어울리지 않는다는 말. 항상 어울리지 않았던 나였지만 이제는 어울리는 사람이 되어 가고 있어. 너는 나랑 동갑이면서도 왕자랍시고 뽐내고 다닌 것밖에 없잖아. 그런데 먹을 만큼 먹었니? 이제 작별 인사를 해야겠다."

"안 돼."

피에로는 단호하게 말했다. 그는 그녀의 손을 꼭 잡아 주고 싶었다. 전에 그녀를 만져 본 적이 있었는지 기억나지 않았다. 그는 자신의 생각을 정정했다. 한 번도 그런 적이 없었음을 알고 있었다.

엘파바는 그의 마음을 읽고 있는 것 같았다.

"넌 네가 어떤 사람인지 알아. 하지만 내가 어떤 사람인지는 모르지. 알 리가 없지…… 알 수 없어. 첫째, 알아서는 안 되고, 둘째 넌 알아낼 능력이 없어. 행운을 빈다. 빈쿠스에서도 이 말을 쓴다면. 행운을 빌어, 피예로."

엘파바는 그에게 오페라 망토를 건네고 손을 뻗어 악수했다. 그는 손을 잡으면서 그녀의 얼굴을 들여다보았다. 일순간이나마 그 얼굴이 활짝 열려 있었다. 그는 그녀의 얼굴에서 그 속에 숨겨진 욕망으로 인해 차가운 냉기와 뜨거운 섬광이 동시에 온몸을 훑고 지나가는 아찔함을 느꼈다.

"보크 소식은 들었어?" 그늘이 다음번에 다시 만났을 때 엘파바가 물었다.

"넌 자신에 대해서는 아무것도 대답해 주지 않을 작정이로구나?" 피예로는 그녀의 탁자 위에 발을 올려놓고 빈둥거리고 있었다. "너 자신을 죄수처럼 꼭꼭 가둬 둘 생각이라면, 왜 결국 내가 다시 와도 좋다고 한 거야?"

"난 보크를 좀 좋아했어. 그뿐이야. 너를 다시 오게 해서 그의 소식이랑 다른 친구들 소식도 들어 보려고 한 거지." 그녀가 씩 웃었다.

피예로는 아는 대로 얘기해 주었다. 보크는 밀라 양과 결혼하여 모두를 기절초풍하게 만들었다. 밀라는 네스트 하딩스로 억지로 따라갔으나 그곳을 싫어했다. 그녀는 수없이 자살 기도를 했다.

"보크는 해마다 럴라인마스에 제정신이 아닌 듯한 편지를 보내오지. 편지에는 밀라의 실패한 자살 기도가 무슨 연례 가족 보고서처럼 첨부되어 있고."

"똑같은 환경에서 우리 엄마는 어떻게 무슨 일을 겪어야 했을지 궁금해지네. 명문가의 대궐 같은 집에서 특권을 누리며 어린 시절을 보내다가 촌구석에서 고된 생활을 하셔야 했으니. 엄마의 경우에는 콜웬 그라운즈에서 러시마진스, 그 다음에는 쿼들링이었지. 그렇게 지독한 고행은 없을 거야."

"그 어머니에 그 딸이군. 너도 적잖은 특권을 스스로 내팽개치지 않았어? 이렇게 은밀히 숨어서 달팽이처럼 살려고?"

"너를 처음 보았을 때가 기억나." 엘파바는 저녁으로 준비하고 있는 뿌리와 야채 위에 식초를 뿌리면서 말했다. "강의실에서였지. 그 뭐더라, 이름이……?"

"니키딕 박사." 피예로는 얼굴을 붉혔다.

"넌 얼굴에 아름다운 표식들을 그려 넣고 있었지. 그런 건 생전 처음 봤어. 우리 마음을 한꺼번에 사로잡으려고 그렇게 들어오려는 계획을 세웠던 거니?"

"맹세코 피할 수만 있었다면 그렇게 했을 거야. 내가 얼마나 창피하고 무서웠다고. 그 마법에 걸린 사슴뿔이 나를 죽이려는 줄 알았다니까. 잘난 척하는 크롭이랑 수다쟁이 티벳이 나를 구해 줬지."

"크롭과 티벳! 티벳과 크롭! 그 애들을 까맣게 잊고 있었네. 그 애들은 어떻게 지내?"

"티벳은 철학 클럽에서의 그 탈선 후 완전히 딴사람이 되었어. 크롭은 예술품 경매소에 들어갔나 봐. 아직도 극장 패거리들과 어울린다지. 가끔가다 한 번씩 봐. 서로 얘기는 안 하지만."

엘파바가 깔깔거렸다.

"뭐야, 마음에 안 드나 보구나! 물론 나도 밝히기로는 둘째가라면 서러울 사람이니까 줄곧 철학 클럽이 어떤 곳일지 궁금했지. 다시 태어난다면 너희들 모두를 또 만나고 싶어. 그리고 글린다도. 사랑스러운 글린다. 심지어 그 역겨운 애버릭까지 다시 보고 싶네. 애버릭은 뭐 하고 지내?"

"애버릭하고는 연락해. 대개는 자기 영지에 자리 잡고 살지만 시즈에도 집을 한 채 갖고 있어. 에메랄드 시에 있을 때는 나랑 같은 클럽에 묵어."

"아직도 그렇게 제멋에 사는 촌뜨기야?"

"호오, 이번엔 네 쪽에서 마음에 안 드나 보구나."

"그런가 봐."

그들은 저녁을 먹었다. 피예로는 엘파바가 자기 가족에 대해 더 물어보기를 기다렸다. 그러나 그들은 분명히 서로의 가족을 상대에게 숨기고 있었다. 그의 빈쿠스 아내와 아이들, 그녀의 선동가와 반란자 무리들.

피예로는 다음에 올 때는 목 부분이 트인 셔츠를 입어야겠다고 생각했다. 그러면 엘파바에게도 그의 얼굴에서 가슴까지 죽 이어서 새겨져 있는 푸른 다이아몬드 무늬가 보일 것이다. 그녀가 그 무늬를 마음에 들어하는 것 같으니까.

"설마 에메랄드 시에서 가을 내내 지내는 건 아니겠지?" 한기가 파고드는 어느 저녁에 엘파바가 물었다.

"사리마한테는 일 때문에 여기에 언제까지 있게 될지 모른다고 전해 뒀어. 아내는 그러든 말든 신경 안 써. 왜 신경 쓰겠어? 지저분한 여관에서 뽑혀 아르지키 왕자와 어린아이 때 결혼했는데. 처가 사람들은 바보가 아니야. 아내에게는 음식, 하인, 다른 부족으로부터 방어해 주는 키아모코의 단단한 돌벽이 있어. 아내는 셋째를 낳고 몸이 좀 불었어. 내가 집에 있든 없든 정말로 개의치 않아. 아내한테는 자매가 다섯 있는데, 그들도 전부 따라 들어왔어. 난 하렘하고 결혼한 셈이지."

"말도 안 돼!" 엘파바는 그런 생각에 호기심이 당기면서도 조금 당황한 듯했다.

"네 말이 옳아. 있을 수 없는 일이지. 사리마는 여동생들이 밤에 내 잠자리 시중을 들어 주면 어떻겠느냐고 한두 번 제안했어. 그레이트 켈스 너머 지역에서는 오즈의 다른 지역보다 이런 일을 덜 금기시해. 그러니까 그렇게 충격 받은 표정 짓지 마."

"어떻게 충격을 안 받아. 그래서 그런 짓을 했어?"

"내가 '그 짓'을 했냐고?" 피예로가 그녀를 놀렸다.

"처제들이랑 잤냐는 말이야."

"안 잤어. 고매한 도덕적 기준이 있거나 관심이 없어서가 아니야. 사리마는 빈틈없는 아내이고 결혼 생활에서는 하나하나가 다 전투나 다름없어. 내가 그런 짓을 한다면 지금보다 더 아내한테 꼼짝 못하고 쥐어 사는 신세가 될 거야."

"결혼 생활이 그렇게 나빠?"

"넌 결혼해 보지 않았으니까 몰라. 별로 좋지 않아."

"나도 결혼한 셈이네. 남자랑 안 했다뿐이지."

피에로는 눈썹을 추켜세웠다. 엘파바가 얼굴을 손으로 감쌌다. 그녀의 이런 모습은 처음 보았다. 자기 말에 스스로 놀란 듯했다. 그녀는 잠시 얼굴을 돌리고 헛기침을 하고 코를 풀었다.

"이런 망할 눈물, 불처럼 뜨겁네."

엘파바는 갑자기 화를 내며 소리치더니, 짜디짠 소금기가 뺨을 타고 흘러내리기 전에 낡은 담요를 가져다가 눈을 문댔다. 그녀는 노파처럼 허리를 숙인 채 한 팔은 조리대 위에 올리고 얼굴에 댔던 담요를 바닥에 떨어뜨렸다.

"엘피, 엘피."

피에로가 놀라 그녀를 부르며 그녀 쪽으로 비틀비틀 다가가 팔로 감싸 안았다. 담요는 그들 사이에 턱에서 발목까지 늘어뜨려져 있었으나, 불꽃이나 장미처럼 확 피어오르든가, 샴페인과 향료의 분수처럼 터져 버릴 것만 같았다. 몸은 극도로 긴장한 상태인데 마음속에는 이렇게 더할 나위 없이 풍부한 심상들이 활짝 피어나다니 이상도 하다…….

"안 돼, 안 돼, 안 돼, 난 하렘이 아니야. 난 여자가 아니야. 사람도 아니야. 안 돼."

그러나 그녀의 팔은 풍차 날개처럼, 그 마법에 걸린 사슴뿔처럼 저절로 돌아갔다. 그를 죽이려는 것이 아니라 사랑으로 못 박아 두기 위해, 벽에 그를 고정시키고 올라타기 위해서였다.

몰키는 보기 드물게 신중한 태도로 창턱에 올라가 그들을 외면했다.

그들은 동쪽에서부터 가을 날씨가 찾아올 무렵 버려진 곡물 거래소 위층 방에서 사랑을 나누었다. 하루는 따듯했다가, 하루는 해가 들었다가, 나흘간 내리 찬바람이 불고 가는 비가 내렸다.

그들이 만나지 못하는 날이 오래 계속되기도 했다.

"난 할 일이 있어. 날 믿어 줘. 그러지 않으면 네 앞에서 사라져 버릴 거야. 글린다한테 편지를 써서 연기처럼 펑 하고 사라지는 마술을 가르쳐 달라고 부탁할 거야. 놀리느라 하는 말이지만 진심이기도 해, 피예로." 엘파바가 말했다.

피예로는 엘파바가 파이 껍질을 밀고 있을 때 흩어진 밀가루에 '피예로+파' 라고 썼다. 그녀는 마치 고양이조차도 엿듣지 못하게 하려는 듯이 나지막이 '파' 라는 이름이 자신의 암호명이라고 속삭였다. 그 단체에 속한 사람들은 누구도 다른 사람의 실명을 알 수 없었다.

엘파바는 밝은 데서 자기의 벗은 몸을 보여 주려 하지 않았다. 하지만 피예로 역시 낮에는 찾아오지 못하게 되어 있었으므로 그리 문제가 되지는 않았다. 그녀는 약속한 저녁이면 벌거벗은 채 담요를 덮고 앉아 수필이나 정치 이론이나 도덕철학 따위를 읽으며 그를 기다렸다.

"나도 내가 제대로 알고 읽는지 모르겠어. 시를 읽듯이 읽어." 한 번은 그녀가 이렇게 인정했다. "난 단어들의 음이 좋아. 하지만 내가 읽은 것으로 세계에 대해 갖고 있는 느리고 편향된 인상이 바뀔 거라고 진심으로 기대하지는 않아."

"그럼 네가 어떻게 사느냐에 따라 바뀌니?" 그는 불빛을 낮추고 옷을 벗으면서 물었다.

"넌 내가 이런 방면에 초짜인 줄 아는구나. 내가 처녀라고 생각하지?" 그녀가 한숨을 쉬며 말했다.

"그렇지는 않아. 넌 처음에 피를 흘리지 않았잖아."

"네 생각은 나도 알아. 하지만 그러는 넌, 피예로 경, 키아모코의 아르지키 왕자, 천년 초원의 가장 막강한 사냥꾼, 그레이트 켈스의 대족장인 넌 얼마나 경험이 많아서?"

"네 말이라면 뭐든 다 고분고분 듣지." 그는 진지한 태도로 말했다.

"난 어린 신부와 결혼해서 내 힘을 지키기 위해 한 번도 바람을 피운 적이 없었어. 지금까지는 그랬지. 넌 아내와 달라. 넌 아내처럼 느껴지지 않아. 다른 느낌이야. 너는 더 비밀스러워."

"난 존재하지 않아. 그러니까 너 역시 지금도 바람을 피우는 게 아냐."

"지금 이 순간에 충실하자. 참을 수가 없어."

피예로의 손이 그녀의 옆구리를 훑어내려 판판하고 탄탄한 배까지 내려갔다. 그녀는 항상 그의 손을 빈약하지만 표현이 풍부한 가슴으로 끌어다 놓았다. 허리 아래는 손대지 못하게 했다. 그들이 함께 움직이자, 초록 들판 위에서 푸른 다이아몬드가 달렸다.

피예로는 낮 동안에는 할 일이 별로 없었다. 아르지키 족의 족장이 된 이상, 정치적 이해관계상 어쩔 수 없이 상업의 중심축인 에메랄드 시와 관계를 맺어야 했다. 그러나 피예로가 아르지키의 사업을 위해 해야 할 일은 고작해야 사교 모임이나 이사회, 재계 인사들이 모이는 응접실에 얼굴이나 내미는 정도였다. 나머지 시간은 성 글린다와 다른 성인들의 프레스코 그림들을 찾으러 이리저리 돌아다니며 보냈다. 엘파바—파발라—엘피—파는 그에게 세인트 글린다 광장의 수녀원에 딸린 세인트 글린다 예배당에서 무엇을 하는지 일체 함구했다.

어느 날 피예로는 애버릭을 만나 점심을 같이했다. 애버릭은 식사 후 나체쇼를 보러 가자고 제안했으나, 피예로는 핑계를 대고 거절했다. 애버릭은 고집불통에 냉소적이고 타락했으나 미모는 예나 다름없이 출중했다. 엘파바에게 전해 줄 소식은 별로 없었다.

바람에 낙엽이 나무에서 떨어졌다. 비밀경찰은 계속해서 시내에서 동물들과 그들의 조력자들을 결박하여 끌고 갔다. 길리킨 은행의 이자율은 하늘 높은 줄 모르고 치솟았다. 투자가들에게는 희소식이지만, 변동 금리로 대출받은 사람들에게는 악재였다. 값어치 있는 시내 중심가의 자산들 상당수가 유실 처분되었다. 상점들은 의기소침하여 지갑을 꽉 닫은 시민들을 가게로 끌어들여 보겠다고 일찍부터 럴라인마스를 기념하는 초록색과 금색의 전구 줄을 달기 시작했다.

피예로는 무엇보다도 엘파바와 함께 에메랄드 시의 거리를 걷고 싶었다. 사랑에 빠지기에 이보다 더 아름다운 장소는 없었다. 특히 붉게 물들어 가는 푸른 저녁 하늘에 가게의 전구들이 불을 밝히고 금빛을 반짝이는 해 질 녘이 그랬다. 피예로는 난생처음으로 사랑에 빠졌다. 이제는 자신도 알고 있었다. 그는 그 사실에 겸허해졌다. 두려워졌다. 나흘이나 닷새씩 만나지 못하는 날이 계속되면 참을 수가 없었다.

"이르지와 마넥, 노르에게 키스를 보내." 피에로는 매주 사리마에게 보내는 편지 맨 아래에 이렇게 썼다. 사리마는 다른 것은 차치하고라도 글자를 배운 적이 없기 때문에 답장을 보낼 수 없었다. 그녀의 침묵이 얼마간은 이렇게 결혼 서약을 깬 데 대한 무언의 동의처럼 느껴지기도 했다. 그는 그녀에게도 키스를 보낸다는 말은 쓰지 않았다. 초콜릿으로 충분하기를 바랐다.

피에로는 담요를 둘둘 감고 몸을 굴렸다. 그러자 엘파바도 다시 담요를 자기 쪽으로 끌어당겼다. 방 안의 공기는 싸늘하다 못해 눅눅하기까지 했다. 몰키는 그들 덕분에 온기를 느끼고 고양이로서 나름의 애정 표시를 하느라고 그들이 다리를 버둥대도 꾹 참고 있었다.

"사랑하는 피, 너도 아마 알고 있을 거야. 난 네가 하는 일이 뭐건 간에 공모자가 되지는 않을 거야. 도서관 벌금을 내리는 일이건 고양이에게 목걸이를 채우지 않게 하는 일이건 뭐든. 하지만 항상 주변 이야기를 주의해서 잘 듣고 있어. 쿼들링은 또다시 진군해 온 민병대의 지배를 받게 되었다지. 클럽 라운지에서 신문을 보고 담배를 피우면서 하는 얘기들을 들어 보니 그러더라. 틀림없이 군대가 쿼들링 깊숙이 쿼이어까지 밀고 들어가서 모든 것을 불로 태워 버리는 작전을 수행하고 있는 거야. 네 아버지와 남동생, 네사로즈도 아직 그곳에 있지?"

엘파바는 한동안 대답이 없었다. 그녀는 말하고 싶은 것뿐 아니라 기억해 낼 수 있는 것까지도 풀어 내려는 듯했다. 그녀의 표정은 복잡하다 못해 성이 난 것 같았다.

"우린 한동안 쿼이어에 살았어. 내가 열 살 때였지. 습지 위에 세워진 기묘하고 작은 마을이었어. 거리의 반은 운하야. 지붕은 나지막하고, 창문에는 사생활을 보호하면서 환기를 할 수 있도록 격자창이 있었어. 공기는 습하고 식물들이 무성하게 자라 있었고. 마치 얇게 누빈 베개 같은 거대하고 둥그스름한 종려잎은 바람이 불 때마다 서로 부딪쳐 이런 소리를 내지, 터터, 터터."

"쿼이어는 거의 초토화되었을 거야. 내가 주워들은 소문이 정확하다면." 피예로가 조심스럽게 말했다.

"아버지는 지금 그곳에 안 계셔. 다행이지. 사정이 바뀌지만 않았다면. 쿼이어의 선량한 주민들은 선교사의 노력에 그다지 반응을 보이지 않았어. 그들은 아버지와 나를 초대해서 조그만 케이크며 미지근한 붉은 박하차 따위를 대접하곤 했지. 우리는 곰팡이가 피고 솜이 다 죽은 쿠션 위에 앉아 도마뱀과 거미들을 어둑한 그늘로 쫓아 버리곤 했어. 아버지는 원래 이국적인 풍물을 좋아한다고 하면서 이름 없는 신의 자비로운 성품에 대해 이야기를 늘어놓으셨지. 아버지는 나를 증거로 보여 주었어. 나는 억지로 예쁜 척 보기 흉한 미소를 짓고 찬송가를 불렀어. 아버지가 유일하게 허용한 음악이었지. 쥐구멍에라도 들어가고 싶을 만큼 내 피부색이 부끄러웠지만, 아버지는 이 일이 얼마나 가치 있는 일인지 나를 설득하셨어. 친절한 쿼이어 시민들은 변함없이 예의상 듣는 척해 주었지. 그들은 이름 없는 신께 기도 드리는 것도 받아들였지만 정말로 마음까지 움직였다고는 말할 수 없어. 난 우리가 정말로 얼마나 쓸데없는 짓을 하고 있는가를 느끼면서 아버지보다 훨씬 더 낙심천만했던 것 같아."

"그래서 지금 가족들은 어디에 있니? 아버지랑 네사로즈랑, 네 남동생…… 그 애 이름이 뭐지?"

"셸이야. 아빠는 쿼들링 남쪽으로 더 깊숙이, 진짜 오지로 들어가야 한다고 생각하셨어. 오벨스 주변의 작고 답답한 집들을 여러 차례 옮겨 다녔지. 우리는 그곳들을 피비린내 나는 아름다움으로 가득 찬 황량하고 야만스러운 시골이라 불렀어."

그의 의문스러운 표정에 엘파바가 말을 이었다.

"15년인가 20년 전, 에메랄드 시의 투기꾼들이 그곳에서 루비 광산을 발견했어. 처음에는 오즈마 섭정 치하에서였고, 그 다음엔 쿠데타가 일어난 후 마법사 치하에서였지. 이쪽이나 저쪽이나 추악하기 그지없는 사업이었어. 오즈마 섭정 시대에 개발했을 때는 그래도 살인과 잔학 행위는 없었지. 기술자들은 코끼리를 이용해서 자갈을 끌어올리고, 샘을 막고, 찝찔한 맛이 나는 지하수 1미터 아래에 복잡한 체계의 노천 채굴 광산을 완성했어. 아버지는 쿼들링의 작고 습한 사회에 일어난 이런 소란 덕분에 선교를 하기에는 더없이 좋은 상황이 되었다고 생각하셨어. 아버지 생각이 옳았어. 쿼들링들은 빈약한 선언으로 마법사와 맞서서 토템에 의지했지만, 무기라고는 고무줄 새총이 고작이었어. 그래서 그들은 아버지 주위로 몰려들었지. 아버지는 그들을 개종시켰고, 그들은 새롭게 개종한 신도다운 열정에 차서 싸움을 하러 나갔어. 그들은 재산을 모두 빼앗기고 사라졌지. 그들이 기댈 것이라곤 유일교 신앙의 은총뿐이었어."

"아, 신랄하구나."

"난 도구였어. 아버지는 나를 이용했어. 네사로즈는 좀 덜했지. 그 애는 돌아다니기가 어려웠으니까. 아버지는 나를 실물 교육용으로 이용했어. 내가 이렇게 생긴 데다가 노래까지 할 수 있으니까, 사람들은 얼마간은 내 기이한 모습에 마음이 움직여 아버지를 믿었던 거야. 이름 없는 신이 나 같은 것까지도 사랑하신다면, 한 점 흠 없는 자기들한테는 훨씬 더 잘해 줄 것 아니겠어."

"그래서 넌 아버지가 어디 계시든, 이제 아버지한테 무슨 일이 생기든 상관 않겠다는 거니?"

그녀는 화를 내며 일어섰다.

"어떻게 그런 소리를 할 수 있니? 난 그 정신 나간 앞뒤 꽉 막힌 노인네를 사랑해. 아버지는 자기가 한 설교를 진심으로 믿었어. 쿼들링 사람의 시체가 연못에 얼굴을 위로 하고 떠오른 모습을 보아도, 그 시체의 몸 어딘가에 개종했다는 표시의 문신이 있기만 하면 살아남은 자보다 행복하다고 생각하셨으니까. 아버진 이름 없는 신이 계신 내세로 가는 편도 차표를 써 주고 있다고 여기셨어. 내 생각에 아버지는 그 일이 제법 잘되었다고 보신 것 같아."

"그럼 넌 아니란 말이야?"

피예로는 그리 종교적인 사람이 못 되었으므로, 그녀의 아버지의 소명에 대해 의견을 낼 자격은 없다고 느꼈다. 그녀가 서글픈 목소리로 말했다.

"어쩌면 잘되었던 건지도 모르지. 내가 어떻게 알아? 하지만 나한테는 아니었어. 우리는 마을을 하나씩 개종시켰어. 정착지마다 공병대가 들어오면서 마을 사람들의 삶은 엉망이 되었지. 그러거나 말거나 오즈 쪽으로는 비명소리 하나 새어 나가지 않았지만. 아무도 귀

기울이지 않았어. 쿼들링 사람들한테 누가 신경이나 쓰겠어?"

"하지만 네 아버지가 처음에 거기로 가신 이유가 있었겠지?"

"우리 부모님에게는 쿼들링 사람인 친구가 하나 있었는데, 우리 고향집에서 죽었어. 쿼들링 떠돌이였고 유리 세공인이었지."

엘파바는 이맛살을 찌푸리고 눈을 감더니 더는 아무 말도 하지 않았다. 피에로는 그녀의 손톱에 키스했다. 엄지와 집게손가락 사이에 키스하고 레몬 껍질인 양 빨았다. 그녀는 몸을 뒤로 젖혀 그가 더 많은 것을 할 수 있게 해 주었다.

잠시 후 그가 말했다.

"하지만 엘피—파발라—파…… 넌 정말로 네 아버지와 네사로즈, 어린 남동생이 걱정되지 않는 거야?"

"아버지는 가망 없는 대의를 좇고 계셔. 그 명분이 아버지의 실패한 인생에 얼마간 정당성을 부여해 주겠지. 아버지는 한때 자신을 오즈미 혈통 최후의, 사라진 후계자의 복귀를 예언하는 예언자라고 선언하셨어. 지금은 완전히 끝났어. 내 동생 셸은 지금쯤 열다섯 살이 되었을 거야. 피에로, 어떻게 내가 그들을 걱정하면서 동시에 이 중요한 시기의 전투에 집중할 수 있겠니? 난 오즈를 다 돌아다닐 수도 없는데. 이야기책에 나오는 마녀처럼 빗자루라도 타면 모를까! 지하로 잠적하기로 결정한 이상, 걱정도 할 수 없어. 게다가 적어도 네사로즈한테 무슨 일이 생길지는 알고 있어. 조만간 그렇게 되겠지."

"무슨 일?"

"증조할아버지가 마침내 돌아가시면, 네사로즈가 다음 트롭 영주가 될 거야."

"너도 계승자잖아. 네가 더 손위 아니야?"

"난 잠적했어. 연기처럼 사라져 버렸다고. 잊어버려. 네사로즈한테는 잘된 일일 거야. 그 애는 네스트 하딩스 지역의 여왕 같은 존재가 될 테니까."

"그 애는 마법을 전공했어. 너도 알고 있었니? 시즈에서?"

"몰랐어. 하여튼 그 애한테는 잘된 일이지. 그 애가 금으로 테두리에 '도덕적 공정함에서 그 누구도 따를 수 없을 만큼 훌륭한 분'이란 글귀가 새겨진 대좌에서 내려와 본색을 드러내고 악녀가 되기로 한다면, 동쪽 지방 최고의 악녀가 되겠지. 유모와 콜웬 그라운즈의 충성스러운 신하들이 그 애를 떠받들어 줄 테고."

"네가 네시를 좋아하는 줄 알았는데!"

엘파바가 비웃었다.

"넌 눈으로 보고도 모르니? 난 네시를 사랑해. 그 애는 애물단지야. 참기 어려울 정도로 올바르지. 아주 까다로운 애야. 난 그 애한테 헌신적이야."

"네시가 트롭 영주가 되겠군."

엘파바가 건조하게 말했다.

"나보다 나을걸. 우선 구두 보는 눈이 뛰어나니까."

어느 날 저녁 천창을 통해 보름달의 달빛이 잠든 엘파바 위로 묵직하게 쏟아져 내렸다. 피예로는 잠에서 깨어나 요강에 소변을 보러 갔다. 몰키는 계단에서 쥐를 쫓고 있었다. 피예로는 돌아와 연인의 모습을 보았다. 그날 밤따라 초록색이라기보다는 진줏빛에 가까워 보였다. 피에로는 빈쿠스 전통 술이 달린 검은 바탕에 장미가 새겨진 비단 스카프를 갖고 와 그녀의 허리에 묶어 준 적이 있었다. 그때부터 스카프는 그들이 사랑을 나눌 때 걸치는 의상이 되었다. 오늘 밤은 잠결에 스카프가 좀 젖혀 있었다. 그는 그녀의 옆구리의 곡선, 보드랍고 연약한 무릎, 뼈가 앙상한 발목을 보며 경탄했다. 공기 중에는 아직도 향수 냄새와 끈적끈적한 동물적인 냄새, 신비로운 바다 냄새, 섹스를 하며 풀어헤친 머리카락에서 풍기는 달콤한 향내가 감돌았다. 그는 침대 가장자리에 앉아 그녀를 바라보았다. 반작이면서 곱슬대는 그녀의 음모는 검은색보다 자주색에 더 가까워 보였다. 사리마의 것과는 모양이 달랐다. 사타구니 부근에 뭔가 이상한 그림자 같은 것이 있었다. 그는 졸음에 겨운 와중에도 자신의 푸른 다이아몬드 일부가 성행위를 할 때의 열기로 그녀의 피부에 옮겨 박힌 것이 아닌가 싶었다. 아니면 흉터일까?

그러나 그때 그녀가 깨어 달빛 속에서 담요를 끌어당겨 몸을 덮었다. 그녀는 그에게 졸린 미소를 지으며 "피에로, 나의 영웅."이라고 불렀다. 그 말에 그의 가슴이 녹아내렸다.

그런 그녀가 이렇게까지 화를 낼 수 있다니!

"아무 생각 없이 네가 배 터지게 먹어 치운 돼지고기 롤이 지각 있는 돼지의 살을 잘라 낸 것이면 어떡할래?" 엘파바가 피에로에게 화를 냈다.

"네가 벌써 밥을 다 먹었다고 남의 식욕까지 빼앗을 건 없잖아."

피에로는 기죽은 목소리로 맞섰다. 그의 고향 땅에서는 자유롭게 사는 동물들이 그리 눈에 띄지 않았다. 그가 시즈에서 알고 지냈던 몇몇 지각 있는 생물들은 철학 클럽에서 보낸 밤에 만난 동물을 제외하고는 거의 인상에 남지도 않았다. 동물들의 곤경은 그다지 그의 마음을 움직이지 못했다.

"이러니까 사랑에 빠지면 안 된다는 거야. 사랑에 빠지면 눈이 머니까. 사랑은 사악하게도 정신을 딴 데 팔게 만들어." 피에로는 남은 돼지고기 롤을 몰키에게 먹였다. "이젠 점심도 못 먹게 하는구나. 도대체 네가 사악함에 대해 뭘 알고 있는데? 넌 이 반항 세력의 조직 속에서 말단 조직원일 뿐이야. 안 그래? 넌 풋내기라고."

"나도 알아. 남자들이 사악한 점은 그들의 힘이 우둔함과 맹목성을 낳는다는 거지."

"그럼 여자들은?"

"여자들은 약해. 하지만 그들의 약함은 교활함과 남자 못잖은 엄격한 도덕성으로 가득 차 있지. 여자들은 활동 영역이 더 좁은 탓에 진짜로 해를 입힐 만한 능력도 그만큼 줄어들어. 비록 여자들이 더 친밀해질수록 배신은 더 잘하지만."

"그럼 내가 악을 저지를 수 있는 능력은? 너는 어떻고?" 피에로는 그녀에게 말려드는 것 같은 거북함을 느끼며 물었다.

"피에로의 문제는 선을 행할 수 있는 능력을 과신한다는 점이지."

"그럼 너는?"

"내 능력은 경구로 생각하는 거지."

그는 갑자기 짜증이 솟았다.

"네 얘기는 가볍게 넘어가려 하는구나. 네가 비밀 조직에서 하는 일이 그거야? 재치 있는 경구 만드는 거?"

"아, 진행 중인 거사가 있어. 난 중심 역할을 하지는 않겠지만, 언저리에서 도울 거야." 그녀는 감정이 들어 있지 않은 투로 말했다.

"무슨 소리야? 쿠데타라도 하겠다는 거야?"

"넌 신경 쓸 것 없어. 너한테는 불똥이 튀지 않을 테니까. 네가 원하는 것도 그거 아니야?" 그녀의 목소리가 약간 심술궂게 들렸다.

"암살이라도 하려고? 백정 장군을 죽인다고 뭐가 달라지니? 그럼 너는 뭐가 되는데? 성인? 혁명의 성녀? 전투에서 죽는다면 순교자가 되나?"

엘파바는 대답하지 않았다. 짜증스럽게 고개를 흔들더니, 장밋빛 숄 때문에 화가 났다는 듯이 숄을 방구석에 내팽개쳤다.

"네가 돼지 백정 장군을 노리는 와중에 죄없는 구경꾼들이 죽으면 어떻게 할 거야?"

"순교자 따위는 알지도 못하거니와 관심도 없어. 고귀한 계획이니 우주론이니 그런 거 안 믿어. 눈앞의 계획도 이해할 수 없다면 고상한 계획 따위에 무슨 의미가 있겠어? 하지만 순교를 믿는다고 해도, 자기가 무엇을 위해 죽는지 알고 그것을 선택해야 순교자가 될 수 있는 거야."

"아, 그러면 이 일에는 무고한 희생자들도 있어. 죽기를 선택하지 않았는데 어쩌다가 폭발 현장에 있었던 이들."

"우연은 늘 있는 법이야."

"네 그 잘난 조직에는 슬픔이라든가 후회 따위는 있을 수도 없는 거냐? 실수 하나 없어? 비극이라는 개념은 있기나 해?"

"피에로, 이 불평불만투성이 바보야, 비극은 도처에 만연해 있어. 사소한 일을 걱정해 봤자 정신만 흐트러질 뿐이야. 싸움에서 사상자가 난다 해도 그들의 잘못이지 우리 탓이 아니야. 우리는 폭력을 받아들이지 않지만 폭력의 존재를 부정하지는 않아. 우리 주위에서 온통 폭력이 판을 치고 있는데 어떻게 부정할 수 있겠어? 부정하는 것은 죄야."

"아, 지금 네 입에서 나오리라고는 꿈에도 생각지 못했던 말이 나왔구나."

"부정? 죄?"

"아니. 우리."

"갑자기 왜 그런 말을……."

"크레이지홀의 고독한 반체제 분자가 제도를 받아들이기로 한 거야? 무리 속에 끼는 건가? 팀플레이를 하게 된 거야? 한때 고독의 여왕이었던 네가?"

"오해야. 전투는 있지만 요원은 없어. 게임은 있지만 선수는 없는 셈이지. 내겐 동료가 없어. 자아도 없어. 사실 전에도 자아가 있어 본 적은 없지만, 그건 다른 이야기고. 난 거대한 유기체 속에서 움찔거리는 근육에 불과해."

"하! 너처럼 그 누구보다 개성적이고 독립적이고 현실적인 사람이……."

"다른 사람들처럼 너도 내 겉모습을 들먹이는구나. 그리고 너도 그걸 조롱하고 있어."

"난 네 겉모습을 사랑하고 인정해. 파!"

그들은 그날 더 이상 얘기 없이 헤어졌다. 피에로는 도박장에서 돈을 잃으며 저녁을 보냈다.

피에로는 다음번에 그녀를 만났을 때, 초록색 양초 세 개와 금빛 양초 세 개를 가져가서 럴라인마스를 위해 그녀의 집을 꾸며 주었다.

"난 종교 축일 따위는 믿지 않아." 말은 이렇게 했지만 엘파바는 마음을 누그러뜨리고 받아들였다. "하지만 참 예쁘다."

"넌 영혼이 없잖아." 피에로가 엘파바를 놀렸다.

"맞아. 그런 것 같아." 그녀가 엄숙하게 그의 말을 받았다.

"넌 지금 말장난을 하고 있을 뿐이야."

"아니야. 나한테 영혼이 있다는 증거가 어딨어?"

"영혼이 없다면 어떻게 너한테 양심이 있을 수 있겠니?"

피에로는 자기도 모르게 이렇게 말했다. 그는 대화 분위기를 가볍게 만들어 지난번 도덕적 문제를 놓고 싸워 서먹해진 관계를 회복하고 싶었다.

"새가 새끼한데 먹이를 먹이려면 의식이란 게 있어야 해. 나의 영웅 예로, 양심은 다른 차원, 시간의 차원의 의식에 지나지 않아. 네가 양심이라 일컬은 것을 나는 본능이라 부르고 싶어. 새들은 왜 그래야 하는지도 모르면서 새끼를 먹이고, 태어난 것은 모두 죽어야 한다는 데 눈물을 흘리지도 않지. 나도 비슷한 동기로 내 일을 하는 거야. 먹을 것, 공정함, 안전을 향한 본능적인 움직임이지. 나는 다른 가축들과 함께 짐을 끄는 한 마리의 동물일 뿐이야. 나무에 매달린 잊히기 쉬운 이파리 하나지."

"네가 하는 일은 테러잖아. 범죄 행위에 대해 이렇게 극단적인 주장은 들어 본 적도 없어. 넌 개인의 책임은 깡그리 회피하고 있어. 그건 개인의 의지를 이름 없는 신의 알 수 없는 의지라는 음울

한 늪에 희생시키는 사람들만큼이나 나빠. 개성이라는 관념을 부정한다면, 개인에게 유죄 판결을 내릴 수 있는 가능성도 부정하는 거라고."

"어떤 것이 더 나쁠까, 피에로? 개성이라는 관념을 부정하는 것과, 고문과 감금과 굶주림을 통해 진짜 살아 있는 사람들을 부정하는 것 중에서? 봐. 넌 네 주변의 도시 전체가 불타고 진짜 사람들이 불에 타 죽어 가고 있는데도 박물관의 귀중한 감상적인 초상화를 구할 걱정이나 할 거야? 잘 좀 따져 봐!"

"하지만 무고한 방관자, 예를 들어 아무한테도 도움 안 되는 사교계 귀부인이라 할지라도 진짜 사람이야. 초상화가 아니라고. 네 비유는 논점을 회피하고 축소하는 거야. 범죄를 맹목적으로 옹호하는 거라고."

"사교계 귀부인은 살아 있는 초상화로서 자신을 과시하는 쪽을 택했어. 그러니 그런 대접을 받아 마땅하지. 응분의 대가야. 일전에 한 얘기로 되돌아가서, 그 사실을 부인하는 것이 너의 악이야. 넌 할 수만 있다면 상대가 사교계 귀부인이든, 이 모든 압제적인 체제에 기대어 번창하는 기업의 사장이든 상관 않고 구해 주겠지. 하지만 다른 이들, 더 진짜인 사람들을 희생시켜 가면서 그래서는 안 돼. 네가 그들을 구할 수 없다면 못 하는 거야. 모든 일에는 대가가 따르는 법이야."

"사람들 사이에 '진짜'가 어디 있고 '더 진짜'는 어딨어?"

"정말 그렇게 생각해?" 엘파바는 미소를 지었지만 썩 밝지는 않았다. "내가 다시 모습을 감추면 당연히 지금보다 덜 진짜가 될 거야."

그녀는 그와 섹스하는 시늉을 했다. 그는 고개를 돌리면서 안에서부터 격하게 치미는 혐오감에 스스로 놀랐다.

그날 밤, 둘은 다시 화해했는데, 엘파바가 갑자기 고통스러운 발작으로 땀을 흘리며 괴로워했다. 엘파바는 피예로가 자기 몸에 손을 못 대게 했다.

"넌 떠나야 해. 난 너한테 어울리는 여자가 아니야." 그녀가 신음했다. 잠시 후, 좀 진정되자 이렇게 중얼거리며 다시 잠에 빠져들었다. "너를 너무나 사랑해, 피예로. 넌 몰라. 재능이나 선량한 기질을 타고났다는 것이야말로 기형이야."

그녀 말이 옳았다. 그는 이해하지 못했다. 그는 마른 수건으로 그녀의 이마를 닦아 주고 옆에 바짝 붙어 누웠다. 천창에 서리가 끼어 있었다. 그들은 온기를 유지하느라 겨울 외투를 덮고 잠을 잤다.

어느 상쾌한 오후, 피예로는 아이들을 위한 밝은 색 나무 장난감과 사리마를 위한 보석 목걸이를 소포로 부쳤다. 짐을 나르는 짐승들은 북부 통행로를 거쳐 그레이트 켈스로 갈 것이다. 그렇게 되면 키아모코에 럴라인마스 선물로 전달되지 못하고 봄이나 되어야 도착할 것이다. 그러나 어쨌든 미리 보냈다고 생색은 낼 수 있었다. 눈이 내리지 않는다면 그때쯤 피예로 역시 집에 돌아가 산중 요새의 높고 좁은 방에서 안절부절못하고 있을 터이지만 아마도 선물 덕에 가족을 잊지 않고 배려했다는 인정은 받을 것이다. 그런 칭찬 정도야 받을 만하지 않은가? 틀림없이 사리마는 겨울이면 찾아오는 우울증에 빠져 있을 것이다.(봄의 변덕스러움, 여름의 권태, 그리고 그녀와 가장 잘 맞는 가을의 상태와는 판이하게 달랐다.) 어쨌든 목걸이가 그녀의 기분을 조금이나마 살려 줄 것이다.

피에로는 인근 카페에 커피를 한잔 마시러 들렀다. 자유분방한 예술적 분위기를 내면서 비싼 찻값을 할 만큼 특이하게 꾸민 카페였다. 지배인이 사과를 했다. 겨울 정원은 제철이 아니라도 평소 같으면 화로로 난방을 하여 꽃을 피워 놓지만 어젯밤 폭발 사건이 있었다는 것이다.

"이 일대가 엉망진창이랍니다. 누가 이럴 줄 알았겠습니까?" 지배인은 피에로의 팔꿈치를 잡고 말했다. "우리의 영광스러운 마법사님께서 사회의 불안 요소를 근절했다고 하셨는데 말입니다. 그래서 야간 통행 금지령과 규제법을 시행하지 않았습니까?"

피에로는 대답할 기분이 아니었다. 지배인은 그의 침묵을 동의의 뜻으로 해석했다.

"위층의 제 개인 응접실로 탁자를 몇 개 옮겨 놓았습니다. 제 가족들의 기념품 때문에 거치적거리지만 않으신다면." 지배인은 길을 안내했다. "피해를 수리하도록 쓸 만한 먼치킨랜드인을 찾기도 점점 힘들어지고 있답니다. 먼치킨랜드 태엽 장치 솜씨를 따라갈 자가 없지요. 하지만 그쪽 일을 하는 우리 친구들 상당수가 동쪽의 농장으로 내려가 버렸거든요. 먼치킨랜드인에 대한 폭력 행위가 두려워서 말이죠…… 그이들 중에는 몸집이 작은 사람들이 참 많지요. 그러다 보니 아무래도 폭력에 더 취약한 것 같더군요. 다들 겁쟁이들이더라고요." 그는 자기 입을 막았다. "혹시 먼치킨랜드에 친척은 없으시겠지요? 그렇다면 이런 말은 삼갔을 텐데."

"제 처가 네스트 하딩스 출신입니다." 그다지 그럴듯하지 않은 거짓말이었으나 요점은 전달되었을 것이다.

"오늘은 신선하고 맛있는 체리 초콜릿 프라페 어떠십니까?"

지배인은 후회하는 듯 딱딱한 태도로 돌아가 높은 구식 창문 곁의 탁자에서 의자를 빼 주었다. 피에로는 자리에 앉아 밖을 내다보았다. 덧문 하나가 썩어서 휘어 있어서 원래대로 바깥쪽으로 열어젖힐 수 없었지만 그 정도면 경치를 감상하기에 충분했다. 지붕의 윤곽과 장식 토관, 어두운 빛의 겨울 팬지꽃이 가득 핀 화초 상자, 하늘의 왕처럼 바람을 가르며 급강하하는 비둘기 떼가 보였다.

지배인은 좀 특이한 집안사람이었다. 에메랄드 시에서 그렇게 여러 대에 걸쳐 살다 보니 독립된 한 소수민족이 된 것 같았다. 지배인의 가족 초상화들을 보니 담갈색의 초롱초롱하고 날카로운 눈매에 남자나 여자나 똑같이 세련되게 벗어진 머리선(어린아이들도 중산층을 동경하는 에메랄드 시의 유행에 따라 머리카락을 뽑았다.)을 하고 있었다. 털이 곱슬곱슬한 강아지를 안고 분홍색 공단옷을 입고 히죽히죽 웃고 있는 소년들과 여성스럽게 짙은 루즈를 바르고(가슴이 아직 없다는 것이 드러날 정도로) 목이 깊게 팬 드레스를 입은 여자 아이들을 보니, 피에로는 갑작스럽게 또다시 멀리 떨어져 있는 자기 아이들을 보고 싶은 충동에 사로잡혔다. 비록 남의 가족의 모습을 보고 가슴이 찡해진 것이라고는 해도, 그의 기억 속에서 이르지, 마넥, 노르는 이 신분 상승 욕구에 사로잡힌 집안 자손들보다 더 고결했다.

그러나 잔인한 사실이기도 했다. 피에로는 실제 아이들이 아니라 예술적 관습에 마음이 움직였던 것이다. 그는 주문한 것이 오자 섬뜩한 그림으로부터, 카페 안의 다른 사람들로부터 눈길을 피하려고 창밖으로 시선을 돌렸다.

겨울 정원에서 커피를 마시노라면 보통 덩굴에 덮인 벽돌담, 관목숲, 이 세상 것 같지 않게 아름다운 벌거벗은 젊은이의 대리석상이 보였다. 그러나 한 층 위에서 보면 벽 너머 실내 마구간을 들여다볼 수 있었다. 일부는 마구간이고 다른 쪽은 화장실이 분명했다. 잘 보니 폭발로 벽이 무너져 있었다. 학교 운동장으로 이어지는 벽의 구멍에 가시 철망 같은 것을 쳐 놓았다.

지켜보고 있노라니, 인근 학교의 문 하나가 열리고 몇몇 학생들이 햇살 속으로 쏟아져 나왔다. 나이 든 쿼들링 여자들 두엇과 쿼들링 청소년 몇 명인 듯했다. 이제 막 장밋빛 피부에 파르스름한 기운을 드리우는 턱수염이 돋기 시작한 애송이들이었다. 쿼들링이 다섯, 여섯, 일곱 명, 그리고 길리킨 피가 일부 섞인 듯도 하지만 확실치는 않은 건장한 남자들 두엇, 곰 한 가족이 있었다. 아니, 곰이었다. 자그마한 붉은 곰들로, 엄마와 아빠, 아장아장 걷는 아기였다.

작은 곰은 계단 밑에 있는 공과 후프 쪽으로 갔다. 쿼들링 사람들은 둥글게 원을 만들고 노래를 부르며 춤을 추기 시작했다. 관절염으로 절룩거리는 노인네들도 10대들과 손을 맞잡고 왼쪽에서 오른쪽으로 돌았다가, 안으로 들어갔다 나왔다가 했다. 그들은 마치 시간의 움직임을 거슬러 가려는 시계판 같았다. 땅딸막한 길리킨인들은 담배를 나누어 피우며 벽의 무너진 틈에 친 철사를 쳐다보았다. 붉은 곰 가족은 더 어깨가 처진 모습이었다. 아빠 곰이 벤터 끝에 앉아 눈을 비비며 턱 밑의 털을 매만졌다. 엄마 곰은 앞뒤로 왔다 갔다 하면서 공을 아기 곰한테 차 주며 놀다가 남편의 수그린 머리를 쓰다듬어 주었다.

피에로는 차를 마시면서 앞으로 좀 더 몸을 내밀었다. 죄수가 열두 명이나 있고 그들이 자유를 찾지 못하게 가로막는 것이 철조망뿐이라면, 왜 저들은 뚫고 나가지 않는 것일까? 왜 저렇게 인종이나 종족별로 무리 지어 따로따로 갈라져 있을까?

10분 후 다시 문이 열리자 비밀경찰이 말끔하면서도 무시무시한 모습으로 나왔다. 피에로의 눈에도 그의 모습은 무시무시해 보였다. 붉은 벽돌색 제복에 초록색 부츠를 신고, 수직선 하나가 사타구니에서 풀 먹인 옷깃까지, 다른 한 선은 한쪽 겨드랑이에서 다른 쪽 겨드랑이까지 셔츠 가슴팍을 가로질러 선녹색의 십자형으로 4등분한 복장의 위압적인 모습이었다. 그는 금빛 곱슬머리가 겨울 햇살에 거의 하얗게 빛나는 젊은이에 불과했다. 그는 학교 베란다에 다리를 쫙 벌리고 섰다.

피에로는 창문이 닫혀 있어 아무 소리도 들을 수 없었지만, 그 군인이 뭐라고 명령을 내린 것이 분명했다. 곰들의 몸이 빳빳이 굳어졌고 아기 곰은 울면서 공을 움켜잡았다. 길리킨 남자들은 다가와서 조용히 준비 자세로 섰다. 쿼들링 사람들은 명령을 무시하고 계속 춤을 추었다. 그들은 엉덩이를 흔들고, 어깨 높이로 팔을 들고 신호를 보내듯이 손을 움직였지만, 피에로는 그 의미를 추측만 해 볼 따름이다. 그는 쿼들링 사람을 처음 보았다.

비밀경찰이 목소리를 높였다. 허리에 두른 가죽끈에 경찰봉을 매달고 있었다. 아기 곰이 아빠 곰 뒤로 숨었고, 엄마 곰은 으르렁거렸다.

같이 움직여. 피에로는 자기도 모르게 이런 생각을 했다. 자기가 그런 생각을 할 줄은 미처 몰랐다. 힘을 합쳐 움직여 봐. 당신들은 열두 명이고 저쪽은 고작 한 명이잖아. 당신들은 서로 다르다는 점 때문에 그렇게 고분고분한 건가? 아니면 자유를 찾아 탈출했다가는 친척들이 고문당할지도 모르기 때문에?

다 추측일 뿐이었다. 피예로는 상황이 어떻게 돌아가는지 알 수 없었지만 완전히 마음을 빼앗겼다. 그는 어느새 손을 쫙 펴서 유리창에 손바닥을 딱 붙이고 있었다. 아래에서는 곰들이 줄에 들어가 서지 않는다고 군인이 곤봉을 뽑아 아기 곰의 머리를 내리쳤다. 피예로가 흠칫하는 바람에 차가 쏟아지고 찻잔이 깨졌다. 오늬무늬의 참나무 바닥에 사기 조각이 흩어졌다.

지배인이 녹색 천을 댄 문 뒤에서 나타나 쯧쯧 혀를 차면서 커튼을 쳤다. 그러나 피예로는 그 전에 마지막으로 한 가지를 더 보고 말았다. 마치 천년 초원에서 사냥하고 짐승을 죽여 본 적이 한 번도 없는 사람처럼 그는 움찔하여 눈을 돌려 위쪽을 보았다. 그쪽에는 연한 금발의 얼굴들이 보였다. 학교 위쪽 창문에서 수십 명의 학생들이 입을 딱 벌리고 넋을 잃은 채 자기들의 놀이터에서 벌어지는 광경을 뚫어져라 구경하고 있었다.

"저들은 장사도 해야 하고, 청구서도 지불해야 하고, 식구들을 먹여 살려야 하는 이웃들에 대해서는 손톱만큼도 관심이 없다니까요. 커피나 드시지 저런 광대극 따위는 뭐 하러 보십니까." 지배인이 딱딱거렸다.

"당신네 겨울 정원이 엉망이 된 건, 누군가가 당신네 담을 저쪽 마당으로 무너뜨려서 저들을 산 채로 빼내려 했기 때문인가요?" 피예로가 물었다.

"행여 그런 말씀 꺼내지도 마십시오." 지배인이 목소리를 낮추어 쏘아붙였다.

"이 방에서 하는 얘기를 듣는 귀가 손님과 저만 있는 것이 아닙니다. 누가 무엇 때문에 그런 짓을 하는지 제가 어떻게 알겠습니까? 저는 일개 시민일 뿐이고 제 장사 말고는 관심도 없습니다."

피에로는 체리 초콜릿 잔을 바꿔 온 것을 받지 않았다. 두꺼운 다마스크천 커튼 밖의 세상에서 엄마 곰의 귀를 찢는 날카로운 울부짖음이 들려오더니 이윽고 잠잠해졌다. 피에로는 갑자기 자기가 그 광경을 본 것이 우연이었을까 하는 생각이 들면서 지배인을 새삼스러운 눈으로 쳐다보았다. 아니면 세상을 새롭게 볼 마음의 준비가 되자마자 세상이 그의 눈앞에 본래의 실체를 드러냈을 뿐인가?

피에로는 엘피에게 자신이 본 것을 얘기해 주고 싶었지만, 자기도 딱히 뭔지 모를 이유들 때문에 미루었다. 그는 애정의 균형을 유지하기 위해 그녀가 그와 별개로 독립된 정체성을 가질 필요가 있다고 느꼈다. 만일 그가 엘피의 대의를 따라 전향한다면, 그녀와 멀어질지도 모른다. 그는 그런 위험을 무릅쓸 엄두가 나지 않았다. 그러나 아기 곰이 두들겨 맞던 모습은 그의 뇌리에서 지워지지 않았다. 그는 엘피를 더 꼭 안아 주면서 그 얘기를 하지 않고도 더 깊은 열정을 전하려 애썼다.

피에로는 또한 그녀가 마음이 동요할 때는 섹스에도 더 적극적으로 나선다는 것을 알았다. 그녀가 언제쯤이면 "다음 주까지는 안 돼."라고 말할지 가려 낼 수 있게 되었다. 그녀는 며칠간 자취를 감추기 전에는 일종의 정화 의식을 치르듯 더욱 대담하고 탐욕스럽게 사랑을 나누는 것 같았다. 어느 날 아침 그가 커피에 넣을 우유를 고양이 몫에서 슬쩍해 오는데, 피부에 오일을 바르며 간지러워 움찔거리던 엘파바가 부드러운 초록빛 대리석 같은 어깨 너머로 이렇게 말했다.

"앞으로 보름 후에 봐, 자기. 나의 귀염둥이. 아버지가 잘 쓰셨던 말인데. 이제 보름간은 나 혼자 있어야 해."

피에로는 엘파바가 자기를 떠나 버릴 거라는 일종의 예감과 같은 찌르는 고통을 느꼈다. 그녀는 미리 보름간의 유예 기간을 두려는 것이다! 그가 외쳤다.

"안 돼! 그건 안 돼, 파…… 파, 보름은 너무 길어."

"우리한테는 그 정도 시간이 필요해. 너와 내가 아니라, 다른 우리를 말하는 거야. 물론 우리가 무엇인지는 너에게 말해 줄 수 없지만, 가을 전투를 위한 최종 계획이 착착 진행되고 있어. 곧 뭔가 사건이 터질 거야…… 더는 얘기해 줄 수 없지만…… 난 조직을 위해 쭉 시간을 비워 두어야 해." 엘파바가 설명했다.

"쿠데타라도 일으키려는 거야? 암살? 폭발물 테러? 납치? 뭐야? 변죽만 울리지 말고 핵심을 얘기해 봐. 대체 뭐야?"

"너한테 말해 줄 수 없을 뿐 아니라 나는 알지도 못해. 내가 얘기할 수 있는 것은 내가 맡은 작은 부분뿐이고, 난 그 일을 할 거야. 내가 아는 건 그것이 서로 맞물린 수많은 부분들로 이루어진 복잡한 작전이라는 것뿐이야."

"넌 화살이니? 칼이니? 아니면 도화선?"

"자기, 내 사랑, 난 온통 초록색이라서 공공장소를 돌아다니며 나쁜 짓을 할 수 없어. 너무 뻔한 얘기잖아. 보안 수비대가 쥐를 본

부엉이처럼 금세 나를 알아볼걸. 내 존재 자체가 사람들을 놀래고 경각심을 일으켜. 내가 맡을 부분은 어둠 속에서 약간 보조를 하는 하녀 같은 역할이야."

그녀의 대답을 피에로는 납득하지 못했다.

"그럼 하지 마."

"넌 이기적이구나. 게다가 겁쟁이이기도 하고. 너를 사랑해. 하지만 이 일에 대해서는 정말 네 고집을 꺾으려 하지 않는구나. 넌 그저 내 하잘것없는 생명을 지켜 주고 싶을 뿐이지, 내가 하는 일이 옳은지 그른지에 대해서는 도덕적 감정조차도 없어. 물론 네가 그런 감정을 갖기를 원하는 것도 아니고, 네가 어떻게 생각하든 신경 안 써. 하지만 말해 두겠는데, 네가 반대해 보았자 나를 막을 힘은 없어. 이제 더 이상 이 주제를 놓고 입씨름하지 말자. 오늘 밤부터 보름 후에 다시 오렴."

"그때쯤이면 작전이 완료되니? 누가 결정하는데?"

"그게 어떤 것인지는 나도 아직 몰라. 누가 결정하는지조차 모르는 일이고. 그러니 내게 묻지 마."

"파……." 갑자기 그는 그녀의 암호명이 싫어졌다. "엘파바. 정말로 누가 실을 당겨 너를 움직이는지 모른단 말이야? 그럼 너를 조종하는 인물이 마법사일지도 모르잖아?"

"넌 한 부족의 왕자일지 몰라도 이런 방면에는 풋내기잖아! 내가 마법사의 손아귀에 잡혀 있다면 어떻게 모를 수 있겠어? 그 추한 노파 마담 모리블한테 조종당할 때 나는 분명히 알 수 있었어. 크레이지홀에서 말을 돌려 속이는 것과 솔직하게 진실을 털어놓는 것을 구별하는 법쯤은 배웠어. 이쪽에서 몇 년을 보낸 나를 믿어 줘, 피예로."

"하여튼 누가 대장이고 누가 아닌지 말해 줄 수 없다는 건 분명하구나."

"아빠도 이름 없는 신의 이름을 모르셨는걸." 그녀는 그의 눈길을 의식해 등을 돌리고 오일을 배와 다리 사이에 문질렀다. "문제는 누구냐가 아니야. 그렇지 않아? 항상 '왜'가 문제지."

"넌 어떻게 연락받지? 네가 할 일을 어떻게 너한테 알려 줘?"

"내가 말해 줄 수 없는 거 알면서 그래."

"그 정도는 말해 줄 수 있잖아."

"내 가슴에 오일을 발라 줘." 그녀가 돌아서며 말했다.

"날 멍청한 수컷 취급하지 마, 엘파바."

"맞으면서, 뭘." 그녀는 웃음을 터뜨렸지만 다정한 웃음소리였다. "이리 와."

훤한 대낮이었다. 윙윙대며 몰아치는 바람소리에 마루널까지 흔들렸다. 유리창 위 추운 하늘은 보기 드문 분홍빛을 띤 푸른색이었다. 그녀는 잠옷처럼 수줍음을 벗어 내렸다. 낡은 마룻바닥 위에서 물기를 머금은 듯 반짝이는 햇살을 받으며 그녀는 손을 들었다. 마치 다가올 접전에 대한 공포에 질린 가운데 마침내 자신이 아름답다는 것을 이해했다는 듯이. 그 나름대로는 아름답다고.

피예로는 그녀가 조심스럽게 삼가던 태도를 무너뜨린 것이 그 무엇보다 더 무서웠다.

피예로는 코코넛 오일을 덜어 손바닥 사이에서 데웠다가 그녀의 작고 민감한 가슴 위에 벨벳 같은 가죽의 동물처럼 자기 손을 미끄러뜨렸다. 젖꼭지가 꼿꼿이 서면서 발그레해졌다. 그는 옷을 다 입고 있었지만, 개의치 않고 그녀의 부드럽게 저항하는 몸 위에 자기 몸을 맞대었다. 한 손은 그녀의 등을 미끄러져 내려갔다. 그녀가 신음을 토하면서 그에게로 몸을 구부렸다. 아마도 이번에는 오일이 아니라 욕망 때문이었으리라.

계속해서 그의 손은 그녀의 엉덩이 위로 옮아가 엉덩이 사이, 한 개의 근육이 사랑스럽게 당겨지는 곳, 짙은 그늘에서 시작되는 아주 가느다란 털이 소용돌이치며 뒤엉킨 곳을 느꼈다. 그는 영리한 손을 써서 그녀가 저항하려는 징후를 읽어 냈다.

“나한테는 동료가 네 명 있어.” 그녀가 몸을 떼려 한다기보다는 그를 단념시키려는 듯 부드러운 동작으로 몸을 빼내면서 갑자기 말했다. “동지가 네 명 있다고. 누가 우리 하부 조직의 지도자인지는 그들도 몰라. 모든 일은 어둠 속에서 이루어져. 목소리를 흐리게 하고 외모를 일그러뜨리기 위해 가장 주문도 쓰고. 내가 그 이상 알고 있으면, 비밀경찰이 나를 잡아서 고문으로 정보를 빼낼 수 있을 거 아냐?”

“너희들의 목적이 뭐야?”

피에로는 그녀에게 입을 맞추면서 마치 이것이 처음인 것처럼 다시 바지를 벗고 혀로 그녀의 귓바퀴를 핥았다.

“마법사를 죽이는 것.” 그녀는 다리로 그의 몸을 감으며 말했다. “난 화살촉이 아니야. 화살도 아니고, 그저 자루나 화살통에 불과해.”

그녀는 손에 오일을 더 받아서 그의 몸에도 잔뜩 바르고 그를 그 어느 때보다 더 깊이 받아들였다.

“이렇게 오래 사귀어 왔지만 네가 왕궁의 첩자일 수도 있지.” 그녀가 나중에 말했다.

"난 아니야. 난 착한 놈이야."

한 주 동안 눈발이 약간 날리더니, 다음 주에는 좀 더 거세어졌다. 럴라인마스 축제가 다가왔다. 옛 이교 신앙에서도 가장 화려한 부분을 가져와 자기들 입맛대로 바꾼 유일교 성당들은 부끄러운 줄도 모르고 초록색과 금색으로 치장하고 초록색 양초와 금색 공, 그린베리 화환이며 금박 칠한 과일 따위를 장식했다. 상가 지역을 따라 늘어선 상점들은 최신 유행의 옷가지며 비싸기만 하고 쓸모없는 잡동사니들로 한껏 장식에 열을 올렸다. 진열장에는 날개 달린 전차를 탄 요정 여왕 럴라인과 조수인 요정 프리넬라의 종이 인형이 끝없이 들어가는 요술 바구니에서 포장한 선물들을 마구 뿌리고 있었다.

피에로는 스스로에게 묻고 또 물었다. 엘파바와 사랑에 빠진 것인지를.

또한 스스로에게 왜 열정적인 정사를 나누기 시작한 지 두 달이나 지난 이제야 그 질문에 이르게 되었는지 물었다. 그 말이 무슨 의미인지나 알고 있는지, 그것이 중요한지.

피에로는 아이들과 부루퉁한 사리마, 뚱뚱한 불평분자, 그 괴물 같은 사리마에게 줄 선물을 더 많이 골랐다. 조금은 그녀가 그립기도 했다. 엘파바에 대한 그의 감정은 사리마에 대한 감정과 겨룰 수 없을 것 같지만, 그 감정을 보완해 주는 면이 있었다. 세상의 그 어떤 두 여자도 이렇게 서로 다를 수는 없을 것이다. 엘파바는 사리마가 너무 어린 나이에 결혼하는 바람에 발전시키지 못했던 당당한 아르지키 산악 지대 여인들 특유의 독립심을 지니고 있었다. 엘피는 단지 시골 여자들하고만 다른 것도 아니었다. 진보한 여성의 유형인 듯도 하고, 가끔은 전혀 다른 종처럼 보이기도 했다. 마지막으로 만났던 때를 떠올리기만 해도 그의 물건이 불끈 솟아올라서, 가라앉을 때까지 상점의 여성용 스카프 뒤에 몸을 가리고 있어야 했다.

피에로는 스카프를 쓰지도 않는 사리마에게 줄 스카프를 세 개, 네 개, 여섯 개나 샀다. 스카프를 쓰는 엘파바에게도 여섯 개를 샀다.

둔하게 생긴 먼치킨랜드 난쟁이인 상점 여점원은 돈궤에 손이 닿지 않아 의자를 놓고 올라서야 했다. 그녀는 그의 어깨 너머로 말했다.

"잠깐만 기다리세요, 부인."

피에로는 다른 손님을 위해 계산대에 자리를 좀 내주려고 몸을 돌렸다.

"세상에, 마스터 피에로!" 글린다가 외쳤다.

피에로도 깜짝 놀라 대답했다.

"글린다 양. 세상에 놀랄 노자군."

"스카프를 열두 장이나 샀네. 크롭, 여기 누가 있는지 한번 봐!"

그러자 크롭이 깃털이 달린 것을 진열해 놓은 곳에서 삐죽이 모습을 드러냈다. 아직 스물다섯 살도 안 되었는데 벌써 약간 이중 턱이 된 모습이었다.

"차 마시러 가자. 이대로 헤어질 수는 없지. 지금 바로 가. 저 꼬마 숙녀한테 돈을 내고 바로 나가자고." 글린다는 풍성한 치마를 입고 있어서 발레리나 한 무리가 움직이는 것처럼 요란하게 바스락거리는 소리를 냈다.

피에로는 글린다가 이렇게 혼이 빠지도록 부산한 모습이었는지 기억이 나지 않았다. 어쩌면 유부녀가 된 탓일지도 모른다. 그는 글린다의 등 뒤에서 눈을 굴리고 있는 크롭을 힐끗 쳐다보았다.

"이건 처프리 경 앞으로 달아 놓아요. 이거랑, 이것도요." 글린다가 계산대 위에 물건들을 쌓아 놓으며 말했다. "그리고 이것들을 플로린스웨이트 클럽에 있는 우리 방으로 좀 보내 줘요. 만찬 때 쓸 거니까 지금 바로 좀 사람을 시켜 보내 줘요. 고맙기도 해라. 정말 친절하군요. 자, 얘들아, 가자."

글린다는 피에로의 손을 아플 정도로 꽉 잡고 그를 끌고 나왔다. 크롭은 강아지처럼 졸졸 뒤를 따라왔다. 플로린스웨이트 클럽은 두어 거리만 지나면 바로 있어서, 산 물건들을 쉽사리 직접 옮길 수도 있었다. 글린다는 참나무 응접실로 향하는 웅장한 계단을 시끄럽게 발소리를 울리며 팔짝팔짝 뛰어갔다. 그곳에 있던 여자 손님들이 일제히 못마땅한 얼굴로 그녀를 올려다보았다

"자, 크롭, 넌 저기 앉아서 엄마처럼 차를 좀 따라 줘. 그리고 피예로, 넌 여기 내 옆으로 와. 너도 역시 결혼을 안 했다면 말이야."

그들은 차를 주문했다. 글린다는 이제 좀 그를 만난 것이 실감이 나는지 진정하기 시작했다.

"하지만 정말로 누가 생각이나 했겠어?" 글린다는 비스킷을 집었다가 다시 내려놓으며 말했다. 벌써 여덟 번은 연이어 한 동작이었다. "우리는 시즈에서도 정말 잘나갔지. 피예로, 넌 왕자님이지? 폐하라고 불러야 하나? 그 말은 입에서 차마 안 나오는데. 아직도 그 어린 꼬마랑 살고 있어?"

"그녀는 이제 성인이야. 가족을 이루었지. 아이가 셋이야." 피에로가 조심스럽게 말했다.

"아내도 여기 있겠구나. 한번 만나 보고 싶다."

"아니야, 아내는 그레이트 켈스의 겨울 저택에 돌아가 있어."

"그럼 너 바람피우고 있구나. 네 표정이 너무 행복해 보여. 상대가 누구야? 나도 아는 사람이니?" 글린다가 말했다.

"너희들을 만나서 행복한 거야."

빈말이 아니라 실제로 그랬다. 글린다는 근사해 보였다. 몸이 좀 불었다. 이 세상 사람 같지 않은 아름다움은 절정을 넘겼지만 천박해지지는 않았다. 그녀는 정처없이 떠도는 처녀라기보다는 성숙한 여자 쪽에 가까웠고, 여자보다는 아내 쪽에 더 가까웠다. 머리는 소년처럼 짧게 쳤는데 근사하게 잘 어울렸다. 그녀의 고수머리는 왕관처럼 보였다.

"그럼 이제 넌 마술사로구나."

"아아, 별로 그렇지 못해. 저 망할 점원이 빨리 스콘이랑 잼을 갖고 오게 만들 수도 없어. 못 하지. 그래, 난 축제를 위해 보낼 초대장을 한 번에 백 장씩 서명할 수도 있어. 하지만 그건 사소한 재주야. 대중 언론들이 마술을 너무 띄워 줬어. 만약 마술이 정말로 그렇게 굉장하다면 마법사님이 왜 마법으로 단숨에 적들을 해치워 버리지 못할까? 난 처프리에게 좋은 아내 노릇 하는 것으로 만족해. 그이는 오늘 재정 문제로 좀 볼일이 있어서 증권거래소에 갔지. 참, 또 시내에 누가 있을 것 같아? 보통 인물이 아니야. 크롭이 얘기해 줘."

갑자기 자신한테 차례가 넘어오자 놀란 크롭은 차를 마시다가 사레가 들렸다. 글린다가 못 참고 몰아치듯 떠들었다.

"네사로즈야! 믿겨져? 그 애가 로어 메니핀 가문 저택에 있다니까. 아주 오래전에 지은 십이지. 우리가 네사를 어디에서 만났더라…… 크롭, 어디였지? 커피 시장에서였지?"

"얼음 정원이었어."

"아니야, 내 기억으로는 스팽글타운 카바레였어! 피예로, 우리가 그 늙은 실리피드를 보러 갔거든. 너도 기억하지? 아냐, 넌 모르는구나. 네 표정을 보니 알겠다. 실리피드는 우리의 영광스러운 마법사님이 기구를 타고 하늘에서 내려와 쿠데타를 일으켰던 바로 그 날, 오즈 가무 축제에서 공연한 가수야. 그녀는 아직도 셀 수 없을 만큼 많은 컴백 기념 순회 연주 여행을 하고 있지. 요즘은 약간 과장스럽기는 하지만 그래도 얼마나 재미있는지 모른다고. 거기에서 우리보다 더 상석에 네사가 있더라니까! 할아버지를 모시고 왔더라. 아니 증조할아버지였던가? 그 트롭 영주 말이야. 지금은 수백 살은 되셨을걸. 네사를 보고 얼마나 놀랐던지, 그저 할아버지 때문에 나왔을 뿐이라는 것을 알고 나서야 좀 이해가 되었지. 네사는 음악을 경멸했잖아. 우거지상으로 막간에도 기도만 하고 있더라고. 유모도 같이 왔더라. 누가 상상이나 했겠니, 피예로…… 넌 왕자님이지, 네사로즈는 이제 곧 다음 트롭 영주님이 되실 몸이지, 물론 애버릭이야 텐메도의 지방 군주이지, 비천한 이 몸은 작위는 별 볼 일 없어도 퍼사힐스 최대의 증권 투자가인 처프리 경과 결혼했으니." 글린다는 거의 숨도 안 쉬고 주워섬겼다. "게다가 크롭, 피예로한테 네 얘기 좀 해봐. 궁금해 죽으려고 하잖아."

사실 피예로는 다다다다 이어지는 수다에서 잠깐 숨을 돌릴 수 있으면 족했다.

글린다가 말을 계속했다.

"크롭은 수줍음을 타. 부끄럼쟁이, 부끄럼쟁이, 부끄럼쟁이, 항상 그랬다니까."

피예로와 크롭은 시선을 주고받으며 실룩대는 입가를 간신히 바로잡았다.

"크롭은 외과 병원 건물 맨 위층에 그야말로 궁전 같은 전위적인 고층 아파트를 갖고 있단다. 상상이 가? 전망이 얼마나 기막힌지 몰라. 에메랄드 시 최고의 전망이야. 특히 1년 중에서 요즘 같은 때는! 미술에도 손을 좀 대고 있지. 뮤지컬 오페레타 무대 디자인을 여기저기에서 조금씩 그려 주고 있단다. 우리가 젊을 때는 시즈가 세상의 중심인 줄 알았잖아. 이제는 여기가 진짜 극장이나 다름없어. 마법사님이 이곳을 훨씬 더 국제적인 도시로 바꾸어 놓았거든. 너도 그렇게 생각지 않니?"

"널 보게 되어 기쁘다, 피예로. 네 얘기도 좀 해 줘. 너무 늦기 전에 빨리." 크롭이 말했다.

"얘는 정말, 나를 너무 인정사정없이 놀리는구나. 피예로한테 네가 누구랑 연애하는지 다 말해 버릴 거야…… 아유, 신경 쓰지 마. 그냥 해본 소리야."

피예로는 처음 시즈에 왔을 때보다도 더 과묵한 빈쿠스인이 된 기분을 느끼며 말했다.

"별로 얘깃거리가 없는데. 난 내 생활에 만족하고 있고, 내 부족민들이 필요로 할 때는 지도자 노릇을 하지. 하지만 그런 경우는 흔치 않아. 아이들도 건강하고. 처는…… 글쎄, 뭐랄까……."

"애를 쑥쑥 잘 낳지." 글린다가 냉큼 도와주었다.

"맞아." 피에로는 씩 웃었다.

"애를 쑥쑥 잘 낳고, 난 아내를 사랑해. 그런데 시내에 사업차 모임이 있어서 오래 있지는 못할 것 같아."

"우리 한번 모이자." 글린다가 갑자기 하소연하듯 서글픈 목소리로 말했다. 갑자기 외로워 보였다. "오, 피에로, 우린 아직 늙지 않았지만 이젠 옛 친구라 해도 될 만큼은 나이를 먹었어. 그렇지 않니? 아, 너무 흥분해서 향수 뿌리는 것도 잊고 사교계 데뷔장에 나온 처녀처럼 떠들어 댔네. 미안해. 정말 너무나 근사한 시절이었어. 돌아보면 기이하고 서글픈 느낌이 들어. 이제는 사는 게 옛날 같지 않아. 지금도 근사하지만, 똑같지는 않아."

"알아. 하지만 너희를 다시 만날 수 있을지는 모르겠다. 이제 키아모코로 돌아가야 할 때가 거의 다됐거든. 지난여름 이후로 계속 나와 있었어."

"얘, 우리 모두 여기 있잖아. 나랑 처프리, 크롭, 네사로즈, 너, 애버릭도 있고. 애버릭한테도 연락할 수 있겠지? 다 같이 모일 수 있을 거야. 위층의 우리 방에서 다 함께 저녁을 먹자고. 나 이렇게 수선 떨지 않겠다고 약속할게. 제발, 피에로, 부탁이야. 폐하. 그렇게만 해 준다면 정말 영광이겠어."

그녀는 고개를 외로 꼬고 우아하게 한 손가락을 턱에 갖다 댔다. 피에로는 그녀가 자기 계층의 언어를 통해 진심을 전하려 애쓰고 있다는 것을 알 수 있었다.

"그럴 수 있을 것 같으면 알려 줄게. 하지만 너무 기대하지는 마. 다음에도 또 기회가 있을 거야. 보통은 이렇게 오랫동안 시내에 있지 않거든. 이번 경우는 예외적이야. 아이들이 기다리고 있어서…… 너도 아이가 있니, 글린다?"

"처프리는 바싹 구운 호두처럼 말라붙었단다."

글린다의 말에 크롭은 차를 마시다 또 사레가 들렸다.

"지금이라도 일어나고 싶어서 안달이구나. 떠나기 전에 묻겠는데, 피에로, 혹시 엘파바 소식 들었어?"

그러나 피에로는 이 질문에 미리 마음의 준비를 하고 있었으므로, 얼굴에 아무런 티도 내지 않고 이렇게만 대꾸했다.

"오랜만에 듣는 이름이군. 그녀가 모습을 나타낸 적이 있니? 네사로즈라면 틀림없이 뭔가 얘기했을 텐데."

"네사로즈는 언니가 나타나기만 하면 면상에 침을 뱉어 주겠대. 그러니까 우리 모두 네사로즈가 절대 믿음을 버리지 않기만 기도해야 해. 신앙을 버리면 최소한의 인내와 자비심마저도 순식간에 날아가 버릴 테니까. 그 앤 엘파바를 죽이려 들걸. 네사는 홀로 버려져서 돌아 버린 아버지와 할아버지, 남동생, 유모, 집안이며 식솔들을 모두 건사해야 했으니…… 한 손으로도 아니고, 그 애는 아예 손이 없잖아!"

"엘파바를 한 번 본 적 있어." 크롭이 말했다.

"정말?" 피에로와 글린다가 동시에 말했다.

"크롭, 나한테 그런 얘기는 입도 벙긋하지 않았잖아." 글린다가 큰소리로 외쳤다.

"확실치가 않아서. 차를 타고 궁정 옆 연못을 지나가던 중이었어. 벌써 몇 년 전 일인데. 비가 오고 있었어. 그때 누군가가 큰 우산을 들고 안간힘을 쓰는 모습이 보였어. 당장이라도 바람에 날려 가지 않을까 싶더라. 바람이 세차게 불어 닥치는 통에 우산이 뒤집혀서 초록색 얼굴이 드러났어. 그래서 알아보았지. 그 애는 비를 피하느라 고개를 푹 숙이고 있었어. 너희들도 엘파바가 비에 젖는 것을 얼마나 질색했는지 알지?"

"비라면 질색했지." 글린다가 한마디 했다.

"난 그 애랑 룸메이트였는데도 어떻게 몸을 깨끗이 유지할 수 있는지 모르겠더라."

"아마 오일을 썼을 거야." 피예로가 말했다. 글린다와 크롭이 동시에 그를 쳐다보았다.

"저기, 빈쿠스에서는 그렇게 하거든." 그는 말을 더듬거렸다. "노인들은 물 대신 피부에 기름을 문질러. 엘피도 그렇게 했을 거라고 늘 짐작했어. 잘은 모르지만. 글린다, 너랑 다시 만나게 된다면, 언제가 좋겠니?"

글린다는 수첩을 찾아 망사 손가방을 뒤적였다. 크롭은 이때를 놓치지 않고 피예로 쪽으로 몸을 기울여 말했다.

"너를 만나서 정말이지 반갑다."

"나도 그래." 피예로는 자기가 한 말에 놀라면서 이렇게 말했다. "중부 켈스로 올 일이 있으면, 키아모코의 우리 집에 와서 묵고 가. 미리 전갈만 보내 줘. 한 번에 반년씩만 그곳에서 머무니까."

"빈쿠스의 길들지 않은 야생동물이라니, 행여나 너한테 어울리겠다. 빈쿠스라고 해봤자 내 머릿속에 떠오르는 건 온통 어떡하면 그쪽 것을 옷치장에 좀 써먹을까뿐이야. 가죽 끈이나 술장식 따위. 그런 거라면 너도 관심이 끌릴지 모르겠지만, 내가 보기에 넌 산 사나이답지는 않아."

"그래, 아닐지도 모르지. 네댓 블록마다 하나씩 멋진 카페가 있는 곳이 아니라면 사람 살 곳이 아니라고 생각해."

피에로는 크롭과 악수하고는 문득 불쌍한 티벳이 형편없이 타락했다는 소문을 떠올리며 그에게 키스했다. 그는 글린다를 꼭 얼싸안았다. 글린다는 피에로와 팔짱을 끼고 문 쪽으로 걸어갔다.

"내가 크롭을 떼어 낼 테니 나 혼자 있게 되면 돌아와 줘." 그녀가 목소리를 낮추어 속삭였다. 따발총처럼 떠들어 대던 모습은 사라지고 어느새 진지한 분위기였다. "너한테 말로 다할 수가 없어, 피에로. 내 눈앞에 너를 대하고 있노라니 과거가 더욱 불가사의하면서도 좀 이해될 것 같기도 해. 아직도 내가 알아야 할 것들이 있는 기분이 들어. 감상에 빠지고 싶지는 않아." 그녀는 그의 손을 감싸 쥐었다. "네 삶에서 무언가가 벌어지고 있구나. 난 겉보기만큼 우둔하지는 않아. 좋은 일이기도 하고 나쁜 일이기도 한 거네. 어쩌면 내가 도와줄 수도 있을 거야."

"넌 언제나 다정했지. 처프리 경을 만나지 못하게 되어 정말 유감이다." 그는 문지기에게 이륜마차를 불러 달라는 시늉을 했다.

그는 바닥에 대리석을 깐 입구를 지나 문간으로 나서서 몸을 돌려 그녀에게 가볍게 모자를 들어 인사했다. 문 앞에서(문지기는 그가 떠나가는 모습이 잘 보이도록 열린 문을 잡고 있었다.) 그녀는 부산스럽고 실없는 여자가 아니라 차분하고 가라앉은 여인의 모습이었다. 기품이 흘러 넘치는 여인이라 해도 좋을 정도였다. 글린다가 가볍게 말했다.

"혹시 엘파바를 보면, 내가 아직도 보고 싶어 한다고 전해 줘."

그는 글린다를 다시 보지 못했다. 플로린스웨이트 클럽에도 들르지 않았다. 로어 메니핀 거리의 트봅 가 저택 앞도 지나가지 않았다.(그러고 싶은 마음은 굴뚝같았지만.) 실리피드의 4차 연례 컴백 기념 순회 연주회 입장권을 구해 보려고 암표상을 불러 세우지도 않았다. 그는 세인트 글린다 광장의 세인트 글린다 예배당을 찾았다. 그곳에 있노라면 가끔씩 문 너머로 은둔한 수녀들이 부르는 찬송가나 속삭임 소리가 벌 떼 윙윙대는 소리처럼 들려오기도 했다.

마침내 보름이 지나고 도시는 럴라인마스를 맞이하는 흥분으로 온통 들뜬 가운데, 피예로는 반쯤은 자취를 감추어 버렸을지도 모른다고 예상하며 엘파바를 만나러 갔다.

그러나 그녀는 거기 있었다. 엄숙하면서도 사랑스러운 모습으로 그를 위해 야채 파이를 만들고 있었다. 그녀의 소중한 몰키는 밀가루 속에 발을 묻었다가 온 방에 발자국을 찍으며 돌아다녔다. 그들은 어색하게 이야기를 주고받다가 몰키가 야채 삶은 국물 그릇을 엎는 모습을 보고 같이 한바탕 웃고 나서야 분위기가 풀렸다.

피예로는 그녀에게 글린다 얘기는 하지 않았다. 어떻게 그 얘기를 하겠는가? 엘파바는 그동안 그들을 멀리하려고 갖은 애를 다 썼고, 이제는 5년 동안 줄곧 준비해 온 일생일대의 거사에 매달려 있었다. 그는 무정부주의에는 찬성하지 않았다.(그는 자신이 모든 것에 게으른 의심을 품고 있다는 것을 알고 있었다. 의심은 신념보다 힘이 덜 든다.) 그러나 아기 곰이 몽둥이질 당하는 모습을 본 후에도 신중하게 왕좌에 앉은 권력자와 변함없는 관계를 유지해야 했다. 그의 부족을 위해서.

피예로는 또한 엘피의 삶을 지금보다 더 힘들게 만들고 싶지 않았다. 그녀와 함께 지금처럼 편안히 있고 싶은 이기적인 욕구 때문에 친구들의 이야기를 털어놓고 싶은 마음을 눌렀다. 그래서 그는 그녀에게 네사로즈와 유모도 시내에 있거나, 왔다 갔다는 말을 하지 않았다. (피에로는 속으로 그들이 이미 떠났을 거라고 자신을 합리화했다.)

천창 위에 어지럽게 덮인 서리를 뚫고 별빛이 쏟아지던 그날 밤, 엘파바는 이런 말을 했다.

"너 럴라인마스 이브 전에 도시를 벗어나 있으면 안 되겠니?"

"무슨 끔찍한 일이라도 벌어지는 거야?"

"말했잖아, 나도 다는 몰라. 알 수 없어. 알면 안 돼. 하지만 뭔가 끔찍한 일이 벌어질 거야. 네가 떠나는 편이 가장 좋을 거야."

"난 안 떠나. 너도 날 억지로 떠나게 할 수는 없어."

"난 마술 통신 교육 과정을 이수했어. 너한테 숨을 한 번 훅 불어서 돌로 바꾸어 놓을 거야."

"나를 딱딱하게 만들겠다는 거니? 난 벌써 딱딱해졌는데."

"쓸데없는 소리 집어치워."

"요 못된 것, 나한테 또 주문을 걸었구나. 이놈은 늘 제멋대로……."

"피에로, 그만해. 그만. 진심이야. 럴라인마스 이브에 네가 어디에 있을지 알고 싶어. 그래야 네가 안전할지 확신할 수 있으니까. 말해 줘."

"우리가 같이 있지 않을 거란 말이니?"

"난 그날 밤 일이 있다고. 그 다음 날 보자." 그녀가 우울하게 말했다.

"여기에서 너를 기다리고 있을게."

"아니야, 그러면 안 돼. 지금까지는 뒤를 밟히지 않고 잘해 왔지만, 지금이라도 누군가 나를 잡으러 여기로 올지 몰라. 안 돼. 넌 네 클럽에 머물면서 목욕이나 해. 찬물로 오래하라고. 알겠지? 밖에는 나오지도 마. 그때까지 눈이 내릴 거래."

"럴라인마스 이브인데! 혼자서 청승맞게 욕조에 들어앉아 축일을 보낼 수는 없어."

"그럼 여자라도 부르든가. 내가 신경 쓸지 안 쓸지 한번 봐."

"신경 안 쓸 것처럼 말하는구나."

"하여간 사람 많이 모이는 곳은 피해. 극장이나 레스토랑도 안 돼. 제발. 약속할 거지?"

"네가 좀 더 구체적으로 얘기해 주면 더 조심할 수 있을 텐데."

"도시를 아예 떠나 있는 것이 가장 안전해."

"제일 안전하려면 나한테 말을……."

"그만두자. 이쯤 해 둬. 네가 어디에 있는지 알고 싶지도 않아. 그저 네가 안전하기를 바랄 뿐이야. 조심할 거지? 흥청망청대는 이교 축제 행사 따위에 안 끼고 집 안에 있을 거지?"

"너를 위해 예배당에 가서 기도 드려도 돼?"

"안 돼."

그녀의 표정이 어찌나 무서워 보이는지 그는 다시 놀릴 엄두도 나지 않았다.

"왜 나 혼자만 안전하게 있어야 하지?"

그녀에게 물었지만, 거의 스스로에게 하는 질문이나 다름없었다. 내 삶에 그렇게까지 하면서 지켜야 할 소중한 것이 있기나 한가? 산

속의 고향으로 돌아가, 오래 쓴 수저처럼 편하지만 여섯 살 이후로 죽 결혼을 두려워해 온 나머지 마음이 메말라 버린 순한 아내? 아르지키 왕자인 아버지가 너무 어려워서 곁에 오지도 못하는 세 아이들? 여기저기 옮겨 다니며 500년간 해 왔던 대로 똑같은 논쟁을 되풀이하고, 똑같은 가축 떼를 돌보고, 똑같은 기도를 드리는 고생에 찌든 부족? 얄팍하고 갈피도 못 잡고 이리저리 흔들리고, 말주변도 없고 처신에 능하지도 못하고, 딱히 자비심이 많지도 않은 나란 인간? 무엇 때문에 내 삶이 보호해야 할 가치가 있다는 건가?

"사랑해." 엘파바가 말했다.

"그러니까 바로 그거야, 그 때문이야." 피예로는 그녀에게, 그리고 자기 자신에게 대답했다. "나도 너를 사랑해. 그러니까 조심하겠다고 약속할게." 우리 둘 다 조심해야지. 그는 생각했다.

⁜⁜⁜

그래서 피예로는 다시 엘파바의 뒤를 밟았다. 사랑은 사람을 사냥꾼으로 만든다. 그녀는 신도처럼 긴 검은 치마로 몸을 감싸고, 높이 솟은 원뿔 모양에 챙이 넓은 모자로 얼굴을 감추었다. 자주색과 금색이 뒤섞인 어두운색의 스카프를 두르고, 사랑스러운 코를 감추려면 스카프 정도로는 안 되겠지만 입까지 스카프를 끌어올려 덮었다. 그녀는 손에 꼭 맞는 우아한 장갑을 끼었다. 평소에 그녀가 쓰는 액세서리보다 더 좋은 것이었지만, 그는 손놀림을 더 쉽게 하기 위해서가 아닐까 걱정스러웠다. 발에는 글리쿠스 광부들이 신는 것 같은 발가락이 쇠로 된 큼지막한 장화를 신었다.

그녀의 피붓빛이 초록색인 줄 모르는 사람이라면 이렇게 눈발이 날리는 어둑한 오후에는 알아보기 힘들 것이다.

그녀는 뒤를 보지 않았다. 어쩌면 미행이 붙건 말건 개의치 않는지도 모른다. 그녀는 도시의 큰 광장들 몇 군데를 돌아서 갔다. 그들이 처음 만났던 수녀원 옆의 세인트 글린다 예배당으로 잠시 모습을 숨겼다. 어쩌면 최후의 지령을 받고 있는 중일지도 몰랐지만 그(또는 다른 누구든)를 따돌리려고 하지는 않았다. 그녀는 잠시 후 다시 나타났다.

아니면 정말로 신의 가호와 힘을 빌었을까?

엘파바는 법원 다리를 건너 오즈마 제방을 따라 배회하다가 로열 몰의 버려진 장미 정원을 가로질러 갔다. 눈 때문에 애를 먹었다. 그녀는 망토를 더 꼭 여몄다. 너무 커서 우스꽝스러워 보이는 장화에 검은 스타킹을 신은 가느다란 다리의 실루엣이 눈 내리는 오즈 사슴 공원(물론 지금은 사슴이 없지만)에 드리워졌다. 그녀는 고개를 푹 숙인 채 이런저런 사건으로 사망한 위인들에게 바치는 기념비와 오벨리스크, 기념 명판을 지나쳐 갔다. 병사들은 그녀가 지나가는 것도 알아채지 못한 채 앞만 멍하니 바라보고 있었다. 피예로는 그녀를 사랑하는 마음에 그렇게 생각했다. 아니면 그녀 때문에 너무 걱정이 된 나머지 그렇게 착각한 것일지도 모른다. 그들은 배치된 자리에서 서로를 응시하면서 자기들 사이에서 혁명이 제 운명을 향해 성큼성큼 걸음을 떼어 놓는 모습도 보지 못했다.

그러나 그녀의 목표는 마법사가 아닌 것이 분명했다. 자기가 너무 경험이 없고 눈에 잘 띄어서 마법사의 암살자가 될 수는 없다던 그녀의 말은 사실일 것이다. 그녀는 주의를 다른 곳으로 돌리는 전술이나, 다음 후계자가 될지도 모를 인물이나 중요한 동맹자를 제거하는 일을 맡았을 것이다. 오늘 밤 마법사는 궁정 근처에서 왕정반대주의자, 수정주의자들과 함께 예술과 과학 아카데미에서 '투쟁과 미덕' 전시회를 열기로 되어 있으니까. 그러나 시즈 거리 맨 위쪽에서 엘파바는 샛길로 접어들어 왕궁 구역을 빠져나가, 상류층 지역인 골드헤이븐 구역으로 들어갔다. 용병들이 부자들의 집을 지키고 있었다. 그녀는 보도에 발소리를 울리며 용병들과 빗자루로 보도에서 눈을 쓸어내고 있는 마구간지기들 옆을 지나쳤다. 그녀는 올려다보지도, 내려다보지도, 어깨 너머를 돌아보지도 않았다. 피에로는 눈 속에서 오페라 망토를 걸치고 뒤를 밟고 있는 자신이 더 남의 눈에 띌 거라고 생각했다.

골드헤이븐 끄트머리쯤에 청석으로 지은 작은 극장 '숙녀의 신비'가 있었다. 그 앞의 작지만 우아한 광장에서는 가로등마다 흰색, 금색, 초록색 빛이 반짝이며 눈부시게 쏟아졌다. 성가극 축제인가 뭔가가 일정이 잡혀 있었다. 앞에 세워 둔 게시판에 붙은 '매진'이라는 글자만 겨우 보였다. 문은 아직 열지 않았다. 사람들이 모여들고 있었고, 잡상인들이 키 큰 도기 잔에 뜨거운 초콜릿을 팔았다. 젊은이들은 옛 유일교 성가를 제멋대로 바꿔 불러 나이 든 사람들의 심기를 불편하게 했다. 불빛, 극장, 군중을 가리지 않고 눈이 쏟아졌다. 눈은 뜨거운 초콜릿 위로도 내려앉아 녹아들었다.

피에로는 엘파바에게 눈을 떼지 않으면서 아무 결정도 선택도 못한 채 용감하게, 한편으로는 어리석게 옆의 사설 도서관 계단을 올라갔다. 그러나 엘파바는 군중 속으로 사라졌다. 극장에서 살인을 하려는 것일까? 방화를 해서 환락에 빠진 무고한 군중까지 태워 죽이려는 것일까? 단 하나의 표적, 미리 찍어 둔 희생자가 있는 것일까, 아니면 무차별 살상과 재앙, 그 이상의 것이 벌어질까?

피에로는 그 자리에 온 이유가 그녀가 하려는 짓을 막으려는 것인지, 누가 되든 파국에서 구해 내려는 것인지, 아니면 우연히 부상당하게 될 사람을 돌봐 주려는 것인지, 그것도 아니면 그저 벌어질 일을 목격하여 그녀에 대해 더 잘 알고자 함인지 알 수 없었다. 그녀를 사랑하는지 사랑하지 않는지조차 알 수 없었지만, 둘 중 하나라는 것만은 확실했다.

엘파바는 마치 누군가를 찾는 사람처럼 군중 속을 헤치고 돌아다녔다. 피에로가 거기 있는 줄은 모르는 것 같았다. 희생자를 찾는 데에만 정신을 집중해서일까, 아니면 그녀의 주의를 완전히 사로잡을 만한 연인이 되지 못한 탓일까? 바람에 눈발이 날리고 있지만 탁 트인 광장에 연인이 같이 있는데도 어떻게 그걸 모를 수 있을까?

비밀경찰 한 무리가 극장과 그 옆의 학교 사이 골목길에서 나왔다. 그들은 정문 유리문 앞에 자리를 잡고 섰다. 엘파바는 석조 전망대 구실을 하는 오래된 모직 시장의 계단을 올라갔다. 피에로는 그녀가 외투 밑에 무언가를 숨기고 있음을 알아차렸다. 폭발물? 마법 도구?

광장에 그녀의 동료들도 있을까? 서로 자기 위치에 서 있는 것일까? 성가극을 시작할 시간이 다가올수록 군중은 점점 더 불어났다. 유리문 안에는 극장 지배인이 기둥을 세우고 품위 있게 홀로 입장할 수 있도록 벨벳 줄을 치느라 바빴다. 부자들만큼 공공장소에 거칠게 밀고 들어가는 사람들이 없다는 것을 피에로도 알고 있었다.

마차가 광장 저 끝에서 건물을 돌아 모습을 나타냈다. 군중들이 너무 빽빽이 모여 있어 극장 문 바로 앞까지는 올 수 없었지만, 어떻게든 최대한 밀고 들어왔다. 군중은 누군가 높으신 분이 왔다는 것을 감지하고 주목했다. 남들 앞에 잘 나서지 않는다는 마법사가 미리 예고도 없이 방문한 것일까? 모피 두른 모자를 쓴 마부가 문을 활짝 열고 안에 탄 사람이 내리도록 도와주려고 손을 내밀었다.

피예로는 숨을 죽였다. 엘파바도 석화된 나무처럼 딱딱하게 굳었다. 이자가 바로 목표물이었다.

눈 내리는 거리로 검은 비단과 은빛 반짝이를 물결치듯 흔들며 체구가 큰 여인이 나타났다. 위풍당당한 모습으로 나타난 그녀는 바로 마담 모리블이었다. 그녀를 딱 한 번밖에 본 일이 없는 피예로조차도 그녀를 알아보았다.

피예로는 엘파바가 죽여야 할 상대가 바로 이 사람이라는 사실을 눈치 챘다. 그녀는 이것을 진작부터 알고 있었다. 순간 안개가 걷히듯 모든 사실이 뚜렷하게 드러났다. 엘파바가 잡혀서 재판을 받게 된다면, 그 이상 그럴듯한 동기가 있을 수 없었다. 그녀는 마담 모리블의 크레이지홀 출신의 미친 학생으로, 학장에게 줄곧 앙심을 품고 있었다고 하면 된다. 완벽하게 아귀가 딱 맞아떨어진다.

하지만 마담 모리블이 마법사와 음모를 꾸미고 있단 말인가? 아니면 이건 단지 당국의 주의를 더 중요한 목표로부터 돌리기 위한 교란 전술인가?

엘파바의 망토가 갑자기 휙 날렸다. 손을 쳐들어 마치 뭔가를 준비하려는 듯이 망토 속으로 넣었다. 마담 모리블은 군중에게 인사하고 있었다. 사람들은 그녀가 누구인지 별 관심 없지만, 그녀의 도착이 대단한 일은 아니라 해도 구경거리가 생긴 것을 고맙게 여기는 분위기였다.

크레이지홀의 학장은 시계태엽 하인의 팔을 잡고 극장 쪽으로 네 발짝 옮겼다. 엘파바는 모직 시장 아래에서 약간 앞으로 몸을 기울였다. 그녀의 턱이 스카프에서 튀어나왔고 코는 앞으로 쑥 나왔다. 본래의 이목구비만 갖고도 톱니 달린 칼처럼 마담 모리블을 갈기갈기 찢어 버릴 수 있을 것 같은 모습이었다. 그녀의 손은 계속 망토 밑에서 뭔가를 더듬고 있었다.

그러나 마담 모리블이 건물 앞을 지나는데 건물의 정문이 활짝 열렸다. 극장이 아니라 인근 학교인 마담 티스테인 여학교였다. 열린 문으로 상류층 여학생들이 쏟아져 나왔다. 럴라인마스 이브에 학교에서 무엇을 하고 있었단 말인가? 피예로의 눈에 엘파바가 놀라 어쩔 줄 모르는 모습이 들어왔다. 예닐곱 명쯤 되어 보이는 여학생들은 아직 여자 티도 나지 않는 솜털이 보송보송한 어린아이들이었다. 모피 머프에 손을 넣고 털목도리에 얼굴을 푹 파묻고, 가장자리에 털을 두른 부츠를 신고 있었다. 여학생들은 상류층 어른들이 그러하듯 거침없이 시끄럽게 깔깔대고 노래를 불렀다. 그들 속에 요정 프리넬라로 분장한 무언극 광대가 있었다. 관습대로 바보 광대 같은 분장을 하고, 출렁거리는 가짜 가슴을 달고, 가발과 화려한 치마, 밀짚모자를 걸치고 잡동사니와 보물을 가득 넣은 커다란 바구니를 든 남자였다. 그가 마담 모리블에게 피리 같은 목소리로 말했다.

"오, 여러분, 요정 프리넬라가 길 가던 운 좋은 분께 드릴 선물이 있답니다."

잠시 피에로는 그 여장 남자가 칼을 꺼내어 아이들 앞에서 마담 모리블을 죽일지도 모른다고 생각했다. 그러나 아니었다. 조직이 미리 계획을 짜 놓긴 했지만 미처 이런 일까지는 대비하지 못했다. 이것은 진짜 사고였다. 그들은 오늘 저녁 학교 행사가 그곳에서 있을 거라든가, 여학생들이 떼 지어 소리를 지르며 치마를 입고 가성을 내는 배우한테 매달려 소동을 피울 줄은 꿈에도 생각하지 못했던 것이다.

피에로는 몸을 돌려 엘파바를 보았다. 그녀의 표정은 믿을 수 없다는 듯 일그러져 있었다. 그녀가 하려는 일이 무엇인지 몰라도, 아이들이 방해가 되고 있는 것은 분명했다. 아이들은 소란스럽게 학장 주위를 뛰어다니며 프리넬라를 놀리고 그에게 팔짝대고 뛰어오르며 선물을 낚아챘다. 이 거물들이나 폭군, 장군들의 딸들, 시끄럽지만 죄 없는 아이들은 미처 계산에 넣지 못한 돌발 상황이었다.

피에로는 엘파바가 움직이는 모습을 보았다. 엘파바의 한 손은 할 일을 하려 하고 다른 손은 막으려 하며 서로 싸우고 있었다.

마담 모리블은 현충일 행진에 나오는 거대한 수레처럼 앞으로 전진했다. 극장 문이 그녀를 맞아 활짝 열렸다. 그녀는 무사히 위엄 있게 문을 통과했다. 바깥에서는 아이들이 눈을 맞으며 춤추고 노래했고, 군중들은 파도처럼 이쪽으로 밀려왔다 저쪽으로 밀려갔다 했다. 엘파바는 기둥에 기대어 허물어지듯 주저앉아 자기혐오로 격렬하게 몸을 떨고 있었다. 어찌나 심하게 떠는지 50미터 밖에 떨어져 있는 피에로의 눈에도 보일 정도였다. 그는 나중 일이야 어찌 되든 사람들을 뚫고 그녀 쪽으로 나아가기 시작했으나, 계단에 닿으려는 참에 처음이자 유일하게 그녀가 가까스로 그를 따돌렸다.

관객들은 극장 안으로 줄지어 들어갔다. 아이들은 신이 나 길거리에서 새된 소리로 노래를 불러 댔다. 마담 모리블을 태워 온 마차는 겨우 극장 앞까지 가서 그녀가 다시 나올 때까지 기다리기 시작했다. 피예로는 비상시에 대체할 계획이 있는지, 엘파바가 소매 속에 그 밖에 또 뭔가를 숨겼는지, 극장이 혹시 폭발하지는 않을지 확실히 알 수 없어서 그 자리에 그대로 서 있었다.

그러다가 문득 몇 분간 그녀의 모습을 놓친 사이 혹시 비밀경찰에게 포위되지는 않았을까 걱정이 들기 시작했다. 그들이 순식간에 그녀를 채어가 버린 것은 아닐까? 그녀가 실종자들 중의 한 명이 된다면 어떻게 해야 하나?

피예로는 꾸물거리지 말고 시내로 돌아가기로 했다. 다행히도 기다리는 마차를 바로 찾아냈다. 도시의 아홉 번째 구역에 있는 군주둔지 부근의 창고 거리로 곧장 가자고 했다.

피예로는 잔뜩 흥분한 채 곡물 거래소 위에 있는 엘파바의 작은 둥지로 되돌아왔다. 계단을 올라가자 갑자기 뱃속이 요동치기 시작해서 있는 힘을 다 짜내어 간신히 요강에 앉을 수 있었다. 속에 든 것이 요란한 소리를 내며 쏟아졌다. 그는 땀에 젖은 얼굴을 두 손으로 감쌌다. 고양이는 옷장 위에 올라앉아 그를 빤히 쳐다보고 있었다. 속에 든 것을 다 비우고 대충 씻어서 수습하고 난 후, 우유를 한 그릇 가져와 몰키를 달래 보았다. 몰키는 본 척도 하지 않았다.

그는 딱딱해진 크래커를 몇 조각 찾아내 비참한 기분으로 씹으면서 줄을 당겨 천창을 열어 방을 환기시켰다. 눈송이가 안으로 떨어졌으나 녹지도 않았다. 방은 그 정도로 추웠다. 그는 불을 피우려고 난로의 쇠문을 열었다.

불이 타오르기 시작하면서 그림자들이 움직였다. 그러나 그 그림자들은 방을 가로질러 재빨리 움직여 피에로가 미처 그들의 정체를 알아차리기도 전에 그를 덮쳤다. 그들의 숫자는 셋, 넷, 아니 다섯이었다. 온통 검은 옷을 입고 얼굴을 검게 칠하고, 머리에는 그가 엘파바와 사리마에게 사 주었던 것과 같은 색의 스카프를 두르고 있었다. 피에로는 그중 한 명의 어깨 위에서 빛나는 금박 견장을 보았다. 비밀경찰의 장교였다. 그의 몸 위로 말이 발차기하듯, 나뭇가지에 번개가 치듯 곤봉 세례가 사정없이 퍼부어졌다. 당연히 아파야 했지만 너무 놀란 나머지 아픔을 느낄 새도 없었다. 흰 고양이에게 루비색 얼룩처럼 그의 피가 튀어 고양이가 움찔거렸다. 고양이는 그 철에 딱 어울리는 금빛과 초록색의 쌍둥이 달 같은 눈을 크게 뜨더니, 열린 천창을 통해 도망쳐 눈 내리는 어둠 속으로 사라졌다.

식사 중에 종이 울리면 제일 나이 어린 수녀가 수도원 문으로 나가 보아야 했다. 사실 그녀는 남은 호박 수프와 호밀빵을 치우고 있었고, 다른 수녀들은 이미 위층 예배당으로 올라가고 있었다. 그녀는 망설이다가 나가 보기로 마음먹었다. 3분만 늦게 울렸더라면 그녀도 예배를 드리느라 정신이 없었을 테고, 종이 울리건 말건 아무도 신경 쓰지 않았을 것이다. 솔직히 못 들은 척하고 설거지나 하러 가고 싶었다. 그러나 때가 때이니만큼 자비를 베풀자는 쪽으로 마음이 움직였다.

거대한 문을 열어 보니 돌로 된 현관의 어둑한 구석에 원숭이처럼 웅크린 사람의 모습이 눈에 들어왔다. 그 너머에는 눈발이 세인트 글린다 교회 정면으로 흩날려, 건물이 마치 물에 비친 모습처럼 보였다. 거리는 텅 비었고 성가대 소리만 촛불을 밝힌 교회 밖으로 흘러나왔다.

"무슨 일이에요?" 신출내기 수녀는 이렇게 말했다가 문득 생각이 나서 덧붙였다. "럴라인마스 축하해요, 친구."

수녀는 기이한 초록색 손목에 묻은 피와 화살처럼 날카로운 눈빛을 보자, 기왕 축일이라고 인심 쓰기로 했으면 그 인물을 안으로 들여야겠다고 마음먹었다. 그러나 선배 수녀들이 예배당에 모여들고 원장 수녀가 은방울 같은 저음으로 서곡을 부르기 시작하는 소리가 들려왔다. 그녀가 이 수녀회의 일원으로서 처음 맞이하는 큰 예배 행사였다. 한순간도 놓치고 싶지 않았다.

"이리 오세요."

상대는 엘파바보다 한두 살쯤 더 먹은 젊은 여자였다. 여자는 겨우 몸을 펴고 절름발이처럼, 아니면 잘 먹지 못해 근육이 잘 움직이지 않고 사지가 당장이라도 뚝 부러질 사람처럼 비틀거리며 걸음을 떼었다.

신출내기 수녀는 손목의 피를 씻어 주려고 세면실에 들렀다. 축일 저녁을 위해 닭이라도 몇 마리 목을 따다가 피가 튄 것인지, 아니면 자살 시도를 한 것인지 확인해 볼 생각도 있었다. 그러나 이방인은 물을 보자 움찔하고 뒤로 물러서더니 안절부절못하며 괴로운 표정을 짓기에 수녀는 그만둘 수밖에 없었다. 대신 마른 수건으로 닦아 주었다.

수녀들이 위층에서 교송을 시작했다! 신출내기 수녀는 빨리 가 보고 싶어 마음이 급했다. 그녀는 제일 쉬운 길을 택하기로 했다. 겨울에 쓰는 객실로 이방인을 끌고 갔다. 거기에는 은퇴한 노파들이 건망증에 시달리며 조심스레 가져다 놓은 마르지니움 화분에 둘러싸여 살고 있었다. 그 식물의 달콤한 독기는 늙은이들의 참을 수 없는 냄새를 덮어 주는 데 도움이 되었다. 노파들은 자기들만의 시간 속에 살고 있어서, 무슨 수로도 그들을 위층의 신성한 예배당으로 데려갈 수 없었다.

수녀가 엘파바에게 말했다.

"자, 여기 앉아 있어요. 당신이 필요한 것이 성소인지 음식인지 목욕인지 용서인지 뭔지 모르겠지만, 하여튼 여기 왔으니 따듯하고 마른 곳에서 안전하게 조용히 머물 수 있어요. 오늘 밤이 지나고 다시 올게요. 오늘은 축일이거든요. 철야 예배가 있어요. 기다리세요."

수녀는 겁에 질려 초췌한 여자를 부드러운 의자에 앉히고, 담요를 찾아다 주었다. 노파들은 대부분 코를 골며 머리를 수그린 채 초록색과 금색의 딸기와 잎으로 장식한 턱받이에 침을 흘리며 고개를 끄덕이고 있었다. 묵주를 굴리는 이들도 몇 있었다. 유리창 너머로 보이는 안뜰은 지금은 겨울이라 유리창으로 막아 놓아서 수족관의 사각 수조처럼 보였다. 그 안으로 떨어지는 눈이 그들의 마음을 항상 평화롭게 해 주었다.

"자, 눈이 보이지요? 이름 없는 신의 은총처럼 흰 눈이에요." 신출내기 수녀는 목회 활동을 할 때 지켜야 할 사항을 기억해 내고 이렇게 말했다. "눈을 보며 명상하고 휴식을 취하면서 눈 좀 붙이세요. 여기 베개 있어요. 발에는 걸상을 받치고요. 우리는 위층에서 노래하며 이름 없는 신께 찬양을 바칠 거예요. 당신을 위해서도 기도할게요."

"하지 마세요……." 초록색의 유령 같은 손님은 베개 위에 머리를 털썩 내려놓았다.

"제가 좋아서 하는 일인걸요." 신출내기 수녀는 약간 거칠게 말하고는 행렬 성가를 놓치지 않기 위해 재빨리 빠져나왔다.

한동안 겨울 객실은 조용했다. 새로운 물건이 떨어진 어항 같았다. 눈은 마치 기계로 뿌리는 것처럼 가벼운 소리를 내며 꿈결처럼 부드럽게 떨어졌다. 활짝 핀 마르지니움 꽃이 점점 더해 가는 방 안의 한기를 약간이나마 막아 주었다. 석유등이 마지막 그을음을 길게 허공으로 피워 올렸다. 정원 반대쪽에는(눈과 두 개의 창문 때문에 거의 보이지 않았지만) 동료들보다 더 정확하게 날짜를 알아챈 노쇠한 수녀가 럴라인에게 바치는 음탕한 옛 이교 찬송을 흥얼대기 시작했다.

노인네들 중 하나가 휠체어를 앞으로 조금씩 밀어 덜덜 떨고 있는 신입에게 다가갔다. 노파는 몸을 앞으로 내밀고 코를 훌쩍였다. 그러더니 푸른색과 상아색의 격자무늬 담요 자락에서 늙은 손을 내밀어 팔걸이를 짚었다. 노파는 손을 뻗어 엘파바의 손을 잡았다.

"아이고, 이 불쌍한 것, 몸이 아프구나. 지쳤구나."

노파의 손은 신출내기 수녀가 그랬듯이 팔목의 벌어진 상처를 더듬었다. 큰 상처는 아니었다.

"다치지는 않았지만, 불쌍한 것이 아프겠구나." 노파는 알겠다는 듯이 이렇게 말했다. 뒤집어쓴 담요 밑에 대머리가 되다시피 한 머리가 보였다. "이 불쌍한 것이 기운이 너무 쇠했구나. 몸을 지탱하기도 힘들어."

노파가 계속 주절댔다. 노파는 몸을 약간 흔들며 엘파바의 손을 덥혀 주려는 듯이 꽉 쥐었지만, 늙어서 무력하고 빈약한 노파의 피가 자기 몸을 덥히기도 모자랄 판에 이방인을 덥혀 줄 수 있을는지는 의심스러웠다. 그래도 노파는 계속했다.

"불쌍한 것이 실패했구나. 모든 사람들에게 행복한 축일인데. 이리 오렴, 늙은 어미 품에 안기려무나. 늙은 어미 수녀가 다 잘 돌봐 줄 테니."

노파는 꿈도 잠도 없는 슬픔 속에 깊이 빠진 엘파바를 끌어낼 수 없었다. 그저 돌돌 말린 어린 꽃봉오리를 꽃받침이 감싸듯 엘파바의 손을 꼭 잡아 줄 따름이었다.

"자, 우리 귀염둥이, 다 괜찮아질 거다. 이 미치광이 어미 야클의 품에서 쉬렴. 야클 엄마가 너를 편히 돌봐 줄게."

옮긴이　　송은주

이화여자대학교 영문학과를 졸업하고 같은 학교 대학원에서
박사학위를 받았으며, 현재 전문 번역가로 활동하고 있다.
옮긴 책으로 『엄청나게 시끄럽고 믿을 수 없게 가까운』,
『동물을 먹는다는 것에 대하여』, 『모든 것이 밝혀졌다』, 『미들섹스』,
『순수의 시대』, 『시대의 소음』, 『로마제국 쇠망사』 등이 있다.

위키드 1

엘파바와 글린다

1판 1쇄 펴냄　2008년 1월 15일
1판 4쇄 펴냄　2011년 9월 16일
2판 1쇄 펴냄　2012년 3월 5일
2판 18쇄 펴냄　2021년 8월 26일
3판 1쇄 펴냄　2024년 11월 1일
3판 3쇄 펴냄　2024년 12월 16일

지은이 · 그레고리 머과이어
옮긴이 · 송은주
발행인 · 박근섭, 박상준
펴낸곳 · (주) 민음사

출판 등록 · 1966. 5. 19. 제16-490호
서울특별시 강남구 도산대로1길 62(신사동)
강남출판문화센터 5층 (우편번호 06027)
대표전화 02-515-2000 · 팩시밀리 02-515-2007

www.minumsa.com

ISBN 978-89-374-2821-0 (04840)
ISBN 978-89-374-2820-3 (세트)